BVT

Wie filigrane Formationen von Salzkristallen in einem chemischen Experiment erscheinen bei Margaret Atwood die irritierenden und verwirrenden Familienverhältnisse und Konflikte. Die dreizehn Geschichten erzählen von skurrilen Charakteren und Konstellationen, die die Autorin mit Witz, Ironie und Originalität in Szene setzt.

Margaret Atwood, 1939 in Ottawa geboren, ist eine der prominentesten Autorinnen der kanadischen Gegenwartsliteratur. Ihre Bücher wurden in 33 Sprachen übersetzt. Sie lebt mit ihrer Familie in Toronto.

Margaret Atwood

Der Salzgarten

Short Stories

Aus dem Englischen
von Charlotte Franke

Berliner Taschenbuch Verlag

Für meine Eltern

Dezember 2001
BvT Berliner Taschenbuch Verlags GmbH, Berlin,
ein Unternehmen der Verlagsgruppe Random House GmbH
Die Originalausgabe erschien 1983 unter dem Titel
Bluebeard's Egg bei McClelland and Stewart Limited, Toronto

Umschlaggestaltung: Nina Rothfos und Patrick Gabler, Hamburg,
unter Verwendung des Gemäldes »Der Weiher« (1902) von
Viktor E. Borissow-Mussatow (1870–1905) / © Foto AKG Berlin
Gesetzt aus der Goudy Old Style durch psb, Berlin
Druck und Bindung: Elsnerdruck, Berlin
Printed in Germany · ISBN 3-442-76010-0

Inhalt

Bedeutende Augenblicke im Leben meiner Mutter

Als meine Mutter klein war, schenkte ihr jemand einen Korb mit Küken zu Ostern. Sie sind alle gestorben.

»Ich wusste nicht, dass man sie nicht herausnehmen darf«, sagt meine Mutter. »Die armen kleinen Dinger. Ich habe sie alle in einer Reihe auf ein Brett gelegt, ihre kleinen Beine so steif wie Feuerhaken, und sie danach lange beweint. Ich hatte sie totgeliebt.«

Vielleicht will meine Mutter mit dieser Geschichte bloß veranschaulichen, wie dumm sie war, und wie sentimental. Sie will uns damit zu verstehen geben, dass sie heute so etwas nicht mehr tun würde.

Vielleicht ist es eine Erläuterung der Liebe; aber da ich meine Mutter kenne, halte ich das für unwahrscheinlich.

Der Vater meiner Mutter war Landarzt. In den Tagen, bevor es Autos gab, fuhr er mit einem Pferdegespann und einem Wagen in seinem Gebiet herum, und in den Tagen vor den Schneepflügen kutschierte er mit einem Pferdegespann und einem Schlitten mitten in der Nacht durch Schnee und Regen zu Häusern, in denen Öllampen brannten und Wasser auf dem Holzherd kochte und über dem Tellerbord Flanelltücher zum Wärmen hingen, für die Babys, denen er verhalf, das Licht der

Welt zu erblicken, und die nach ihm benannt wurden. Seine Praxisräume waren im Haus, und als Kind sah meine Mutter die Leute über die vordere Veranda an seine Tür kommen, mit Teilen von sich, die sie fest umklammert hielten – Daumen, Finger, Zehen, Ohren, Nasen –, die sie bei einem Unfall verloren hatten und die sie an die rohen Stümpfe ihrer Körper pressten, als könnten diese abgetrennten Teile wie Teig darangeklebt werden, in der meist vergeblichen Hoffnung, mein Großvater würde sie ihnen wieder annähen und so die klaffenden Wunden, von Äxten, Sägen, Messern und dem Schicksal verursacht, zu heilen imstande sein.

Meine Mutter und ihre jüngere Schwester lungerten so lange dicht beim Eingang zur Praxis herum, bis man sie verjagte. Hinter der Tür konnte man Stöhnen, erstickte Schreie, Hilferufe hören. Für meine Mutter waren Krankenhäuser nie etwas Schönes, und Krankheiten haben nie Aufschub oder Ferien bedeutet. »Werdet bloß nie krank«, sagt sie und meint es ernst. Sie selbst wird fast nie krank.

Nur einmal wäre sie fast gestorben. Das war, als sie einen Blinddarmdurchbruch hatte. Mein Großvater musste die Operation selbst durchführen. Hinterher sagte er, dass er dies eigentlich nicht hätte tun dürfen: Seine Hände hatten viel zu sehr gezittert. Das war eines seiner wenigen Eingeständnisse von Schwäche, von denen meine Mutter je berichtet hat. Meist wird er als ernst dargestellt, als jemand, der alles im Griff hat. »Wir hatten Respekt vor ihm«, sagt sie. »Alle hatten Respekt vor ihm.« (Das ist ein Wort, das seit der Kindheit meiner Mutter etwas an Wert eingebüßt hat. Früher war es sogar noch wichtiger als *Liebe*.)

Die Geschichte von der Bisamfarm meines Großvaters erzählte mir jemand anders: Wie er und ein Onkel meiner Mutter den Sumpf im hinteren Teil ihres Anwesens einzäunten und die Ersparnisse einer unverheirateten Tante meiner Mutter in Bisamratten investierten. Sie hatten die Idee, diese Bisamratten sich vervielfältigen zu lassen und zu Bisampelzmänteln zu verarbeiten, aber ein Nachbar mit einer Apfelfarm pflegte seine Spritzgeräte ein Stück weiter flussaufwärts zu waschen, und das Gift brachte die Bisamratten alle um, so dass sie mausetot waren. Das war zur Zeit der Depression und gar nicht witzig.

Als sie noch jung waren – das kann heutzutage so gut wie alles bedeuten, aber ich nehme an, es war mit sieben oder acht –, hatten meine Mutter und ihre Schwester ein Haus in den Bäumen, wo sie einen Teil ihrer Zeit mit ihren Puppen verbrachten, um mit ihnen Tee zu trinken und so. Eines Tages fanden sie eine Schachtel mit niedlichen kleinen Fläschchen vor der Apotheke meines Großvaters. Die Fläschchen waren zum Wegwerfen, aber meine Mutter (die schon immer gegen Verschwendung war) hob sie für ihr Puppenhaus auf. In den Flaschen war eine gelbe Flüssigkeit, die sie drinließen, weil es so hübsch aussah. Wie sich herausstellte, waren es Urinproben.

»Das hat vielleicht ein Donnerwetter gegeben«, sagt meine Mutter. »Aber woher sollten wir das wissen?«

Die Familie meiner Mutter lebte in einem großen weißen Haus in Neuschottland neben einem Obstgarten mit Apfelbäumen. Es hatte eine Scheune und einen Wagenschuppen und in der Küche eine Speisekammer. Meine Mutter kann sich noch an die Zeit erinnern, als es noch keine Backwaren zu kaufen gab, als man das Mehl noch in Fässern aufhob und das Brot zu Hause gebacken wurde. Sie kann sich noch an die erste Rundfunksendung erinnern, die sie gehört hat und die mit irgendwelchen Songs für Socken warb.

Dieses Haus hatte viele Zimmer. Obwohl ich dort war, obwohl ich das Haus mit eigenen Augen gesehen habe, weiß ich noch immer nicht, wie viele es waren. Ein Teil des Hauses war verschlossen, jedenfalls hatte es den Anschein, und da waren Hintertreppen. Gänge, die irgendwo hinführten. In ihm lebten fünf Kinder, zwei Eltern, zwei Hausangestellte, ein Mann und ein Mädchen, deren Namen und Gesichter ständig wechselten. Die Struktur des Hauses war hierarchisch, mit meinem Großvater an der Spitze, aber sein heimliches Leben – das Leben ungefüllter Pasteten, sauberer Laken, der Schachtel mit Flicken in der Wäschekammer, den Brotlaiben im Ofen – war weiblich. Das Haus und alle Gegenstände darin knisterten vor statischer Elektrizität, es war von Sogen unterspült, die Luft erfüllt von Dingen, die jeder kannte, über die aber niemand sprach. Es hallte wie ein hohler Baumstamm, eine Trommel, eine Kirche, so dass Gespräche, vor sechzig Jahren flüsternd darin geführt, selbst heute noch halb vernehmbar sind.

In diesem Haus blieb man am Tisch sitzen, bis der Teller leer gegessen war. »Denkt an die hungernden Armenier, pflegte Mutter zu sagen. Ich sah nicht ein, womit ich ihnen auch nur im Geringsten half, wenn ich meine Brotrinde aufaß.«

In diesem Haus sah ich zum ersten Mal Haferhalme in einer Vase stehen, jeder Einzelne mit kostbarem Silberpapier umwickelt, das man von einer Schachtel Schokolade sorgfältig aufbewahrt hatte. Für mich war es das Schönste, das ich je gesehen hatte, und so fing auch ich an, Silberpapier aufzuheben. Aber ich bin nie dazu gekommen, Haferhalme einzuwickeln, und außerdem hätte ich sowieso nicht gewusst, wie. Wie so viele andere Kunstformen vergangener Zivilisationen ist auch diese Technik verloren und lässt sich nicht völlig nachvollziehen.

»Zu Weihnachten gab es Orangen«, sagt meine Mutter. »Sie

kamen den ganzen weiten Weg von Florida; sie waren sehr teuer. Das war das Höchste: eine Orange in der Zehe deines Strumpfes zu finden. Es ist komisch, dass ich mich noch heute daran erinnere, wie gut sie damals geschmeckt haben.«

Als meine Mutter sechzehn war, hatte sie so lange Haare, dass sie darauf sitzen konnte. Inzwischen hatten die Frauen angefangen, sich ihre Haare kurz zu schneiden; die zwanziger Jahre hielten ihren Einzug. Meine Mutter sagt, ihre Haare hätten ihr Kopfschmerzen bereitet, aber mein Großvater, der sehr streng war, verbot ihr, sie abzuschneiden. Sie wartete bis zu einem Samstag, als sie wusste, dass er einen Termin beim Zahnarzt hatte.

»Vereisen gab es damals noch nicht«, sagt meine Mutter. »Und der Bohrer wurde mit einem Fußpedal in Gang gesetzt und machte *knirsch, knirsch, knirsch*. Der Zahnarzt selbst hatte braune Zähne: Er kaute Tabak, und den Tabaksaft spuckte er in einen Spucknapf, während er sich an deinen Zähnen zu schaffen machte.«

An dieser Stelle ahmt meine Mutter, die gut imitieren kann, die Geräusche des Bohrers und des Tabaksafts nach: »Rrrr! Rrrr! Rrrr! Phtt! Rrrr! Rrrr! Rrrr! Phtt! Das war die reinste Höllenqual. Und als das Gas kam, war es wie eine Erlösung des Himmels.«

Meine Mutter ging in die Zahnarztpraxis, in der mein Großvater schmerzensbleich auf dem Stuhl saß. Sie fragte ihn, ob sie sich die Haare schneiden lassen dürfte. Er sagte, von ihm aus könne sie tun, was sie wollte, wenn sie nur endlich verschwinden und ihn nicht länger plagen würde.

»Und da bin ich sofort losgelaufen und hab sie mir abschneiden lassen«, sagt meine Mutter fröhlich. »Hinterher war er wütend, aber was konnte er tun? Er hatte sein Wort gegeben.«

Meine eigenen Haare werden im Keller meiner Mutter in einem Pappkarton in einer Schiffstruhe aufbewahrt, und ich stelle mir vor, wie sie jedes Jahr immer stumpfer und spröder werden, vielleicht von Motten zerfressen; inzwischen sehen sie wohl aus wie die verblassten Kränze auf den viktorianischen Gräbern. Oder vielleicht haben sie auch trockenen Schimmel angesetzt; an der Innenseite des Seidenpapiers, in das sie eingewickelt sind, ist ein mattes Glühen in der dunklen Truhe. Ich glaube, meine Mutter hat ganz vergessen, dass sie da drin sind. Zu meiner Erleichterung wurden sie abgeschnitten, als ich zwölf war und meine Schwester geboren wurde. Davor trug ich es in langen Locken: »Denn sonst«, sagt meine Mutter, »wäre dein Haar nur ein einziger Knoten gewesen.« Meine Mutter kämmte es jeden Morgen, indem sie es um ihren Zeigefinger wickelte, aber als sie im Krankenhaus war, wurde mein Vater einfach nicht damit fertig. »Er kriegte es nicht um seine kurzen dicken Finger«, sagt meine Mutter. Mein Vater sieht hinunter auf seine Finger. Verglichen mit den langen eleganten Fingern meiner Mutter, die sie als knochig bezeichnet, sind sie tatsächlich kurz und dick. Er setzt ein Miezekatzenlächeln auf.

So kam es, dass meine Haare abgeschnitten wurden. Ich saß in meinem ersten Schönheitssalon und sah zu, wie meine Haare, wie viele Hand voll Spinnweben, über meine Schultern zu Boden fielen. Und in der Mitte tauchte mein Kopf auf, kleiner, kompakter, mit eckigem Gesicht. Nach fünfzehn Minuten war ich fünf Jahre älter geworden. Jetzt konnte ich nach Hause gehen und Lippenstift auftragen.

»Dein Vater war außer sich«, sagt meine Mutter verschwörerisch. Das sagt sie nicht, wenn mein Vater dabei ist. Wir lächeln über die merkwürdigen Reaktionen der Männer auf Haare.

Ich habe immer geglaubt, meine Mutter hätte in ihren frühen Tagen ein Leben voller Heiterkeit und haarsträubender Abenteuer geführt. (Das war, bevor mir klar wurde, dass sie nie von den langen ereignislosen Zeiten sprach, die den Großteil ihres Lebens ausgefüllt haben mussten: Die Geschichten waren nur das Kursive darin.) Pferde sind mit ihr durchgegangen, und Männer haben angeboten, dasselbe zu tun; ständig fiel sie von Bäumen oder von den Dachbalken der Scheunen, wurde von der Flut fast hinaus ins Meer geschwemmt oder geriet, wenn es mal weniger dramatisch herging, in missliche Situationen, die ihr höchst peinlich waren.

Kirchen waren besonders gefährlich. »Eines Sonntags kam ein Gastprediger«, sagt sie. »Natürlich mussten wir jeden Sonntag in die Kirche gehen. Und da war er, in vollem Schwung, predigte Fegefeuer und Verdammnis« – sie klopft auf eine unsichtbare Kanzel –, »und sein ganzes Gebiss falscher Zähne schoss – wupp! – aus seinem Mund heraus – einfach so. Nun, er zögerte keine Sekunde. Seine Hand schnellte nach vorn, schnappte es sich und steckte es sich wieder in den Mund, dann fuhr er fort, uns allesamt zu ewigen Qualen zu verdammen. Die Gemeinde zitterte! Über unsere Gesichter rannen Tränen, aber das Schlimmste war, dass wir in der ersten Reihe saßen und er uns direkt ansah. Aber natürlich konnten wir nicht laut loslachen: Dann hätte es von Vater ein Donnerwetter gegeben.«

Anderer Leute gute Stuben waren für sie mit Fallen ausgestattet; genauso wie auch sonst alle gesellschaftlichen Ereignisse. An den strategischen Punkten ihrer Kleidung platzten die Reißverschlüsse, auf Hüte war kein Verlass. Der Mangel an echtem Gummi während des Krieges forderte ständige Wachsamkeit: Die Unterhosen hatten damals Knöpfe und waren ein größeres Tabu als heute, und daher auch von größerer Verfänglichkeit. »Und plötzlich bist du dagestanden«, sagt sie, »mitten auf der Straße, und ehe du es dich versahst, saßen sie unten auf deinen Galoschen. Dann musste man schnell einen Schritt machen und aus dem einen Bein rausfahren und sie mit dem andern Fuß hochwerfen und in die Tasche stecken. Das konnte ich ziemlich gut.«

Diese spezielle Geschichte erfahren nur einige wenige, während andere Geschichten für den allgemeinen Verbrauch bestimmt sind. Wenn sie sie erzählt, wird das Gesicht meiner Mutter zu Gummi. Sie übernimmt alle Rollen, fügt die Toneffekte hinzu, fährt mit den Händen durch die Luft. Ihre Augen glänzen, manchmal sogar ein bisschen boshaft, denn obwohl meine Mutter nett und alt und eine Dame ist, vermeidet sie es, eine nette alte Dame zu sein. Geraten die Leute in Gefahr, sie dafür zu halten, wirft sie schnell etwas vom linken Außenfeld ein; sie will nicht als selbstverständlich angesehen werden.

Und meine Mutter lässt sich auch nicht dazu überreden, Geschichten zu erzählen, wenn sie keine Lust dazu hat. Wenn man sie drängt, wird sie befangen und verstummt. Oder sie lacht und geht in die Küche, und kurz darauf hört man den Mixer surren. Ich habe es schon lange aufgegeben, sie dazu bringen zu wollen, auf Partys etwas zum Besten zu geben. In Gesellschaft von Leuten, die sie nicht kennt, hört sie nur mit leicht zur Seite geneigtem Kopf und einem glatten höflichen Lächeln aufmerksam zu. Das Geheimnis besteht darin, abzuwarten, was sie hinterher sagen wird.

Mit siebzehn ging meine Mutter auf die Normal School in Truro. Dieser Name – »Normal School« – hatte für mich früher immer etwas Geheimnisvolles. Ich dachte, man würde dort lernen, sich normal zu benehmen, was ja auch vielleicht der Fall war, denn eigentlich ging man dorthin, um Schullehrer zu werden. Danach unterrichtete meine Mutter nicht weit von zu Hause entfernt in einer Schule, die nur einen Raum hatte. Sie ritt jeden Tag mit ihrem Pferd in die Schule und sparte das Geld, das sie verdiente, um damit auf die Universität zu gehen. Mein Großvater wollte sie nicht hinschicken: Er sagte, sie wäre viel zu frivol. Für seinen Geschmack ging sie viel zu oft zum Schlittschuhlaufen und zum Tanzen.

Als sie die Normal School besuchte, wohnte meine Mutter bei einer Familie mit mehreren Söhnen, die mehr oder weniger im selben Alter waren wie die Untermieterinnen. Beim Essen saßen sie alle um einen großen Tisch (den ich mir aus dunklem Holz vorstelle, mit geschnitzten Beinen, aber immer mit einem weißen Leinentischtuch bedeckt), mit Mutter an dem einen und Vater an dem anderen Ende. Ich stellte sie mir beide groß und rosig und strahlend vor.

»Die Jungen waren richtige Lausejungen«, sagt meine Mutter. »Immer mussten sie was aushecken.« Das wurde von einem Jungen erwartet: ein richtiger Lausejunge zu sein, immer gerade dabei, etwas auszuhecken. Und meine Mutter fügt noch einen Schlüsselsatz hinzu: »Wir hatten viel Spaß.«

Spaß zu haben war etwas, das bei meiner Mutter immer ganz oben auf der Tagesordnung stand. Sie hat so viel Spaß wie nur möglich, aber was damit gemeint ist, lässt sich nur verstehen, wenn man eine Anpassung vornimmt, wenn man die große Kluft berücksichtigt, die dieser Satz überwinden muss, bevor er uns erreicht. Er kommt aus einer anderen Welt, die wie die Sterne, die ursprünglich das Licht aussandten, das wir oben am Himmel sehen, existieren mag oder auch längst verschwunden sein kann. Es ist möglich, die greifbaren Tatsachen dieser Welt zu rekonstruieren – die Möbel, die Kleidung, die Verzierungen am Kaminsims, die Krüge und Waschbecken und sogar die Nachttöpfe in den Schlafzimmern, aber nicht die Gefühle, zumindest nicht mit der gleichen Genauigkeit. So vieles von dem, was wir heute wissen und empfinden, ist mit jener anderen Welt nicht vereinbar.

Das war eine Welt, in der harmlose Flirts möglich waren, weil es viele Dinge gab, die brave Mädchen einfach nicht taten, und damals gab es weit mehr brave Mädchen als heutzutage. Nicht brav zu sein, bedeutete nicht nur den Verlust der Tugend: Sexualität hatte, jedenfalls bei Mädchen, finanzielle Folgen. Damals war das Leben fröhlicher und unschuldiger, aber gleichzeitig von Schuld und Schrecken durchdrungen, oder wenigstens fehlten, im ganz alltäglichen Geschehen, nicht die Gelegenheiten dazu. Es war wie das japanische Haiku: eine begrenzte Form mit festem Maß, in deren Innerem erstaunliche Freiheiten möglich waren.

Es gibt von meiner Mutter Fotos aus dieser Zeit, zusammen mit drei oder vier anderen Mädchen, mit untergehakten Armen oder wie sie sich ausgelassen gegenseitig die Arme um den Hals schlingen. Hinter ihnen, jenseits des Sees oder der Hügel oder was immer als Hintergrund dient, befindet sich eine Welt, die bereits in die Brüche geht und die sie nicht kennen: die Relativitätstheorie ist entdeckt, an den Wurzeln der Bäume bilden sich Säuren, die Ochsenfrösche sind dem Untergang geweiht. Aber sie lächeln auf eine Art, die man aus dieser Entfernung fast als Tapferkeit bezeichnen könnte, und ihr rechtes Bein ist wie in einer Parodie auf eine Tanzrevue nach vorn ausgestreckt.

Eines der höchsten Vergnügen für die Pensionärinnen und die Söhne der Familie war das Laientheater. In den Theaterstücken, die im Kirchenkeller aufgeführt wurden, traten oft junge Leute auf – man nannte sie »junge Leute«. Meine Mutter spielte regelmäßig mit. (Irgendwo im Haus habe ich einen ganzen Stapel mit den Stücken, vergilbte kleine Büchlein, in denen die Rollen meiner Mutter mit Bleistift angestrichen sind. Es sind alles Komödien, und alle sind unergründlich.)

»Damals gab es noch kein Fernsehen«, sagt meine Mutter. »Da hat man sich selbst unterhalten.«

Für eines dieser Theaterstücke wurde eine Katze benötigt, und meine Mutter und einer der Söhne liehen sich die Familienkatze aus. Sie steckten sie in einen Leinenbeutel und fuhren zur Probe (inzwischen gab es Autos), und meine Mutter hatte die Katze auf dem Schoß. Die Katze, die sich gefürchtet haben muss, pinkelte ausgiebig, durch den Leinenbeutel hindurch und auf den Rock meiner Mutter. Außerdem breitete sich im Wagen ein erstaunlich übler Geruch aus.

»Ich wäre am liebsten im Boden versunken«, sagt meine Mutter. »Aber was konnte ich tun? Mir blieb nichts anderes übrig als still zu sitzen. Damals hat man solche Dinge« – sie meint Katzenpinkel oder jede Art Pinkel – »nicht erwähnt.« Sie meint, in gemischter Gesellschaft.

Ich stelle mir meine Mutter vor, wie sie durch die Nacht gefahren wird, mit tropfenden Röcken, voller Scham, während der junge Mann an ihrer Seite starr nach vorn blickt und so tut, als würde er nichts bemerken. Sie haben beide das Gefühl, dass dieser unaussprechliche Akt des Urinierens nicht der Katze zuzuschreiben ist, sondern meiner Mutter. Und so fahren sie weiter, immer geradeaus, über den Atlantik und die Erdkrümmung hinaus, und durch die Umlaufbahn des Mondes bis in die dunklen Weiten dahinter.

Jetzt, zurück auf der Erde, sagt meine Mutter: »Den Rock musste ich wegwerfen. Noch dazu ein guter Rock, aber der Geruch ging einfach nicht mehr raus.«

»Ich habe euren Vater nur ein Mal fluchen gehört«, sagt meine Mutter. Sie selbst flucht nie. Wenn sie an einer Geschichte zu einer Stelle kommt, an der Fluchen angebracht wäre, sagt sie »zum Kuckuck damit« oder »verflixt und zugenäht«.

»Das war, als er sich den Daumen gequetscht hat, beim Senken des Brunnens, für die Pumpe.« Ich weiß, dass sich diese Geschichte zugetragen hat, noch bevor ich auf die Welt kam, oben im Norden, wo unter den Bäumen und ihrem Laub nichts anderes ist als Sand und Felsgestein. Der Brunnen war für eine Handpumpe, die ihrerseits für die erste der vielen Hütten und Wohnungen dienen sollte, die meine Eltern gemeinsam bauten. Aber da ich bei späteren Brunnen zugesehen habe, die gesenkt wurden, und auch bei späteren Handpumpen, die eingebaut wurden, weiß ich, wie es gemacht wird. Man nimmt ein Rohr mit einer Spitze an dem einen Ende. Das schlägt man mit einem Hammer in den Boden, und während es immer tiefer eindringt, dreht man andere Rohrstücke oben drauf, bis man auf trinkbares Wasser stößt. Um das Gewinde am oberen Ende nicht zu beschädigen, hält man zwischen den Vorschlaghammer und das Rohr ein Stück Holz. Besser, man lässt es von jemandem halten. Auf diese Weise hat sich mein Vater nämlich den Daumen zerquetscht: Er hat beides selbst gemacht, gehalten und gehämmert.

»Er schwoll an wie ein Rettich«, sagt meine Mutter. »Er musste mit seinem Taschenmesser ein Loch in den Fingernagel machen, damit der Druck nachließ. Das Blut schoss heraus wie die Kerne aus einer Zitrone. Später wurde dann der ganze Nagel knallrot und schwarz und fiel ab. Zum Glück wuchs ein neuer nach. Es heißt, dass man nur zwei Mal eine Chance im Leben hat. Aber als er es tat, hat sich die Luft ringsherum meterweit blau gefärbt. Ich wusste gar nicht, dass er all diese Wörter kannte. Ich habe keine Ahnung, wo er sie herhatte.« Sie redet, als handle es sich bei diesen Wörtern um eine gefährliche ansteckende Krankheit, wie etwa die Windpocken.

Hier sieht mein Vater schüchtern auf seinen Teller. Für ihn gibt es zwei Welten: eine mit Damen, in der man bestimmte Ausdrücke nicht verwendet, und eine andere Welt, die aus Holzfällercamps und anderen Stätten seiner Kindheit und aus Zusammenkünften mit der richtigen Sorte Männer besteht, in der man es tut. Wenn man die Welt der Männer verbal in die der Damen hineinträgt, steht man als Flegel ohne Manieren da, wenn man aber die Damenwelt in die der Männer hineinträgt, ist man ein Snob oder vielleicht sogar ein Schwuler. So heißt das. Und jeder von ihnen weiß Bescheid.

Die Geschichte zeigt mehrere Dinge: erstens, dass mein Vater kein Schlappschwanz ist; und zweitens, dass sich meine Mutter richtig verhalten hat, indem sie sich auf angemessene Weise schockiert zeigte. Aber die Augen meiner Mutter glänzen vor Freude, wenn sie diese Geschichte erzählt. Insgeheim findet sie es komisch, meinen Vater ertappt zu haben, wenn auch nur dieses eine Mal. Der abgefallene Daumennagel selbst ist unbedeutend und längst vergessen.

Ein paar Geschichten gibt es, die meine Mutter nicht erzählt, wenn Männer dabei sind: niemals beim Essen, niemals auf Partys. Sie erzählt sie nur Frauen, gewöhnlich in der Küche, wenn wir oder sie ihr beim Abwaschen oder Erbsenpuhlen helfen, oder beim Abziehen von grünen Bohnen oder beim Hülsenschälen. Sie erzählt sie mit gesenkter Stimme, ohne mit den Händen in der Luft herumzufuchteln, und ohne Toneffekte. Es sind Geschichten von gebrochenen Liebesschwüren, ungewollten Schwangerschaften, allen möglichen schrecklichen Krankheiten, Ehebrüchen, Nervenzusammenbrüchen, tragischen Selbstmorden, unerfreulichen schleichenden Todesfällen. Sie sind nicht sehr reich an Einzelheiten oder ausgiebig mit Vorfällen und Episoden geschmückt: Es sind nackte Tatsachen. Die Frauen, deren Hände zwischen schmutzigem Geschirr oder Gemüseschalen stecken, nicken ernst.

Einige dieser Geschichten dürfen nicht an meinen Vater weitergegeben werden, weil sie ihn aufregen würden. Denn man weiß ja, dass Frauen mit diesen Dingen besser umgehen können als Männer. Männer sollten nichts erzählt bekommen, was sie als zu schmerzhaft empfinden könnten; die geheimen Tiefen der menschlichen Natur, die hässlichen materialistischen Dinge könnten sie übermannen und ihnen Schaden zufügen. So zum Beispiel fallen Männer oft beim Anblick ihres eigenen Bluts in Ohnmacht, weil sie nicht daran gewöhnt sind. Aus diesem Grund sollte man sich auch beim Blutspenden in der Rot-Kreuz-Klinik in der Schlange nie hinter einen Mann stellen. Aus irgendeinem geheimnisvollen Grund finden die Männer das Leben viel schwieriger als die Frauen. (Das glaubt meine Mutter trotz der gefangenen, kranken, verschwundenen oder verlassenen weiblichen Körper, die durch ihre Geschichten geistern.) Männern muss es erlaubt sein, in einem Sandkasten ihrer eigenen Wahl zu spielen, so glücklich wie sie nur können, ohne dabei gestört zu werden, weil sie sonst zu nörgeln anfangen und ihr Essen stehen lassen. Es gibt alle möglichen Dinge, die Männer einfach nicht verstehen können, weil sie nicht dafür geschaffen sind, warum es also von ihnen erwarten? Nicht alle teilen diese Meinung über Männer; trotzdem hat sie sich als nützlich erwiesen.

»Sie hat die Sträucher rings um das Haus ausgegraben«, sagt meine Mutter. Diese Geschichte handelt von einer zerbrochenen Ehe: eine ernste Angelegenheit. Die Augen meiner Mutter weiten sich. Die anderen Frauen beugen sich vor. »Das Einzige, was sie ihm ließ, waren die Duschvorhänge.« Es folgt ein gemeinsamer Seufzer, ein Ausstoßen von angehaltenem Atem. Mein Vater kommt in die Küche, wundert sich, wo der

Tee bleibt, und die Frauen halten dicht, schenken ihm ihr falsches leeres Lächeln. Kurz darauf geht meine Mutter mit der Teekanne aus der Küche und stellt sie an ihren üblichen Platz auf dem Tisch.

»Ich erinnere mich noch daran, wie wir fast umgekommen wären«, sagt meine Mutter. So fangen viele ihrer Geschichten an. Wenn sie in einer ganz bestimmten Stimmung ist, sollen wir wissen, dass unser Leben nur durch eine Reihe erstaunlicher Zufälle und Glückssträhnen erhalten wurde; denn sonst wäre unsere gesamte Familie, jeder Einzelne oder alle zusammen, schon längst mausetot. Diese Geschichten erzeugen nicht nur Adrenalin, sondern bestärken uns auch in unserem Gefühl von Dankbarkeit. Das eine Mal, als wir im Nebel beinahe in einem Boot einen Wasserfall hinuntergestürzt wären; oder das andere Mal, als wir beinahe von einem Waldbrand eingeschlossen worden wären; oder als mein Vater direkt vor den Augen meiner Mutter beinahe von einem Dachbalken, den er an Ort und Stelle anbringen wollte, erschlagen worden wäre; oder als mein Bruder beinahe vom Blitz getroffen worden wäre, der so dicht an ihm vorbeischoss, dass er ihn zu Boden riss: »Man konnte ihn zischen hören«, sagt meine Mutter.

Und das ist die Geschichte von dem Heuwagen. »Euer Vater saß am Steuer«, sagt meine Mutter, »und fuhr genauso schnell wie sonst auch.« Zwischen den Zeilen lesen wir: *zu schnell.* »Ihr Kinder habt hinten gesessen.« Ich kann mich an diesen Tag erinnern, und so weiß ich auch, wie alt ich war und wie alt mein Bruder war. Wir waren alt genug, um Spaß daran zu haben, unseren Vater zu ärgern, indem wir populäre Lieder sangen, die er nicht mochte, wie etwa »Mockingbird Hill«; oder vielleicht imitierten wir auch Dudelsackmusik, indem wir uns die Nasen zuhielten und summten, während wir uns mit der Handkante gegen den Adamsapfel schlugen. Wenn wir ihm zu lästig wurden, sagte unser Vater immer: »Gebt endlich Ruhe.« Wir waren noch nicht alt genug, um zu wissen, dass er sich wirklich ärgern konnte: Wir glaubten, es sei auch nur ein Spiel.

»Wir fuhren gerade einen steilen Hügel hinunter«, fährt meine Mutter fort, »als unten ein Heuwagen einbog und quer über die Straße fuhr. Euer Vater trat auf die Bremse, aber es passierte nichts. Die Bremse fiel aus! Ich dachte, jetzt hätte unsere letzte Stunde geschlagen.« Zum Glück fuhr der Heuwagen weiter über die Straße, und wir schossen an ihm vorbei und verfehlten ihn nur um einen knappen halben Meter. »Mir blieb fast das Herz stehen«, sagt meine Mutter.

Ich erfuhr erst später, was geschehen war. Ich saß auf dem Rücksitz und spielte Dudelsackpfeife, ohne etwas zu bemerken. Das Bild war ganz genauso wie sonst auch immer bei unseren Autofahrten: Ich sah die Köpfe meiner Eltern, die über die Vordersitze ragten, von hinten. Mein Vater hatte seinen Hut auf, den er immer trug, damit ihm von den Bäumen nichts in die Haare fiel. Die Hand meiner Mutter ruhte leicht auf seinem Nacken.

»Ihr hattet einen so scharfen Geruchssinn, als ihr klein wart«, sagt meine Mutter.

Jetzt sind wir auf gefährlicherem Terrain: Die Kindheit meiner Mutter ist eine Sache, meine eigene etwas völlig anderes. Das ist der Moment, in dem ich anfange, mit dem Tafelsilber zu klappern, oder mir noch Tee einschenken lasse. »Ihr seid in Häuser marschiert, die euch fremd waren, und habt mit lauter Stimme gesagt: ›Was ist das für ein komischer Geruch?‹« Wenn Gäste da sind, rücken sie ein Stückchen von mir ab, werden sich ihrer eigenen Ausdünstungen bewusst, bemühen sich, nicht auf meine Nase zu sehen.

»Das war mir immer so peinlich«, sagt meine Mutter zerstreut. Dann wechselt sie das Thema. »Du warst so ein bequemes Kind. Du bist um sechs Uhr morgens aufgestanden und hast im Spielzimmer für dich allein gespielt, hast gesungen …« Es entsteht eine Pause. Eine ferne Stimme, meine, hoch und silbern, schwebt über den Raum hinweg, der uns trennt. »Du hast immer wie ein Buch geredet. Plapper, plapper, plapper, von morgens bis abends.« Meine Mutter seufzt unmerklich, als würde sie sich wundern, dass ich so still geworden bin, und steht auf, um im Feuer zu stochern.

In der Hoffnung, das Thema zu wechseln, frage ich, ob die Krokusse schon heraus sind oder nicht, aber sie lässt sich nicht ablenken. »Ich brauchte dich nie zu schlagen«, sagt sie. »Ein strenges Wort, und du warst wieder brav.« Sie sieht mich von der Seite an; sie ist sich nicht sicher, in was ich mich verwandelt habe, oder wie. »Es gab da nur ein oder zwei Ausnahmen. Einmal, als ich weg musste und dein Vater auf euch aufpassen sollte.« (Vielleicht ist das der eigentliche Punkt der Geschichte: die Unfähigkeit von Männern, kleine Kinder zu behüten.) »Ich kam die Straße entlang, und da wart ihr, du und dein Bruder, gerade dabei, oben aus dem Fenster im ersten Stock einen alten Mann mit Erdklumpen zu bewerfen.«

Wir wussten beide, wessen Idee das war. Für meine Mutter ist die richtige Auslegung dieses Vorfalls, dass mein Bruder immer Unfug im Kopf hatte und dass ich sein Schatten war, »leicht zu beeinflussen«, wie meine Mutter es auszudrücken beliebt. »Du warst Wachs in seinen Händen.«

»Natürlich musste ich euch beiden die gleiche Strafe geben«, sagt sie. Natürlich. Ich setze ein verzeihendes Lächeln auf. Aber in Wahrheit war ich viel gerissener als mein Bruder und ließ mich nur nicht so oft erwischen. Angriffe auf feindliche Maschinengewehrnester aus der vordersten Linie gab es bei mir nicht, wenn es sich vermeiden ließ. Meine einsamen hinterhältigen Taten spielten sich im Verborgenen ab, und nur in der gemeinsamen Attacke mit meinem Bruder warf ich jede Vorsicht über Bord.

»Er konnte dich um seinen kleinen Finger wickeln«, sagt meine Mutter. »Euer Vater hatte für jeden von euch eine Spielzeugkiste gemacht, und es galt die Regel –« (meine Mutter ist gut im Aufstellen von Regeln) »– die Regel, dass keiner das Spielzeug aus der Spielzeugkiste des anderen nehmen durfte, ohne vorher um Erlaubnis zu bitten. Denn sonst hätte er dir dein ganzes Spielzeug weggenommen. Aber er hat es auch so bekommen, weißt du. Er hat dich immer überredet, mit ihm Mutter und Kind zu spielen, und dann hat er so getan, als wäre er das Baby. Und dann hat er so getan, als würde er weinen, und wenn du ihn gefragt hast, was er denn will, dann hat er immer etwas aus deiner Spielzeugkiste verlangt, womit er gerade spielen wollte. Und du hast es ihm immer gegeben.«

Daran kann ich mich nicht erinnern, auch wenn ich mich daran erinnere, wie wir auf dem Fußboden im Wohnzimmer den Zweiten Weltkrieg gespielt haben, mit Stoffbären und Stoffhasen als Armee; aber ganz sicher wurden damals einige grundsätzliche Muster festgelegt. Haben mich diese ersten Spielzeugkistenerfahrungen – und »Spielzeugkiste« selbst, als Konzept, ist voller Implikationen –, haben die mich gegenüber Männern, die bemuttert werden wollen, misstrauisch, aber gleichzeitig auch zugänglich gemacht? Hat man mich konditioniert, zu glauben, dass sie, wenn ich nicht um sie besorgt bin, wenn ich nicht für sie verfügbar bin, wenn ich nicht ein unerschöpfliches Füllhorn unterhaltsamer Freuden bin, ihre Sammlung mit Milchflaschenverschlüssen und ihre räudigen einohrigen Teddybären zusammenpacken und allein in die Wälder ziehen werden, um Scharfschütze zu spielen? Wahrscheinlich. Was meine Mutter nur für niedlich gehalten hat, könnte tödlich gewesen sein.

Aber das ist nicht ihre einzige Geschichte über meine Einfältigkeit und meine Leichtgläubigkeit. Sie wartet noch mit dem *coup de grâce* auf, der Geschichte von den Häschenplätzchen.

»Es war in Ottawa. Ich hatte eine Einladung zu einem Regierungstee«, sagt meine Mutter, und allein diese Tatsache sollte ein Element des Schreckens ankündigen: Meine Mutter hasste offizielle Veranstaltungen, zu denen sie aber gezwungenermaßen gehen musste, weil sie die Frau eines Beamten im öffentlichen Dienst war. »Ich musste euch Kinder mit dorthin schleppen; wir konnten uns damals nicht sehr oft einen Babysitter leisten.« Die Gastgeberin hatte einen ganzen Teller mit verzierten Plätzchen parat, falls Kinder kamen, und meine Mutter geht jetzt daran, sie zu beschreiben: wunderbare Plätzchen in der Form von Häschen, mit Gesichtern und Kleidern aus buntem Zuckerguss, kleine Röckchen für die kleinen Hasenmädchen, kleine Höschen für die kleinen Hasenjungen.

»Du hast dir eins ausgesucht«, sagt meine Mutter. »Du bist damit in die Ecke gegangen, ganz allein. Frau X sah dich und ging zu dir. ›Willst du dein Plätzchen denn nicht essen?‹, sagte sie. ›O nein‹, sagtest du. ›Ich will nur hier sitzen und mit ihm reden.‹ Und da saßest du, wunschlos glücklich. Aber jemand hatte den Fehler begangen, den Plätzchenteller dicht bei deinem Bruder stehen zu lassen. Als sie das nächste Mal hinsahen, war kein einziges Plätzchen mehr übrig. Er hatte alle aufgegessen. An dem Abend war ihm vielleicht schlecht, sage ich euch.«

Manche Geschichten meiner Mutter trotzen einer Analyse. Was zum Beispiel ist die Moral von dieser? Dass ich ein Einfaltspinsel war, ist klar genug, aber andererseits kriegte mein

Bruder die Bauchschmerzen. Ist es besser, wenn man sein Essen auf eine direkte materialistische Art vertilgt, und so viel, wie es nur geht, oder wenn man sich in eine Ecke setzt und mit ihm redet? Das ist immer eine Lieblingsgeschichte meiner Mutter gewesen: als ich noch nicht verheiratet war und wenn ich einen »Liebhaber«, wie mein Vater sich ausdrückte, zum Essen mit nach Hause brachte. Spätestens zur Nachspeise kam die Geschichte von den Hasenplätzchen auf den Tisch, und ich drehte und wendete meinen Löffel, während meine Mutter munter draufloserzählte. Was sollten sich die Liebhaber eigentlich dabei denken? Wurde meine Freundlichkeit und reine Weiblichkeit vor ihnen ausgerollt, damit sie sie besichtigen konnten? Wurde ihnen auf umständliche Art mitgeteilt, dass ich harmlos war, dass sie erwarten konnten, von mir angesprochen, aber nicht vernichtet zu werden? Oder wollte sie sie irgendwie vor mir warnen? Weil ich mich vielleicht etwas verrückt benehme, ein bisschen wie jemand, von dem man erwartet, dass er plötzlich vom Esstisch aufspringt und schreit: »Esst es nicht! Es lebt!«

Allerdings gibt es einen Unterschied zwischen Symbolhaftem und Anekdotischem. Wenn ich meiner Mutter zuhöre, muss ich manchmal daran denken.

»In meinem nächsten Leben«, hat meine Mutter einmal gesagt, »werde ich ein Archäologe sein und herumfahren und Dinge ausgraben.« Wir saßen auf dem Bett, das früher meinem Bruder, dann mir, dann meiner Schwester gehört hatte; wir sortierten die Sachen aus einer der Truhen und entschieden, was wir jetzt weggeben oder wegwerfen konnten. Meine Mutter glaubt, was man von seiner Vergangenheit bewahren möchte, sei hauptsächlich eine Frage der Wahl.

Zu diesem Zeitpunkt war in der Familie irgendetwas nicht

in Ordnung, irgendjemand war nicht glücklich. Meine Mutter war zornig: ihr Frohsinn zahlte sich nicht aus.

Diese Erklärung von ihr erschreckte mich. Es war das erste Mal, dass ich meine Mutter sagen hörte, sie wäre vielleicht lieber etwas anderes gewesen als das, was sie war. Ich muss damals ungefähr fünfunddreißig gewesen sein, aber es kam mir noch immer schockierend und ein wenig anstößig vor, zu erfahren, dass meine Mutter mit der Rolle, die ihr das Schicksal zugedacht hatte, vielleicht nicht gänzlich zufrieden war: mit der Rolle, meine Mutter zu sein. Was für Daumenlutscher wir doch alle sind, wenn es um Mütter geht, dachte ich.

Kurz darauf wurde ich selber Mutter, und von diesem Augenblick an wurde alles anders.

Während meine Mutter meine fast unmöglichen Haare kämmte, sie über ihren langen Zeigefinger wickelte, mit einem Ruck die Böcke herausriss, las sie mir immer Geschichten vor. Die meisten sind noch irgendwo im Haus, aber eine ist verschwunden. Vielleicht war es ein Buch aus der Bücherei. Die Geschichte handelte von einem kleinen Mädchen, das war so arm, dass es für das Abendessen nur eine Kartoffel übrig hatte, und während es sie briet, stand die Kartoffel auf und lief weg. Es gab die übliche Verfolgungsjagd, aber an das Ende kann ich mich nicht erinnern: eine bedeutsame Lücke.

»Das war eine deiner Lieblingsgeschichten«, sagt meine Mutter. Wahrscheinlich hat sie noch immer den Eindruck, dass ich mich mit dem kleinen Mädchen identifizierte, mit seinem Hunger und dem Gefühl von Verlust; während ich mich in Wirklichkeit mit der Kartoffel identifizierte.

Frühe Einflüsse sind wichtig. Dieser brauchte eine Weile, bis er sich zu zeigen begann; vielleicht erst als ich auf die Universität ging und anfing, schwarze Strümpfe zu tragen und mein Haar nach hinten in einem Knoten zusammenzubinden und Ansprüche zu haben. Trübsinn machte sich breit. Unsere Nachbarin, die auf schöne Kleidung bedacht war, setzte meiner Mutter zu: »›Wenn sie doch nur etwas für sich *tun* würde‹«, zitiert meine Mutter, »›sie könnte *so hübsch* aussehen.‹«

»Du warst immer so beschäftigt«, sagt meine Mutter nachsichtig, wenn sie von dieser Zeit spricht. »Du hattest immer den Kopf voll. Das eine oder andere Projekt.«

Es gehört zu den Mythen meiner Mutter, dass ich genauso fröhlich und produktiv bin wie sie, obwohl sie zugibt, dass diese Eigenschaften gelegentlich und vorübergehend verborgen sein können. Viele Ängste waren mir nicht erlaubt im Haus. Ich musste mich ihnen im Keller hingeben, wo mich meine Mutter nicht beim Brüten aufstöbern und mir empfehlen würde, einen Spaziergang zu machen, etwas für meinen Kreislauf zu tun. Das war ihre Antwort auf jedes noch so kleine Anzeichen einer schleichenden Mutlosigkeit. Es gab nicht viel, was ein flotter Sprint durch tote Blätter, heulende Winde oder Hagelkörner nicht hätte heilen können.

Ich wusste, es war der *Zeitgeist*, der mir zu schaffen machte und gegen den diese einfachen Mittel machtlos waren. Wie Nebel schwebte ich durch ihre Tage und verbreitete Dumpfheit um mich herum. Ich las moderne Gedichte und Berichte von den Gräueltaten der Nazis und trank Kaffee. In weiter Ferne fuhr meine Mutter mit dem Staubsauger um meine Füße herum, während ich in Sesseln saß, studierte, in Autodecken gehüllt, weil mir plötzlich immer kalt war.

Meine Mutter hat wenig Geschichten aus dieser Zeit zu erzählen. Ich erinnere mich nur an den seltsamen Blick, den ich manchmal in ihren Augen entdeckte. Und zum ersten Mal in meinem Leben fuhr es mir durch den Kopf, dass meine Mutter vielleicht Angst vor mir hatte. Ich konnte sie nicht einmal beruhigen, weil ich mir über die Art ihres Kummers nur verschwommen bewusst war, aber es muss etwas in mir vorgegangen sein, das für sie nicht fassbar war: In jedem Augenblick konnte ich den Mund aufmachen und etwas in einer Sprache von mir geben, die sie noch nie gehört hatte. Ich war zu einem Besucher aus dem Weltraum geworden, ein Zeitreisender, der aus der Zukunft zurückkehrt und die Nachricht von einem großen Unglück überbringt.

Hurrikan Hazel

In dem Sommer, als ich vierzehn war, lebten wir auf einem hundert Morgen großen, wieder freigegebenen verkümmerten Stück Ackerland in einer Hütte mit nur einem Raum. Die Hütte war von hohen alten Ahornbäumen umgeben, die dort stehen geblieben waren, als das Land gerodet wurde, und das Licht fiel in Strahlen ein, wie auf diesen Bildern, die ich lange davor in der Sonntagsschule gesehen hatte – Bilder von Rittern, die ohne Helm und mit nach oben gerollten Augen den Heiligen Gral suchten. Wahrscheinlich hatten meine Eltern das Land nur wegen dieser Bäume gekauft: Hätten sie es nicht getan, hätte es jemand anders gekauft und die Ahornbäume veräußert. Solche Dinge pflegten meine Eltern stets zu tun.

Die Hütte war aus Kanthölzern gebaut. Ursprünglich war sie nicht an dieser Stelle errichtet worden, sondern von den Leuten, zwei High-School-Lehrern, die sich für Antiquitäten interessierten und vor uns dort gewohnt hatten, von irgendwo anders dorthin gebracht worden. Die Holzbalken waren nummeriert, dann auseinander genommen und in ihrer ursprünglichen Anordnung wieder zusammengesetzt worden, und die Ritzen waren aufs Neue mit weißem Zement abgedichtet worden, der aber an manchen Stellen schon wieder herauszufallen begann, genauso wie der Kitt an den kleinen Fensterrahmen.

Das weiß ich, weil es zu einem meiner ersten Jobs gehörte, sie abzuwaschen. Ich verrichtete diese Arbeit nur sehr widerwillig, ebenso wie die meisten anderen Jobs im Haus, die ich damals zu verrichten gezwungen war.

In dem einen Teil des Zimmers schliefen wir. Der Schlafbereich war durch Fallschirme abgetrennt, die mein Vater in dem Laden für Armeerestbestände erstanden hatte, wo er häufig einkaufte: khakifarbene Hosen mit Taschen an den Knien, Messer, Gabeln und Löffel, aneinander befestigt und ausklappbar, Bestecke, mit denen man unmöglich essen konnte, Regenumhänge in Tarnfarben, eine Dschungelhängematte mit Moskitonetzen an den Seiten, die wie Arbeitssocken von innen roch und von der man ein steifes Genick bekam, um die mein Bruder und ich uns aber dennoch stritten, um darin zu schlafen. Die Fallschirme waren auseinander geschnitten und hingen wie Vorhänge von dicken Drähten, die von einer Wand zur anderen gespannt waren. Die Fallschirme im Haus waren dunkelgrün, aber draußen war ein kleinerer, orangefarbener für meine dreijährige Schwester als Zelt zum Spielen aufgestellt.

Ich hatte die Zelle in der Südostecke. Dort schlief ich auf einem schmalen Bett mit Stahlfedern, die jedes Mal quietschten, wenn ich mich umdrehte. Auf der anderen Seite der Hütte, im Wohnteil, standen ein Tisch mit geplatztem Lack und mehrere schon öfters gestrichene Stühle, deren Farbe wie getrocknete Schmutzflecken aufgesprungen war, so dass die darunter liegenden Farben, die früher benutzt worden waren, zum Vorschein kamen. Es gab einen Geschirrschrank mit Tellern, der noch muffiger roch als alle anderen Sachen in der Hütte, und zwei Schaukelstühle, die auf dem unebenen Dielenboden nicht besonders gut schaukelten. All diese Möbelstücke waren in der Hütte, als wir sie kauften; wahrscheinlich entsprachen sie der Vorstellung, die die Lehrer von einem pionierhaften Dekor hatten.

Dann gab es noch eine Art Tresen, auf dem meine Mutter das Geschirr abwusch und den Primuskocher aufbewahrte, den sie bei Regen benutzte. Sonst kochte sie immer im Freien, auf einer Feuerstelle mit einem Eisenrost. Wenn wir draußen aßen, benutzten wir keine Stühle, sondern setzten uns auf Holzblöcke, weil der Boden feucht war. Die Hütte lag in einem Flusstal; bei Nacht herrschte starker Tau, und die morgendliche Wärme des Sonnenlichts erzeugte einen fast sichtbaren Dampf.

Mein Vater hatte uns am Anfang des Sommers in die Hütte gebracht. Dann war er zum Nordufer des St.-Lawrence-Stroms aufgebrochen, um dort in den Wäldern für eine Papierfabrik Untersuchungen durchzuführen. Diese ganze Zeit über gingen wir unserer täglichen Routine nach, die sich hauptsächlich um die Mahlzeiten drehte und was es dabei zu essen gab, während er in Buschflugzeugen in Täler flog, deren Wände so steil waren, dass der Pilot den Motor drosseln musste, um überhaupt bis an ihre Sohle zu gelangen, oder an großen Felsausläufern vorbei mühsam über Portagen kletterte oder von reißenden Stromschnellen beinahe mitgerissen wurde. Zwei Wochen lang war er von einem Waldbrand umzingelt, der ihn von allen Seiten umgab, und konnte sich nur mit Hilfe wildbachartiger Regenfälle retten, während denen er in seinem Zelt saß und seine Ersatzsocken wie zwei Wiener am Feuer röstete, damit sie trocken wurden. Das waren die Geschichten, die wir zu hören bekamen, wenn er wieder heil zurück war.

Bevor mein Vater loszog, stellte er sicher, dass genügend Holz gespalten und aufgestapelt war und wir genügend Vorräte und Dosennahrung im Haus hatten, um über die Runden zu kommen. Wenn wir andere Dinge wie Milch und Butter benötigten, wurde ich zu Fuß zum nächsten Laden geschickt, der anderthalb Meilen entfernt auf einem steilen Berg lag, aus dem später ein Skigebiet gemacht wurde. Damals gab es dort nur eine ungepflasterte Straße mitten im Nirgendwo, wie es mir vorkam, über der jedes Mal, wenn ein Auto darüber hinwegfuhr, Staubwolken aufwirbelten. Manchmal hupten die Autos, aber ich tat so, als würde ich es nicht bemerken.

Die Frau in dem Laden, die fett war und ständig von Schweiß triefte, interessierte sich für uns; sie versäumte niemals zu fragen, wie meine Mutter zurechtkäme. Ob es ihr denn gar nichts ausmachte – ganz allein in der heruntergekommenen Hütte zu leben, ohne einen richtigen Ofen und ohne einen Mann? Für sie war beides gleichbedeutend. Ich hasste es, ausgefragt zu werden, aber ich befand mich in einem Alter, wo für mich jede Meinung zählte, und ich begriff, dass ihr meine Mutter komisch vorkam.

Hätte meine Mutter etwas dagegen einzuwenden gehabt, mit einem dreijährigen Kind, ohne Telefon, ohne Auto, ohne Strom, allein mit mir, auf einer einsamen Farm zurückgelassen zu werden, so verlor sie jedenfalls kein Wort darüber. In dieser Situation hatte sie sich schon öfters befunden, und inzwischen musste sie sich wohl daran gewöhnt haben. Was immer geschah, behandelte sie als etwas Normales; in Krisensituationen, wenn etwa das Auto bis zur Achse im Schlamm feststeckte, stimmte sie ein Lied an und forderte uns auf, mitzusingen.

In jenem Sommer hat sie meinen Vater wahrscheinlich vermisst, obwohl sie es nie zugegeben hätte; in unserer Familie sprach man nicht über Gefühle. An den Abenden schrieb sie manchmal Briefe, obwohl sie behauptete, ihr fiele nie ein, was sie schreiben sollte. Tagsüber, wenn sie nicht gerade kochte oder das Geschirr abwusch, verrichtete sie kleinere Arbeiten, die sie jederzeit unterbrechen konnte. Sie schnitt das Gras, obwohl der unebene Fleck vor dem Haus mit Unkraut überwachsen war und keine Anstrengung der Welt ihn dazu bringen würde, wie ein Stück Rasen auszusehen; oder sie sammelte die Zweige unter den Ahornbäumen auf.

Vormittags passte ich immer ein paar Stunden auf meine kleine Schwester auf: Das gehörte zu meinen Aufgaben. Dann zog sich meine Mutter manchmal einen Schaukelstuhl auf die holprige Grasfläche und las Bücher, historische Romane oder Berichte über archäologische Expeditionen. Wenn ich mich ihr von hinten näherte und etwas zu ihr sagte, während sie las, schrie sie. Wenn die Sonne schien, trug sie Shorts, die sie niemals anzog, wenn Leute in der Nähe waren. Sie glaubte, dass ihre Knie zu knochig wären; das war das Einzige an ihrem Äußeren, dessen sie sich bewusst schien. Im Allgemeinen kümmerte sie sich nicht um ihre Kleidung. Sie sollte nur bedecken, was zu bedecken war, und nicht kaputtgehen, mehr erwartete sie nicht von ihr.

Wenn ich mich nicht gerade um meine Schwester kümmerte, ging ich allein irgendwohin. Ich kletterte auf einen Ahornbaum, der vom Haus aus nicht zu sehen war und ein paar bequem gegabelte Äste hatte, und las *Die Sturmhöhe*; oder ich ging den alten Holzweg entlang, auf dem jetzt junge Bäume nachwuchsen. Ich kannte mich zwischen dem Gestrüpp aus Unkraut und Dornen da draußen gut aus, und ich war auch schon durch den Fluss zu dem freien Feld auf der anderen Seite gegangen, auf dem unser Nachbar seine Kühe weiden durfte, um die Disteln und Kletten in Schach zu halten. Dort hatte ich auch das Pionierhaus gefunden, das echte, wie ich glaubte, obwohl es nicht viel mehr war als eine viereckige Vertiefung mit grasüberwucherten Rändern. Im ersten Jahr hatte dieser Mann einen Scheffel Erbsen gepflanzt und einen Scheffel voll geerntet. Das wussten wir von den Schullehrern, die es in überlieferten Aufzeichnungen nachgelesen hatten.

Hätte mein Bruder diese Entdeckung gemacht, würde er davon eine Karte gezeichnet haben. Er hätte eine Karte von dem ganzen Gebiet gezeichnet und alles säuberlich eingetragen. Ich unternahm nicht einmal den Versuch; stattdessen wanderte ich nur so herum, pflückte Himbeeren und Brombeeren oder sonnte mich in den hohen Kräutern, eingehüllt in den Geruch von Wolfsmilchgewächsen und Gänseblümchen und zertretenen Blättern, ganz schwindlig von der Sonne und dem Licht, das sich in den weißen Seiten meines Buchs spiegelte, während Heuschrecken auf mir landeten und Spuren ihres braunen Speichels hinterließen.

Meiner Mutter gegenüber war ich grob und widerspenstig, auch wenn ich, allein gelassen, faul und ziellos war. Es bedeutete schon eine große Anstrengung für mich, die Hände zu heben, um die Heuschrecken fortzuscheuchen. Ich schien mich immer im Halbschlaf zu befinden. Ich redete mir ein, etwas tun zu wollen; damit meinte ich etwas, mit dem man, irgendwo anders, Geld verdienen könnte. Ich wollte einen Sommerjob, aber ich war noch nicht alt genug dafür.

Mein Bruder hatte einen Job. Er war zwei Jahre älter als ich und war jetzt ein Junior Ranger, der irgendwo im Norden Ontarios neben den Highways das Gestrüpp schnitt und mit einem ganzen Trupp anderer sechzehnjähriger Jungen in Zelten hauste. Es war sein erster Sommer, den er fern von uns verbrachte. Ich litt unter seiner Abwesenheit und beneidete ihn, aber ich wartete jeden Tag auf seine Briefe. Die Post wurde von einer Frau gebracht, die auf einer nahe gelegenen Farm wohnte; sie fuhr sie in ihrem eigenen Auto aus. Wenn sie etwas für uns hatte, hupte sie, und ich ging nach draußen, zu dem staubigen verzinkten Briefkasten, der neben unserem Tor auf einem Pfosten angebracht war.

Mein Bruder schrieb an meine Mutter und auch an mich Briefe. Die an sie gerichteten waren informativ, anschaulich, genau. Er erzählte, was er tat, was sie aßen, wo sie ihre Wäsche wuschen. Er erzählte, dass die Stadt in der Nähe des Camps eine Hauptstraße hatte, die nur Telefondrähte vorzuweisen hatte. Meine Mutter war über diese Briefe sehr erfreut und las sie mir laut vor.

Ich las ihr die Briefe, die ich von meinem Bruder erhielt, nicht laut vor. Sie waren privat und enthielten die gleichen erheiternden und vulgären Kommentare, in denen wir oft schwelgten, wenn wir unter uns waren. Anderen Leuten erschienen wir ernst und aufmerksam, aber wenn wir allein waren, machten wir uns ohne Erbarmen über alles lustig, übertrafen uns gegenseitig mit allen möglichen empörenden Details. Die Briefe meines Bruders waren mit Zeichnungen seiner Zeltgefährten illustriert, auf deren Köpfen vielfüßige Käfer herumsprangen und die Flecken im Gesicht hatten und Wellenlinien um die Füße, die auf den Geruch hindeuteten, den ihre Füße verbreiteten, und mit Apfelkernen in dem Bart, den sich alle zuzulegen suchten. Er fügte unappetitliche Details über ihre persönlichen Gewohnheiten hinzu, zum Beispiel das Schnarchen. Ich nahm diese Briefe aus dem Postkasten und ging damit direkt zu dem Ahornbaum, wo ich sie mehrmals las. Dann schmuggelte ich sie unter meinem T-Shirt in die Hütte und versteckte sie unter meinem Bett.

Ich bekam auch noch andere Briefe, von meinem Freund, der Buddy hieß. Mein Bruder benutzte einen Füllfederhalter; Buddys Briefe waren mit einem blauen Kugelschreiber geschrieben, von der Art, die klecksen und schmutzige Fasern auf dem Papier hinterlassen, die an meinen Fingern kleben blieben. Die Briefe enthielten plumpe Komplimente, wie die von den Onkeln anderer Leute: Viele Wörter standen zwischen Anführungszeichen, andere waren unterstrichen. Bilder gab es keine.

Ich freute mich über diese Briefe von Buddy, aber sie waren mir auch peinlich. Das Schlimme war, dass ich wusste, was mein Bruder über Buddy sagen würde, zum Teil auch deshalb, weil er schon einiges davon gesagt hatte. Er redete, als wäre es sowohl für ihn als auch für mich selbstverständlich, dass ich mich Buddys bald entledigen würde, als wäre Buddy ein streunender Hund, den ich der Human Society übergeben musste, falls sein Besitzer nicht gefunden wurde. Sogar Buddys Name klang wie der eines Hundes, sagte mein Bruder. Er sagte, ich sollte Buddy »Pal« oder »Sport« rufen und ihm das Apportieren beibringen.

Ich fand die Art und Weise, wie sich mein Bruder über Buddy ausließ, komisch, aber auch grausam: komisch, weil er in gewisser Hinsicht Recht hatte, und grausam aus genau dem gleichen Grund. Es stimmte, dass Buddy Ähnlichkeit mit einem Hund besaß: die Freundlichkeit, die einfältige Treue seiner Augen, die Beflissenheit, mit der er dem Ritual der Verabredungen folgte. Er war ein Junge, der (obwohl ich es nie mit Sicherheit herausgefunden habe, weil ich es nie gesehen habe) seiner Mutter die Einkaufstüten abnahm, ohne dass sie ihn dazu auffordern musste, nicht weil ihm danach war, sondern einfach, weil es sich so gehörte. Er sagte Dinge wie: »Auf diese Weise wird ein Plätzchen zu Krümeln«, und als er es sagte, hatte ich das Gefühl, dass er es vierzig Jahre später auch noch sagen würde.

Buddy war ein ganzes Stück älter als ich. Er war achtzehn, fast neunzehn, und hatte schon vor längerem mit der Schule aufgehört, um in einer Autowerkstatt zu arbeiten. Er hatte ein eigenes Auto, einen Dodge aus dritter Hand, der immer makellos sauber war und glänzte. Er rauchte und trank Bier, aber das Bier trank er nur, wenn er nicht mit mir ausging, sondern mit Jungen seines Alters zusammen war. Er erwähnte immer nur ganz beiläufig, wie viele Flaschen er getrunken hatte, als wollte er für seine erstaunliche Leistung von den Freunden nicht bewundert werden.

Ich fühlte mich unbehaglich in seiner Gegenwart, weil ich nicht wusste, wie ich mit ihm reden sollte. Unsere Telefongespräche bestanden hauptsächlich aus Pausen und einsilbigen Wörtern, obwohl sie lange dauerten, was meinen Vater so wütend machte, dass er im Flur an mir vorbeiging und mit zwei Fingern schnippte, wie mit einer Schere, womit er mir bedeuten wollte, dass ich mich kurz fassen sollte. Aber sich bei einem Gespräch mit Buddy kurz zu fassen, war nicht anders, als würde man versuchen, Wasser in zwei Hälften zu teilen, denn Buddys Gespräche waren ohne jegliche Form, und auch ich vermochte ihnen keine zu geben. Ich kannte die listigen Tricks noch nicht, die Mädchen angeblich Männern gegenüber anwenden. Ich wusste nichts von Suggestivfragen, oder dass man in manchen Dingen nicht die Wahrheit sagen durfte, was ich später als taktvoll bezeichnete. Und so sagte ich meistens gar nichts, was Buddy aber überhaupt nicht zu stören schien.

Allerdings wusste ich so viel, um mir darüber klar zu sein, dass es keine gute Taktik war, zu klug zu wirken. Aber wenn ich beschlossen hätte, mich hervorzutun, hätte Buddy vielleicht gar nichts dagegen gehabt: Er gehörte zu den Jungen, die Klugheit für etwas Weibliches halten. Vielleicht hätte es ihm in einer wohldosierten Form sogar gut gefallen, wie ein ganz besonderes Stück Torte oder eine hübsche Stickerei. Aber was Buddy wirklich wollte, habe ich nie herausgefunden, ich habe noch nicht einmal herausgefunden, warum Buddy überhaupt mit mir ausging. Vielleicht, weil ich gerade da war. Buddys Welt war, wie ich erst nach und nach feststellte, bei weitem nicht so veränderlich wie meine: Sie enthielt eine lange Reihe Dinge, die niemals verändert oder beigelegt werden konnten.

Es hatte alles Anfang Mai begonnen, als ich in der zehnten Klasse war. Ich war zwei oder drei Jahre jünger als die anderen in meiner Klasse, denn damals ließ man noch Klassen überspringen, wenn jemand das nötige Wissen besaß. Im Jahr davor, als ich in die High-School gekommen war, war ich zwölf gewesen, ein Nachteil, wenn alle anderen fünfzehn waren. Ich fuhr mit dem Fahrrad in die Schule, während die anderen Mädchen aus meiner Klasse langsam, träge dahinschlenderten, ihre Hefte fest gegen den Körper gedrückt, um ihre Brüste zu schützen und zu offenbaren. Ich hatte keine Brüste; ich konnte noch immer die Kleider anziehen, die ich mit elf getragen hatte. Ich nähte mir meine Kleider selbst, aus Schnittmustern, die ich bei Eaton's kaufte. Die Kleider wurden aber nie so wie auf den Bildern der Schnittmusterumschläge, außerdem waren sie zu groß. Ich muss sie wohl so groß gemacht haben, wie ich gern gewesen wäre. Meine Mutter sagte, dass diese Kleider sehr hübsch an mir aussähen, aber das stimmte nicht und war absolut keine Hilfe. Ich fühlte mich wie eine flachbrüstige Liliputanerin zwischen all den Mädchen, die schon glatt und drüsig waren, die sich die Beine rasierten und ein rosafarbenes medizinisches Make-up über ihre Pickel strichen und beim Turnen malerisch in Ohnmacht fielen, deren Fleisch prall und geschmeidig war und matt glänzte, als hätte man ihnen Creme unter die Haut gespritzt.

Die Jungen waren noch aufregender. Manche von ihnen, diejenigen, die die neunte Klasse zum zweiten Mal durchmachten, trugen Lederjacken und bewahrten in ihren Schränken angeblich Fahrradketten auf. Ein paar von ihnen hatten eine hohe Stimme und waren spindeldürr, aber die ignorierte ich natürlich. Ich kannte den Unterschied zwischen einem Langweiler oder Blödian auf der einen Seite und einem, der süß war oder ein Traum auf der anderen. Buddy war kein Traum, aber er war süß, und das wog vieles auf. Nachdem ich angefangen hatte, mit Buddy auszugehen, durfte ich als normal gelten, fand ich. Ich wurde jetzt in die Art Gespräche einbezogen, die Mädchen auf der Toilette führten, während sie sich mit Lippenstift anmalten. Man zog mich jetzt auf.

Trotzdem wusste ich, dass Buddy eine Art Zufall war: Ich hatte ihn nicht auf ehrliche Weise gekriegt. Ich hatte ihn von Trish, die plötzlich aus dem Nichts bei mir aufgetaucht war und mich gefragt hatte, ob ich mit ihr und ihrem Freund Charlie und Charlies Cousin ausgehen wollte. Trish hatte einen großen Mund und vorstehende Zähne und langes rotblondes Haar, das sie zu einem Pferdeschwanz zusammenband. Sie trug weiche rosafarbene Pullis und war Cheerleader, wenn auch nicht der Beste. Wäre sie mit Charlie nicht fest gegangen, wäre sie wegen ihres Gekichers und ihrer Hüftenwackelei sehr gefragt gewesen, aber so war sie für den Augenblick ungefährlich. Trish sagte mir, dass mir Buddy gefallen würde, weil er so süß sei. Sie erwähnte auch, dass er ein Auto habe; Charlie hatte kein Auto. Wahrscheinlich wurde ich von Trish nur in Buddys Leben gebracht, damit Trish und Charlie in Autokinos auf dem Rücksitz von Buddys Wagen knutschen konnten, aber ich bezweifle, dass Buddy das wusste. Und damals habe ich es auch nicht gewusst.

Wir mussten immer in die erste Vorstellung gehen – für Trish und Charlie ein Grund zum Murren –, weil ich nur bis elf wegbleiben durfte. An und für sich hatte mein Vater nichts dagegen, dass ich Freunde hatte, aber er wollte, dass sie mich zügig abholten und zurückbrachten. Er wollte nicht einsehen, warum sie noch lange vor unserer Haustür herumhängen sollten, wenn sie mich nach Hause brachten. In dieser Hinsicht war Buddy, nach Meinung meines Vaters, immerhin noch besser als manche andere, die nach ihm kamen. Bei denen gewöhnte ich mir an, später als vereinbart nach Hause zu kommen, und mein Vater setzte sich mit mir hin und erklärte mir sehr geduldig, dass ich, wenn ich einen Zug kriegen wollte und zu spät käme, den Zug verpassen würde, und dass ich deshalb immer pünktlich sein müsste. Das leuchtete mir überhaupt nicht ein, denn schließlich war unser Haus kein Zug, sagte ich. Damals muss ich den Glauben daran verloren haben, dass logische Argumente der einzige Maßstab für die Wahrheit sind. Die Erklärung, die mir meine Mutter für Pünktlichkeit gab, war besser zu verstehen: Wenn ich nicht rechtzeitig nach Hause kam, würde sie glauben, ich hätte einen Autounfall gehabt. Ohne es zuzugeben, wussten wir, dass der heimliche Punkt auf der Tagesordnung, um den es bei diesen Diskussionen ging, Sex war, heimlicher noch für meinen Vater als für meine Mutter: Sie wusste über Autos und Unfälle Bescheid.

Im Autokino kauften Buddy und Charlie Popcorn und Coca-Cola, und wir kauten alle geräuschvoll vereint, während die blassen schattenhaften Gestalten, bläulich im verschwindenden Licht, auf der Leinwand sichtbar wurden. Bis das Popcorn alle war, herrschte Dunkelheit. Und vom Rücksitz war Geraschel, Gequietsche, unterdrücktes Stöhnen zu hören, das Buddy und ich zu ignorieren vorgaben. Buddy hatte den einen Arm um meine Schultern gelegt und rauchte Zigaretten. Danach schmusten wir ein bisschen, aber im Vergleich zu dem, was sich hinter uns abspielte, auf geradezu sittsame Weise.

Buddys Mund war weich, sein Körper groß und ermutigend. Ich hatte keine Ahnung, was ich fühlen sollte während dieser Sitzungen. Was immer ich fühlte, war nicht besonders erotisch, obwohl es auch nicht gerade unangenehm war. Es war eher so, als würde man von einem netten Neufundländerhund oder einer lebendigen Steppdecke umarmt. Ich presste die Knie zusammen und meine Arme um seinen Hals. Früher oder später würde Buddy versuchen, mit seinen Händen zu meiner Vorderseite vorzustoßen, aber ich wusste, dass ich ihn daran hindern musste, und das tat ich dann auch. Nach seiner Reaktion zu urteilen, die resigniert, aber gutmütig war, hatte ich richtig gehandelt, auch wenn er es in der Woche darauf immer wieder versuchen sollte.

Erst lange danach wurde mir klar, dass Trish mich nicht trotz der Tatsache, dass ich jünger war und weniger Erfahrung hatte als sie, ausgesucht hatte, sondern gerade deswegen. Sie brauchte eine Anstandsdame. Charlie war schlanker als Buddy, sah besser aus, strengte sich mehr an; manchmal betrank er sich, sagte Trish mit einem schon matronenhaften Kopfschütteln. Buddy galt als vernünftig, zuverlässig und ein bisschen beschränkt, und ich vielleicht auch.

Nachdem ich mit Buddy einen Monat oder so gegangen war, entschied mein Bruder, dass es in meinem eigenen Interesse wäre, wenn ich Griechisch lernte. Damit meinte er, dass er es mir beibringen würde, ob es mir nun gefiel oder nicht. Bis dahin hatte er mir schon viele Dinge beigebracht, von denen ich einige hatte lernen wollen: Lesen, Mit-dem-Bogen-Schießen, flache Steine über das Wasser hüpfen lassen, Schwimmen, Schach spielen, mit einem Gewehr zielen, Paddeln und Fische schuppen und ausnehmen. Außer dem Lesen hatte ich nicht besonders viel davon gelernt. Er hatte mir auch beigebracht, wie man fluchte, wie man sich nachts durch das Schlafzimmerfenster schlich, wie man mit Chemikalien schreckliche Gerüche produzierte und wie man nach Belieben rülpste. Dabei benahm er sich, egal, bei welchem Thema, immer wohlwollend, aber auch ein bisschen pädagogisch, als wäre ich eine ganze Klasse.

Griechisch lernte er gerade selbst; er war zwei Klassen über mir, auf einer anderen High-School, eine, die nur für Jungen war. Er fing mit dem Alphabet an. Wie gewöhnlich lernte ich ihm nicht schnell genug, und so begann er, überall im Haus Zettel mit Notizen zu verteilen, mit griechischen Buchstaben, an Stelle der englischen. Einen fand ich in der Badewanne, als ich baden wollte, bevor ich mit Buddy ausging, legte ihn für später auf die Seite, drehte den Hahn auf und wurde von der Dusche durchweicht. (*Stell die Dusche ab*, stand auf dem Zettel, als ich ihn übersetzt hatte.) Oder es war an meiner geschlossenen Zimmertür eine Botschaft befestigt, die sich als Warnung entpuppte, was auf mich drauffallen würde – ein nasses Handtuch, ein Klumpen Spaghetti –, sobald ich sie aufmachte. Oder einer auf meinem Toilettentisch, der mir ein fleckenbesprenkeltes Bett ankündigte, oder dass mein Wecker um drei Uhr morgens klingeln würde. Ich habe nie richtig Griechisch gelernt, aber ich habe gelernt, etwas rasch umzusetzen. Vielleicht versuchte mich mein Bruder mit diesen listigen Tricks aufzuhalten, meine Abkehr von der Welt, in der er noch lebte, hinauszuzögern, einer Welt, in der Wasserstoffsulfide und Eröffnungszüge beim Schachspielen noch interessanter waren als Sex und in der Buddy und die künftigen Buddys noch ungefährlich und einfach nur lächerlich waren.

Mein Bruder und Buddy existierten auf völlig verschiedenen Ebenen. Zum Beispiel war mein Bruder weder süß noch geistig minderbemittelt. Stattdessen hatte er das unirdisch gute

Aussehen eines englischen Schuljungen, wie man sie in Filmen der sechziger Jahre trifft, wo sie sich jedoch als Pyromanen entpuppen, oder wie auf Postern mit Soldaten aus dem Ersten Weltkrieg; er sah aus, als müsste er eigentlich eine grüne Haut und ein wenig spitze Ohren haben, als müsste sein Name Nemo oder so ähnlich lauten; als könnte er durch einen hindurchschauen. All diese Dinge habe ich später gedacht; damals war es einfach nur mein Bruder, und ich habe mir keine Gedanken darüber gemacht, wie er aussah. Er hatte einen kastanienbraunen Pullover mit Löchern an den Ellbogen, den meine Mutter immer ersetzen oder ausrangieren wollte, was ihr aber nie gelang. Er zeigte sogar noch weniger Interesse an Kleidung als sie.

Immer wenn ich damit anfing, so zu reden, wie es seiner Meinung nach ein Teenager tat, immer wenn ich von Sockenpartys oder der Hitparade redete, oder von irgendetwas auch nur entfernt Ähnlichem, wartete mein Bruder mit Zitaten aus den Anzeigen für Pickelentferner in seinen alten Comic-Heftchen auf, die er gesammelt hatte, als er zehn oder elf war: »Mary wusste nicht, warum sie nicht GEFRAGT WAR, bis … Jemand sollte es ihr sagen! Mary, es gibt jetzt etwas, das du gegen diese HÄSSLICHEN PICKEL tun kannst! Später … Mary, ich würde gern mit dir zu dem Tanzfest gehen. (Er denkt: Jetzt, nachdem Mary diese HÄSSLICHEN PICKEL los ist, ist sie das gefragteste Mädchen in der Klasse.)« Ich wusste, dass mir mein Bruder, falls ich, was unwahrscheinlich war, je das gefragteste Mädchen in meiner Klasse werden sollte, keinen einzigen Pluspunkt geben würde.

Als ich Buddy sagte, dass ich während des Sommers nicht da sein würde, glaubte er, ich würde »zu unserem Cottage« fahren, was in Toronto eine Menge Leute taten; das heißt natürlich, wer ein Cottage besaß. Was ihm vorschwebte, war so etwas wie der Lake Simcoe, auf dem man in schnellen Motorbooten herumfahren oder vielleicht Wasserski fahren konnte und wo es ein Drive-in gab. Er dachte, es gäbe dort Jungen; er sagte, ich würde bestimmt mit ihnen ausgehen und ihn ganz vergessen, aber es sollte ein Witz sein.

Ich ließ es ein wenig im Unklaren, wohin ich tatsächlich fuhr. Buddy und ich hatten uns nicht viel von unseren Familien erzählt; es würde nicht einfach sein, ihm die Vorliebe meiner Eltern für die Einsamkeit und Außentoiletten und andere merkwürdige Dinge klarzumachen. Als er sagte, dass er kommen würde, um mich zu besuchen, sagte ich ihm, es wäre zu weit weg, zu schwierig zu finden. Aber ich konnte es ihm nicht abschlagen, ihm die Adresse zu geben, und seine Briefe trafen zuverlässig jede Woche ein, verschmiert und mit Klecksen, und in einer runden und unbeholfenen Schrift, wie von einem Kind. Buddy drückte die Feder so hart auf das Papier, dass sie es manchmal durchstach, und wenn ich die Augen zumachte und mit den Fingern darüber hinwegfuhr, fühlte ich die Buchstaben wie Blindenschrift auf dem Blatt eingraviert.

Ich beantwortete Buddys ersten Brief an dem unebenen Tisch mit seiner rissigen geologischen Oberfläche. Die Luft war feucht und warm; der Block mit dem linierten Papier, auf dem ich schrieb, klebte an dem zähen Lack fest. Meine Mutter wusch im Schein einer Öllampe in der Emailleschüssel das Geschirr ab. Gewöhnlich half ich ihr, aber seit Buddy aufgetaucht war, hatte sie mir öfters freigegeben, als hätte sie das Gefühl, dass ich meine Energie für andere Dinge benötigte. Ich schrieb beim Licht der zweiten Öllampe, die ich so weit aufgedreht hatte, wie es nur ging, ohne dass sie zu rauchen begann. Hinter dem grünen Fallschirmvorhang hörte ich meine Schwester leise atmen.

Lieber Buddy, schrieb ich und hielt inne. Es war mir peinlich, seinen Namen zu schreiben. Wenn man ihn auf einem leeren Blatt Papier vor sich sah, so wie jetzt, kam es einem komisch vor, jemanden so zu nennen. Buddys Name hatte keine Beziehung zu dem, woran ich mich wirklich erinnerte, wenn ich an ihn dachte, vor allem an den Geruch seiner frisch gewaschenen T-Shirts, der sich mit dem Geruch von Zigarettenrauch und Old Spice Aftershave vermischte. *Buddy*. Als Wort erinnerte es mich an *Pudding*. Ich konnte unter meiner Hand die kleine Speckfalte an seinem Nacken fühlen, noch kaum wahrnehmbar, die aber später größer werden würde, in gar nicht so langer Zeit.

Meine Mutter drehte mir den Rücken zu, aber ich hatte das Gefühl, als würde sie mich trotzdem beobachten, oder vielleicht dem fehlenden Geräusch lauschen, denn ich schrieb nicht. Ich wusste nicht, was ich Buddy schreiben sollte. Ich konnte ihm erzählen, was ich alles getan hatte, aber sobald ich damit begann, merkte ich, wie hoffnungslos es sein würde.

Am Vormittag hatte ich unten an der einzigen kleinen verfügbaren Sandbank aus Sand ein Dorf gebaut, um meine Schwester zu unterhalten. Solche Dörfer konnte ich gut bauen. In jedem Haus waren Fenster aus Steinen; auch die Straßen waren mit Steinen gepflastert, und in den Gärten, die von Mooshecken umgeben waren, wuchsen Bäume und Blumen. Wenn die Dörfer fertig waren, spielte meine Schwester mit ihnen, fuhr mit ihren Spielzeugautos durch die Straßen und bewegte die Menschen aus kleinen Stöckchen, die ich für sie gefertigt hatte, darin herum oder machte sie vielmehr kaputt, was mich verärgerte.

Wann immer ich nur weg konnte, watete ich ein Stück den Fluss hinunter, um allein zu sein. Da war eine Lehmschicht, die ich schon kannte; und ich hatte aus ihr einen Klumpen herausgemeißelt und einige Zeit damit verbracht, Perlen daraus zu machen, die ich zum Hartwerden auf einen Baumstumpf an die Sonne legte. Manche hatten die Form eines Schädels, und ich hatte mir vorgenommen, sie später anzumalen und für eine Kette auf einen Faden zu ziehen. Ich hatte die Idee, sie für ein Halloween-Kostüm zu verwenden, obwohl ich natürlich wusste, dass ich schon viel zu alt dafür war.

Dann war ich am Flussufer entlang zurückgegangen, über das Gestrüpp umgestürzter Bäume geklettert, die den Weg versperrten, hatte mir die nackten Beine an den Brombeerzweigen zerkratzt. Ich hatte ein paar Blumen gepflückt, als Friedensangebot an meine Mutter, die bestimmt gewusst hatte, dass ich sie mit Absicht allein gelassen hatte. Sie verwelkten jetzt in einem Marmeladenglas auf der Frisierkommode: Gemeines Leimkraut, Nordamerikanisches Springkraut, Wilde Möhre. In unserer Familie wurde von einem erwartet, dass man die Namen von den Dingen kannte, die man abpflückte und in Gläser stellte.

Im Hinblick auf Buddy schien nichts, was ich tat, normal; genau genommen wirkten meine Handlungen kindisch und absurd. Was machten andere Mädchen, die so alt waren, wie die Leute glaubten, dass ich es wäre, wenn sie gerade nicht mit Jungen zusammen waren? Sie telefonierten, sie hörten Schallplatten; oder was sonst? Sie gingen ins Kino, sie wuschen sich die Haare. Aber sie wuschen sich nicht die Haare, indem sie bis zu den Knien im eiskalten Fluss standen und sich mit einer Emailleschüssel Wasser über den Kopf schütteten. Ich wollte in Buddys Augen nicht exzentrisch aussehen; ich wollte mich verstellen. In der Stadt war das leichter gewesen, dort führten wir ein normales Leben: solche Dinge wie die Weigerung meiner Eltern, einen Fernseher zu kaufen, um sich mit ihrem Abendessen auf Klapptabletts davorzusetzen und zu essen, und dass sie es nicht fertig brachten, sich einen Wäschetrockner fürs Haus zu kaufen, waren geringfügige Abwegigkeiten, die sich hinter der Bühne abspielten.

Am Ende schrieb ich Buddy über das Wetter und dass ich ihn vermisste und hoffte, ihn bald zu sehen. Nachdem ich die verschmierten, mehrmals unterstrichenen X und O's, die hinter Buddys Unterschrift standen, genau studiert hatte, machte ich sie nach. Dann klebte ich diese Fälschung zu und schrieb die Adresse drauf, und am nächsten Morgen ging ich zur Hauptstraße und legte den Brief in unseren wie ein Blatt geformten Briefkasten, zog die kleine Fahne hoch, damit man sah, dass ein Brief darin lag.

Buddy traf unangemeldet an einem Sonntagmorgen im August ein, als wir gerade mit dem Abwaschen fertig waren. Ich weiß nicht, wie er herausgefunden hatte, wo wir wohnten. Er musste an den Kreuzungen gefragt haben, an denen ein paar Häuser, eine Tankstelle und ein Laden mit Coca-Cola-Werbung an der Gittertür und einem Postamt hinten drin standen. Die Leute dort hatten Buddy bestimmt dabei helfen können, die Nummer der Landstraße zu entziffern, wahrscheinlich wussten sie sowieso ganz genau, wo wir wohnten.

Meine Mutter war in ihren Shorts vor dem Haus, schnitt das Gras und das Unkraut mit einer kleinen Sichel. Ich trug einen Kübel Wasser über die glitschigen, morschen Holzstufen vom Fluss herauf. Ich wusste, dass mich meine Mutter, wenn ich oben angekommen war, fragen würde, was ich zu Mittag essen wollte, was mich schrecklich wütend machen würde. Ich wusste nie, was ich zum Mittagessen wollte, aber wenn ich es wusste, gab es immer etwas ganz anderes. Es wäre mir nie in den Sinn gekommen, dass meine Mutter die Mahlzeiten noch langweiliger fand als ich, denn sie musste sie ja zubereiten, oder dass sie mich mit ihrer Fragerei vielleicht bloß um Hilfe bat.

Dann hörten wir ein Geräusch, das Geräusch eines aufbrüllenden Motors, überzogen, aber auch gedämpft, wie ein Benzinrasenmäher in einer Blechgarage. Wir blieben beide wie angewurzelt stehen und sahen uns an; das taten wir, wann immer draußen auf der Landstraße ein Motorengeräusch zu vernehmen war. Ich glaube, wir dachten, es wüsste niemand, dass wir in diesem Haus waren. Das Gute daran war, dass niemand reinkommen würde, und das Schlechte daran war, dass jemand reinkommen könnte, weil er das Haus für unbewohnt hielt, und die Leute, die dies versuchen würden, waren gerade die Art Leute, die wir am wenigsten sehen wollten.

Einige Minuten lang verstummte das Geräusch, dann begann es von neuem, diesmal lauter. Es kam näher, unsere Straße herauf. Meine Mutter ließ die Sichel fallen und lief ins Haus. Ich wusste, dass sie ihre Shorts ausziehen würde. Ich stieg mit dem Wasserkübel schwerfällig weiter die Treppe hinauf. Wenn ich gewusst hätte, dass es Buddy war, hätte ich mir die Haare gebürstet und Lippenstift aufgelegt.

Als ich Buddys Auto sah, war ich überrascht und fast entsetzt. Ich hatte das Gefühl, ertappt worden zu sein. Was würde Buddy von der heruntergekommenen Hütte denken, den Fallschirmvorhängen, den klapprigen Möbeln, dem Marmeladenglas mit den verwelkenden Blumen? Mein erster Gedanke war, ihn wenigstens nicht ins Haus zu lassen. Ich ging auf den Wagen zu, der über die Straße geholpert kam. Ich war mir der vertrockneten Blätter und des Schmutzes bewusst, die an meinen nassen Füßen klebten.

Buddy stieg aus dem Auto und sah bis hinauf in die Bäume. Charlie und Trish, die auf dem Rücksitz saßen, stiegen auch aus. Sie sahen sich um, aber nachdem sie alles mit einem flüchtigen Blick betrachtet hatten, gaben sie durch nichts zu erkennen, dass dieser Ort, an dem ich wohnte, nicht gerade das war, was sie erwartet hatten, außer, dass sie zu laut redeten. Aber ich wusste, dass ich in der Defensive war.

Buddys Auto hatte ein großes Loch im Schalldämpfer, das er nicht mehr hatte reparieren können, und Charlie und Trish konnten gar nicht genug davon erzählen, wie ihnen die Leute auf den Dorfstraßen verärgerte Blicke nachgeworfen hatten, als sie mit lautem Getöse dort durchgefahren waren. Buddy war zurückhaltender, fast scheu. »Hast du meinen Brief bekommen, ja?«, sagte er, aber das hatte ich nicht, nicht den, mit dem er seinen Besuch ankündigte. Der Brief kam ein paar Tage später an und war von einsamer Sehnsucht erfüllt, was vorher zu wissen praktisch gewesen wäre.

Charlie und Trish und Buddy wollten ein Picknick veranstalten. Sie hatten sich vorgenommen, zum Pike Lake zu fahren, der ungefähr fünfzehn Meilen entfernt lag und einen öffentlichen Strand hatte. Sie dachten, dass wir schwimmen gehen könnten. Meine Mutter war inzwischen wieder nach draußen gekommen. Jetzt, in ihren langen Hosen, tat sie so, als wäre alles unter Kontrolle. Sie war mit diesem Plan einverstanden; sie wusste, dass es hier bei uns nicht viel zu tun gab. Es schien ihr nichts auszumachen, dass ich den ganzen Tag mit Buddy verbringen würde, denn wir würden vor Einbruch der Dunkelheit wieder zurück sein.

Die drei standen um das Auto herum; meine Mutter bemühte sich, eine Unterhaltung in Gang zu bringen, während ich zur Hütte lief, um einen Badeanzug und ein Handtuch zu holen. Trish hatte ihren Badeanzug schon an; ich hatte unter ihrem Hemd das Oberteil gesehen. Vielleicht gab es dort keine Möglichkeit, sich umzuziehen. Solche Fragen konnte man schwer stellen, ohne sich albern vorzukommen, deshalb zog ich mich lieber in meiner Zelle aus Fallschirmseide um. Mein Badeanzug stammte noch aus dem vorigen Jahr; er war rot und ein bisschen zu klein.

Meine Mutter, die gewöhnlich keine Anweisungen erteilte, sagte zu Buddy, er solle vorsichtig fahren; wahrscheinlich, weil das Geräusch, das sein Wagen machte, sehr viel gefährlicher klang, als es wirklich war. Als er den Motor anließ, war es, als würde eine Rakete abheben, und innen drin war es noch schlimmer. Ich saß vorn neben Buddy. Die Fenster waren alle heruntergedreht, und als wir auf die asphaltierte Straße kamen, streckte Buddy seinen linken Ellbogen aus dem Fenster. Er hielt das Lenkrad mit nur einer Hand fest, mit der anderen griff er über den Sitz und nahm meine Hand. Er wollte, dass ich näher an ihn heranrückte, damit er seinen Arm um mich legen konnte, aber ich hatte Angst wegen der Fahrerei. Er warf mir einen vorwurfsvollen Blick zu und legte die Hand wieder auf das Lenkrad.

Ich hatte die Straßenschilder, auf denen Pike Lake stand, schon früher gesehen, war aber noch nie dort gewesen. Er erwies sich als klein und rund, mit einer eher flachen Landschaft darum herum. Der öffentliche Strand war dicht mit Menschen übersät, weil es ein Wochenende war: hauptsächlich Gruppen von Teenagern und jungen Paaren mit Kindern. Manche Leute hatten tragbare Radios. Trish und ich zogen uns hinter dem Wagen um, obwohl wir nur unsere Kleider abstreiften, um unsere Badeanzüge zu enthüllen, die sowieso jeder sehen würde. Während wir es taten, erzählte mir Trish, dass sie jetzt mit Charlie heimlich verlobt war. Sobald sie alt genug waren, würden sie heiraten. Es sollte niemand etwas wissen, außer natürlich Buddy und ich. Sie sagte, ihre Eltern würden Junge kriegen, wenn sie es erführen. Ich versprach, es nicht weiterzuerzählen; aber ich hatte das Gefühl, ein eiskalter Finger würde mir über den Rücken fahren. Als wir wieder hinter dem Auto hervorkamen, standen Buddy und Charlie schon bis zu den Knöcheln im Wasser, auf ihren weißen Rücken spiegelte sich die Sonne.

Der Strand war staubig und heiß, überall lagen die Reste von den Picknicks herum, die hier abgehalten worden waren: Pappteller, die wie Halbmonde aus dem Sand ragten, eingedrückte Pappbecher, Flaschen. Ganz in der Nähe, wo wir hineinwateten, trieb ein Stück Würstchen im Wasser, blass, rosagräulich, irgendwie verloren. Der See war flach und dicht mit Pflanzen bewachsen, das Wasser hatte die Temperatur einer lauwarmen Suppe. Der Boden war aus so feinkörnigem Sand, dass er fast wie Schlamm war; ich vermutete Blutegel darin, und Muscheln, die wegen der Wärme wahrscheinlich tot waren. Ich schwamm trotzdem hinaus. Trish schrie auf, weil sie in Wasserpflanzen getreten war; dann spritzte sie Charlie an, und ich hatte das Gefühl, dass ich es ihr nachmachen sollte und dass Buddy es merken würde, wenn ich es nicht tat. Stattdessen ließ ich mich auf dem Rücken im lauwarmen Wasser treiben, blinzelte hinauf zu dem wolkenlosen Himmel, der ohne Tiefe und heißblau war und über den so etwas wie Mikroben zogen, von denen ich aber wusste, dass sie die Stäbchen und Kegel in meinen Augäpfeln waren. Ich hatte im Gesundheitsbuch geblättert; ich wusste sogar, was eine Zygote war. Nach einer Weile kam Buddy zu mir geschwommen und bespritzte mich grinsend mit Wasser aus dem Mund.

Danach schwammen wir wieder ans Ufer und legten uns auf Trishs überdimensionales rosafarbenes Badetuch, auf dem eine Meerjungfrau zu sehen war, die mit einer Schaumblase spielte. Ich fühlte mich klebrig an, als hätte das Wasser einen Film auf mir zurückgelassen. Trish und Charlie waren nirgends zu sehen; endlich entdeckte ich sie, wie sie Hand in Hand dicht am Wasser hinten am Ufer entlanggingen. Buddy wollte, dass ich ihn mit dem Bräunungsmittel einrieb. Er war überhaupt nicht braun, außer im Gesicht und an den Händen und Unterarmen, und mir fiel ein, dass er die ganze Woche arbeitete und keine Zeit hatte, in der Sonne zu liegen, so wie ich. Die Haut an seinem Rücken war weich und über den Muskeln ein bisschen lose, wie ein Sweater oder wie der Hals eines kleinen Hündchens.

Als ich mich neben ihn legte, hielt Buddy meine Hand fest, obwohl sie von dem Sonnenmittel noch ganz ölig war. »Was sagst du zu Charlie, na?«, sagte er und schüttelte in gespielter Missbilligung den Kopf, so als hätte sich Charlie ungezogen oder dumm benommen. Er sagte nicht Charlie und Trish. Er legte den Arm über mich und küsste mich, direkt am Ufer, im hellen Sonnenschein, vor aller Augen. Ich wich ein wenig zurück.

»Die Leute sehen schon her«, sagte ich.

»Willst du, dass ich dir das Handtuch über den Kopf ziehe?«, sagte er.

Ich richtete mich auf, strich mir den Sand vom Körper und zog meinen Badeanzug vorne hoch. Ich strich auch etwas Sand von Buddy ab: bei ihm klebte er fester, wegen des Sonnenmittels. Mein Rücken fühlte sich versengt an, und von der Hitze und der Helligkeit war mir schwindlig. Ich wusste, dass ich Kopfschmerzen kriegen würde.

»Wo ist das Mittagessen?«, sagte ich.

»Wer hat denn Hunger?«, sagte er. »Und noch dazu auf was zu essen.« Aber es hörte sich nicht ärgerlich an. Vielleicht erwartete man von mir, dass ich mich so benahm.

Ich ging zum Auto und holte das Mittagessen heraus, das in einer braunen Papiertüte war, und wir setzten uns auf Trishs Handtuch und aßen schweigend Eiersalat-Sandwiches und tranken warme schäumende Cola. Als wir fertig waren, sagte ich, dass ich mich unter einen Baum setzen wollte. Buddy kam mit und brachte das Handtuch. Er schüttelte es aus, bevor wir uns hinsetzten.

»Du willst doch keine Ameisen in deinem Höschen«, sagte er. Er steckte sich eine Zigarette an und rauchte sie zur Hälfte, gegen den Baumstamm gelehnt – eine Ulme, wie ich bemerkte –, und sah mich auf eine merkwürdige Weise an, als würde er wegen etwas einen Entschluss fassen. Dann sagte er: »Ich möchte, dass du etwas bekommst.« Seine Stimme war beiläufig, freundlich, so wie sonst auch, aber nicht seine Augen. Alles in allem sah er verängstigt aus. Er machte das Silberarmband an seinem Handgelenk auf. Es war immer da gewesen, und ich wusste, was darauf stand: *Buddy*, in fließender Schrift eingraviert. Es war ein imitiertes Erkennungsschild der Army; viele Jungen trugen es.

»Mein Identitätsarmband«, sagte er.

»Oh«, sagte ich, als er es mir über die Hand strich, die, wie ich wusste, gerade nach Zwiebeln roch. Ich fuhr mit den Fingern über Buddys silbernen Namen, als würde ich ihn bewundern. Ich dachte gar nicht daran, es zurückzuweisen; das war unmöglich, denn ich hätte niemals erklären können, was daran falsch war, es anzunehmen. Auch hatte ich das Gefühl, dass Buddy etwas gegen mich in der Hand hatte: dass er jetzt, nachdem er zufällig etwas von mir gesehen hatte, das echt war, zu viel über meine Abweichungen von der Norm wusste. Ich hatte das Gefühl, dass ich es irgendwie zurechtbiegen musste. Jahre später kam mir der Gedanke, dass wahrscheinlich viele Frauen auf diese Weise eine Verlobung oder sogar eine Ehe eingegangen waren.

Ebenfalls Jahre später wurde mir klar, dass Buddy ein falsches Wort benutzt hatte: es war kein Identitätsarmband, es war ein Identifikationsarmband. Damals habe ich diesen Unterschied gar nicht bemerkt. Aber vielleicht war es am Ende doch das richtige Wort, und Buddy hatte mir seine Identität überreicht, irgendeinen entscheidenden Teil seiner selbst, den ich für ihn aufbewahren und auf den ich aufpassen sollte.

Inzwischen ist noch eine andere Interpretation möglich geworden: dass Buddy mir seinen Namen verpasste, wie ein *Reserviert*schild oder ein Namensschild oder einen Stempel auf dem Ohr einer Kuh oder ein Brandzeichen. Aber damals hat das niemand gedacht. Alle wussten, dass es ein Privileg war, wenn einem ein Junge sein Erkennungsarmband gab, keine Herabsetzung, und so sah es auch Trish, als sie mit Charlie von ihrem Spaziergang zurückkam. Sie entdeckte die Übergabe sofort.

»Lass mal *sehen*«, sagte sie, als hätte sie diesen Schmuck von Buddy nicht schon viele Male gesehen, und ich musste ihr mein Handgelenk hinhalten, damit sie es bewundern konnte, während Buddy dümmlich vor sich hin sah.

Als ich wieder im Blockhaus war, nahm ich Buddys Erkennungsarmband ab und versteckte es unter dem Bett. Es war mir peinlich, obwohl ich mir als Grund dafür selbst einredete, dass ich es nicht verlieren wollte. Aber im September, als ich wieder in die Stadt und wieder in die Schule fuhr, legte ich es wieder um. Es war gleichbedeutend mit einem weißen Pelzkragen für einen Sweater, so einen mit Bommeln daran. Buddy war, neben anderen Dingen, etwas zum Tragen.

Ich war jetzt in der elften Klasse und studierte das alte Ägypten und *The Mill on the Floss*. Ich war in der Volleyball-Mannschaft, ich sang im Chor. Buddy arbeitete noch immer in der Autowerkstatt, und gleich nachdem die Schule angefangen hatte, hatte er einen Leistenbruch vom zu schweren Heben.

Ich wusste nicht, was ein Leistenbruch war. Ich dachte, dass es vielleicht irgendwas Sexuelles war, aber andererseits klang es auch wieder wie etwas, das alten Männern passierte, nicht jemandem, der so jung war wie Buddy. Ich las es in unserem Medizinbuch nach. Als mein Bruder von Buddys Leistenbruch hörte, wieherte er auf eine irritierende Art und sagte, etwas anderes könnte man von Buddy auch nicht erwarten.

Buddy war ein paar Tage im Krankenhaus. Danach ging ich ihn zu Hause besuchen, weil er es wollte. Ich fand, dass ich ihm etwas mitbringen sollte, aber keine Blumen. Deshalb brachte ich ihm ein paar Plätzchen aus Erdnussbutter mit, die meine Mutter gebacken hatte. Ich wusste, dass ich lügen würde, wenn die Sprache darauf kam, und sagen, dass ich sie selbst gebacken hatte.

Es war das erste Mal, dass ich Buddy zu Hause besucht hatte. Ich hatte nicht einmal gewusst, wo er wohnte; ich war gar nicht auf die Idee gekommen, dass er überhaupt ein Zuhause oder eine bestimmte Adresse haben könnte. Ich musste mit dem Bus und der Straßenbahn hinfahren, denn Buddy konnte mich ja nicht fahren.

Es war im Spätsommer; die Luft war schwül und feucht, aber es wehte eine leichte Brise, die ein wenig half. Ich ging die Straße entlang, die von schmalen, zweistöckigen Reihenhäusern gesäumt war, die sehr viel später renoviert werden und in Mode kommen würden, auch wenn sie damals nur als altmodisch und unbequem angesehen wurden. Es war ein Samstagnachmittag, und ein paar Männer mähten ihren schmalen Rasen, einer im Unterhemd.

Die Tür von Buddys Haus stand weit offen; nur das Gitter war geschlossen. Ich klingelte; als nichts passierte, ging ich hinein. Auf dem Boden lag eine Nachricht in Buddys klecksiger blauer Kugelschreiberschrift: KOMM RAUF. Sie musste von der Tür, wo er sie an der Innenseite befestigt hatte, heruntergefallen sein.

Der Flur hatte eine ausgeblichene rosafarbene Tapete mit einem Rosenmuster; im Haus roch es leicht nach feuchtem Holz, Bohnerwachs, Teppichen im Sommer. Ich warf einen kurzen Blick ins Wohnzimmer, als ich zur Treppe ging: es war mit Möbeln vollgestopft, und die Vorhänge waren zugezogen, aber alles war makellos sauber. Ich konnte sehen, dass Buddys Mutter eine andere Vorstellung von Hausarbeit hatte als meine Mutter. Es schien niemand zu Hause zu sein, und ich überlegte, ob Buddy es vielleicht absichtlich so arrangiert hatte, damit ich nicht mit seiner Mutter zusammentraf.

Ich stieg die Treppe hinauf; oben in dem Spiegel schien ich mir selbst entgegenzukommen. In dem trüben Licht sah ich älter aus, mein Fleisch geschwollen und rot von der Hitze, mit tief umschatteten Augen.

»Bist du das?«, rief Buddy mir entgegen. Er lag im vorderen Schlafzimmer, an das Kissen gelehnt, in einem Bett, das für das Zimmer viel zu groß war. Das Bett war aus schokoladenbraunem lackiertem Holz, Kopf- und Fußende mit Schnitzereien versehen; dieses riesige altmodische feierliche Bett stimmte mich nervöser als alles andere im Zimmer, einschließlich Buddy. Das Fenster war geöffnet, und die weißen Vorhänge mit Spitzenbesatz – die sich meine Mutter wegen der Art, wie sie gebleicht, gestärkt und gebügelt werden mussten, nie angeschafft hätte – wurden von der Luft hin und her bewegt. Das Geräusch der Rasenmäher war zu hören.

Ich zögerte an der Tür, lächelte, ging hinein. Buddy hatte ein weißes T-Shirt an und bis zur Hüfte nur das Laken über sich gezogen. Er sah weicher, kleiner, ein bisschen geschrumpft aus. Er lächelte mich an und streckte die Hand aus.

»Ich hab dir ein paar Plätzchen mitgebracht«, sagte ich.

Wegen der Stille und der Leere waren wir beide scheu. Ich nahm seine Hand, und er zog mich sanft zu sich. Das Bett war so hoch, dass ich fast hinaufklettern musste. Ich stellte die Plätzchentüte neben ihn und legte meine Arme um seinen Hals. Seine Haut roch nach Zigarettenrauch und Seife, und seine Haare waren ordentlich gekämmt und noch immer ein bisschen nass. Sein Mund schmeckte nach Zahnpasta. Ich stellte mir vor, wie er, vielleicht unter Schmerzen, herumgehumpelt war, um sich für mich herzurichten. Ich hatte nie viel darüber nachgedacht, wie sich Jungen für Mädchen herrichten, sich säubern, sich in Badezimmerspiegeln betrachten, warten, ängstlich, in dem Wunsch, zu gefallen. Jetzt wurde mir klar, dass sie es taten, dass es nicht nur andersherum so war. Ich machte die Augen auf und sah Buddy an, während ich ihn küsste. Das hatte ich auch noch nie getan. Buddy sah mit geschlossenen Augen anders aus, und komischer als der Buddy mit offenen Augen. Es sah aus, als schliefe er und als hätte er einen schrecklichen Traum.

So im Ernst hatte ich ihn noch nie geküsst. Aber es war ungefährlich: Er war verwundet. Als er leise stöhnte, dachte ich, es wäre, weil ich ihm wehtat. »Sei vorsichtig«, sagte er und schob mich auf die eine Seite von sich.

Ich hörte auf, ihn zu küssen, und legte mein Gesicht auf seine Schulter, an seinen Hals. Ich konnte den Toilettentisch sehen, der zum Bett passte; darauf waren eine weiße Krücke und ein paar Babybilder in Silberrahmen. Darüber hing ein Spiegel, in einem dunklen Rahmen mit einer geschnitzten Rosengirlande, und in dem Rahmen war Buddy, und ich lag neben ihm. Ich dachte, das muss das Schlafzimmer von Buddys Eltern sein, und ihr Bett. Irgendwie war es deprimierend, mit Buddy dort in dem vollgestopften förmlichen Raum mit seiner bedrückenden Niedlichkeit zu liegen, seiner Heiterkeit, die überladen und zugleich auch düster war. Dieses Zimmer war mir geradezu fremd; es war das Zelebrieren von etwas, mit dem ich mich nicht identifizieren konnte und an dem ich nie Anteil haben würde. Es würde nie sehr viel dazugehören, Buddy glücklich zu machen, niemals: nur so etwas wie das hier. Das erwartete er von mir, dieses Wenige, aber es war sehr viel mehr, als ich geben konnte. Niemals habe ich mehr Angst vor Buddy gehabt.

»He«, sagte Buddy. »Keine Sorge. Es funktioniert noch alles.« Er glaubte, dass ich mir wegen seiner Verletzung Sorgen machte.

Danach merkten wir, dass ich mich auf die Tüte mit den Plätzchen gerollt und sie zerdrückt hatte, und das machte alles ungefährlicher, weil wir darüber lachen konnten. Aber als es dann für mich Zeit wurde, wieder zu gehen, wurde Buddy schmachtend. Er hielt meine Hand fest. »Und wenn ich dich nun nicht loslasse?«, sagte er.

Als ich wieder zur Straßenbahnhaltestelle ging, sah ich eine Frau auf mich zukommen, die eine große braune Ledertasche und eine Papiertüte trug. Sie hatte ein muskulöses und entschlossenes Gesicht, das Gesicht einer Frau, die kämpfen musste, gegen das eine oder das andere, auf die eine oder andere Art, schon seit langem. Sie sah mich an, als dächte sie, ich hätte nichts Gutes im Sinn, und ich wurde mir meines zerknitterten Baumwollkleids bewusst, mit dem ich neben Buddy im Bett gelegen hatte. Ich dachte, dass sie vielleicht Buddys Mutter war.

Buddy wurde bald wieder gesund. In den darauf folgenden Wochen wurde er nicht mehr bloß geduldet oder gar belacht, sondern er wurde stattdessen zu einer Verpflichtung. Wir gingen weiterhin zusammen aus, an den gleichen Abenden, an denen wir immer zusammen ausgegangen waren, aber Buddy war irgendwie gereizt, wie er es früher nicht gewesen war. Manchmal kamen Trish und Charlie mit, aber sie knutschten überhaupt nicht mehr so ausgiebig auf dem Rücksitz. Sie hielten sich an den Händen und redeten leise von Dingen, die sich ernst und sogar düster anhörten, wie etwa die Preise von Wohnungen. Trish hatte angefangen, Geschirr zu sammeln. Und Charlie hatte jetzt einen eigenen Wagen, und Buddy und ich waren immer häufiger allein, ohne Schutz. Buddys Atemzüge wurden immer schwerer, und er lächelte auch nicht mehr so gutmütig, wenn ich seine Hand festhielt, um ihn zu stoppen. Er hatte genug von meinen vierzehn Jahren.

Ich fing an, Buddy zu vergessen, wenn ich nicht mit ihm zusammen war. Das Vergessen war absichtlich: Es war dasselbe wie Sich-Erinnern, nur das Gegenteil. Anstatt stundenlang mit Buddy zu telefonieren, verbrachte ich sehr viel Zeit damit, für die Puppen meiner kleinen Schwester Kleider zu machen. Und wenn ich es gerade nicht tat, las ich auf dem Boden in meinem Zimmer, mit den Füßen auf dem Bett, in den Comic-Heften, die mein Bruder gesammelt, aber längst ausrangiert hatte. Mein Bruder brachte mir jetzt kein Griechisch mehr bei. Er hatte sich Hals über Kopf in die Trigonometrie gestürzt, die ich, wie wir beide wussten, niemals begreifen würde, auf gar keinen Fall.

Mit Buddy war eines Abends im Oktober Schluss, ganz plötzlich, wie ein Licht, das ausgeknipst wird. Eigentlich wollte ich mit ihm ausgehen, aber beim Dinner sagte mein Vater, dass ich es mir noch mal überlegen sollte: Gleich würde ein schwerer Sturm über Toronto hinwegziehen, ein Hurrikan, mir sturzbachartigen Regenschauern und stürmischen Winden, und er meinte, dass es besser wäre, nicht draußen zu sein, vor allem nicht in einem Auto wie dem von Buddy. Es war schon dunkel; der Regen klatschte hinter den zugezogenen Vorhängen gegen die Fenster, und es war ein starker Wind aufgekommen, der wie Wellenbrecher in den Eschen tobte. Ich spürte, wie unser Haus immer kleiner wurde. Meine Mutter sagte, sie wolle lieber ein paar Kerzen holen, falls der Strom ausfiel. Zum Glück war unser Haus höher gelegen, sagte sie. Mein Vater sagte, es wäre natürlich allein meine Entscheidung, aber wer an einem solchen Abend aus dem Haus ging, musste verrückt sein.

Buddy rief an, um zu hören, wann er mich abholen sollte. Ich sagte ihm, dass das Wetter immer schlechter würde und dass es vielleicht besser wäre, am nächsten Abend auszugehen. Buddy sagte, warum sich vor dem bisschen Regen fürchten? Er wollte mich sehen. Ich sagte, dass ich ihn auch gern sehen würde, dass es aber vielleicht zu gefährlich sei. Buddy sagte, das wäre nur eine Ausrede. Ich sagte, das wäre es nicht.

Mein Vater ging im Flur an mir vorbei, schnippte mit den Fingern wie mit einer Schere. Ich sagte, wer an einem solchen Abend ausginge, müsste verrückt sein, Buddy könnte ja das Radio andrehen und sich selbst überzeugen, dass es einen Hurrikan geben würde, aber Buddy hörte sich an, als wüsste er gar nicht, was das zu bedeuten hatte. Er sagte, wenn ich nicht bei einem Hurrikan mit ihm ausginge, würde ich ihn nicht lieben. Ich war erschrocken: Es war das erste Mal, dass er das Wort *Liebe* benutzt hatte, laut und nicht nur am Ende von Briefen, um auszudrücken, was wir hätten tun sollen. Als ich zu ihm sagte, wie dumm er sich aufführte, legte er einfach auf, worüber ich wütend war. Aber er hatte natürlich Recht. Ich liebte ihn nicht genug.

Anstatt mit Buddy auszugehen, blieb ich zu Hause und spielte eine Partie Schach mit meinem Bruder, der, wie immer, gewann. Ich bin nie eine gute Schachspielerin gewesen: Ich konnte das stumme Warten nicht leiden. Dieses Spiel war wie eine Art Wiedervereinigung, die jedoch nicht lange anhalten würde. Buddy war weg, aber er war ein Symptom gewesen.

Das war der erste einer langen Reihe atmosphärisch aufgeladener Brüche mit Männern, obwohl ich das damals noch nicht wusste. Schneestürme, Donnerwolken, Hitzewellen, Sturm und Hagel: Ich habe später bei allem Schluss gemacht. Ich bin mir nicht sicher, woran es lag. Vielleicht hatte es etwas mit den positiven Ionen zu tun, die erst viele Jahre später entdeckt werden sollten; aber ich begann zu glauben, dass irgendetwas an mir nach extremen Gebärden verlangte, obwohl ich nie herausgefunden habe, was genau es war. Nach einem dieser Brüche, der während eines heftigen Hagelschauers stattfand, überreichte mir ein ehemaliger Freund einen Valentinsgruß, ein echtes Kuhherz, das von einem echten Pfeil durchbohrt war. Das hätte er ohnehin vorgehabt, sagte er, und ihm wäre auch kein anderes Mädchen eingefallen, das dieses Geschenk zu schätzen wüsste. Wochenlang zerbrach ich mir dann den Kopf darüber, ob es eigentlich als Kompliment gemeint war oder nicht.

Buddy war weniger freundlich. Nachdem zwischen uns Schluss war, hat er nie wieder ein Wort mit mir gesprochen. Über Trish forderte er sein Identifikationsarmband zurück, und ich gab es ihr in der Mittagspause auf der Mädchentoilette. Er wollte es einer anderen geben, sagte Trish, einem Mädchen namens Mary Jo, das statt Französisch Schreibmaschineschreiben lernte, in jenen Tagen ein sicheres Zeichen dafür, dass jemand vorzeitig von der Schule abgehen und sich einen Job oder Ähnliches suchen würde. Mary Jo hatte ein rundes, gutmütiges Gesicht, einen Pony wie ein Schäferhund über der Stirn und schwere Brüste, und sie ging tatsächlich vorzeitig von der Schule ab. Inzwischen aber trug sie Buddys Namen in Silber an ihrem Handgelenk. Trish wechselte die Fronten, wenn auch nicht sofort. Etwas später hörte ich, dass sie Geschichten darüber verbreitete, wie ich den ganzen Sommer über in einem Kuhstall gewohnt hätte.

Es wäre falsch, zu behaupten, dass ich Buddy nicht vermisst hätte. Auch in dieser Hinsicht war er der Erste in einer langen Reihe. Ich habe die Männer später immer vermisst, sobald sie fort waren, selbst wenn sie mir, wie es so heißt, absolut nichts bedeutet hatten. Wie ich entdecken musste, gab es für mich keine Kategorie des absoluten Nichts.

Aber all das kam erst später. Am Morgen nach dem Wirbelsturm hatte ich nur das Gefühl, ungeschoren einem großen Unheil entronnen zu sein. Nachdem wir die Nachrichten gehört hatten, umgekippte Autos mit ihren Fahrern, demolierte Häuser, all das verwüstende Wasser und die Katastrophe und das fortgespülte Geld, stiegen mein Bruder und ich in unsere Gummistiefel und liefen die alte, mit Schlaglöchern durchzogene und jetzt tief ausgehöhlte und rotgesprenkelte Pottery Road hinunter, um das Ausmaß der Zerstörung höchstpersönlich zu besichtigen.

Es war nicht so schlimm, wie wir gehofft hatten. Bäume und Äste lagen am Boden, aber nicht so furchtbar viele. Der Don River hatte Hochwasser und war voller Schlamm, aber es ließ sich schwer sagen, ob die Autoteile, die halb untergegangen waren, und die zerfetzten Lastwagenreifen, die Berge aus Stangen, Brettern und angesammeltem Müll, die vorbeigeschwemmt oder ans Ufer gespült wurden, wo das Wasser schon wieder zurückzuweichen begann, neu waren oder nur größere Mengen des üblichen Abfalls, den wir auch sonst darin entdeckten. Der Himmel war noch bedeckt, unsere Stiefel patschten durch den Schlamm, aus dem keine Hände aufragten. Ich hatte mir etwas Tragischeres gewünscht. In der Nacht waren dort tatsächlich zwei Menschen ertrunken, aber das erfuhren wir erst später. Das ist es, woran ich mich bei Buddy am deutlichsten erinnere: das gewöhnliche Strandgut, das flache Wasser, das trübe Licht.

Loulou oder
Das häusliche Leben der Sprache

Loulou ist im Wagenschuppen, knetet Ton. Sie trägt Turnschuhe, früher weiß, jetzt grau, über dicken Männersocken aus Wolle, einen roten Baumwollrock mit Indianermuster und einen rostfarbenen Kittel, der so dick mit staubigem Ton bedeckt ist, dass er wie Brokat an ihr herunterhängt, mit bis über die Ellenbogen hochgekrempelten Armen. Das ist ihre liebste Arbeitskleidung. Zur Musik der *Zauberflöte*, über CBC Stereo eingespielt, hebt sie die Tonplatte hoch und knallt sie wieder hin, versetzt ihr eine halbe Drehung, hebt sie hoch und knallt sie hin. Das geschieht, damit die Luftblasen rausgehen, damit im Brennofen nichts zerbirst. Manche Töpfer nehmen sich Gehilfen dafür, aber nicht Loulou.

Es stimmt, sie hat Gehilfen, zwei; sie bekommt sie von der Regierung zur freien Ausbildung. Aber sie machen Teller und Becher nach Loulous Entwürfen, so ungefähr alles, wozu sie imstande sind. Sie hält sie nicht für geeignet, Ton zu kneten, mit ihren schwachen kleinen Muskeln und streichholzdünnen Handgelenken, so dürftig, verglichen mit ihren eigenen kräftigen, glatten muskulösen Armen und ihren breiten, tüchtigen, aber wohlgeformten Händen, die von den Dichtern so oft bewundert wurden. *Marmorisch*, hatte einer von ihnen gesagt – eigentlich geschrieben – und Loulou dazu veranlasst, einen ihrer häufigen Vorstöße ins Wörterbuch zu unternehmen, um herauszufinden, ob man sie beleidigt hatte oder nicht.

Früher hatte sie es offen getan, wann immer sie etwas über sie sagten, irgendein Wort, das sie nicht verstand, aber als sie entdeckten, dass sie es tat, fanden sie es amüsant und fingen an, absichtlich solche Wörter zu gebrauchen. Wenn einer von ihnen sagte: »Loulou ist so geomorph«, und sie rot wurde und die Stirn runzelte, griff ein anderer es sofort auf. »Und nicht nur das, sie ist durch und durch chthonisch.« – »Tellurisch«, piepste ein anderer. Und dann lachten sie alle. Sie hatte beschlossen, sie einfach zu ignorieren. Aber so dumm, wie sie glauben, ist sie nicht, sie merkt sich die Wörter, und wenn es niemand sieht, wirft sie heimlich einen Blick in das Kleine Oxford-Wörterbuch (das im Studio steht, welches eigentlich nur einem von ihnen gehört, das sie aber als *ihr* Studio bezeichnet), wobei sie sich vorher die Hände wäscht, um keine verräterischen Spuren von Ton auf der Seite zu hinterlassen.

Die gleichen Vorsichtsmaßnahmen trifft sie auch, wenn sie ihre Tagebücher liest. Sie hat den Verdacht, sie wissen sehr gut, dass sie dies tut. Auf diese Weise hält sie sich darüber auf dem Laufenden, was sie wirklich von ihr denken, oder vielleicht auch nur über das, was sie als ihre Meinung über sie ausgeben wollen. Die Tagebücher sind eigentlich geheim, aber Loulou hält es für ihr gutes Recht, und auch irgendwie für ihre Pflicht, sie zu lesen. Sie sieht es im selben Licht, in dem es auch ihre Mutter gesehen hat, wenn sie in den Schubladen mit den Socken und der Unterwäsche der ganzen Familie kramte, um die sauberen und die bereits getragenen und wieder hineingestopften Sachen auseinander zu sortieren. Genauso verhält es sich mit den Tagebüchern von Dichtern. Größtenteils Socken, aber man kann nie wissen, was man darin entdeckt.

»Loulou wird immer metonymischer«, hatte sie vor kurzem gelesen. Das hatte ihr tagelang keine Ruhe gelassen. Manchmal würde sie am liebsten zu ihnen sagen: »Was, zum Teufel, habt ihr eigentlich gemeint?« Aber sie weiß, dass es ihr nichts bringen würde.

»Loulou ist eine Feindin der abstrakten Ordnung«, würde einer sagen. Das ist eine ihrer Lieblingsbehauptungen.

»Loulou ist eine Feindin der abstrakten Ordonanz.«

»Loulou ist die Große Liebende.«

»Loulou ist die große Liegende.«

Am Ende würde Loulou ihnen sagen, dass sie sich verpissen sollten. Und wenn das nichts nützte, würde sie ihnen sagen, dass es kein gebratenes Hühnchen mehr gäbe, wenn sie nicht aufhörten … Die Drohung, ihnen die Nahrung zu entziehen, hilft für gewöhnlich.

Nach außen ist Loulou darauf bedacht, Verachtung für die Dichter zu zeigen; nicht für sie direkt – sie haben ihre Eigenheiten –, sondern weil sie mit Wörtern so heikel sind. Ihre Mutter hätte gesagt, dass sie beim Essen mäkelten. »Wen kümmert es, wie etwas heißt?«, sagt sie zu ihnen. »Ein Stück Brot ist ein Stück Brot. Wollt ihr was oder nicht?« Und sie beugt sich nach vorn, um drei ihrer berühmten Brotlaibe aufzuschneiden, hoch und hübsch gebräunt, direkt aus dem Ofen, und die Dichter bewundern ihren Arsch und ihre Schenkel. Manchmal tun sie es ganz unverhohlen, wie andere Männer, brummen und schmatzen mit den Lippen, tun so, als wären sie Bauarbeiter. Sie tun gern so, als wären sie was anderes; im Sommer spielen sie Baseball und machen viel Aufhebens davon, die richtigen Mützen zu haben. Aber manchmal tun sie es schweigend, und Loulou erfährt es nur aus den Gedichten, die sie hinterher schreiben. Loulou weiß, dass diese Gedichte über sie sind, auch wenn die Substantive wechseln: »meine Freundin«, »die Freundin meines Freundes«, »meine Frau«, »die Frau meines Freundes«, »meine Ehefrau«, »die Ehefrau meines Freundes«, und falls es die Zeilenlänge erfordert: »die Ehefrau von meinem Freund«. Aber niemals »Mädchen«, und niemals ihr Name. *Arsch* und *Schenkel* sind auch nicht Loulous Wörter, sie würde *Hintern* sagen.

Loulou versteht nichts von Musik, aber sie hört ihr gern zu. Gerade jetzt trillert sie die Königin der Nacht, und Loulou macht eine Pause, um zu sehen, ob sie es bis ganz nach oben schafft. Sie schafft es ganz knapp, und Loulou verspürt geteilten Triumph und stößt ihre Faust in den Haufen aus Ton. Dann bedeckt sie ihn mit einem Stück Plastik und geht zum Ausguss, um sich die Hände zu waschen. Bald wird die Ofenuhr klingeln, und einer von den Dichtern, vielleicht ihr Mann, aber das kann man nie wissen, wird sie über die Sprechanlage rufen, damit sie nach dem Brot sieht. Nicht dass sie es nicht selbst herausnehmen würden, wenn sie sie darum bäte. Zu viert oder fünft würden sie es wahrscheinlich schaffen. Aber Loulou traut ihnen nicht. Schon seit langem ist sie zu dem Schluss gekommen, dass man keinem von ihnen über den Weg trauen kann, wenn es um reale Dinge geht. Wenn sie das Brot aus dem Ofen haben will, wenn es kross ist, aber nicht später, und das will sie, dann muss sie es wohl oder übel selbst tun.

Sie fragt sich, wer wohl inzwischen im Haupthaus in der Küche ist: ganz bestimmt ihr Ehemann, und der Mann, mit dem sie danach drei Jahre lang zusammen gelebt hatte, ohne verheiratet zu sein, und ihr zweiter Ehemann, der, den sie jetzt hat, und zwei Ex-Liebhaber. Vielleicht ein halbes Dutzend, die um den Küchentisch sitzen, ihren Kaffee trinken und ihre Rosinenplätzchen essen und von den Dingen reden, von denen sie reden, wenn sie nicht da ist. Es hat in der Vergangenheit manchmal ziemliche Spannungen unter ihnen gegeben, vor allem in den Zeiten, da Loulou sie gerade gewechselt hat, aber jetzt kommen sie alle ganz gut miteinander aus. Sie geben gemeinsam eine Zeitschrift mit Gedichten heraus, die sie vor den ärgsten finanziellen Schwierigkeiten bewahrt. Der Name der Zeitschrift ist *Komma*, aber wenn sie unter sich sind, nennen die Dichter sie *Koma*. Auf Partys sagen sie mit Vorliebe zu jungen weiblichen Möchtegerndichterinnen (»Proupies«, wie sie sie hinter ihrem Rücken nennen, was so viel bedeutet wie »Poesie-Groupies«): »Ich würde Sie gern in einem *Koma* sehen.« Vor einiger Zeit hat *Komma* hauptsächlich Gedichte ohne Kommas veröffentlicht, aber das hat jetzt ein Ende, genauso wie Bärte zu Gunsten von Schnurrbärten oder gar Rasieren allmählich aus der Mode geraten. Die Mutigeren unter den Dichtern haben sogar ihre Koteletten geopfert. Loulou weiß nicht so recht, ob sie es gut finden soll oder nicht.

Sie weiß nicht, ob die Dichter gute Dichter sind, ob die Gedichte, die sie in einer solchen Fülle schreiben, gut sind. Loulou hat keine Meinung dazu: für sie zählt nur, was sie über sie schreiben. Ihre Gedichte werden in Büchern veröffentlicht, aber was bedeutet das schon? Kein Geld, so viel ist sicher. Man verdient kein Geld mit Poesie, sagen die Dichter, außer, wenn man singt und auch Gitarre spielt. Manchmal haben sie Lesungen und verdienen ein paar hundert Dollar. Für Loulou sind das drei mittelgroße Kasserollen mit Deckel. Andererseits haben sie nicht dieselben Unkosten wie sie. Ein Teil ihrer Unkosten sind sie selbst.

Loulou kann sich nicht genau daran erinnern, wie sie an die Dichter geraten ist. Irgendeine besondere Vorliebe für Dichter an sich hatte sie nicht: Es ergab sich einfach so. Nach dem Ersten schienen die anderen wie selbstverständlich zu folgen, fast so, als wären sie mit einem Stück Schnur in einer langen Reihe miteinander verbunden. Sie waren immer da, und sie selbst hatte meistens so viel zu tun, dass sie nicht oft rauskam, um sich nach anderen Männern umzusehen. Jetzt, da ihr Geschäft so gut geht, möchte man glauben, dass sie mehr freie Zeit hätte, aber das ist nicht der Fall. Und die freie Zeit, die sie hat, verbringt sie mit den Dichtern. Sie hacken immer auf ihr herum, weil sie zu viel arbeitet.

Bob war der Erste, und auch ihr erster Ehemann. Er ging in derselben Zeit auf die Kunstschule wie sie, bis er zu dem Schluss gelangte, dass er nicht dafür geschaffen war. Er war nicht praktisch genug, er ließ alles eintrocknen: die Farbe, den Ton, sogar die Reste in seinem winzigen Kühlschrank, wie Loulou in der ersten Nacht entdeckte, als sie mit ihm geschlafen hatte. Sie verbrachte den nächsten Morgen damit, seine Küche sauber zu machen: die Untertassen mit mumifizierten gekochten Erbsen und die verschrumpelten, halb abgenagten Hühnerbeine und die aufgerissenen Verpackungen mit zwei Monate altem runzligem Schinkenspeck in Scheiben und die Käsestücke, außen ölig und hart wie Ziegelsteine, wegzuwerfen. Loulou hat Unordnung immer gehasst, hat sie, wenn auch nicht mit so vielen Worten, als Materie definiert, die nicht an ihrem Platz ist. Bob sah ihr zu, verdrossen, aber dankbar, während sie herumstöberte und putzte. Vielleicht war das der Grund, warum er beschloss, sie zu lieben: weil sie solche Dinge tun würde. Immerhin sagte er: »Du ergänzt mich.«

Er sagte auch, dass er sich in ihren Namen verliebt habe. Alle Dichter haben das gesagt, einer nach dem anderen. Das erste Anzeichen ist, dass sie fragen, ob Loulou eine Abkürzung ist – von Louise vielleicht? Wenn sie verneint, sehen sie sie mit leicht glasigem Blick an, den sie sofort erkennt, als hätten sie ihr nie richtig Beachtung geschenkt oder als hätten sie sie sogar noch nie vorher zu Gesicht bekommen. Dieser Blick ist ihr das Liebste an jeder Beziehung zu einem Mann. Er ist sogar besser als Sex, obwohl Loulou Sex durchaus mag und alle Dichter im Bett gut waren. Aber schließlich hat Loulou noch nie mit einem Mann geschlafen, den sie im Bett nicht gut fand. Sie glaubt schon fast, das kommt daher, weil sie kein Niveau hat.

Zuerst war Loulou fasziniert von dieser Vernarrtheit in ihren Namen, hielt es irrtümlich für eine Vernarrtheit in sie selbst, aber es war nichts dergleichen. Es war die Lücke, die sie interessierte, hatte ihr einer von ihnen erklärt (aber nicht Bob, vielleicht Phil, der Zweite und Linguistischste von allen).

»Welche Lücke?«, fragte Loulou misstrauisch. Sie wusste, dass ihre oberen Schneidezähne ein bisschen auseinander standen und hatte deswegen Hemmungen gehabt, als sie noch jünger war.

»Die Lücke zwischen dem Wort und der Sache, die es bezeichnet«, erwiderte Phil. Seine Hand lag auf ihrer Brust, und er hatte sie abwesend gedrückt, wie um zu veranschaulichen, was er meinte. Sie lagen gerade im Bett. Im Allgemeinen redet Loulou nicht gern im Bett. Aber sie hat es auch nicht gerade besonders gern, zu anderen Gelegenheiten zu reden.

Phil sagte dann noch, dass Loulou, als Name, die Bilder französischer Mädchen in Can-Can-Aufmachung heraufbeschwor, mit geschnürten Wespentaillen und blonden Locken und quirligem Lachen. Aber dann war da die echte Loulou – dunkel, mit glatten Haaren, kräftig gebaut, marmorisch und, na ja, nicht direkt quirlig. Erdverbundener, könnte man sagen. (Damals hatte Loulou nicht gewusst, was mit »erdverbunden« gemeint war, aber inzwischen hat sie gelernt, dass es für ihn, für sie alle, »in funktioneller Hinsicht ungebildet« bedeutet.) Wie Phil sagte, ging es darum, was in dem Raum zwischen Loulou und ihrem Namen existierte.

Loulou wusste nicht, wovon er redete. Welcher Raum?

Früher hatte sie es ihrer Mutter übel genommen, weil sie ihr diesen Namen aufgehalst hatte; Mary oder Ann wäre ihr lieber gewesen. Vielleicht hegte sie den Verdacht, dass ihre Mutter eigentlich lieber ein Kind gehabt hätte, das besser zu dem Namen passte – blond, dünn, mit Locken –, zu ihrer Enttäuschung aber Loulou bekommen hatte, kurz, dick, mit trotzigem Kinn, nicht besonders interessiert an den rüschenbesetzten niedlichen Puppenkleidern, die ihre Mutter fleißig für sie häkelte. Stattdessen liebte es Loulou, auf der Veranda hinterm Haus Matschplätzchen zu machen, die sie vorsichtig auf das Geländer legte, wo niemand drauftreten und sie kaputtmachen konnte. Die Reaktion ihrer Mutter auf diese Plätzchen war: »Ach, Loulou!« – als würde *Loulou* selbst Matsch bedeuten, Kummer und Sorgen bedeuten.

»Es ist ja nur ein Name«, sagte sie. »Phil ist ein ebenso blöder Name, wenn du mich fragst.«

Phil sagte, darum ginge es gar nicht, er wollte sie nicht *kritisieren*, aber Loulou beendete das Gespräch, indem sie auf ihn draufkletterte und ihre langen Haare über sein Gesicht fallen ließ.

Das war am Anfang gewesen; damals hatte ihm ihr Haar gefallen. Eine ganze Weile später hatte er es in einem Gedicht »üppig« genannt. Loulou hielt nicht sehr viel davon, als sie es las. Es konnte *allzu wild wuchernd* oder *abstoßend* und *übel riechend* heißen. Dieses Gedicht bewirkte bei Loulou, dass sie anfing, ihre Haare öfter zu waschen. Früher oder später fingen alle Dichter mit ihren Haaren an, und sie hatte es satt, sie mit Pferdeschwänzen, dem Fell von Neufundländern, schwarzen Löchern im Raum und dem Inneren von Höhlen vergleichen zu lassen. Wenn Loulou besonders erbost über die Dichter war, drohte sie ihnen, sie würde sich einen Bürstenschnitt zulegen, obwohl sie wusste, dass sie damit ihr Glück aufs Spiel setzte.

Als sie sich die Hände abgetrocknet hat, zieht Loulou ihren Kittel aus. Darunter trägt sie ein malvenfarbenes Sweatshirt, auf dem vorn RASENDE OPTIMISTIN steht. Die Dichter haben es ihr mal gemeinsam zu Weihnachten geschenkt, denn ein paar Wochen davor hatte einer von ihnen gesagt: »Warum bist du so mürrisch, Loulou?«, und Loulou hatte gesagt: »Ich bin nur mürrisch, wenn ihr auf mir rumhackt«, und dann, nach einer Pause: »Im Vergleich zu euch bin ich rasend optimistisch.« Das stimmte, auch wenn sie sich deswegen über sie lustig machten. In der Gruppe können sie lachen, aber nur Loulou hat jeden von ihnen stundenlang allein im Sessel sitzen sehen, den Kopf auf die Arme gestützt, fast unfähig, sich zu bewegen. Nur Loulou hat ihnen die Hand gehalten, wenn sie es nicht bis ins Bett schafften, und hat ihnen gesagt, dass andere Dinge ebenso wichtig sind, obwohl sie ihnen nie im Einzelnen erklären konnte, was für Dinge das waren. Loulou war es, die mit ihnen ausgegangen ist und sich mit ihnen betrunken hat und ihnen zugehört hat, wenn sie von der Sinnlosigkeit und der schrecklichen Leere der Seite gesprochen haben, und dass jede Kunstform nur dazu diene, dem Selbstmord zu entgehen. Loulou findet, dass das alles ein ziemlicher Quatsch ist: Sie selbst sieht das Herstellen von Kasserollen mit Deckel oder das Töpfern von Porzellanobstschalen nicht als Flucht vor dem Selbstmord an, aber schließlich haben sie schon oft genug betont, dass das, was sie tut, keine Kunst, sondern nur Handwerk ist. Bob hat sie einmal gefragt, wann sie denn mit Knüpfen anfangen wolle, worauf sie ihm die Kehrichtschaufel über den Kopf geschüttet hat. Aber sie passt sich ihnen an, Bier um Bier, sogar übergeben hat sie sich mit ihnen gemeinsam, als es nötig schien. Einer von ihnen hat mal zu ihr gesagt, dass sie eine weiche Ader habe.

Als Loulou ihren Kittel aufhängt, surrt die Sprechanlage,

sie surrt zurück, um zu zeigen, dass sie es gehört hat, löst ihre Haare aus dem Gummiband und streicht sie glatt, während sie sich in dem runden mexikanischen Spiegel mit Zinnrahmen betrachtet, der über dem Ausguss angebracht ist, und sieht nach der kleinen Marilyn, ihrem neuen Lehrmädchen, bevor sie nach draußen geht.

Marilyn hat noch immer Schwierigkeiten mit den Tassenhenkeln. Loulou wird ihr später ein wenig Zeit widmen müssen, um sie ihr zu erklären. Wenn die Henkel nicht ganz gerade sitzen, wird sie sagen, wird die Tasse schief sein, wenn man sie hochnimmt, und dann werden die Leute, die daraus trinken, den Inhalt verschütten und sich verbrennen. So muss man es den Lehrlingen erklären: in Form von körperlichen Schäden. Es ist wichtig für Loulou, dass ihre Produkte fehlerlos sind. Sie sind Brot und Butter für sie, obwohl sie am liebsten an den größeren Stücken arbeitet, den amphoraartigen Vasen, den Suppenterrinen, eine Nummer zu groß dafür, als dass irgendjemand damit werfen könnte. Ein anderer Töpfer hatte einmal gesagt, man brauche einen Hebekran, um mit Loulous Sachen eine Dinnerparty zu geben, aber das war bloßer Neid. Meistens sagen sie von ihr, dass sie weiß, was sie tut.

Loulou wirft sich ihre rosafarbene Strickjacke über die Schulter, schlägt die Tür des Schuppens hinter sich zu, damit sie auch schließt, und geht zum Haus, zwischen den Zähnen pfeifend und mit den Füßen aufstampfend, damit der Staub von dem Ton abfällt. In der Küche riecht es nach Hefe und gebackenem Brot. Loulou atmet den Geruch tief ein, schwelgt darin: im Geruch ihrer eigenen Schöpfung.

Die Dichter sitzen rund um den Küchentisch und trinken Kaffee. Vielleicht halten sie eine Versammlung ab, das lässt sich schwer sagen. Manche nicken ihr zu, manche grinsen.

Heute sind zwei der weiblichen Dichter dabei, und Loulou ist nicht gerade froh darüber. Was sie anbelangt, haben sie nicht viel zu bieten: Sie sind fast so schlecht wie die männlichen Dichter, aber ohne die rettende Gunst, Männer zu sein. Sie tragen viel Schwarz und haben hohe Backenknochen.

Zum Teufel mit ihren Backenknochen, denkt Loulou. Sie weiß, was Backenknochen bedeuten. Die Dichter, *ihre* Dichter, halten diese Dichterinnen für überaus empfindlich und interessant. Manchmal loben sie ihre Arbeit ein bisschen zu überschwänglich, manchmal reden sie über ihre Körper, aber natürlich nicht in ihrer Anwesenheit, und auch darüber, ob sie wohl im Bett gut wären oder nicht. Jede dieser Verhaltensweisen macht Loulou wütend. Sie kann die weiblichen Dichter nicht leiden – sie essen ihre Muffins und behandeln sie mit Herablassung, und Loulou hegt insgeheim den Verdacht, dass sie gewisse Absichten in Bezug auf die Dichter hegen, von denen einige bereits verwirklicht wurden, nach ihrem hochnäsigen Benehmen zu urteilen – aber sie mag auch nicht, dass sie herabgesetzt werden. Was sie wirklich auf die Palme bringt, ist, dass die Dichter während dieser Reden tun, als wäre sie nicht da.

Aber im Grunde fallen die weiblichen Dichter nicht ins Gewicht. Sie sind nicht in der *Komma*-Redaktion; sie gehören nur am Rande dazu, wie Maskottchen, und heute ignoriert Loulou sie fast völlig.

»Ihr hättet noch Kaffee aufstellen können«, sagt sie mit ihrer mürrischsten Stimme.

»Was ist los, Loulou?«, sagt Phil, der es immer am schnellsten begriffen hat, wenn Loulou schlechte Laune kriegt. Nicht, dass sich das bei Loulou immer besonders gut ablesen ließe.

»Nichts, woran *du* etwas ändern könntest«, sagt Loulou schroff. Sie zieht ihre Strickjacke aus und drückt die Brust heraus. *Marmorisch*, denkt sie. So viel zu den Dichterinnen, die flachbrüstig und alles Mögliche sind.

»He, Loulou, wie wär's mit einer kleinen Niktation?«, sagt einer der Dichter.

»Geh zum Teufel«, sagt Loulou.

»Sie denkt, das wär was Schmutziges«, sagt ein Zweiter. »Sie verwechselt es mit Miktion.«

»Das bedeutet nichts anderes als mit den Augen blinzeln, Loulou«, sagt der Erste.

»Das hat er aus den *Trivialstudien*«, sagt ein Dritter.

Loulou nimmt einen Laib Brot aus dem Ofen, kippt ihn aus der Form, klopft gegen den Boden, legt ihn wieder hinein und schiebt ihn zurück in den Ofen. Das können sie stundenlang so treiben. Bis sie einen auf die Palme gebracht haben, falls man überhaupt hinhört.

»Wieso gibst du dich eigentlich mit uns ab, Loulou?«, hat Phil sie mal gefragt: Das fragt sich Loulou manchmal selbst, aber sie weiß es nicht. Allerdings weiß sie, warum sie sich mit ihr abgeben: abgesehen von der Tatsache, dass sie die Hypothek für sie abbezahlt, ist sie verlässlich und stark, sie ist ohne Überraschungen, sie ist immer da, sie gibt ihnen Sicherheit. Aber in letzter Zeit hat sie sich schon des Öfteren gefragt: Wer gibt eigentlich ihr Sicherheit?

Es ist ein anderer Tag, und Loulou hat sich auf den Weg gemacht, ihren Buchhalter zu verführen. Sie hat knallrote Stiefel an, mehrere Jahre alt und mit Wasserrändern vom Matsch, ein kirschfarbenes Dirndl, das sie aus Vorhangstoff genäht hat, als sie auf der Kunstschule war, und ein peruanisches Hochzeitshemd, lila gefärbt; das ist das Höchste, was sie je für ihre Kleidung tut. Wegen des Stadtviertels, in das sie geht, in dem es vor allem mitteleuropäische Läden, Konditoreien und

Bekleidungshäuser mit vergilbten bestickten Blusen in den Schaufenstern gibt, und Orte, an denen man handbemalte Ostereier aus Holz und Schachbretter mit Kosakenfiguren kaufen kann, hat sie sich einen schwarzen Wollschal um den Kopf gebunden. Das verleiht ihr ein ethnischeres Aussehen, wie sie glaubt, und lässt sie weniger verdächtig erscheinen: sie findet sich ein bisschen hinterhältig. Einer der Dichter hat gesagt, dass Loulou genauso *trüb* wirkt wie Las Vegas bei Nacht im Schein einer 60-Watt-Birne, in Wirklichkeit sieht sie mit ihrem langen, fast schwarzen Haar, ihren großen dunklen Augen und ihrem großflächigen Gesicht ein bisschen wie eine Bäuerin aus. Dieser Eindruck wird durch die beiden Plastiktüten, von denen sie eine in jeder Hand trägt, nur noch verstärkt. Es sind jedoch keine Lebensmitteleinkäufe in ihnen, sondern ihre Belege, Bankauszüge und Schecknachweise der letzten zwei Jahre. Loulou ist mit ihrer Einkommensteuer im Verzug, vor allem deshalb hat sie den Buchhalter genommen. Und warum sollte sie nicht zwei Fliegen mit einer Klappe schlagen?

Loulou ist wegen ihrer Angst vor dem Geld mit der Einkommensteuer im Verzug. Als sie mit Bob verheiratet war, hatte keiner von ihnen Geld, so dass es mit der Einkommensteuer keine Probleme gab. Phil, der Mann, mit dem sie danach zusammenlebte, konnte gut mit Zahlen umgehen, und obwohl er selbst kein Einkommen hatte, und daher auch keine Einkommensteuer, war die von ihr wie ein Spiel für ihn, ein besseres Scrabble. Aber Calvin, ihr gegenwärtiger Ehemann, findet Geld langweilig. Welches zu haben – so wie Loulou in steigendem Maß –, geht schon in Ordnung, aber darüber zu reden ist unerquicklich und reine Zeitverschwendung. Calvin behauptet, dass die Leute, die Einkommensteuerbescheide lesen und sogar verstehen können, ihrem Gehirn längst schweren und dauerhaften Schaden zugefügt haben. Loulou hat angefangen, ihre Rechnungen wegzuschicken und ihre Einkünfte im Wagenschuppen zusammenzutragen anstatt wie früher am Küchentisch, und das Addieren und Subtrahieren bringen bei ihr Assoziationen mit verbotenem Sex hervor. Vielleicht hat sie das zu dem Schritt bewogen, den sie gerade ausführt. Warum nicht das Nützliche mit dem Angenehmen verbinden, denkt Loulou.

Außerdem hat Loulou in letzter Zeit den sehnsüchtigen Wunsch verspürt, von jemandem umsorgt zu werden. Der kehrt immer wieder, vor allem an bewölkten Tagen, und meistens achtet Loulou kaum darauf. Trotzdem ist er vorhanden. Alle verlassen sich auf sie, aber wenn sie selbst Hilfe braucht, zum Beispiel bei ihrer Einkommensteuer, dann ist keiner zu erreichen. Sie könnte Phil bitten, es wieder für sie zu tun, aber das würde Calvin vielleicht verärgern. Sie würde ihre beiden Plastiktüten gern irgendeinem Mann geben, irgendeinem ruhigen methodischen Mann mit innerer Kraft, und nicht zu hässlich, der ihren Inhalt verstehen würde und ihr sagte, dass sie sich keine Sorgen zu machen brauchte und aller Voraussicht nach auch nichts bezahlen müsste.

Bevor Loulou diesen Buchhalter fand, hatte sie mehrere Nachmittage damit verbracht, in den Schaufenstern unten bei King and Bay nach einem zu suchen. Aber wenn es dann so weit war, schüchterten die hermetisch abgeschlossenen Glastürme und die Vorstellung von Empfangsdamen mit Frisuren und Nagellack sie so sehr ein, dass sie bei keiner der Adressen, die sie sich aus den Gelben Seiten herausgesucht hatte, auch nur durch die Tür ging. Stattdessen stand sie an Straßenecken herum, als warte sie darauf, dass die Ampel wechselte, betrachtete die Geschäftsleute, die an ihr vorbeieilten, manchmal in Mänteln, wie sie die Dichter niemals trugen, durch und durch gediegen, in Beige oder Marineblau, aber mit einem provokanten Schlitz hinten, oder in dreiteiligen Anzügen, mit Hunderten von Knöpfen und Reißverschlüssen versehen, unter denen ihre festen tennisspielenden Hintern unter mehreren Schichten teuren Wollstoffs verborgen waren, während ihre Krawatten unter dem Kinn verführerisch schwankten wie die losen Enden geknüpfter Wandteppiche. Einmal daran ziehen, und die ganze Sache würde sich aufräufeln. Die Dichter in ihren Trainingsanzügen oder Jeans scheinen zugänglicher, aber von Widersprüchen umgeben und oft launisch. Die Geschäftsleute würden einfach und unverdorben sein, hauptsächlich in Rot und Blau anstatt in Braunrot und Lila, eher Kartoffeln als, wie die Dichter, leicht überreife Avocados.

Ihr Anblick erfüllte Loulou mit vager, nicht genau eingestandener Lust, auch wenn sie ihr gleichzeitig rührend vorkamen. Sie war wie ein Bankier in den mittleren Jahren, umgeben von sechzehnjährigen Jungfrauen: Sie sehnte sich danach, die Erste zu sein, obgleich sie nicht wusste, die Erste wovon. Aber sie wusste, dass sie eine Menge Dinge wusste, die sie wahrscheinlich nicht wussten: An guten Tagen waren die Dichter, wenn sonst nichts, so doch erfinderisch gewesen.

Für Loulou ist ihr jetziger Buchhalter kein wirklicher Buchhalter, damit meint sie, nichts Furcht Erregendes. Er sitzt in keinem Glasturm, er hat keine herausgeputzte Empfangsdame, obwohl er an der Wand ein Zeugnis hängen hat und sogar einen dreiteiligen Anzug besitzt (wenn es auch, wie Loulou vermutet, wahrscheinlich sein einziger ist). Sie entdeckte ihn durch einen Zufall, als sie unten in der Queen Street bei A. Stork frisches Hühnchen kaufte, wo es ihrer Meinung nach die besten gab, vor allem, wenn man so viele brauchte wie sie an jenem Tag, weil sämtliche Dichter zum Abendessen kamen. Als Loulou mit ihrem Beutel voll weichem Fleisch zur Straßenbahnhaltestelle ging, sah sie im Schaufenster eines Textilgeschäfts ein handgeschriebenes Schild: EINKOMMENSTEUER, und darunter etwas in einer fremden Sprache. Es war das handgeschriebene Schild, das für Loulou ausschlaggebend war: Mit einer schlechten Schrift ließ sich viel besser umgehen. Impulsiv hatte sie die Tür aufgestoßen und war hineingegangen.

Hinter dem Ladentisch hatte sich ein kleiner glatzköpfiger Mann vor kastanienbraunen Stoffballen und einem Ständer mit käsigen Knöpfen an der Wand verbarrikadiert, aber wie sich herausstellte, war er gar nicht der Buchhalter. Der Buchhalter war in einem Zimmer dahinter, das nichts enthielt außer einem Holzschreibtisch, der Loulou an ihre Grundschulzeit erinnerte, einem zweiten Stuhl und einem Aktenschrank. Als Loulou hereinkam, stand er auf und wollte ihr die Hühnchentüte abnehmen, um sie irgendwo hinzustellen. »Nein, danke«, sagte Loulou, weil sie sah, dass es keinen Platz gab, wo er sie hätte deponieren können – auf dem Aktenschrank stand Farnkraut, offensichtlich in den letzten Zügen –, und dass er nur noch mehr durcheinander geraten würde, als er es ohnehin schon war, wenn sie sein Angebot akzeptierte; und so führte sie ihr erstes Gespräch mit ihm mit einer Tüte noch warmer zerteilter Hühnchen auf dem Schoß.

Seitdem hat sie ihn zwei Mal gesehen. Er nimmt sich mehr Zeit mit ihr, als er eigentlich müsste, vielleicht auch nur, weil er nicht gerade das ist, was man viel beschäftigt nennen würde. Auch redet er mehr mit ihr, als nötig wäre. Inzwischen weiß Loulou eine ganze Menge über ihn. Das Geschäft in Gang zu bringen ist schwerer, als es einmal war, hat er ihr gesagt. Der Textilladen gehört seinem Vater, der ihm das Büro kostenlos überlässt, wenn er ihm die Buchführung macht. Der Vater ist tschechischer Abstammung, und er selbst spricht außer Englisch noch zwei weitere Sprachen. In diesem Viertel – während er es sagt, breitet er mit resigniertem Achselzucken die Hände aus – ist das eine Hilfe. Er arbeitet für einige Bäckereien, einen Eisenwarenladen und einen Gebrauchtwarenjuwelier und ein paar alte Freunde seines Vaters. Wenn die Rezession vorbei ist, wird vielleicht alles besser. Er hat auch schon zugegeben, dass Gewichtheben sein Hobby ist. Loulou hat ihn nicht gefragt, ob er verheiratet ist; aber sie glaubt eher nein. Wäre er verheiratet, würde sich sein Farnkraut in einem besseren Zustand befinden.

Während er redet, nickt Loulou und lächelt. Sie könnte nicht sagen, wie alt er ist. Jung, denkt sie, obgleich er sich bemüht, älter auszusehen, indem er eine Brille mit Silbergestell trägt. Sie findet, dass er hübsche Hände hat, überhaupt nicht wie ein Buchhalter, nicht spindeldürr. Das zweite Mal war er nach draußen in den Laden gegangen und mit Teetassen zurückgekehrt, was Loulou rührend fand. Dann fragte er sie wegen eines Teppichs um Rat. Er begann ihr allmählich Leid zu tun. Sie hat festgestellt, dass er so gut wie nie Mittag essen geht; die meiste Zeit holt er sich was zum Mitnehmen aus dem Delikatessenladen gegenüber. Sie hat schon überlegt, ob sie ihm ein paar Muffins mitbringen soll.

All diese Dinge – Teppiche, Gewichtheben, Essen – sind für Loulou keine schwierigen Themen. Viel schwieriger ist, dass er zu dem Schluss gelangt ist, sie sei keine einfache Töpferin, sondern eine Künstlerin, und seine Vorstellung von einer Künstlerin passt ganz und gar nicht zu Loulous Vorstellung von sich selbst. Er wünscht sich von ihr, dass sie zart und weltentrückt sei, unbeholfen in den Dingen des Lebens, fast überirdisch; peinlicherweise redet er vom »kreativen Impuls«. Das liegt für Loulou zu dicht bei den Dichtern. Sie hat zu erklären versucht, dass sie mit Ton arbeitet, was wohl kaum etwas Ätherisches ist. »Das ist wie Kuchenbacken mit Matsch«, sagte sie, aber davon wollte er nichts wissen. Und sie fand auch nicht die Worte, ihm verständlich zu machen, was sie meinte: dass sie es als erhebend empfindet, wenn sie einen Topf schlägt, genau das gleiche Gefühl, das sie immer als Kind hatte, wenn sie auf der Veranda hinterm Haus ihrer Mutter eine schreckliche Unordnung anrichtete. Wenn er sie sehen könnte, wie sie wirklich ist bei der Arbeit, mit Dreck an den Händen, dann würde er wissen, dass sie nicht unbedingt eine duftende Rose ist.

Als sie ihn das zweite Mal traf, sagte der Buchhalter, er beneide sie um ihre Freiheit. Er würde auch gern etwas Kreativeres tun, sagte er, aber man müsste seinen Lebensunterhalt verdienen. Loulou unterließ es, darauf hinzuweisen, dass ihr das anscheinend zehn Mal besser gelang als ihm. Sie ist viel taktvoller mit ihm, als sie es je mit den Dichtern war. Tatsache ist, dass ihr seine Version von ihr zu gefallen beginnt. Manchmal glaubt sie sogar selbst daran, denkt, dass sie vielleicht drauf und dran ist, etwas Neues über sich in Erfahrung zu bringen. Sie fängt an, sich selbst geheimnisvoll zu finden. Das ist zum Teil der Grund, warum sie mit dem Buchhalter schlafen will; sie glaubt, dass es sie verändern wird.

Die Dichter würden lachen, wenn sie es wüssten, aber sie hat nicht vor, es ihnen zu erzählen. Allerdings hat sie an jenem ersten Abend, als die Dichter um den Tisch saßen und Hühnchen aßen und von etwas redeten, das sie »die Sprache« nannten, sein Am-Horizont-Auftauchen verkündet. Das tun sie dieser Tage häufig, und Loulou hat schon genug davon. »Die Sprache« ist etwas anderes als nur Wörter: Sie ist von dieser mystischen Aura umgeben, wie eine Religion, das erkennt sie an der Art, wie sie ehrfurchtsvoll die Stimme senken, wann immer sie von ihr reden. An dem Abend hatten sie gerade alle ein neues Buch gelesen. »Ich dringe geradezu in die Sprache ein«, sagte einer, und die anderen kauten in gemeinsamem Schweigen.

»Ich habe mir einen Buchhalter genommen«, sagte Loulou laut, um den Zauber zu brechen.

»Du hast ihn *genommen*, aber hast du ihn schon *gehabt?*«, sagte Bob. Die andern lachten, alle außer Calvin, und fingen an, sich darüber auszulassen, welche Chancen der Buchhalter hatte, sich vor Loulou in Sicherheit zu bringen, die sie mit Null bewerteten. Dann zählten sie in allen Einzelheiten die Positionen und Örtlichkeiten auf, an denen ihn Loulou am Ende wahrscheinlich stellen würde – unterm Schreibtisch, auf dem Aktenschrank –, und die Verletzungen, die er davontragen würde. Sie malten sich aus, wie er sich mit Schreibfedern gegen sie zur Wehr setzte.

Loulou nagte grimmig an einem Hühnerbein. Natürlich glaubten sie nicht, dass irgendetwas von alldem wirklich geschehen würde. Sie waren viel zu eingebildet: Sie kannte sie doch, wie hatte sie sich nur so erniedrigen können? Sie hatten ja keine Ahnung.

Loulou nähert sich der Tür des Textilwarengeschäfts, pfeift Mozart zwischen den Zähnen. Zum Teil ist sie mit ihren Gedanken bei dem Buchhalter und wie sein Körper unter dem Anzug aussehen mag, aber zum Teil denkt sie auch an den morgigen Tag, an dem sie mit der Arbeit an einem Auftrag eines ihrer besten Kunden über zwölf Pflanzenständer beginnen wird. In jedem Fall kommt es auf die richtige Anordnung der Füße an. Wie ein Judoexperte, der sie nicht ist, ist sich Loulou stets der Stellung ihrer Füße im Verhältnis zu ihrem restlichen Körper bewusst.

Der Buchhalter wartet auf sie wie ein Schatten hinter der mit Staub überzogenen Türscheibe. Es ist nach sechs, und der Laden ist geschlossen. Schlau sagt Loulou, dass sie es nicht früher geschafft hat. Sie wollte nicht den kleinen glatzköpfigen Mann hier herumlungern haben.

Der Buchhalter sperrt die Tür auf und lässt sie herein. Sie gehen durch den Geruch von Wolle und frisch zerrissenem Baumwollstoff nach hinten in sein Büro, und Loulou schüttet ihren Beutel mit Quittungen (gebündelt und von Gummibändern zusammengehalten: sie hat durchaus einen Sinn für das, was sich gehört) über seinen ganzen Schreibtisch aus. Er scheint erfreut und sagt, dass sie unbestreitbar eine ganze Menge aufzuarbeiten haben.

Er bringt zwei Tassen Tee herein, setzt sich hin, nimmt einen frisch gespitzten Bleistift in die Hand und fragt sie, wie viel von ihrem Wohnraum als Arbeitsraum abgeschrieben werden kann. Loulou erklärt ihm die Sache mit dem Wagenschuppen. Sie benutzt keinen Teil des eigentlichen Hauses für sich selbst, sagt sie, nicht für ihre Arbeit, weil die Dichter es immer benutzen. Manchmal wohnen sie auch dort, obwohl, das hängt ganz davon ab.

»Wovon?«, sagt der Buchhalter mit leichtem Stirnrunzeln.

»Ob sie woanders wohnen«, sagt Loulou.

Als er hört, dass sie keine Miete zahlen, stößt der Buchhalter ein kurzes Zischen aus und sagt Loulou, dass sie die Dinge nicht so weiterlaufen lassen sollte. Loulou sagt, dass die Dichter niemals Geld haben, außer manchmal von Stipendien. Der Buchhalter verlässt seinen Stuhl und geht im Zimmer auf und ab, was für ihn schwierig ist, weil Loulou ganz schön Platz darin einnimmt. Er sagt, dass sich Loulou ausnutzen lässt und dass sie sich aus dieser Situation befreien sollte, die nicht gut für sie ist.

Dieses Gefühl hatte Loulou vielleicht auch schon von Zeit zu Zeit gehabt, aber dass es der Buchhalter ganz offen heraus sagt, stört sie. Wo sollen die Dichter denn hin? Wer würde sich um sie kümmern? Und gerade jetzt hat sie keine Lust, darüber nachzudenken, das ist viel zu kompliziert und ist vielleicht schmerzlich. Und so steht sie auf, stellt die Füße, leicht gespreizt, fest auf den Boden, schneidet dem Buchhalter, als er an ihr vorbei will, den Weg ab, zieht hier ein bisschen, schiebt ein bisschen dort und landet schließlich mehr oder weniger in seinen Armen. Um nicht das Gleichgewicht zu verlieren, stützt sie sich am Schreibtisch ab, greift mit der einen Hand nach hinten und stößt seine Tasse Tee in den Papierkorb. Er merkt überhaupt nichts; zum Glück ist der Tee nicht heiß.

Nach einem Weilchen nimmt der Buchhalter seine Brille mit dem Silbergestell ab, und noch ein Weilchen später sagt er in einem Ton, der eine halbe Oktave niedriger ist als sonst: »Das hatte ich nicht erwartet.« Loulou sagt nichts – sie lügt nur, wenn es unbedingt sein muss – und öffnet die Knöpfe an seiner Weste. Als sie beim Hemd angekommen ist, hebt er den Kopf, wirft einen Blick durchs Zimmer und murmelt: »Nicht hier.« Und dies zum Glück, denn es ist noch kein Teppich da, und der Boden besteht aus mit Farbe angestrichenem Beton.

Er führt sie in den dunklen Textilladen und wühlt in den Stoffballen. Loulou kann sich nicht vorstellen, was er treibt, bis er einen dunkelrosa Samtballen auswählt, auseinander rollt und mit einem Schwung auf dem Boden hinter dem Ladentisch ausbreitet, wie einen Umhang über eine Pfütze. Loulou bewundert die Art und Weise, wie er dies tut; es ist viel zu geschickt, als dass er es nicht schon mal gemacht hätte. Sie legt sich auf den rosa Samt, streckt die Arme nach ihm aus, und nachdem sie ein paar Minuten lang mit zittrigen Fingern an den Kleidern gefummelt haben, lieben sie sich auf eine etwas flüchtige Art. Auch dieser Boden ist aus Beton und der rosa

Samt nicht sehr dick. Loulou macht sich Sorgen wegen seiner Knie.

»Also«, sagt der Buchhalter. Dann richtet er sich auf und kleidet sich wieder an. Er tut es sehr geübt. Loulou wünschte, er würde noch ein paar Minuten warten – es wäre freundlicher –, aber er macht bereits die Knöpfe zu. Vielleicht hat er Angst, dass jemand hereinkommt. Er rollt den rosa Samt auf und legt den Ballen wieder an seinen Platz im Regal. Sie gehen zurück in sein Büro, und er findet seine Brille und setzt sie auf und sagt, dass er in ungefähr zwei Wochen einige Zahlen für sie fertig haben wird. Er sagt nicht, dass er sie in der Zwischenzeit sehen will: Vielleicht wurde sein Bild von ihr als einer zarten künstlerischen Blume erschüttert. Aber er gibt ihr zum Abschied einen Kuss. Als Letztes sagt er zu ihr: »Du solltest nicht zulassen, dass man dich ausnutzt.« Loulou weiß, dass er glaubt, es gerade selbst getan zu haben. Er ist wie die Dichter: Er glaubt, sie würde ihn nicht durchschauen.

Loulou beschließt, zu Fuß nach Hause zu gehen, was mindestens eine Meile weit ist, anstatt die Straßenbahn zu nehmen. Sie braucht Zeit, um sich zu beruhigen. Einerseits fühlt sie sich freudig erregt, so wie immer, wenn sie erreicht, was sie sich vorgenommen hat, aber andererseits ist sie verwirrt. Ist sie jetzt anders, oder nicht? Abgesehen vom Sex selbst, der Loulou niemals umwirft, und es war schön, wenn auch etwas rasch, was ist bei alldem herausgekommen? Sie fühlt sich nicht besser gekannt, besser verstanden. Vielmehr fühlt sie sich weniger verstanden. Sie fühlt sich namenlos. Es kommt ihr so vor, als hätten sich die Wörter, die ihr die Dichter über die Jahre angehängt haben, losgelöst und wären wie Luftballons in den Himmel geschwebt. Wäre sie einer von den Dichtern, würde sie etwas davon haben: Das waren genau die Dinge, über die sie gerne schrieben. Ein Nichtereignis, sagt Phil, lässt sich besser beschreiben als ein Ereignis, denn bei einem Nichtereignis kann man sich selbst zurechtlegen, was es zu bedeuten hat, es hat die Bedeutung, mit der man es ausstatten will. Für die Dichter ist nichts umsonst gewesen, denn selbst wenn es das ist, können sie darüber schreiben. Eigentlich sollte sie alle an den Ohren ziehen und hinauswerfen.

Loulou erreicht ihr dreistöckiges rotes Ziegelsteinhaus und stellt wie immer fest, in was für einem lausigen Zustand der Rasen ist. Die Dichter sind über den Rasen geteilter Meinung: Manche von ihnen finden einen Rasen spießig, andere finden es altmodisch, zu sagen, dass ein Rasen spießig sei. Loulou sagt, sie denke nicht daran, ihn selbst zu mähen. Der Rasen ist etwas Unantastbares. Sie geht über den Weg zum Haus, ohne zu pfeifen, und schließt die Haustür auf. Im Hausflur hüllt sie der vertraute Geruch des Hauses ein, aber es ist wie ein Geruch aus der Kindheit. Es ist der Geruch von etwas, das zurückgelassen wurde.

Die Dichter sind in der Küche, sitzen um den Tisch, der mit Papier und Kaffeetassen und Tellern mit Krümeln und verschmierter Butter übersät ist. Loulou sieht von einem Dichter zum anderen, als wären sie Figuren in einem Gemälde, als hätte sie sie noch nie zuvor gesehen. Sie könnte aus diesem Zimmer gehen, in diesem Augenblick, und niemals zurückkehren, und in fünfzig Jahren würden sie noch immer alle dort sitzen, mit denselben Tellern, denselben Tassen, derselben zerkrümelten Butter. Nur dass sie nicht weiß, wo sie hin soll.

»Die Muffins sind alle«, sagt Bob.

Loulou starrt ihn an. »Zum Teufel mit den Muffins«, sagt sie schließlich, aber ohne Überzeugung. Er sieht müde aus, denkt sie. Er weist Anzeichen von Alter auf, alle tun sie das. Es ist das erste Mal, dass sie es merkt. Sie werden nicht ewig leben.

»Wo bist du gewesen?«, sagt Calvin. »Es ist schon nach halb acht.« Das ist seine Art, zu sagen, dass sie ihr Abendessen haben wollen.

»Mein Gott, seid ihr unbeholfen«, sagt Loulou. »Warum habt ihr nicht einfach telefoniert und ein paar Pizzas kommen lassen?« Soviel sie weiß, haben sie noch nie eine Pizza telefonisch bestellt. Das hatten sie noch nie nötig.

Sie lässt sich schwer am Tisch nieder. Das Leben, das sie bis jetzt geführt hat, kommt ihr völlig verrückt vor. Wie ist sie nur in dieses Irrenhaus geraten? Indem sie einen Fuß vor den anderen gesetzt und die Augen nie von den Füßen genommen hat. So konnte man überall enden. Nicht dass der Buchhalter normal wäre, nicht normaler, als die Dichter es sind; nicht, dass er eine mögliche Alternative wäre. Sie würde nicht einmal mehr mit ihm schlafen, jedenfalls nicht mit Absicht. Aber er ist anders, er ist ein anderer. Auch sie könnte anders sein. Aber wie anders? Wie ist Loulou unter alldem wirklich? Woher soll sie das wissen? Vielleicht ist sie am Ende doch so, wie die Dichter sagen; vielleicht hat sie nur ihr Wort, ihre Wörter für sich.

»*Pizza*«, beginnt Bob in verletztem Ton. »Schweinehund ...« Aber die anderen bringen ihn zum Schweigen. Sie sehen, dass irgendwas nicht stimmt, und sie wollen überhaupt nicht erfahren, was es ist.

»Konkretisiere die Pizza«, sagt Calvin zu Phil. »Du benutzt Telefon. Ist moderne technische Erfindung im Westen.« Jetzt tun sie, als wären sie irgendwelche Ausländer. Das ist ein Spiel, das sie häufiger als sonst spielen, wenn dicke Luft ist.

»Steck Finger in kleines Loch«, sagt Calvin. »Dreh Handgelenk.«

»Dann eben mit Anschovis«, sagt Bob, der nicht mitmacht. Loulou hört ihre Stimmen, die über eine weite Entfernung zu ihr dringen, als wären sie in einem anderen Zimmer. Sie sieht nur die Maserung des Holzes im Tisch gleich neben ihrer Hand.

»Loulou glaubt, *konkretisieren* bedeute *realisieren*«, sagt Phil zu allen, als er den Telefonhörer aufgelegt hat. Sie sprechen von ihr immer in der dritten Person, erzählen sich gegenseitig, was sie denkt. In Wahrheit hat sie das Wort in ihrem ganzen Leben noch nie gehört.

»Also, was heißt es nun, Klugscheißer?«, sagt Loulou mit Mühe, bemüht sich, ein bisschen Aggressivität zu entfalten, damit sie sich wieder beruhigen.

»Wenn es Loulou nicht gäbe, müsste Gott sie erfinden«, sagt Bob.

»Gott, zum Teufel«, sagt Phil. »*Wir* würden es tun. Schließlich haben wir es schon getan, oder?«

Das geht Loulou einfach zu weit. Niemand hat sie erfunden, nein, danke schön. Sie denken sich Dinge über sie aus, aber das ist etwas völlig anderes. »Rümpft nur die Nasen«, sagt Loulou.

»Konkretisieren heißt, zu einem Ding machen«, sagt Phil, »was, wie ihr mir sicher alle zustimmen werdet, wohl kaum dasselbe ist.«

Loulou blickt sich im Zimmer um. Sie sind alle an ihrem Platz, alle beobachten sie, um zu sehen, was sie als Nächstes sagen wird. Sie schiebt das Kinn nach vorn. »Warum nicht?«, sagt sie. »Was macht das für einen Unterschied?« Und sie entspannen sich, sie lachen, sie klopfen sich gegenseitig auf die Schulter, als wären sie alle Teil eines Teams und hätten gerade einen Punkt gemacht. Das ist, so sagen sie sich gegenseitig, einfach Loulou, wie sie leibt und lebt, und plötzlich erkennt sie, dass sie nur das von ihr erwarten, und vielleicht sonst gar nichts: dass sie *einfach* Loulou ist. Nicht mehr, aber garantiert nicht weniger. Und vielleicht ist das gar nicht so schlecht.

Uglypuss

Joel hasst den November. Was ihn angeht, könnte man ihn getrost in den Müllschlucker schmeißen, er hätte nichts dagegen. Nieselregen und Kälte, alle zutiefst deprimiert, und dann noch der Winter, durch den man hindurch muss. Der Hausbesitzer hat wieder die Heizung heruntergestellt, was bedeutet, dass sich Joel den Hintern abfriert oder den elektrischen Ofen einschaltet, was mehr Geld bedeutet, denn der Strom kostet extra. Das tut der Hausbesitzer, um ihm, Joel persönlich, eins auszuwischen. Und genau aus diesem Grund weigert sich Joel, auszuziehen. Zu den anderen Leuten sagt er, ihm gefiele das Haus, was es auch tut: Es ist ein goldener Oldie, eine Villa, die schon bessere Tage gesehen hat, mit einem bogenförmigen Eingang und bunt bemalten Fenstern. Und außerdem will er dem alten Mietwucherer nicht die Genugtuung gönnen. Becka wurde mühelos mit ihm fertig, als sie noch hier wohnte. Sie brauchte sich nur über das Geländer zu lehnen, wenn der alte Gauner unten stand, und ihre gute Stimme, die samtene, zu erheben, und schon schnellte die Temperatur in die Höhe; ein Trick, den Joel leider nicht anwenden kann.

Er wäre gern an irgendeinem Ort, wo es warm ist, aber wer kann sich so was schon leisten? Zu dumm, dass sie jetzt die Stipendien besteuert haben, obwohl es unwahrscheinlich ist, dass er noch eins bekommen wird, so wie die Dinge liegen.

Die Dinge liegen nicht besonders gut. Allmählich glaubt er fast, dass das Straßentheater in Kalifornien bleiben sollte: Hier oben können sie nur drei Monate im Jahr spielen, und ein Teil davon ist zu heiß, sie dampfen in ihren übergroßen Masken. Selbst das Regieführen ist kein reines Picknick. Letzten Sommer hat er sich einen Sonnenbrand geholt, ganz oben auf dem Kopf, wo er schon kahl wird. Kurz darauf hatte ihn Becka im Badezimmer ertappt, wie er mit dem Rücken zum großen Wandspiegel dastand und in einem Handspiegel mit violettem Plastikrahmen, ihrem Spiegel, seinen Kopf von hinten betrachtete. Noch Wochen später ließ sie sich darüber aus. »Hast wohl heute Morgen deine männliche Schönheit überprüft?« – »Hast du schon mal an ein Toupet gedacht?« – »Blond würde dir stehen. Könnte gut zu deinem Schädel passen.« – »Hast du schon Brustperücken?« – »Du könntest dir doch ein Stück von deinem Bart abschneiden und oben ankleben, nicht?« Vielleicht geschah ihm nur recht; er konnte sich noch daran erinnern, wie er mal auf sie losgegangen war, weil sie 25 Dollar für den Friseur ausgegeben hatte, gleich nachdem sie bei ihm eingezogen war. Es waren ihre 25 Dollar gewesen, aber sie hatten vereinbart, sich die Kosten zu teilen. Er hatte es einen überflüssigen Luxus genannt. Sie erinnerte sich natürlich, dass er sich erinnerte. Sie hat das Gedächtnis einer Rattenfalle: voller Ratten.

Joels Finger sind kalt. Die Wohnung ist wie ein Fußballspiel im Regen. Er legt den schwarzen Bic-Kugelschreiber aus der Hand, mit dem er in der letzten halben Stunde nichts geschrieben hat, streckt sich, kratzt sich am Kopf. Einen Augenblick lang denkt er gereizt irritiert an den italienischen Schönschreibstift, für den Becka eine Zeit lang eine Vorliebe hatte:

eine Vorliebe, die den Weg aller anderen Vorlieben ging. Dann kehrt er wieder zu seiner Arbeit zurück.

Das Stück, an dem sie gerade arbeiten, soll in zwei Wochen aufgeführt werden: die Kreuzigung gemäß Solemate Sox, mit dem Management als Judas. Sie werden es gleich neben den Streikposten aufführen, um sie aufzumuntern, jedenfalls war das ursprünglich die Idee. Joel ist sich wegen dieses Stücks nicht so sicher, und innerhalb der Gruppe hat es eine ziemlich heftige Diskussion gegeben. Die Idee stammt von Becka: Sie hat sie verteidigt, indem sie sagte, dass sie Symbole nehmen sollten, auf die sich die Arbeiter einstellen können, und die meisten Arbeiter sind Portugiesen, die alles über Judas wissen, man braucht sich ja nur die Statuen auf ihren Rasen anzusehen, all diese blutenden Jesuskinder aus Gips, und dazu die heiligen Muttergottesstatuen mit ihren gruselig aussehenden Babys. Obwohl einige andere aus dem gleichen Grund das Gefühl hatten, dass ein Christus in Form einer großen gestrickten Socke, mit roten und weißen Streifen, vielleicht zu viel für sie sein könnte. Dergleichen könnte zu einem Kommunikationszusammenbruch führen. Joel selbst war dabei auch nicht ganz wohl in seiner Haut gewesen, aber er hatte für Becka gestimmt, weil sie es zu jener Zeit noch immer versucht hatten, es weiter auszuarbeiten, und weil er wusste, dass es die Hölle gewesen wäre, wenn er gegen sie gestimmt hätte. Nur ein weiteres Beispiel dafür, hätte sie gesagt, dass er ihr nie erlaubte, sich auszudrücken.

Er hofft, dass es nicht regnen wird: Aber wenn es das tut, wird sich, neben anderem, seine riesige Socke mit Wasser vollsaugen. Vielleicht sollten sie es sein lassen, irgendwie anders an die Sache herangehen. Aber was immer sie auch tun, sie werden höchstwahrscheinlich den stellvertretenden Manager und den alten Knaben selbst dazu bringen, Farbe zu bekennen und sie offen wegen ihres Antisemitismus anzuklagen. Das passiert Joel häufig; nach seinem Artikel über den Libanon und die Waffenverkäufe an Südafrika, die sie vor dem Bath Tzedez zum Yom Kippur gebracht haben, ist es ständig nur noch schlimmer geworden. Wahrscheinlich waren sie mit dem tragbaren Massengrab aus Segeltuch, gefüllt mit Babypuppen und voll gespritzt mit roter Farbe, zu weit gegangen. Ein paar Mitglieder der Truppe hatten sich gefragt, ob es nicht bloß schlechter Geschmack sei, nichts anderes als eine verinnerlichte Unterstützung des Establishments.

Joel glaubt nicht daran, voll zuzuschlagen. Und wenn man zuschlägt, schlagen sie zurück. Das alles ist so schlimm geworden, dass er es kaum noch wagt, auf eine Party zu gehen. Obwohl er nicht alle Partys zu meiden braucht, nur ganz bestimmte Partys, auf denen er seine Cousine zweiten Grades und Männer antrifft, mit denen er auf die *shul* gegangen ist, Leute, die jetzt Zahnärzte oder Geschäftsleute sind. Selbst vor dem Libanon-Stück waren die nicht gerade höflich gewesen. Auf der letzten Party näherte sich ihm eine Frau, die er überhaupt nicht kannte, eine ältere Frau, und sagte: »Anstatt Ihnen die Hand zu schütteln, sollte ich Ihnen in den Bauch treten.«

»Weshalb?«, sagte Joel.

»Sie wissen schon, weshalb«, erwiderte die Frau. »Sie haben vielleicht Nerven. Sich hier satt zu essen bei uns. Ersticken sollten Sie daran.«

»Finden Sie nicht, dass wir darüber offen diskutieren sollten?«, fragte Joel. »Wie man es in Israel tut?«

»Nichtjuden haben dazu kein Recht«, gab die Frau zurück.

»Und wer ist ein Nichtjude?«, erkundigte sich Joel.

»Sie«, war die Antwort der Frau. »Sie sind kein richtiger Jude.«

»Ganz plötzlich stellen Sie also irgend so ein selbst ernanntes Komitee für rassistische Reinheit dar?«, sagte Joel. »Sie sollten mal die Thora lesen. Sie haben die Propheten gesteinigt.«

»*Shmuck*«, antwortete die Frau.

Joel versucht, das alles nicht an sich heranzulassen: Er kann sich jederzeit ausweisen. Wollen Sie ermordete Verwandte?, würde er zu ihnen sagen. Ich habe welche vorzuweisen.

»Aber wie können Sie sie dann verraten?«, sagen sie zu ihm. »Auf die Toten zu spucken!«

»Glauben Sie etwa, die wären mit dem, was passiert, einverstanden?«, sagt er. »Zwei Mal Unrecht ergibt kein Recht.«

Dann kehrt plötzlich Stille in ihm ein, denn das ist etwas, von dem man niemals etwas erfahren wird.

Joel hat starke Kopfschmerzen. Er erhebt sich von seinem Schreibtisch, setzt sich in den Sessel, in dem er nachzudenken pflegt. Er gleicht dem bei ihm daheim, in dem sein Vater immer gesessen hat, um die Zeitung zu lesen, ein La-Z-Boy-Lehnstuhl, mit schwarzem Naugahyd bezogen. Joel hat seinen zumindest aus dritter Hand bei Goodwill gekauft, aus nostalgischen Gründen und dem Wunsch nach Bequemlichkeit; obgleich Becka behauptete, er hätte es nur getan, um sie zu kränken. Sie konnte noch nie eines seiner Möbelstücke ausstehen, vor allem nicht den Ping-Pong-Tisch; sie wollte immer einen richtigen Esszimmertisch, obwohl dieser, wie Joel mit großer Logik betonte, eine doppelte Funktion besaß.

»Du redest ständig von Spießigkeit«, sagte sie, was nicht stimmte. »Aber dieser Sessel ist die Quintessenz der Spießigkeit. Eau de Bourgeoisie.« Sie sprach es in drei Silben aus: *Burschoa-sie*. Vielleicht tat sie das absichtlich, um ihn mit der Verstümmelung des Wortes zu verletzen, obwohl sie bei dem einen Mal, als er sie korrigiert hatte (das *einzige* Mal, dessen ist er sich völlig sicher), gesagt hatte: »Bitte verzeiht, dass ich lebe.« Was konnte er dafür, dass er ein Jahr lang in Montreal gelebt hatte. Aber sie hatte eben nicht dort gelebt. Er konnte doch nichts für all die Dinge, die er getan hatte und sie nicht.

Anfangs hatte er geglaubt, dass sie einen ständigen Dialog führten, aus dem, früher oder später, eine gewisse Übereinstimmung resultieren würde. Er glaubte, dass sie in einen Prozess gegenseitiger Anpassung verwickelt wären. Aber von hier und jetzt aus gesehen war es nie ein Dialog. Nur ein entwürdigendes Gezänk.

Joel beschließt, nicht länger über langweiligen persönlichen Scheiß nachzugrübeln. Es gibt wichtigere Dinge auf der Welt. Er hebt seine Morgenzeitung auf, deren Einzelteile überall zerstreut auf dem Fußboden liegen, und in der er, wie er weiß, verzerrte und zensierte Versionen über manche von ihnen finden wird; aber als er gerade bei den hirnrissigen und schwachsinnigen »Briefen an den Herausgeber« angekommen ist, klingelt das Telefon. Joel zögert, bevor er abnimmt. Vielleicht ist es Becka, und er weiß vorher nie, aus welcher Richtung sie auf ihn losgehen wird. Aber die Neugier siegt, wie so oft, wenn es um Becka geht.

Aber es ist nicht Becka. »Ich schneide dir die Eier ab«, sagt eine männliche Stimme, in fast sinnlichem Ton, in sein Ohr.

»Mit wem wollen Sie sprechen?«, sagt Joel und bemüht sich, einen englischen Butler aus Filmen der dreißiger Jahre nachzuahmen. Joel sieht sich eine Menge alter Filme an.

Das ist nicht der erste Telefonanruf dieser Art, den er bekommen hat. Manchmal sind es Antisemiten, die ihm an seine jüdischen Eier wollen; manchmal sind es Juden, die ihm an die Eier wollen, weil er ihnen nicht jüdisch genug ist. In jedem Fall ist es ein und dieselbe Botschaft: Seine Eier müssen ab. Vielleicht sollte er beide Seiten zusammenbringen, dann könnten sie sich gegenseitig die Eier abschneiden; das scheint ihr *shtick* zu sein. Ihm gefallen seine da, wo sie sind.

Joels schwülstige Redeweise bringt den Burschen aus dem Konzept, und er murmelt etwas von dreckigen Kommi-Schweinen. Joel sagt ihm, Mr. Murgatroyd sei im Augenblick nicht zu Hause; ob er seinen Namen und seine Telefonnummer hinterlassen möchte? Der Feigling legt auf, und Joel auch. Er schwitzt am ganzen Körper. Das hatte er nicht getan, als die Sache mit diesen Anrufen anfing, aber die um zwei Uhr früh haben ihn geschafft.

Joel will nicht zu den Paranoikern gehören, die sich jedes Mal, wenn es an der Tür klopft, unterm Sofa verkriechen. Es gibt hier keine Gestapo, sagt er sich. Was er braucht, ist was zu essen. Er geht in die Küche und stöbert im Kühlschrank, findet aber nicht viel. Von ihnen beiden war Becka diejenige gewesen, die am meisten einkaufte. Ohne sie ist er in seine alten Gewohnheiten zurückverfallen: Pizza, Brathähnchen, Doughnuts von den Dunkin' Doughnuts. Er weiß, dass es ungesund ist, aber in einer Art perverser Rebellion gegen sie schwelgt er im Ungesunden. Er hat seinen Geschmack immer damit gerechtfertigt, indem er behauptete, es wäre genau dasselbe, was der normale Arbeiter vertilgt, aber er wusste selbst damals nur zu gut, dass er sich der Ideologie bediente, um seine Sucht zu verbergen. Aber anscheinend wird er langsam alt, weil er noch immer die Vitamintabletten einnimmt, die Becka ihm untergeschoben hat, die ihm Beriberi, Verstopfung und Skorbut androhte, wenn er sich davor drückte. Er erinnert sich mit ziemlich schmerzhaften Gefühlen an ihre Ballaststoffphase.

Die Wahrheit ist, dass ihn Beckas Kocherei selbst dann nervös gemacht hat, wenn sie normal kochte, so gut es auch war. Er hatte fortwährend den Eindruck, im falschen Haus zu sein, nicht in seinem, denn er hatte sein Zuhause noch nie mit etwas Essbarem in Verbindung gebracht. Seine Mutter war eine so schreckliche Köchin gewesen, dass er an mehr Abenden hungrig vom Tisch aufgestanden war als satt. Um Mitternacht schlich er dann lautlos auf nackten kriminellen Füßen mit so heftig knurrendem Magen, dass man glauben konnte, sie würde davon erwachen, durch die Wohnung seiner Mutter in die Küche. Es folgte die Jagd auf die nur einigermaßen verdaulichen Gegenstände an diesem Ort, was stets Backwaren aus Läden wie Hunt's oder Women's Bakery waren: Apfelauflauf, Teegebäck, Napfkuchen, Plätzchen. Sie versteckte sie immer vor ihm; sie waren nie im Kühlschrank oder in der Brotbüchse, nicht, nachdem sie herausgefunden hatte, dass er es war, der sie in der Nacht aufgegessen hatte. Vorsichtig wie ein Safeknacker, der an einem Kombinationsschloss dreht, stellte er die Küche auf den Kopf, rückte einen Topf nach dem anderen auf die Seite, einen Stapel Teller nach dem anderen. Manchmal ging sie so weit, sie im Wohnzimmer zu verstauen; einmal sogar im Badezimmer, unter dem Waschbecken. Das bedeutete eine ziemliche Erniedrigung. Er erinnerte sich an das Gefühl der Herausforderung, der steigenden Erregung, des Triumphs, wenn er am Ende diese vertrauten süßen öligen braunen Papiertüten mit ihrem fest zusammengedrehten oberen Ende und ihrem leicht abgestandenen Geruch auspackte. Er sieht sich selbst, wie er in seinem Schlafanzug neben dem Proviant kauert, den er gerade unter dem Sessel hervorgezogen hat, und sich mit hämischem Vergnügen das Korinthenbrot reinstopft. Sie hat es am nächsten Tag nie erwähnt. Ein oder zwei Mal blieb er erfolglos, aber nur ein oder zwei Mal. Auch das hat sie nie erwähnt.

Jetzt wühlt er in dem Durcheinander seines eigenen Kühlschranks, kann aber nichts Essbares finden. Eine halbe Flasche Joghurt ist da, aber die ist noch von Becka und inzwischen leicht fragwürdig. Er beschließt, auszugehen. Er findet schließlich seine Jacke in dem Kleiderhaufen unten im Schrank im Flur. Irgendwie bleiben die Sachen nie oben auf ihren Bügeln, wenn er sie aufhängt. Hinten auf der Jacke steht *Bluejays*, und unten an den Ärmeln ist sie ausgefranst; sie hat Ölflecken von damals, als er unter sein Auto gekrochen war, vor Jahren schon, und irgendjemandem beweisen wollte, dass er eine Ahnung hätte, warum es tropfte; eine vergebliche Mühe. Das Auto war völlig irrational gewesen; nie gab es eine plausible Erklärung für das, was es tat, für irgendeins der Teile, die abfielen. Damit zu fahren gab Joel das Gefühl, als würde er dem Autoestablishment eine lange Nase drehen, dem Autosnobismus, dem platonischen Gedanken von Autos; er weigerte sich, es zu verkaufen. Das war das Auto, das schließlich gestohlen wurde. »Sie haben uns allen einen Gefallen getan«, sagte Becka.

Becka hatte einmal gedroht, seine Bluejays-Jacke zu verbrennen. Sie sagte, wenn er schon so eine blöde Macho-Aufschrift haben müsste, hätte er sich wenigstens einen Gewinner aussuchen können; womit bewiesen ist, wie viel Ahnung sie hat. Mit Expos könnte sie leben. Inzwischen hatte er angefangen, sie einfach zu ignorieren; jedenfalls den Text, nicht den Untertext. Soweit das nur irgendwie möglich war.

Als er den Reißverschluss hochzieht, klingelt das Telefon. Joel glaubt, es wäre wieder einer von den Eierabschneidern; er sollte sich einen Anrufbeantworter zulegen, einen, bei dem man mithören konnte. Aber diesmal ist es wirklich Becka. Heute Abend mit jener kleinen traurigen Stimme, der er noch nie getraut hat. Sie ist glaubhafter, wenn sie laut ist.

»Hallo, Becka«, sagt er vorsichtig, neutral. »Wie geht's?« Sie ist diejenige, die weggelaufen ist, obwohl »weggelaufen« eine viel zu milde Beschreibung ist; wenn also eine Versöhnung stattfinden soll, dann ist das ihre Sache. »Willst du was?«, fügt er hinzu.

»Bitte, sei nicht so«, sagt sie nach einer kurzen abschätzenden Pause.

»Wie bin ich denn?«, sagt er. »Was ist denn so schrecklich an mir?«

Sie seufzt. Ihre Seufzer sind ihm vertraut: Sie seufzt am Telefon besser als jede andere Frau, die er kennt. Wenn sie ihn nicht schon so oft angeseufzt hätte, wenn er nicht wüsste, welche Kosten damit verbunden waren, würde er darauf hereinfallen. Aber sie weicht seiner Frage aus; früher wäre sie sofort darauf eingegangen. »Ich dachte mir, ob ich vielleicht mal rüberkomme«, sagt sie. »Damit wir reden können.«

»Sicher«, sagt Joel, einer alten Gewohnheit folgend: Er hat es nie abgelehnt, über etwas zu reden. Aber er weiß auch, wo das Reden hinführt. Er sieht Beckas Körper vor sich, mit dem sie jedem Streit ein Ende macht; den er üppig und sie fett nennt. Bei einigen ihrer ersten Auseinandersetzungen war es um diese Meinungsverschiedenheit gegangen. »Ich werde hier sein«, sagt er. Wenn das ein Angebot ist, warum es ablehnen?

Aber nachdem er den Hörer aufgelegt hat, tut ihm seine Nachgiebigkeit schon Leid. Also werden sie ins Bett gehen. Na, und wenn? Was beweist das schon? Strebt sie einen weiteren Umzug an, wieder zurück zu ihm? Er ist sich nicht sicher, ob er diesen Wasch- und Schleudergang noch mal von vorn erleben möchte. Jedenfalls hat er Hunger. Er tippt eine Nachricht auf der Schreibmaschine – mit der Hand wäre es zu intim –, dass er plötzlich weg müsse, zu einem wichtigen Treffen, dass er später mit ihr reden wird. Er sagt nicht *sehen*. Er macht die Hintertür auf, durch die sie kommen wird, und befestigt die Nachricht mit einem Klebestreifen, bemerkt, während er es tut, dass jemand ein Ei an die Tür geworfen hat: Seine Reste rinnen über die Farbe nach unten, ein Teil ist schon ganz hart geworden, die zerbrochene Schale liegt auf dem Weg.

Joel geht wieder hinein, macht die Tür hinter sich zu. Es ist dunkel draußen. Jemand hat sich eine Menge Mühe gemacht, um das Haus herum nach hinten zu gehen: jemand, der genau weiß, wer hinter seiner Tür wohnt. Das war nicht nur ein Zufallswurf, jemand, der zufällig mit einem Ei in der Hand vorbeigekommen und den plötzlichen Wunsch verspürt hatte, das Ei an die Tür zu schleudern. Er hat die Wahl: Vielleicht ist es einer von den Eierabschneidern, ein Gedanke, der ihm nicht besonders behagt. Vielleicht ist es der Wirt: Das hatte er schon vorige Woche geglaubt, als er im Hinterrad seines Fahrradschlauchs einen Nagel gefunden hatte. Er glaubt nicht, dass es irgendetwas Offizielles ist. Er hat die RCMP* verdächtigt, sein Telefon anzuzapfen, mehr als einmal, er kennt dieses quietschend saubere Geräusch in der Leitung, und zweifellos haben sie ihn auf ihrer Liste, die meisten Leute in diesem Land, die auch nur das Geringste tun, stehen auf ihr. Aber mit Eiern würden sie sich nicht abgeben.

Oder vielleicht ist es Becka. Ein Ei gegen seine Tür werfen und ihn dann anrufen, als eine Art Wiedergutmachung, weil sie wegen irgendetwas ein schlechtes Gewissen hat, das sie ihm gegenüber aber niemals zugeben wird, ist genau ihr Stil. »Was für ein Ei?«, wird sie zu ihm sagen, wenn er sie fragt, und ihn dabei mit ihren unschuldigen Backenhörnchenaugen ansehen, und wie soll er es dann je erfahren? Als sie mal zusammen auf einer Party waren, hörten sie ein Gerücht über eine Frau, die sich gerade von einem Mann getrennt hatte, den sie beide kannten. Sie war zur Post gegangen und hatte in seinem Na-

* RCMP = Royal Canadian Mounted Police (Anm. d. Ü.).

men eine Karte für eine Adressenänderung ausgefüllt und so seine gesamte Post in eine Stadt irgendwo mitten in Afrika umgeleitet. Damals, und weil er den Mann nicht besonders mochte, hatte es Joel sehr erheiternd gefunden. Becka nicht, obwohl sie bei der Geschichte genauer hingehört hatte als er und auch Fragen gestellt hatte. Jetzt kommt ihm der Gedanke, dass sie es sich vielleicht gemerkt hatte, um später darauf zurückzukommen. Er versucht sich an die restliche Geschichte zu erinnern, an die anderen Dinge, die die Frau getan hatte: die Hemden des Mannes, als sie aus der Wäscherei zurückkamen, abzufangen und alle Knöpfe abzuschneiden, Grabgebinde an seine neue Freundin zu schicken. In beiden Fällen kann sich Joel sicher fühlen: keine Hemden aus der Wäscherei, keine neue Freundin. Nur auf die Post wird er achten müssen.

Jetzt fragt er sich, ob es eine so gute Idee ist, wegzugehen. Becka hat noch immer einen Schlüssel, wegen dem er bald etwas unternehmen muss. Vielleicht ist sie in seiner Wohnung, wartet auf ihn, wenn er zurückkommt. Er beschließt, es einfach darauf ankommen zu lassen. Wenn sie feststellt, dass er nicht da ist, kann sie bleiben oder wieder gehen, das liegt ganz bei ihr. (Es ihr selbst zu überlassen war schon immer seine beste Taktik. Es macht sie verrückt.) Egal wie, er hat den ersten Schritt getan. Er hat ihr gezeigt, dass er nicht begierig auf sie ist. Jetzt ist es an ihr, sich Mühe zu geben.

Als er in dem Durcheinander aus Taschenbüchern, Zeitungen und Socken neben dem Bett nach seiner Brieftasche sucht, streicht Uglypuss schnurrend an seinem Bein vorbei. Er krault sie zwischen den Ohren und zieht sie langsam am Schwanz hoch, was Katzen seiner Meinung nach gern mögen (»Hör auf damit, du wirst ihr noch das Rückgrat brechen«, schimpfte Becka immer. Aber Uglypuss war schließlich seine verdammte Katze).

»Uglypuss«, sagt er. Er hat sie fast schon so lange, wie er seinen La-Z-Boy-Sessel und seinen Tischtennistisch hat: Sie hat schon einiges mit ihm durchgemacht. Sie sieht ihn mit ihrem sonderbaren Gesicht an, halb orangefarben, halb schwarz, an der Nase entlang geteilt, eine Yin- und Yang-Katze, wie Becka in ihrer Phase der organischen Getreideflocken und Körper-Geist-Energie immer sagte.

Sie folgt ihm zur Tür, diesmal der vorderen; er wird durch den Gemeinschaftsflur gehen, die Stufen hinunter, wo die Straßenlampen sind. Sie miaut, aber er will nicht, dass sie ins Freie geht, nicht in der Nacht. Obwohl sie kastriert ist, streunt sie und wird manchmal in Kämpfe verwickelt. Vielleicht merken die Kater gar nicht, dass sie ein Mädchen ist; oder vielleicht glauben sie, dass sie eins ist, aber nicht will. Beim Frühstück pflegte er sich Becka gegenüber immer lang und breit über die sexuellen Probleme von Uglypuss auszulassen. Egal aus welchem Grund, sie bringt sich arg in die Klemme: Ihre Ohren sind eingerissen, und er hat die antibiotische Salbe satt, die sie sich ohnehin immer wieder ableckt. Er überlegt, ob er sie mit Fressen ablenken soll, aber das Katzenfutter ist alle, noch ein Grund, aus dem Haus zu gehen. Er holt den Behälter mit dem zweifelhaften Joghurt aus dem Kühlschrank und lässt ihn, für sie geöffnet, auf dem Fußboden stehen.

Joel wischt sich den Mund ab, schiebt den Teller weg. Er hat alles in sich reingestopft: Wiener Schnitzel, Bratkartoffeln, alles. Jetzt ist er satt und faul. Bevor er mit Becka zusammengezogen ist, oder vielmehr, bevor sie bei ihm eingezogen ist, war das Hinterzimmer der Blauen Donau eines seiner liebsten Esslokale gewesen. Es ist billig, und man kriegt viel für sein Geld, und auch gute Qualität. Und es hat noch einen weiteren Vorteil: Es kommen noch andere Leute hierher, die billig essen wollen, Kunststudenten, in Paaren oder allein, arbeitslose Schauspieler und Schauspielerinnen auf Beutezug, die aber nicht verzweifelt oder reich oder abweisend genug sind, um in Single-Bars zu gehen. Joel möchte kein Mädchen auflesen, das in Single-Bars geht.

Becka konnte dieses Lokal nie leiden, daher hatte er allmählich aufgehört, hierher zu kommen. Aber als sie das letzte Mal zusammen gegessen hatten, war es hier gewesen: Für sie beide ein sicheres Zeichen, dass sich die Zeiten geändert hatten.

Becka war von der Toilette zurückgekommen und hatte sich ihm gegenüber auf den Stuhl plumpsen lassen, als hätte sie gerade eine umwerfende Entdeckung gemacht. »Rate mal, was auf dem Frauenklo steht?«, fragte sie.

»Ich beiße«, sagte Joel.

»Frauen machen Liebe, Männer machen Krieg«, sagte sie.

»So?«, sagte Joel. »Ist der Lippenstift rosa oder rot?«

»Es ist also wahr.«

»Soll das etwa eine Erkenntnis sein?«, sagte Joel. »Nicht die *Männer* sind es, die Kriege führen. Nur *manche von ihnen*. Glaubst du etwa, die jungen Kerle aus der Arbeiterklasse marschieren gern los, um sich abschlachten zu lassen? Das sind die Generäle, das sind die …«

»Aber es sind nicht die Frauen, nicht wahr?«, sagte Becka.

»Das hat doch überhaupt nichts damit zu tun«, erwiderte Joel aufgebracht.

»Genau das meine ich doch«, sagte Becka. »Für dich zählt doch nur deine eigene gottverdammte Meinung, stimmt's?«

»Quatsch«, gab er zurück. »Wir reden doch nicht von Meinungen. Wir reden von *Geschichte*.«

Während er dies sagte, schlug die Sinnlosigkeit dessen, was er zu tun versuchte, über ihm zusammen, wie es manchmal geschieht: Was hat es für einen Sinn, in einer Gesellschaft weiterzuleben, in der es immer zwei Schritte vorwärts und zwei zurück geht? Die Frustration, der Geldmangel, die Gleichgültigkeit, und obendrein das unaufhörliche kindische Gezänk von links, wer reiner ist. Wenn es einen richtigen Kampf gäbe (er denkt »Schusswaffen«, nicht »Krieg«), wenn er offen ausgetragen würde, wäre alles viel klarer; aber auch das kann als eine Versuchung angesehen werden, der Drang anderer Leute, kämpferische Auseinandersetzungen zu romantisieren. Es ist schwer zu entscheiden, welche Handlungsweise Gültigkeit besitzt. Muss man tot sein, um authentisch zu sein, wie es die Puristen zu glauben scheinen? Allerdings hat er noch nie erlebt, dass sich einer von ihnen tatsächlich für die Exekutionskommandos hat aufstellen lassen. Vielleicht hat er den falschen Modus gewählt; vielleicht passt hier oben kein Straßentheater hin, wo die Straßen so fein und sauber sind und niemand auf ihnen herumliegt, in Holzverschlägen oder Rinnsteinen oder auf Matten neben dem Bürgersteig ausgestreckt. Manchmal glaubt er, dass sie vielleicht alle nur schauspielern, sich an einem Spiel mit verkleideten Erwachsenen als Akteuren beteiligen, das am Ende zu nichts führt.

Aber solche Stimmungen halten bei ihm nie lange an. »Es werden Kriege geführt, damit diejenigen, die an der Macht sind, dort auch bleiben können«, wandte er sich an Becka, bemüht, nicht die Geduld zu verlieren.

»Du glaubst nicht, dass du jemals *gewinnen* wirst, nicht wahr?«, fragte Becka leise. Sie kann seine Gedanken lesen, aber nur in schlechten Zeiten.

»Es geht mir nicht ums Gewinnen«, erwiderte Joel. »Ich weiß, auf wessen Seite ich gern stehen möchte, das ist alles.«

»Wie wär's denn, wenn du auf meiner wärst?«, sagte Becka. »Zur Abwechslung.«

»Zum Teufel, wovon redest du?«

»Ich hab keinen Hunger«, sagte Becka. »Lass uns nach Hause gehen.«

Nach Hause, dieses Wort hallt jetzt für Joel klagend durch den Raum, in Moll. Zuhause ist kein Ort, hat Becka einmal gesagt, es ist ein Gefühl. Vielleicht ist das der Grund, hat Joel geantwortet. Als er aufwuchs, war für ihn das Wort Zuhause etwas, das fehlte, das aber hätte da sein müssen. Nach Hause gehen war wie in ein Nichts gehen. Er wäre lieber weggeblieben.

Er sieht sich in dem Raum um, der voller Rauch ist, mit nackten Wänden, sein Blick gleitet über Paare, bleibt an Frauen hängen, die allein sind. Warum soll er es nicht zugeben? Heute Abend ist er ausgegangen, weil er es sucht, wie schon so oft: eine, mit der er nach Hause gehen kann, zu ihrem, nicht zu seinem Zuhause, in der Hoffnung, dass dieser unbekannte Ort, noch ein anderer unbekannter Ort, am Ende etwas enthält, das er haben möchte. Das kam von Beckas Anruf: Sie übt diese Wirkung auf ihn aus. Jede ihrer Bewegungen, um ihn einzukreisen, um ihn festzunageln, um ihn in die Ecke zu drängen, lässt ihn nur noch verzweifelter an Flucht denken. Sie ist nie offen damit herausgekommen, hat es nie zugegeben, aber in Wirklichkeit wollte sie Beständigkeit, Bindung, Monogamie, all das. Vierzig Jahre lang immer ein und dasselbe, Nacht für Nacht, das war eine lange Zeit, wenn man es richtig betrachtete.

Er sieht ein Mädchen, das er flüchtig kennt, an das er sich vom Sommer erinnert, als sie unten in der Nähe von Leamington für die herumziehenden Erntearbeiter das Stück vom *Blutrünstigen Monster Tomate* spielten. (Hütten ohne warmes Wasser. Insektenvertilgungsmittel in den Lungen. Ohne medizinische Versorgung. Einschüchterung. Es war ein gutes Stück.) Das Mädchen spielte eine Nebenrolle, jemand, der ein Schild trug. Wie er sich erinnert, bemühte sich einer aus der Truppe um sie; nur so konnte er sich damals erklären, dass sie überhaupt bei ihnen war. Er hofft, dass er Recht hatte, er hofft, dass sie nicht zu politisch ist. Becka war nicht politisch, als er sie kennen lernte. Sie machte damals gerade eine Kunsttherapie in einem Irrenhaus, half den Verrückten, sich mit nassem Zeitungspapier und Klebstoff auszudrücken. Sie hatte so viel Ruhe ausgestrahlt, so viel Geduld, was aber, wie ihm inzwischen klar geworden ist, nur professionelle Tünche war, aber damals hatte er es sich darin bequem gemacht wie in einer Hängematte. Es hatte ihm Spaß gemacht, ihr Bildung beizubringen, und sie war darauf eingegangen, hatte ihm alles nachgeplappert und sich bemüht, ihm zu gefallen. Was für ein Fehler.

In den letzten Jahren ist ihm klar geworden, dass die Frauen, auf die er stehen sollte – linke intellektuelle Frauen, die bei Diskussionen mithalten können, die an halbe-halbe glauben, die gute Kumpel sein können –, nicht die Frauen waren, auf die er tatsächlich stand. Er schämte sich nicht wegen dieser Entdeckung, wie er es früher getan haben würde. Er zieht Frauen vor, die sanft sind und die nicht andauernd aus dem Kopf leben, die nicht immer alles gleich so schrecklich ernst nehmen. Er braucht eine, die sich nicht darüber auslässt, ob er nun ein Macho sei oder nicht, ob er die Kapitalisten durch die Verwendung von Achseldeodorant unterstützen sollte oder nicht, ob das Persönliche politisch ist oder das Politische persönlich, ob er antisemitisch, antifeministisch, antiirgendwas ist. Eine, die sich nicht mit ihm streitet.

Er schiebt seinen Stuhl zurück und geht hinüber, bereitet sich auf einen Korb vor. Sie können ihn immer wegschicken. Das stört ihn nicht besonders, er versucht niemals, etwas zu erzwingen. Es hat keinen Sinn, sich unbeliebt zu machen, und er möchte mit keiner zusammen sein, die nicht auch mit ihm zusammen sein will. Er hat nie verstanden, warum es Vergewaltigungen gibt.

Dieses Mädchen hat rötliches Haar, das in der Mitte gescheitelt und nach hinten gekämmt ist. Sie sitzt zusammengekauert über ihren Nudeln, tut so, als wäre sie in ein großes Paperbackbuch vertieft, das aufgeschlagen neben ihrem Teller liegt. Joel geht die Einleitungen durch: »Hallo, schön, dich wiederzusehen. Was dagegen, wenn ich mich zu dir setze?«

Sie sieht zu ihm hoch, mit dem gleichen leichten Stirnrunzeln, das er schon so oft auf ihren Gesichtern gesehen hat, diesem aus-der-Trance-auftauchenden Gesicht, *Oh, hast du mich erschreckt*, als hätte sie ihn gar nicht kommen sehen. Aber sie hat ihn gesehen. Sie erkennt ihn, zögert, sich zu entschließen; dann lächelt sie. Wie er sieht, ist sie dankbar, Gesellschaft zu haben: Mit dem wie-war-doch-sein-Name musste es vorbei sein. Erleichtert setzt er sich hin. Obwohl er weiß, dass ihn eigentlich niemand beobachtet, fühlt er sich noch immer wie ein Idiot, wenn er weggeschickt wird, wie ein Hündchen, das ein Häufchen gemacht hat.

Und jetzt zu dem Buch: Das ist immer eine gute Einleitung. Er dreht es um, damit er den Titel lesen kann. *Die Geschichte des Steppdeckennähens*. Das ist schwer: Vom Steppdeckennähen weiß er nicht viel, und es interessiert ihn auch nicht. Er schätzt, dass sie zu den Mädchen gehört, die über solche Tätigkeiten lesen, sie dann aber selbst nie ausüben; wenn es auch viel zu aggressiv wäre, mit einer solchen Erklärung zu beginnen. Es ist falsch, die Mädchen gleich am Anfang vor den Kopf zu stoßen.

»Möchtest du ein Bier«, sagt er, »oder bist du Vegetarierin?«

»Um ehrlich zu sein, ja, das bin ich«, sagt sie mit diesem überlegenen verkniffenen Minilächeln, mit dem sie einen bedenken. Der Witz ist ihr entgangen. Joel seufzt; das kann ja heiter werden.

»Schätze, es stört dich, wenn ich rauche?«, sagt er.

Sie lässt sich erweichen, anscheinend will sie ihn nicht vertreiben. »Von mir aus«, sagt sie. »Der Raum ist groß.« Sie unterlässt es zu sagen, dass das Lokal ohnehin bereits voller Rauch ist, und das gefällt ihm schon besser.

Er überlegt, ob er sagen soll: »Wohnst du hier in der Gegend?« Aber er bringt es nicht fertig, nicht schon wieder. Auch »Erzähl mir ein bisschen von dir« ist aus der Mode. Also sitzt er da und merkt, wie er fast augenblicklich, viel früher als sonst, zum sozialen Realismus übergeht. »Das war ein total beschissener Tag heute«, sagt er. So fühlt er sich wirklich, das ist nicht geschwindelt, es war wirklich ein beschissener Tag; aber auf einer anderen Ebene weiß er auch, dass er Mitgefühl will, und auf noch einer anderen, die ihm bewusst ist, ist es eine nützliche List: Wenn du ihnen Leid tust, können sie dich doch nicht zurückweisen?

Becka hat ihm immer vorgeworfen, einen abnehmbaren Schwanz zu haben. Nach ihrer Version schraubte er ihn ab, befestigte ihn an einer Leine und ging mit ihm spazieren, wie mit einem Dackel ohne Beine oder einer Art Trüffel suchendem Schwein (ihre Metapher!). Ihrer Vorstellung nach verkroch er sich in jedem Loch oder in jeder Spalte, die er finden konnte, in allem, was auch nur vage einem Trichter ähnelte, auch nur im Entferntesten weiblich war. In ihren surrealistischeren Fiktionen (als sie noch versuchte, mit dieser Angewohnheit von ihm, wie sie es nannte, zu leben, bevor sie zu dem Begriff *Trieb* überging, als sie noch versuchte, es mit Humor zu nehmen) steckte er irgendwo fest, in einem Mauseloch oder in einem toten Baum oder in einem Außenrohr, und konnte nicht wieder freikommen, weil sein Schwanz sich geirrt hatte. Was konnte man von einem primitiven Tier ohne Augen anderes erwarten?, sagte sie.

»Wenn ich dir ein Schaf und ein Paar Gummistiefel besorgen würde, würdest du dann öfter zu Hause bleiben?«, sagte sie. »Wir könnten es in der Garage halten. Wenn wir eine Garage hätten. Wenn es nicht zu bur-schu-as wäre, eine Garage zu haben.«

Aber sie irrte sich, er ist nicht hinter dem Sex her. Es ist nicht nur der Sex. Manchmal, mittendrin, denkt er, dass er viel lieber rund um den Block joggen oder sich einen Film ansehen oder Ping-Pong spielen würde. Sex ist nur eine soziale Einleitung, so wie früher das Händeschütteln; es ist der erste Schritt, jemanden kennen zu lernen. Ist er erst mal getan, kann man sich auf die wahren Dinge konzentrieren; obgleich, ohne ihn geht es irgendwie nicht. Er mag Frauen, er möchte sich manchmal einfach nur mit ihnen unterhalten. Die, mit denen er gerne redet, zusammen lacht, das sind die, die er, ganz privat, als »Wiederholungsfälle« bezeichnet.

»Wie kommt es, dass ich dir nicht genüge?«, sagte Becka schon bald nach dem zweiten oder dritten Mal, nachdem sie ihm draufgekommen war. Er war kein guter Lügner; er hasste es, Dinge geheim halten zu müssen.

»Es ist nicht wichtig«, sagte er in dem Versuch, sie zu trösten; sie weinte. Da hatte er sie noch ganz einfach geliebt. »Es hat nicht mehr zu bedeuten als Niesen. Es hat nichts mit Gefühlen zu tun. Du hast mit Gefühlen zu tun.«

»Wenn es nichts zu bedeuten hat, warum tust du es dann?«, sagte sie.

Das konnte er nicht beantworten. »So bin ich nun mal«, sagte er schließlich. »Das ist ein Teil von mir. Kannst du das nicht akzeptieren?«

»Aber ich bin nun mal *ich*«, sagte sie und weinte nur noch

mehr. »Du machst, dass ich mir wie ein Nichts vorkomme. Du gibst mir das Gefühl, dir nichts zu bedeuten. Ich bedeute dir nicht mehr als ein Niesen.«

»Das ist Erpressung«, sagte er und wich ein wenig zurück. Er konnte es nicht ausstehen, wenn man Liebe und Treue aus ihm herausquetschte wie Orangensaft oder wie Zähneziehen. Keine Entsafter. Keine Zangen. Sie hätte wissen müssen, dass sie seine feste Beziehung war: Das hatte er ihr oft genug gesagt.

Der Name des Mädchens, den er vergessen hat, den er aber aus ihr herausholt, indem er so tut, als würde er sich beinahe daran erinnern, ist Amelia. Natürlich arbeitet sie in einem Buchladen. Als er sie näher betrachtet, sieht er, dass sie nicht mehr ganz so jung ist, wie er zuerst geglaubt hatte. Um die Augen bilden sich schon kleine Falten, und von den Nasenlöchern bis zu den Mundwinkeln verläuft eine Linie, die sich später bis hinunter zum Kinn erstrecken wird, das klein und spitz ist, und irgendwann wird sie dann diesen mürrischen, ausgemergelten Ausdruck annehmen. Rothaarige haben eine zarte Haut, sie altern frühzeitig. Sie trägt eine Kette um den Hals, mit einem Glasanhänger, der getrocknete Blumen enthält. Er schätzt, dass sie zu den Mädchen gehört, die in ihrem Fenster Prismen hängen haben und über dem Bett ein Poster von einem Wal, und als sie in ihre Wohnung kommen, stellt er fest, dass diese Vermutungen richtig waren.

Amelia stellt sich als vokaler Typ heraus, den er mag: In gewisser Hinsicht ist es eine Huldigung. Und es überrascht ihn auch: Man sah es ihr nicht an, bei ihrem fast zimperlichen Gehabe, der Art, wie sie ihren kleinen Hintern zusammenkniff, ihn rasch fortschob, als er seine Hand drauflegte, während sie die Tür aufschloss. Joel weiß eigentlich nicht, warum er immer erwartet, dass Mädchen mit durchstochenen Ohren und goldenen Miniatursternen darin, mit hohen Backenknochen und fragilen Brustkörben sich im Bett still verhalten sollen. Das rührt von irgendwelchen antiquierten Vorstellungen über guten Geschmack her, obwohl er inzwischen wissen sollte, dass bei Dünnen pro Quadratzentimeter mehr Nervenenden vorhanden sind.

Hinterher gibt sie sich wieder gedämpft, als würde sie sich wegen ihres Gestöhnes ein wenig schämen, dafür, dass sie ihn so gierig gepackt hatte, als wäre er schließlich gar kein halber Fremder. Er würde gerne wissen, wie oft sie wohl schon mit jemandem nach Hause gegangen ist, den sie kaum kannte, er ist neugierig, möchte sie gerne fragen: »Machst du das öfter?« Aber er weiß aus früheren Erfahrungen, dass sie es vielleicht als Beleidigung auffassen könnte, als eine Art versteckten Hinweis auf ihre moralischen Werte; selbst wenn sie, wie er selbst, es tut. Manchmal, vor allem wenn sie noch jünger sind, hat er das Gefühl, als müsse er ihnen sagen, dass sie so etwas nicht tun dürfen. Nicht allen Männern kann man trauen, nicht mal denen, die in der Blauen Donau essen gehen. Sie könnten gewalttätig sein, mit Peitschen oder Sicherheitsnadeln bewaffnet, Perverse, Mörder, Leute nicht wie er. Aber jede Einmischung von ihm könnte als patriarchalischer Paternalismus gedeutet werden: Auch das weiß er aus Erfahrung. Aber das ist ihr eigenes Problem, darauf müssen sie selbst achten; wie auch immer, warum sollte er sich beklagen?

Amelia lehnt sich gegen ihn, den Kopf auf seinem Bizeps, rotes Haar ergießt sich über seinen Arm, ihr Mund ist entspannt; er ist dankbar dafür, dass sie einfach nur da ist, ihr Körper, ihre animalische Wärme. Frauen mögen das Wort »Muff« nicht, das weiß er; aber für ihn ist es sowohl beschreibend als auch zärtlich, etwas Pelzartiges, das einen warm hält. Genau das Richtige für ihn, um durch den November zu kommen. Sie ist auf eine unverbindliche Art sogar freundlich. Nicht immer kann er sich darauf verlassen, dass sie hinterher freundlich sind. Sie haben es ihm auch schon übel genommen, als wäre es etwas, das er ganz allein getan hatte, ihnen angetan und nicht mit ihnen zusammen getan hatte; als hätten sie überhaupt nichts damit zu schaffen gehabt.

Diese hier gefällt ihm so gut, dass er den Vorschlag macht, sich gemeinsam die Spätshow im Fernsehen anzusehen, eine Erfahrung, die er nicht gerade mit jeder x-beliebigen teilen möchte. Sex ja, späte Filme nein. Er überlegt, ob sie wohl etwas Essbares im Haus hat, ein bisschen Kuchen vielleicht, den sie gleich von der Platte verzehren könnten, während sie fernsehen und sich gegenseitig den Zuckerguss von den Fingern schlecken. Er hat schon wieder Hunger, aber mehr noch sehnt er das behagliche Gefühl herbei, das so etwas mich sich bringen würde. Zitronenzuckerguss in einem dunklen Zimmer ist etwas ganz Besonderes. Aber als sie ohne irgendwelche Untertöne sagt, nein, sie wolle lieber zu Bett gehen, weil sie am nächsten Morgen früh aufstehen müsse, um noch vor der Arbeit ihr Fitnesstraining zu absolvieren, ist es ihm auch recht. Gut gelaunt zieht er sich an, diese ganze Sache hat ihn unheimlich aufgemuntert. Heimlich hat er das Gefühl, wieder mal davongekommen zu sein, durch das Schlafzimmerfenster rein und wieder raus, ohne ertappt zu werden: Hier gibt es kein klebriges Fliegenpapier. Er erinnert sich flüchtig an den Tag, da er entdeckt hatte, dass seine Mutter die Plätzchen versteckte, nicht so sehr, damit er sie nicht fand, sondern gerade damit er sie finden sollte, und wie wütend, wie verraten er sich gefühlt hatte. Er hatte ihren grünen Chenille-Bademantel um die Ecke huschen sehen; sie hatte vor der Küche im Flur gestanden, hatte ihm zugehört, wie er aß. Sie musste gewusst haben, was für eine miserable Köchin sie war, und auf diese zweifelhafte Art wollte sie sichergehen, dass er wenigstens irgendetwas zu sich nahm. Das ist seine heutige Überzeugung, aber damals fühlte er sich nur die ganze Zeit von ihr überwacht, manipuliert. Vielleicht waren ihm damals die ersten Zweifel an einem freien Willen gekommen.

Amelia hat sich auf ihre Seite gerollt und ist schon beinahe eingeschlafen. Er gibt ihr einen Kuss, sagt, dass er allein den Weg hinausfindet. Er überlegt, ob er sie genügend mag, um sie wiedersehen zu wollen, gelangt jedoch zu dem Schluss, dass er es wahrscheinlich nicht tut. Trotzdem merkt er sich ihre Telefonnummer, lernt sie vom Telefon neben dem Bett auswendig; er wird sie nachher aufschreiben, draußen in der Küche, wo sie es nicht merkt. Man kann nie wissen, wann einem eine Sache wie diese einmal gelegen kommt. Ein Hafen im Sturm, denn wenn er mal ganz unten ist, in einem Loch, muss er unbedingt mit jemandem zusammen sein, egal, mit wem, innerhalb bestimmter Grenzen natürlich.

Er pinkelt in ihre Toilette, spült es runter, bemerkt den Atomkraftgegner-Aufkleber am Spiegel, die Töpfe mit Kräutern, die auf der Fensterbank um ihr Dasein ringen. Dann geht er in die Küche und knipst das Licht an, wirft im Vorübergehen einen raschen Blick in den Kühlschrank, auf gut Glück, in der Hoffnung, dort vielleicht irgendetwas Ungesundes und Köstliches vorzufinden. Aber sie ist ein Tofu-Mädchen, und er geht zögernd nach draußen.

Er denkt nicht mehr an Becka. Er erinnert sich erst wieder an sie, als er den Schlüssel ins Schlüsselloch steckt, als er plötzlich eine Vorstellung von ihr hat, wie sie auf der anderen Straßenseite wartet, mit dem schwarzen Haar, das ihr Gesicht einrahmt wie in einem Stück von Lorca, mir großen verletzten Augen, die ihn ansehen, bewaffnet mit irgendeinem tödlichen

Instrument: einem Korkenzieher, einem Kartoffelschäler oder, historischer, mit einem Eispickel, obgleich er keinen besitzt. Vorsichtig macht er die Tür auf, schiebt sich durch, ist erleichtert, als nichts geschieht. Vielleicht ist es nun doch endlich vorbei. Ihm fällt ein, dass er vergessen hat, Katzenfutter zu kaufen.

Seine Erleichterung dauert so lange, bis er das Wohnzimmer betritt. Sie war hier, soviel ist sicher. Er starrt auf die Innereien seines La-Z-Boy-Sessels, die überall auf dem Fußboden verstreut sind, auf die drahtigen Gedärme, die aus den noch übrig gebliebenen Resten des Rahmens ragen, und auf die dicken weichen Schaumstoffbrocken aus dem Sofa, die an den Kamin gespült sind, als wäre es ein Ufer, als wäre Becka ein Sturm gewesen, ein Hurrikan. In einer anderen Ecke findet er all seine Tischtennisbälle wieder, in einer Reihe angeordnet und zertrampelt; sie gleichen ausgebrüteten Schildkröteneiern. Teile seiner Unterwäsche liegen im Kamin, an den Rändern verkohlt, immer noch schwelend.

Er zuckt die Achseln. Theatralisches Luder, denkt er. Dann wird er sie eben ersetzen: Es gibt hier nichts, das sich nicht ersetzen lässt. So leicht kann sie ihn nicht verärgern. Aber die Schreibmaschine hat sie nicht angerührt: Sie weiß genau, wie weit sie gehen darf.

Dann sieht er die Mitteilung. *Willst du Uglypuss zurück? Sie ist in einer Mülltonne. Such sie doch.* Der Zettel ist an der großen orangefarbenen Kerze aus dem Kunstladen befestigt, die auf dem Kaminsims steht, eins ihrer ersten Geschenke. Es ist, als hätte er schließlich doch noch Besuch von Santa Claus bekommen, der sich als jenes Ungeheuer entpuppte, vor dem ihn seine Mutter immer gewarnt hatte, wenn er Symptome aufwies, die darauf hindeuteten, dass er ein ebensolches Weihnachten für sich wollte wie alle anderen Kinder im Wohnblock. *Santa Claus bringt dir Kohlestückchen und verfaulte Kartoffeln. Wozu brauchst du das?*

Aber dies war nicht Santa Claus, es war Becka, die genau weiß, wo sie ihr Messer reinstechen muss. Ob tot oder lebendig, ist ihr egal. Sie hat Uglypuss eigentlich nie so recht leiden können, aber umbringen würde sie sie sicher nicht. Er befürchtet das Schlimmste, aber glauben kann er es nicht. Er wird losgehen und nachsehen müssen. Er hört die Krallen auf dem Metall kratzen, die klagenden Schreie, die sich steigernde Panik, während er seinen Reißverschluss hochzieht. Endlich weiß er, dass sie vor nichts Halt macht.

Er durchstreift in einem immer größeren Kreis die Straßen um sein Haus, öffnet jede Mülltonne, wühlt in den Beuteln, lauscht auf schwaches Miauen. Er sollte seine Zeit nicht mit etwas so Trivialem verbringen, etwas so Persönlichem; er sollte seine Kräfte für die wichtigen Dinge aufsparen. Was er braucht, ist eine Perspektive. Es ist wieder Becka, die ihn beherrscht. Vielleicht hat sie gelogen. Vielleicht ist Uglypuss gesund und munter in ihrer neuen Wohnung, liegt schnurrend neben dem Heißluftgerät. Vielleicht lässt ihn Becka all dies ganz umsonst durchmachen, in der Hoffnung, dass er an ihrer Tür erscheint, damit sie ihn quälen oder belohnen kann, je nachdem, wonach ihr gerade der Sinn steht.

»Uglypuss!«, ruft er. Er sagt sich, dass er unter einem Schock steht, dass es ihn erst morgen so richtig treffen wird, wenn er sich seiner Zukunft ohne Uglypuss erst richtig bewusst wird. Im Augenblick aber denkt er: *Warum musste ich ihr bloß diesen blöden Namen geben?*

Becka geht die Straße entlang. Sie ist schon oft diese Straße entlanggegangen. Sie sagt sich, dass daran nichts Ungewöhnliches sei.

Ihre beiden Hände sind nackt, an der rechten ist Blut, und auf ihrer Wange sind vier dünne Kratzer. In der rechten Hand trägt sie eine Axt. In Wirklichkeit ist es etwas Kleineres als eine Axt, es ist ein Beil, das Beil, das Joel neben dem Kamin aufbewahrt, um das Kleinholz zum Anmachen zu spalten, wenn er das Feuer anzündet. Früher hat sie gern auf dem Vorleger vor dem Kamin mit ihm geschlafen, im orangefarbenen Glühen der Kerze. So lange, bis er ihr sagte, dass es dort immer zugig wäre und er es lieber im Bett täte, wo es wärmer war. Nach einer Weile begriff sie, dass er es nicht gern hatte, wenn man ihn ansah; er war auf eine seltsame Art scheu, als glaubte er, sein Körper gehöre nur ihm allein. Früher hatte sie ihm deswegen zu schmeicheln versucht, aber das war keine gute Idee gewesen, Vergleiche hatte er nicht gern. Und so spielte es sich also unter der Decke ab, wie bei einem Ehepaar. Davor hatte sie ihn immer wegen der Axt im Wohnzimmer gepiesackt, sie wollte, dass er sie auf der Veranda hinterm Haus aufbewahrte und das Holz da draußen klein machte; sie sagte, dass sie keine Splitter im Haus wollte.

Der Anblick der Axt hatte ihr schließlich den Rest gegeben. Joel war fort, obwohl er gesagt hatte, dass er da sein würde. Sie wusste nicht genau, wohin er gegangen war, aber ganz im Allgemeinen wusste sie es. So verhielt er sich immer ihr gegenüber. Sie wartete eineinhalb Stunden, ging auf und ab, las seine Zeitschriften, in einem Raum, der früher ihr gehört hatte und sich noch immer so anfühlte. Die Heizung war abgestellt, was bedeutete, dass sich Joel wieder mal mit dem Hausbesitzer gestritten hatte. Sie überlegte, ob sie ein Feuer machen sollte. Uglypuss kam und rieb sich an ihren Beinen und klagte, und als sie in die Küche ging, um ihr etwas zu fressen zu geben, stand dort der Joghurt, den sie selbst gekauft hatte, offen auf dem Fußboden.

Sie fragte sich, wie lange sie warten sollte. Selbst wenn er schon bald zurückkam, würde er jenes selbstgefällige Aussehen haben und noch danach riechen. Sie hätte die Wahl, ihn zu ignorieren, dann würde er gewonnen haben, oder etwas zu sagen, dann hatte er auch gewonnen, denn dann konnte er sie beschuldigen, sich in seine Privatangelegenheiten einzumischen. Nur ein weiteres Beispiel dafür, warum es mit ihnen nicht klappen konnte, würde er sagen. Das würde sie wütend machen – es könnte, es könnte mit ihnen klappen, wenn er es nur einmal versuchen würde –, und dann würde er sie kritisieren, weil sie wütend war. Ihr Zorn würde nur beweisen, dass er noch immer Macht über sie besaß. Das weiß sie, aber sie kann sich nicht beherrschen. Dieses Mal war einmal zu viel. Es war immer einmal zu viel.

Becka geht schnell, den Kopf ein wenig gesenkt und nach vorn gestreckt, als müsste sie sich mit ziemlicher Anstrengung durch die Luft vorwärts kämpfen. Ihr Haar wird vom Wind nach hinten geweht. Es beginnt zu nieseln. In ihrer linken Hand trägt sie einen grünen Müllbeutel aus Plastik, oben zugedreht und verknotet. Die Straße, die sie entlanggeht, ist die Spadina, eine Straße, an die sie sich aus ihrer Kindheit erinnert, da ihr Großvater sie dorthin führte, wenn er einen seiner alten Kumpel besuchte. Er hatte mit ihr geprahlt, und man hatte ihr zu essen gegeben. Das war, bevor die Chinesen hier alles übernommen hatten. Die Straße ist gut beleuchtet, selbst zu dieser nachtschlafenden Zeit, Bambusmöbel, Kleidung im Großhandel, Restaurants, ethnischer Art, wie man so sagt; aber sie kauft und isst nichts, danke, sie sieht sich nur nach einer Mülltonne um, nach einem Platz, wo sie ihren Beutel deponieren kann. Eine ganz gewöhnliche Mülltonne, mehr will sie nicht; warum findet sie keine?

Sie kann nicht glauben, dass sie das, was sie gerade getan

hat, wirklich getan hat. Und das Schreckliche daran ist, dass sie es durchaus genossen hat, als sich die Axt in das schwarze Kunstleder seines schäbigen Sessels, in sein Sofa grub, diese Füllung, die sie herausgezogen und überall verstreut hat, hätte genauso gut Joel selbst sein können. Allerdings, wäre er da gewesen, hätte er sie davon abgehalten. Einfach durch seine Anwesenheit, denn er hätte sie bloß anzusehen brauchen, als wollte er sagen: *Soll das heißen, dass du wirklich nichts Wichtigeres zu tun hast?*

So weit hat er mich gebracht, denkt sie. So gemein bin ich noch nie gewesen, früher war ich immer ein solch netter Mensch, ein so nettes Mädchen. Oder nicht?

Heute, bevor sie ihn anrief, hatte sie den Geschmack in ihrem eigenen Mund nicht mehr ertragen können. Sie hatte die Einsamkeit satt, genug von ihrer Freiheit. Eine Frau ohne einen Mann ist wie ein Fisch ohne Fahrrad. Mutige Worte, sie hatte sie früher selbst einmal gesprochen. Das war, bevor sie gemerkt hatte, dass sie kein Fisch war. Heute glaubte sie, dass sie ihn noch immer liebte, und Liebe bezwingt alles, nicht wahr? Wo Liebe ist, da ist auch Hoffnung. Vielleicht würde es ihnen gelingen, sie gemeinsam wiederzugewinnen. Aber jetzt weiß sie es nicht mehr.

Sie überlegt, ob sie den Müllbeutel in einen Postkasten stecken soll, einen für Pakete, oder in einen Zeitungsständer. Sie könnte den Vierteldollar reinstecken, den Kasten aufmachen, die Zeitung rausnehmen, den Beutel dalassen. Auf diese Weise würde er schneller gefunden werden. Sie ist nicht herzlos.

Aber plötzlich ist da eine Mülltonne, keine aus Plastik, sondern eine altmodische aus Metall, vor einem chinesischen Obst- und Gemüseladen. Sie nähert sich ihr, lehnt das Beil dagegen, stellt den Beutel ab, will den Deckel hochheben. Aber entweder klemmt er, oder ihre Hände sind taub. Sie stößt die

Tonne gegen eine Telefonsäule; mehrere Leute sehen sie an. Schließlich geht der Deckel auf. Die Tonne ist zum Glück halb leer. Sie lässt den Beutel hineinfallen. Kein Laut ist zu hören: Sie hat ein Imprägniermittel für Stiefel hineingespritzt. So ungefähr das Einzige, was ihr eingefallen ist: Wenn man die Dünste einatmet, wird einem schwindlig. Die Kinder von der High-School hatten sich immer damit angetörnt. Die blöde Katze hatte sich schon durch zwei Müllbeutel gekrallt, bevor Becka auf die Idee gekommen war, sie in einem von Joels Hemden zu verpacken und das Imprägniermittel für Stiefel darüberzusprühen, damit sie sich beruhigte. Sie weiß nicht, ob sie bewusstlos ist; vielleicht konnte sie sich einfach nicht aus Joels Hemd befreien und beschloss, die Schlacht verloren zu geben. Vielleicht war sie von Katatonie befallen. Sie hofft, sie hat sie nicht getötet. Sie stochert ein bisschen am Beutel. Etwas wackelt darin. Sie ist erleichtert, aber sie lässt sich nicht erweichen und hält ihn fest. Warum soll sie den ganzen Kummer allein tragen? Soll er doch zur Abwechslung auch was davon abbekommen.

Das wird ihn wirklich treffen, das weiß sie: dieser Diebstahl. Sein gekidnapptes Kind – das Kind, das sie nicht haben durfte. *Wir sind noch nicht reif dafür* und dieser ganze Unsinn. Unsinn! Er hatte immer mehr an die Katze gedacht als an sie. Ganz schlecht war ihr immer geworden, wenn sie gesehen hatte, wie er sie am Schwanz hochhob und ihn wie Sand durch seine Hände rinnen ließ, und die Katze liebte es, diese widerwärtige Masochistin. Sie gehörte zu den Katzen, die sabbern, wenn man sie streichelt. Sie kroch überall auf ihm herum. Vielleicht konnte sie sie nur deshalb nicht ausstehen, weil sie eine groteske und verblüffend pelzige kleine parodistische Ausgabe ihrer selbst war. Vielleicht machte sie auf andere Leute ganz genau denselben Eindruck, wenn sie mit ihm zusammen war. Vielleicht machte sie auf ihn diesen Eindruck. Sie sieht sich selbst, wie sie mit geschlossenen Augen und schlaffem offenem Mund daliegt. Dachte er daran, wie sie in solchen Momenten aussah, wenn er mit anderen Frauen zusammen war?

Sie lässt den Deckel der Mülltonne offen. Sie lässt das Beil, wo es ist, entfernt sich. Sie fühlt sich kleiner, verringert, als habe jemand ihren Hals ausgesaugt. Wut soll ja eigentlich befreiend wirken, so lautet die Legende, aber ihre Wut hat sie keineswegs befreit, jedenfalls nicht auf eine Weise, die sie merken würde. Sie hat sie nur leerer gemacht, wie sie so aus ihr herausgeflossen ist. Sie will nicht zornig sein; sie will getröstet werden. Sie wünscht sich einen Waffenstillstand.

Ganz dunkel kann sie sich erinnern, irgendwann einmal Selbstvertrauen besessen zu haben. Sie kann sich nicht daran erinnern, woher sie es nahm. Mir offenem Mund durchs Leben gehen, war immer ihr Motto gewesen. Im Jetzt leben. Sich den Erfahrungen stellen. Die Arme zum Gruß ausstrecken. Früher hatte sie immer geglaubt, mit allem fertig zu werden.

Heute Abend fühlt sie sich schäbig, alt. Bald wird sie bei Collagencremes angekommen sein; wird sich wegen ihrer Augenlider zu sorgen beginnen. Wieder neu anzufangen sollte eigentlich aufregend sein, eine Herausforderung. Wieder neu anzufangen, ist eigentlich ein schöner Gedanke, aber womit? Sie hat alles verbraucht; sie ist verbraucht.

Trotzdem, sie würde gern jemanden lieben können; sie würde gern wieder das Gefühl haben, bewohnt zu sein. Diesmal würde sie nicht so heikel sein, sie würde sich auf einen Mann einlassen, der vielleicht schon ein bisschen ausgefranst ist an den Rändern, einem zweiten, mit leicht schütterem Haar, ein paar gezogenen Fäden, etwas aus einem Ausverkauf feuerbeschädigter Waren, jemand mit leichten Schäden. Wie die Werbung für Adoptionskinder im *Star*: »Das Kind von heute.« Der Liebhaber von heute. Ein Mann unter Schock, ein geschlagener Mann. Sie würde einen geschiedenen nehmen, einen älteren, jemanden, der ihn nur mit sexuellen Tricks hochkriegt, alles, wenn er nur dankbar wäre. Das ist es, was sie sich eigentlich wünscht: Dankbarkeit, die genauso groß ist wie ihre eigene. Aber selbst da täuscht sie sich selbst. Warum sollte ein solcher Mann auf irgendeine Weise anders sein als der Rest? Sie haben alle leichte Schäden. Auf jeden Fall würde sie sich an einen Strohhalm klammern, und wer möchte wohl ein Strohhalm sein?

Sie hätte ihn nie anrufen dürfen. Sie hätte inzwischen wissen müssen, dass aus und vorbei eben aus und vorbei ist, dass das Wort *Ende* am Ende eines Buchs bedeutet, dass es nicht mehr weitergeht, was sie nie so recht glauben kann. Das Problem ist, dass sie seinetwegen so viel gelitten hat, und sie kann sich des Gedankens nicht erwehren, dass so viel Leid doch etwas wert sein muss. Vielleicht ist Unglück eine Droge wie jede andere: Man findet Gefallen daran, und dann will man mehr davon.

Die Menschen kamen mit dem, was sie einander zu sagen hatten, zu einem Ende, hatte ihr Joel einmal während einer ihrer vielen Diskussionen, bei denen es darum ging, ob sie zusammen bleiben sollten oder nicht, gesagt – das eine Mal, als er es mit Weisheit probierte. Von diesem Punkt an, hatte er gesagt, wäre alles nur eine Wiederholung. Aber Becka hat protestiert; Becka war mit dem, was sie zu sagen hatte, noch nicht zu Ende, zumindest dachte sie das. Das war das Problem: Sie kam mit dem, was sie zu sagen hatte, nie zu einem Ende. Er brachte sie dazu, Dinge auszuspucken, die sie nicht wieder gutmachen konnte, sie beging grobe Fehler, wie es ihr bei anderen Menschen nie passierte, bei ihrem Vermieter zum Beispiel, bei dem sie geradezu ein Wunder des Takts war. Aber bei Joel ist alles immer unwiderruflich.

Einmal hatte er ihr gesagt, dass er sein Leben mit ihr teilen wolle. Er sagte, das hätte er noch nie zu jemandem gesagt. Wie sie dahingeschmolzen war, wie sie es buchstäblich in sich aufgesogen hatte! Aber er hatte noch nie gesagt, dass sie ihr Leben mit ihm teilen sollte, was, wie sich dann herausstellte, etwas völlig anderes war.

Und jetzt, wo sie es getan hat? Das Leben wird weitergehen. Sie wird zu dem Reihenhaus in Cabbagetown zurückkehren, das sie mit zwei anderen Frauen teilt. Das ist so ungefähr alles, was sie sich leisten kann; wenigstens hat sie ein eigenes Zimmer. Sie sieht die beiden Frauen kaum; sie kennt sie hauptsächlich von ihren Gerüchen, morgens verbrannter Toast, abends Räucherstäbchen (von derjenigen mit dem Freund, der zu Besuch kommt). Die Situation riecht nach Unbeständigkeit. Sie bekam das Zimmer durch eine Anzeige in der Zeitung, auf die sie geantwortet hatte, *Dritte Frau gesucht, gemeinsame Küche, keine Drogen oder Freaks*, nachdem sie aus der Wohnung ausgezogen war, die sie noch immer als ihre eigene betrachtet, und nach einer trübsinnigen Woche bei ihrer Mutter, die es zwar nicht offen aussprach, aber fand, dass ihr recht geschehe, weil sie nicht auf einer Heirat bestanden hatte. Was hatte sie eigentlich von einem solchen Mann erwartet? Kein richtiger Job. Kein richtiger Jude. Nichts Richtiges.

Bis sie zu Hause angelangt ist, wird sie völlig fertig sein, ihr Adrenalinspiegel wird gesunken sein, und schwere graue Müdigkeit wird sich in ihr ausbreiten. Sie wird ihr keuschestes Nachthemd anziehen, aus blau geblümtem Flanell, das Joel so hasst, weil es ihn an Hauswirtinnen erinnert. Sie wird sich eine heiße Wasserflasche machen und in ein Bett steigen, das noch nicht wie ihr eigenes riecht, und wird sich selbst bemitleiden. Vielleicht sollte sie ausgehen, auf die Pirsch, sich in eine Bar setzen, was sie noch nie getan hat, obwohl es für alles ein erstes Mal gibt. Aber sie braucht ihren Schlaf. Morgen muss sie zur Arbeit gehen, zu ihrem neuen Job, ihrem alten Job, Posterfarbe für emotional Gestörte anrühren, eine Kategorie, der auch sie jetzt angehört. Er ist nicht besonders gut bezahlt, und manchmal mit Risiken verbunden, aber jetzt ist sie froh, ihn zu haben.

Bei der Gruppe könnte sie nicht bleiben, auch wenn ihre kopflosen Leichen für ihre Schöpfung zum Thema El Salvador im Frühjahr so gut gelungen waren, auch wenn es ihre Idee gewesen war, Christus als Stricksocke darzustellen. Es wäre zersetzend für die Gruppe, darin waren sich beide einig gewesen, wenn sie dabeibliebe; die Spannung, die Unausgeglichenheit der widerstreitenden Egos. Etwas in dieser Richtung. Er war überaus geschickt bei diesem unsinnigen Argumentieren, und die Folge davon war, dass sie ihren Job verlor, aber nicht er, und eine Weile war sie sich sogar edel vorgekommen.

Becka ist jetzt vier Häuserblocks von der Mülltonne entfernt, und es regnet stark. Sie steht unter einer Markise, wartet, dass der Regen nachlässt, überlegt hin und her, ob sie aufgeben und die Straßenbahn nehmen soll oder nicht. Sie will den ganzen Weg zu Fuß nach Hause zurücklegen, um diese rasende Energie loszuwerden.

Joel muss jetzt bald nach Hause kommen. Sie malt sich aus, wie er die Tür aufmacht, seine Jacke auf den Boden wirft; sie stellt sich vor, wie er bei dem Anblick, den er vorfindet, reagieren wird. Jetzt fühlt sie sich wie nach einer Tempelschändung. Warum sollte sie sich so fühlen? Weil sie mindestens zwei Jahre lang geglaubt hat, er wäre Gott.

Er ist nicht Gott. Sie sieht ihn vor sich, in seiner schmierigen Bluejays-Jacke, wie er durch die Straßen läuft, keuchend, weil er außer Atem sein wird, weil er wahrscheinlich zu viel gegessen hat, mit irgendeiner Schlampe, die er aufgegabelt hat, wie er seine Hände in die eisigen Abfälle taucht und wie ein Irrer *Uglypuss*! ruft. Die Leute werden glauben, dass er verrückt sei. Aber er wird nur vor lauter Kummer verrückt sein.

So wie sie, die ihre Stirn an das kalte Schaufenster legt und durch die dunkle Glasscheibe, die von diesen Plastikdingern gelb gefärbt ist, die sie dort anbringen, damit die Sonne die Farben nicht ausbleichen kann, auf die pelzbekleidete Frau in dem Laden starrt, während Tränen über ihre Wangen rinnen. Sie kann sich jetzt nicht einmal mehr daran erinnern, in welcher Mülltonne sie das verdammte Ding deponiert hat, sie würde die Katze nicht wieder finden, wenn sie sie suchen ginge. Sie hätte sie mit nach Hause nehmen sollen. Es war, mehr oder weniger, auch ihre Katze, früher einmal. Sie hat auch für sie geschnurrt und gesabbert. Sie hat ihr Gesellschaft geleistet. Wie hat sie ihr das nur antun können? Vielleicht wird sie von dem Schuhspray schwachsinnig. Das wird ausreichen für sie, eine schwachsinnige Katze. Auch wenn niemand den Unterschied zu früher merken wird.

Auch bei ihr nicht, wenn sie so weitermacht. Sie wischt sich die Nase und die Augen an ihrem feuchten Ärmel ab, streckt sich. Wenn sie nach Hause kommt, wird sie ein bisschen Yogaatemübungen machen und sich eine Weile auf die Leere konzentrieren, wird noch einmal nach heiterer Ruhe streben und ein Bad nehmen. *Mein Herz blutet nicht*, sagt sie sich. Aber es blutet doch.

Zwei Geschichten über Emma

Die Whirlpool Rapids

Es gibt Frauen, die anscheinend ohne Furcht geboren werden, genauso wie es Leute gibt, die ohne die Fähigkeit, Schmerzen zu spüren, geboren werden. Die Schmerzlosen gehen umher und legen ihre Hände auf heiße Herdplatten, frieren sich die Füße ab, bis sie den Brand kriegen, verbrühen sich die Kehle mit kochendem Kaffee, weil sie nicht von Schmerzen gewarnt werden. Von der Evolution werden sie nicht begünstigt. Ebenso ergeht es vielleicht den furchtlosen Frauen, denn es gibt nicht sehr viele davon. Ich selbst kenne nur zwei. Eine machte Fernsehdokumentationen, und sie war eine der ersten, die in Vietnam ganze Filme drehte. Da war das Ufer, sagten sie, und die Dschungellinie mit den Soldaten, die sich auf sie zubewegten, und vor ihnen, rückwärts gehend, war diese Frau. Die Vorsehung scheint solche Frauen zu beschützen, vielleicht aus purem Staunen. Oder sie tut es, früher oder später, auch nicht.

Man hat mir gesagt, dass die Furchtlosigkeit vergeht, sobald diese Frauen Kinder kriegen. Dann werden sie zu Feiglingen, wie alle anderen. Wenn ihr Baby bedroht wird, werden sie natürlich wild, aber das ist nicht weiter ungewöhnlich.

Die andere Frau, die ich kannte und immer noch kenne –

ihr Glück hat angehalten –, ist Emma, die mich schon immer fasziniert hat. Ich denke von Emma als einer Frau, die alles zu tun imstande wäre, obwohl sie von sich selbst nicht diese Meinung hat. Die wahrhaft Furchtlosen halten sich für etwas Normales.

Auf diese Weise wurde sie bekanntlich zu dem, was sie ist.

Als Emma einundzwanzig war, wäre sie fast umgekommen. Oder jedenfalls sagte man ihr das, und da vier von denen, die mit ihr zusammen waren, tatsächlich ums Leben kamen, musste sie es glauben. Zu jener Zeit hatte sie sich keineswegs irgendwie dem Tode nahe gefühlt.

Es war ein grotesker Zufall, und die Tatsache, dass sie überhaupt dabei war, war auch ein Zufall, das Ergebnis einer Laune, und weil sie jemanden kannte. Emma kennt immer eine ganze Menge Menschen. Die Person, die sie bei dieser Gelegenheit kannte, war ein Mann, eigentlich ein Junge, ungefähr so alt wie sie. Man hätte ihn nicht direkt als ihren Freund bezeichnen können, es war nur einer in der Gruppe, mit der sie im Jahr davor an der Universität herumgehangen hatte. Im Sommer pflegte er für eine Reiseagentur zu arbeiten, eine gute, die darauf spezialisiert war, ungewöhnliche Reisen zu organisieren: Fahrradtouren durch Frankreich, afrikanische Wildparks, so etwas in der Art. Dieser Junge, er hieß Bill, war einer der Reiseleiter. Wegen seiner großen Vertrautheit mit Fahrrädern hatte er gut entwickelte Beinmuskeln, die an diesem Tag deutlich sichtbar waren, da er Shorts und ein T-Shirt trug. Vielleicht waren es diese Fahrradmuskeln, die ihn bei dem Vorfall retteten.

Emma hatte keine Fahrradmuskeln. Sie war körperlich nie besonders kräftig gewesen, und erst in den letzten Jahren hatte sie das Bedürfnis verspürt, ihrer äußeren Form irgendeine besondere Aufmerksamkeit zu schenken. Zu jener Zeit hatte sie gut entwickelte Bizeps, eine Folge vom Heben schwerer Tabletts. Sie arbeitete als Kellnerin im Café eines Touristenmotels an den Niagarafällen. Das Motel hatte draußen eine Neonreklame, auf der zwei ineinander verschlungene Herzen zu sehen waren, das eine rot, das andere blau, und auch die Speisekarte war oben mit Herzen verziert, was Emma im Zusammenhang mit Essen irgendwie abstoßend fand. Das Motel hatte eine Vorliebe für frisch Verheiratete und sogar eine Hochzeitssuite mit roter Tapete, einem Magic-Fingers-Bett und einer Maschine, die Fertigkaffee für zwei herstellte.

Emma sagt, dass sie die Verbindung von Niagarafällen und Flitterwochen nie recht verstanden hat. Wieso soll der Anblick von all dem Wasser, das über eine Klippe stürzt, eigentlich sexuell anregen? Möglicherweise bringt es die Männer dazu, sich potenter zu fühlen: Sie findet, dass sie sich mal danach erkundigen sollte. Und die Bräute könnten angesichts der brutalen unmenschlichen Kraft, die sie sich vielleicht in dieser Qualität auch sehnlichst von ihren Bräutigamen erhoffen, das Zittern kriegen und weiche Knie bekommen. Obwohl sie es heutzutage bestimmt längst wissen, wenn sie endlich vor den Altar treten. Keine Katzen mehr im Sack.

Oder vielleicht ist es die Stadt selbst, mit ihrer Rohheit, ihrer Vergänglichkeit, ihrem geschmacklosen Flitterglanz, dem genauen Gegenteil des Gedankens von der Ewigen Liebe, an die Emma trotz der Witze, die sie zu verschiedenen Zeiten ihres Lebens darüber gerissen hat, immer noch glaubt.

Damals wusste sie es nicht. Sie dachte nicht an Liebe, sondern nur daran, genügend Geld zu verdienen, um das letzte Jahr an der Universität durchzustehen, ohne sich allzu sehr zu verschulden. Dafür waren die Niagarafälle gut geeignet: Die Übersättigten geben reichlich Trinkgeld.

Und so besaß sie, wonach Bill, der Fahrradbesessene, suchte: Zugänglichkeit. Wenn sie irgendwo anders gewesen wäre, wäre das alles nicht passiert.

An Bill war nichts bemerkenswert; er war nur einer jener Beauftragten des Schicksals, die von Zeit zu Zeit in Emmas Leben eindrangen und sich wieder, nach erfüllter Mission, aus ihm entfernten. Wie so viele furchtlose Menschen glaubt Emma an das Schicksal.

Bill war ein netter Junge; nett genug, dass Emma, als er eines Tages in ihr Café geschlendert kam und sagte, dass er ihren Körper wollte, das Ganze als Scherz auffasste und es ihm nicht weiter übel nahm. Eigentlich wollte er, dass sie ihn bei einem Testlauf begleitete, sagte er. Die Reiseagentur, für die er arbeitete, führte ein Pilotprojekt mit einer neuen Art von Tour durch: die Whirlpool Rapids unter den Niagarafällen auf einem großen Gummifloß hinunter. Sie hatten die Fahrt bis jetzt schon neun Mal hinter sich gebracht, und sie war absolut sicher, aber sie wollten sie erst allgemein für das Publikum freigeben, nachdem sie noch eine weitere Probefahrt absolviert hatten. Es würden nur Leute von der Reiseagentur und ihre Freunde mitfahren, sagte er, und es fehlten ihnen noch ein paar Leute: Damit die Sache klappte, brauchten sie ein komplettes Kontingent, vierzig Leute für Balance und Gewicht. Er glaubte, dass Emma vielleicht etwas übrig hätte für solche Dinge.

Emma fühlte sich von dem Bild, das er sich von ihr machte, geschmeichelt und nahm es bereitwillig für bare Münze: eine physisch mutige junge Frau, ein bisschen tollkühn, die gewillt war, mir nichts, dir nichts eine Schwimmweste anzuziehen und auf einer großen aufgeblasenen Gummiplattform die gefährlichen Niagara Whirlpool Rapids hinunterzuwirbeln. Es würde wie eine Achterbahn sein, was sie immer als unwiderstehlich empfunden harte. Sie würde nun zu jenen gehören, die in der Vergangenheit die Niagarafälle herausgefordert hatten: all jene, die über straff gespannte Seile gingen und sich in ausgepolsterten Fässern einsperren und über den Abgrund in den Fluss befördern ließen; ja sogar die Selbstmörder, die Emma mit den Herausforderern in einen Topf warf, denn wenn es nicht auf irgendeine Weise ein Spiel sein sollte, hätte man ja gleich zum Gewehr greifen können. All diese Versuche enthielten, wie es Emma vorkam, das Element einer religiösen Prüfung: barfuß über Kohlen gehen, Gottesurteil durch Wasser. All diese Leute lieferten sich dem einen oder dem anderen freiwillig aus. Bestimmt oft Schlimmerem als einem Fluss. Rette mich, Herr; zeige mir, dass ich wert bin, es zu verdienen. Möglicherweise war es das, was für sie den Ausschlag gegeben hatte, dachte Emma, als sie sich später daran erinnerte: der Wunsch, das eigene Selbst zu riskieren, was in Wirklichkeit nur eine Form von Arroganz war.

Emma sagte sofort zu und arrangierte es, dass ihr nächster freier Tag auf den zehnten Testlauf des Gummifloßes fiel. Am Morgen des betreffenden Tages, der ein Montag war, holte Bill sie von dem klapprigen Holzhaus ab, das sie zusammen mit drei anderen Mädchen gemietet hatte, und fuhr sie über die Rainbow Bridge zum Startplatz, der auf der amerikanischen Seite lag. Hinterher stellte sich heraus – einige Reporter hatten es ausgegraben –, dass die kanadischen Behörden die Genehmigung verweigert hatten, weil sie das Unternehmen für zu gewagt hielten, aber selbst wenn Emma es gewusst hätte, hätte sie das wahrscheinlich nicht davon abgehalten. Wie so viele ihrer Landsleute sah sie ihre kanadischen Mitbürger als einen geistlosen Haufen an; waren es nicht die Kanadier gewesen, die ihre Nase gerümpft hatten, als Alexander Bell das Telefon erfand?

Das Floß war schwarz und riesig und schien, wie es da so an seinem Landeplatz lag, sehr stabil. Emma bekam eine orangefarbene Schwimmweste und zwängte sich mit Bills Hilfe hinein. Dann kletterten sie an Bord und fanden am vorderen Ende Sitzplätze. Sie gehörten zu denen, die als Erste gekommen waren, und mussten auf die anderen warten. Emma hatte schon ein wenig das Gefühl, hereingelegt worden zu sein, und begann zu überlegen, warum sie eigentlich gekommen war. Das Floß war zu groß, zu kompakt; es war wie ein schwimmender Parkplatz.

Aber sobald sie in die Strömung gelangt waren, begann sich das Gummi unter ihr in großen Wellen zusammenzuziehen und zu kräuseln, wie eine gewaltige schluckende Kehle, und Gischt spritzte über sie hinweg, und Emma wusste, dass die Stromschnellen, die aus der Ferne so dekorativ ausgesehen hatten wie Zuckerguss auf einer Torte, am Ende doch wirklich waren. Die anderen Passagiere stießen pflichtbewusst entzückte Töne aus, und dann ein paar unverfälschte Töne, nicht ganz so entzückt. Emma merkte, dass sie sich an Bills Arm klammerte, etwas, das sie für gewöhnlich nicht getan hätte. Der Himmel hatte eine unnatürlich blaue Farbe, und das Ufer – mit weiß- und pastellfarben gekleideten Touristen wie mit Punkten gesprenkelt, die statisch und gemalt wirkten, wie ein Tapetenmuster – war sehr weit entfernt.

Es wurde später viel darüber geredet, warum die zehnte Fahrt so schief gelaufen war, nachdem die andern neun ohne jede Störung erfolgt waren. Einige versuchten, die Konstruktion des Floßes dafür verantwortlich zu machen; andere sagten, der Wasserspiegel sei wegen einer für die Jahreszeit ungewöhnlichen Regenmenge während der vorangegangenen Woche zu hoch und die Strömung viel schneller gewesen als sonst. Emma konnte sich nicht daran erinnern, in diesem

Augenblick nach dem Warum gefragt zu haben. Sie sah nur, dass der Vorderteil des Floßes in ein Wellental stach, das tiefer war als alle anderen, durch die sie bis jetzt gekommen waren, während sich über ihnen eine schäumende Wasserwand erhob. Das Floß hätte sich geschickt an der Welle hinaufschlängeln sollen. Stattdessen bog es in der Mitte um, und die vordere Hälfte schnappte wie der Schnabel eines Vogels, der zugeht, nach hinten. Emma und Bill und die anderen Leute von der ersten Reihe schossen über die Köpfe der anderen, die über- und untereinander in einem Haufen auf dem Boden des V lagen, das jetzt unterging, nach hinten. (Das sah Emma nicht, als es geschah, sie legte es sich später zurecht. Sie hatte nur Eindrücke von ihren eigenen Bewegungen, und natürlich ging alles sehr schnell.)

Etwas stieß sie an der einen Seite gegen den Kopf – ein Fuß in einem Stiefel vielleicht –, und sie war unter Wasser. Später erfuhr sie, dass das Floß hochgeschnellt war und einen Mann unter sich begraben hatte, der ertrunken war, so dass es ihr Glück war, dass sie hinausgeschleudert wurde. Aber unter Wasser dachte sie überhaupt nichts. Etwas anderes ließ sie die Luft anhalten und sich an die Oberfläche kämpfen, die sie über sich sehen konnte, weiß und silbrig, so dass ihre Augen wohl offen gewesen sein mussten. Ihr Kopf tauchte auf, sie schnappte nach Luft und wurde wieder nach unten gezogen.

Das Wasser strömte wirr durcheinander und brodelte, und Emma kämpfte dagegen an. Sie war fast bis zum Bersten voll von einer Energie, die von ihrer Wut herrührte: *Ich weigere mich, auf eine so dumme Weise zu sterben*, so formulierte sie es später. Sie glaubt, zumindest ein Mal »Nein!« gerufen zu haben. Was eine unnötige Verschwendung von Luft war, denn es war ja niemand da, der sie hätte hören können. Da waren Felsen, und sie stieß mit mehreren von ihnen zusammen und wurde zerquetscht und geschunden, aber nichts schlug mehr gegen ihren Kopf, und nach einer Weile, die ihr wie eine Stunde vorkam, in Wirklichkeit aber nur zehn Minuten dauerte, wurde die Strömung schwächer, und sie stellte fest, dass sie den Kopf über Wasser halten und richtig schwimmen konnte. Es war schwer, die Arme zu bewegen. Sie trieb auf das Ufer zu und hievte sich schließlich auf ein kleines Stück Felsenufer. Ihre Schuhe waren nicht mehr da. Sie musste sie weggeschleudert haben, obwohl sie sich nicht daran erinnern konnte; oder vielleicht waren sie ihr auch entrissen worden. Sie überlegte, wie sie ohne Schuhe über die Felsen gelangen sollte.

Der Himmel war sogar noch blauer, als er vorher gewesen war. Es gab auch ein paar blaue Blumen, irgendein Unkraut, Kornblumen, die zwischen den Felsen wuchsen. Emma sah sie an und fühlte nichts. Sie musste Schnittwunden haben, ihre Kleider waren bestimmt zerrissen, obendrein hatte sie eine Beule an der Stirn, aber in diesem Augenblick merkte sie nichts davon. Zwei Leute, ein Mann und eine Frau in Sommerkleidung, kamen ihr auf einem Weg entgegengeschlendert.

»In welchem Land bin ich?«, fragte sie Emma.

»Kanada«, sagte der Mann.

Sie gingen an ihr vorbei und spazierten weiter, als wäre ihnen gar nichts Ungewöhnliches an ihr aufgefallen. Wahrscheinlich war es das auch nicht. Die Nachricht von dem Unfall hatte sie noch nicht erreicht, so dass sie keine Ahnung hatten, dass es einen gegeben hatte.

Auch Emma ihrerseits fand ihr Benehmen nicht fehl am Platz. *Dann ist es gut*, dachte sie sich. Sie würde nicht über die Brücke zurück müssen und aufs Neue durch die Einwanderungsbehörde, was ein Glück war, denn ihre Tasche war weggespült worden, und so hatte sie ihre Geburtsurkunde nicht bei sich. Sie begann flussaufwärts zu gehen, langsam, wegen ihrer nackten Füße. Es waren ungewöhnlich viele Hubschrauber überall. Sie gelangte per Anhalter zum Motel – sie weiß nicht, warum sie beschlossen hatte, dorthin zu fahren, und nicht zu sich nach Hause –, und als sie dort ankam, war über den Unfall schon in den Nachrichten berichtet worden, und alle glaubten, sie wäre tot.

Sie wurde ins Krankenhaus geschafft und gegen Schock behandelt und im Fernsehen interviewt. In den Zeitungen erschien kurz ihr Bild. Bill kam sie besuchen und beschrieb ihr, was er erlebt hatte. Er war unter Wasser an einen Punkt gelangt, an dem er bereits aufgegeben hatte, und das Wasser war sehr friedlich und sehr schön gewesen. Dadurch wurde Emma klar, dass sie selbst überhaupt nicht dem Tode nah gewesen war. Aber Bills muskulöse fahrradtrainierte Beine hatten ganz von selbst gestrampelt, wie die eines verwundeten Froschs, und ihn so an die Oberfläche zurückbefördert.

Eine Zeit lang fühlte sich Emma enger mit Bill verbunden als mit jedem anderen, aber dieses Gefühl ging vorbei, auch wenn sie sich noch immer Weihnachtskarten zuschicken. Für eine Romanze bestand nie eine Chance: Nach dem Unfall glichen sie viel zu sehr Zwillingen, und danach viel zu sehr Fremden. Intimität, die durch eine gemeinsam erlebte Katastrophe entsteht, reicht gewöhnlich nicht weiter.

Emma hat mir erzählt, dass sie aus dieser Erfahrung mehrere Dinge gelernt hat. Erstens, dass die Neun eine glücklichere Zahl ist als die Zehn, ein Aberglauben, an dem sie bis zum heutigen Tag festhält. Zweitens, dass viel mehr Leute, als sie geglaubt hätte, von ihrem Tod erfahren hätten, falls er eingetreten wäre, und auf irgendeine Weise davon betroffen gewesen wären; dass sie aber, drittens, nicht sehr tief davon betroffen gewesen wären, und auch nicht für sehr lange Zeit.

Schon bald wäre sie nur noch ein Name gewesen, der Name einer Frau, die vor einiger Zeit bei einem tragischen Unfall jung ums Leben gekommen war. Vielleicht war das der Grund, warum Emma niemals jenes wehmütige Gefühl der Sehnsucht nach dem Tod erlebt hatte, jenes Flirren mit dem bleichen Reiter, von dem so viele junge Frauen um die zwanzig erfasst werden. Sie spielte nie mit dem Gedanken, ein wenig hoffnungsvoll, ein wenig melodramatisch, dass sie vielleicht niemals dreißig sein würde, dass sie irgendeine undefinierbare, aber anmutige Krankheit dahinraffen würde. Nicht sie. Sie war entschlossen zu leben, egal, was passierte.

Und ebenso wenig verspürte sie danach je das Verlangen, irgendetwas aufzugeben – einen Mann, eine Wohnung, einen Job, selbst einen Urlaub –, im irrigen Glauben, dadurch zum Glück anderer beitragen zu können. Denn sie hatte schon früh herausgefunden, wie unbedeutend ihre Rolle im allgemeinen Schema der Dinge war; sie biss die Zähne zusammen, scherte sich nicht um Klagen, Hinweise oder sogar Drohungen und tat fast immer, was sie wollte. Deshalb bezeichnete man sie als egoistisch und gefühllos. Ich finde, man muss es ihr zugute halten, dass sie bei diesen Gelegenheiten nicht als Rechtfertigung für ihr manchmal zweifelhaftes Benehmen die Geschichte von ihrem Fast-Tod durch Ertrinken aufgetischt hat.

Aber die auffälligste Wirkung, die der Unfall auf Emma ausübte, war ihre darauf folgende feste Überzeugung – die in einem religiösen Glaubenssatz mündete –, dass sie unverwundbar sei. Das hatte sie nicht nur im Gefühl, das wusste sie so sicher, wie sie wusste, dass ihre Hand ihre Hand war. Sie war in die Whirlpool Rapids der Niagarafälle geschleudert worden und hatte überlebt; daher konnte ihr nichts mehr etwas anhaben. Sie wandelte in einer Seifenblase aus gefeiter Luft, die sie manchmal fast zu sehen glaubte, schimmernd wie Nebel;

wie der Nebel, der von den Wasserfällen aufstieg. Wenn man mit einem Pfeil auf sie geschossen hätte, wäre er an ihr abgeprallt. Ohne jeden Zweifel, zumindest für Emma.

Allmählich schwand dieser Glauben dahin. Direkt nach dem Unfall war er am stärksten, verflüchtigte sich aber Jahr für Jahr immer mehr, bis nichts weiter davon übrig blieb als ein schwaches Glühen. Ihre Freunde nennen es Optimismus, diese Überzeugung von ihr, dass sich schon alles irgendwie zum Besten wenden wird für sie.

Auf Wasser gehen

Mehrere Jahre nach den Whirlpool Rapids, als sie am unerschrockensten war, fuhr Emma in einem Schiff den Nil hinauf. Das war während ihrer Weltreisen-Phase. Sie hatte damals nicht viel Geld, deshalb war es kein besonders hochklassiges Schiff. Der beste Platz war an Deck. Innen im Schiff gab es einen Raum, in dem man sitzen konnte, aber der war voller Zigarettenqualm und roch nach vielen früheren Passagieren, die nicht alle glücklich gewesen waren. Und so blieb Emma lieber draußen, was nicht schlimm war, da sie die Landschaft von dort viel besser sehen konnte. Sie trug einen weichen Baumwollhut, um keinen Sonnenstich zu kriegen.

Sie reiste allein.

Ein mittelgroßer Araber, vielleicht um die dreißig, verblüfft über die kulturellen Widersprüche, die eine junge Frau in merkwürdiger und nicht einmal ausreichender Kleidung auf ein Schiff verschlagen hatten, wo sie nachdenklich über die Reling starrte, ohne jegliche Begleitung, mit Ausnahme eines schäbigen Rucksacks, fing an, ihr Angebote zu machen. Sie reagierte nicht darauf, sondern runzelte nur die Stirn und rückte ein Stückchen weiter von ihm ab. Er lächelte: Er hatte viele Goldzähne. Er bot ihr Geld an, aber nicht sehr viel.

»Verschwinden Sie«, sagte Emma.

Der Mann legte es als Ermunterung aus. Vielleicht war es ein Fehler gewesen, überhaupt mit ihm zu sprechen. Er legte eine Hand auf ihren Arm, der bis zum Ellbogen nackt war. Sie nahm die Hand herunter, nicht allzu hastig – sie wollte ihn nicht kränken, sich nur von ihm befreien –, und ging zur Reling auf der gegenüberliegenden Seite des Schiffs. Einige andere Männer beobachteten sie, wahrscheinlich waren sie seine Freunde, und sie hatte den Eindruck, dass sie ihn anstachelten. Er folgte ihr und legte den Arm um ihre Taille.

»Wenn Sie mich nicht in Ruhe lassen«, sagte sie laut zu ihm, »springe ich vom Schiff.«

Die anderen Männer lachten. Er versuchte sie zu küssen, auf eine übertriebene elegante Art, wie er es wahrscheinlich in alten amerikanischen Kinofilmen gesehen hatte, versuchte sie nach hinten zu biegen. Aber er war ein ganzes Stück kleiner als Emma und schaffte es nicht, sie vom Fleck zu bewegen. Jetzt zog er für die anderen eine Show ab, ohne jede Hoffnung auf Erfolg. Emma hielt seine Hand fest und bog den kleinen Finger nach hinten, damit er sie losließ, ein Trick, den sie noch vom Schulhof her kannte. Dann kletterte sie über die Reling, wobei sie, wie ihr wohl bewusst war, etwas merkwürdig wirkte in dem langen Wickelrock, den sie aus Rücksicht auf die hiesige Abscheu vor Beinen trug. Sie sprang über Bord. Der Nil war schlammig und trüb, und als sie unterging, verlor sie für einen kurzen Augenblick ihre Zuversicht. *Krokodile*, das war es, was sie dachte. Aber da waren keine, und die Männer schrien, und das Schiff stoppte und fuhr zurück und rettete sie, wie sie es erwartet hatte. Danach waren die Männer auf dem Schiff respektvoll, hielten Abstand und redeten mit leisen und, wie sie hoffte, ehrfürchtigen Stimmen über sie. Es war eine Geste, die sie verstanden. Sie hatten nicht geglaubt, dass einer jungen westlichen Frau, die allein reiste, das, was sie für ihre Ehre hielt, wichtig genug war, um dafür ihr Leben aufs Spiel zu setzen.

Emma saß triefend an Deck, trocknete ihre Haare an der Sonne; ihr Hut – der seltsamerweise nicht von ihrem Kopf gefallen war – lag dampfend neben ihr. Sie kam sich ein bisschen billig vor mit ihrem Trick – obwohl es unter diesen Umständen das einzig Richtige gewesen war –, denn sie wusste, dass sie absolut nichts riskiert hatte. Sie hatte nie daran gedacht zu sterben.

Aus dem Vorhergehenden könnte man vielleicht schließen, dass Emma eine Art Wildfang ist, die mit Männern bereitwillig Zigaretten und Vertraulichkeiten austauscht, aber ansonsten nicht für sie zu haben ist. Ganz im Gegenteil: Obwohl sie sehr groß ist, verliebt sich Emma andauernd, ein Unterfangen, das für sie nicht viel anders ist als Skydiving: Man springt plötzlich in dünne Luft und verlässt sich darauf, dass der Fallschirm aufgeht.

Die Männer, in die sie sich verliebt, sind gewöhnlich verheiratet, und noch dazu schrecklich, jedenfalls finden das Emmas Freundinnen. Wir versuchen, für sie nette Männer aufzutreiben, Männer, bei denen sie ihre Ruhe finden könnte, was sie gern tun würde, wie sie mit vielleicht falscher Sehnsucht immer wieder beteuert. Aber solche freundlichen oder galanten oder gar solventen Männer interessieren Emma nicht. Sie will außergewöhnliche Männer, sagt sie, Männer, zu denen sie aufblicken kann, und so bewundert sie, einen nach dem anderen, Männer, die sich auf ihrem Gebiet hervorgetan haben, häufig durch rücksichtslosen Egoismus, hinterhältige

Tricks und etwas, das Emma Hingabe nennt, was aber oft bedeutet, dass sie, wenn der Lack ab ist, eigentlich keine Zeit für irgendjemand anderen, einschließlich Emma, haben. Warum sie diese Art Mann nicht schon aus einer Meile Entfernung erkennen kann, besonders mit ihren Erfahrungen, weiß ich nicht. Aber wie ich schon sagte, ist sie ohne Furcht. Wir anderen haben einen stärkeren Selbsterhaltungstrieb.

Zu diesem Zeitpunkt ihres Lebens – der Zeit der Weltreisen – war Emma in Robbie verliebt, der ihr Professor am College gewesen war. Robbie war zwanzig Jahre älter als Emma, ein untersetzter rotbärtiger Schotte, dessen Muffigkeit legendär war. Emma verwechselte sie mit Schüchternheit. Sie glaubte, er sei ihr geistig überlegen und daher schwer zu verstehen. Sie glaubte auch, dass Robbie früher oder später zur Einsicht gelangen würde, dass Emma, und nicht die Frau und Mutter seiner beiden Söhne, mit der er seit fünfzehn Jahren verheiratet war, seine wahre Seelenverwandte sei. Das war am Anfang von Emmas Karriere. Später ließ sie das Heiratsmotiv fallen oder erwähnte es zumindest nicht mehr so häufig. Aber ihre Männer waren deswegen nicht weniger schrecklich.

Robbie war eine führende Kapazität auf seinem Gebiet, das nicht sehr ausgedehnt war. Er war Archäologe, auf Begräbnisse spezialisiert. Tatsächlich schrieb er ein Buch über zu vergleichende Grabstätten, die ihn auf der ganzen Welt hierhin und dorthin brachten. Das war sehr praktisch für Emma. Robbie hatte nie etwas dagegen, dass sie ihn begleitete, solange sie für sich selbst bezahlte. Zu Robbies weiteren Sünden zählte, wie wir anderen fanden, dass er das Thema der befreiten Frau ausbeutete. Er hielt Emma andauernd darüber Vorträge, wie sie befreiter sein könnte. Aber Emma liebte ihn trotzdem.

Während des ersten idyllischen Stadiums ihrer Beziehung, als Robbie für Emma der einzige Mensch auf der Welt geworden war, der nicht am Gürtel endete und dann unten an den Hosen wieder anfing, als sie noch an Treue und Ewigkeit glaubte und überzeugt war, dass Robbie sie zu guter Letzt heiraten würde, hatte Emma Robbie fast umgebracht. Es geschah nicht mit Absicht.

Sie waren auf einer karibischen Insel: St. Eunice, eine der weniger bekannten. Dieser Urlaub war Robbies Idee gewesen. Er hatte sich mit Grabstätten in Mexiko beschäftigt, aber diesen Aufenthalt hatte er abgekürzt, um einen Abstecher nach hier zu machen und sich mit Emma zu treffen.

»Da siehst du mal, wie ich meine Karriere für dich opfere«, sagte er wie im Scherz, obwohl Emma den Verdacht hatte, dass er es zum Teil meinte. Auf St. Eunice gab es keine Grabstätten, die es wert waren, dass man sich um sie kümmerte, sagte Robbie.

Allerdings verbrachten sie einen ganzen Nachmittag auf einem Friedhof, in dem die Gräber mit Betonplatten bedeckt und eingezäunt waren, um die Ziegen fern zu halten, und obendrauf standen in Marmeladengläsern verwelkte echte Blumen und ausgeblichene aus Plastik. Sühneopfer für die Toten, erklärte Robbie. Emma sagte, es sähe wie Neufundland aus. Robbie war noch nie in Neufundland gewesen und schmollte: Dass Emma bereits an Orten gewesen war, die er noch nicht kannte, gefiel ihm nicht. Um ihm seine gute Laune wiederzugeben – es war zu heiß, um wütend zu sein –, sagte Emma, dass sie in Wirklichkeit gar nicht dort gewesen wäre, es nur von Bildern kannte. Da hellte sich seine Miene wieder etwas auf, und er wies auf ein seltsames labyrinthartiges Muster, das auf eines der Betongräber gemalt war, und erzählte ihr, dass Labyrinthe ursprünglich die Eingänge oder Ausgänge von

Grabhügeln gewesen seien. Sie sollten die Toten verwirren, damit sie nie wieder herausfanden. Ähnliche Muster kamen in einigen anderen Kulturen an Türen und Stufen zu Häusern vor, sagte er, aber in jenen Fällen dienten die Labyrinthe dazu, die Toten davon abzuhalten, hereinzukommen.

Dieses Gespräch nahm ihre Zeit zwischen Friedhof und Haus in Anspruch, wo Robbie, erregt von seiner eigenen Gelehrsamkeit, mit Emma mitten am Nachmittag ins Bett ging, was ihr wegen ihrer Jugend noch ungewöhnlich erschien.

Sie wohnten in einem Haus, das dem Freund eines Freundes von Robbie gehörte. Das Haus bestand aus Stein und Stuck, mit Gitterfenstern und einem Deckenventilator im westindischen Stil und einer breiten Veranda rings um das Haus. Der Hof war von Klettertrompeten überschattet, und vom Meer kam eine kühle Brise.

Aber außer miteinander hatten sie nicht viel zu tun. Sie waren für zwei Wochen da, und am Ende der ersten Woche verspürte Emma das Verlangen, ein wenig Zeit ohne Robbie zu verbringen, obwohl sie ihn natürlich noch genauso liebte wie vorher. Aber gleich einem flüchtigen Gas, hatte er die Angewohnheit, sich immer weiter auszudehnen, bis er den gesamten verfügbaren Raum ausfüllte.

Emma, die unternehmungslustig war, mehr als Robbie, fing an, lange Spaziergänge zu machen. Manchmal kletterte sie auf Klippen oder überquerte glitschige Felsbänke, die nur bei Ebbe zu sehen waren. Manchmal begleitete Robbie sie auf diesen Spaziergängen, aber noch öfter blieb er im Haus, saß auf der Veranda, brachte seine Notizen zu Papier.

In der Nähe des Hauses, in dem Emma und Robbie wohnten, war ein Strand, und ihm gegenüber, ungefähr eine drittel Meile entfernt, lag eine Insel, die Wreck Island hieß. Dort war ein Vergnügungsdampfer auf Grund gelaufen; man konnte noch sehen, was vom Rumpf übrig geblieben war. Als das Schiff kenterte und nachdem die Passagiere gerettet waren, fuhren viele Einheimische zur richtigen Zeit mit ihren Booten hinaus – denn die Strömungen im Kanal konnten stark und gefährlich sein – und machten sich mit Stücken aus dem Dampfer auf und davon. Wie Emma hörte, standen in den Wäldern überall Toiletten herum, die nie installiert worden waren, und Lüster oder riesige Töpfe aus der Küche des Dampfers, viel zu groß, um darin zu kochen.

Emma hörte von dieser Geschichte in der Strandbar, wo sie auch erfuhr, dass es unter Wasser eine Felsbank gab, die bis Wreck Island reichte. Man konnte sie als eine dunklere Linie erkennen, wenn man von einem Hügel über der Bucht hinuntersah. Nach einer alten Überlieferung konnte man bei Ebbe auf dem Felskamm von einer Insel zur anderen gehen. Das Wasser reichte einem bis zum Hals, sagten sie. Ein Mann, der wegen einer Frau mit seinem Nachbarn Streit hatte, war, wie man sich aus neuerer Zeit erinnerte, einmal hinübergegangen; der Nachbar war später mit einem Ruderboot im Handumdrehen hinausgefahren und darüber hinweggerudert und hatte ihn windelweich geprügelt, aber der Mann, der über die Felsbank gegangen war, wurde als Held gefeiert und später von allen Jesus Christus genannt, weil er über Wasser gegangen war.

Als Emma diese Geschichte hörte, hatte sie die Idee, dass auch sie gern nach Wreck Island gehen würde. Sie konnte nicht erklären, warum. Robbie gegenüber stellte sie es als Langeweile hin: In der unmittelbaren Umgebung hatte sie bereits alles erkundet, und wäre es etwa keine Herausforderung, zu Fuß zu der Insel zu gehen? Sie hätte nicht *Herausforderung* gesagt, wenn sie keinen Hintergedanken gehabt hätte: nämlich Robbie zu überreden, mit ihr zu gehen. Sie war nicht völlig tollkühn, und obgleich sie noch immer an ihre Unverwundbarkeit glaubte, hatte sie nichts gegen Gesellschaft und ein bisschen Rückenstärkung einzuwenden. Sie wusste, dass Robbie eigentlich nicht gehen wollte, sie wusste aber auch, dass er dem Wort *Herausforderung* nicht widerstehen könnte. Sie machte es klar, dass sie selbst auf jeden Fall gehen würde, und am Ende willigte er ein, sie zu begleiten. Er sagte, sie würde jemanden brauchen, der auf sie aufpasste, falls sie in Schwierigkeiten geriet.

Emma wählte ihre Ausrüstung mit Sorgfalt aus: Badeanzüge, mit T-Shirts darüber, wegen der Sonne; Tennisschuhe, denn der Felskamm war teilweise mit Korallen überzogen; weiche Schlapphüte aus Baumwolle gegen die Sonne, die Emma extra in einer Boutique im Ort gekauft hatte, der von Emma in einem grellen Pink, der von Robbie blau, beide mit Bildern von Seesternen bedruckt. Robbies Nase rieb sie mit einem Sonnenschutzmittel ein – er mochte es, wenn man sich um ihn kümmerte –, ihre eigene auch. Sie fand, dass jeder von ihnen eine Plastikflasche mit Wasser, über der Schulter und unter dem Arm hängend, tragen sollte, für den Fall, dass sie Durst bekamen. Sie rüstete sie auch mit langen Gehstöcken aus, um nicht das Gleichgewicht zu verlieren und um sich unter Wasser vorantasten zu können.

Emma besorgte sich von einem der Yachtleute, von denen es in der Strandbar eine ganze Menge gab, die Gezeitentabelle. Bei Ebbe, ungefähr um zehn Uhr morgens, machten sie sich auf den Weg. Ihr Unternehmen hatte sich herumgesprochen, und es waren ein paar wohlwollende Freunde gekommen, um sie zu verabschieden. Eine andere Gruppe, wohl die Schüchternen, dachte Emma, lungerte in einiger Entfernung herum, um sie zu beobachten.

Emma ging voran. Die Felsbank zu finden war nicht schwer. Das Wasser reichte ihr bis zu den Achselhöhlen – Jesus Christus musste ein kleiner Mann gewesen sein –, und der Boden war nicht schlecht, auch wenn sie ständig nach den verschwommenen dunklen Umrissen von Seeigeln Ausschau hielt. An der schmalsten Stelle schien der Felskamm ungefähr dreißig Zentimeter breit zu sein und an beiden Seiten steil nach unten zu fallen. Es musste eine alte geologische Formation sein, eine Lavaaufschüttung, die härter war als das umliegende Bett. Viele dieser Inseln waren, wie sie wusste, vulkanischen Ursprungs.

Als sie ein Viertel der Strecke zurückgelegt hatten, bemerkte Emma, dass das Wasser viel kälter war, als wenn man bloß darin schwamm. Auch war die Strömung in dem Kanal zwischen den Inseln stärker, als sie angenommen hatte. In Wahrheit hatte sie überhaupt nicht über sie nachgedacht: Die Strömung war in ihrer Vorstellung von diesem kleinen Spaziergang nicht enthalten. Die Flut war an der Stillstandsmarke gewesen, als sie losgegangen waren, aber als sie zu dem Punkt kamen, der die Hälfte der Strecke markierte, hatte sie wieder eingesetzt. Wenn sie auf der Felsbank weitergingen, würde es schneller gehen. Sie beschloss, dass sie nicht versuchen sollten, umzukehren, sondern dass sie jemandem auf der Hauptinsel ein Zeichen geben sollten, damit sie kamen, um sie zu holen. An den Rückweg hatte Emma bis jetzt noch nicht gedacht. Das war typisch für Emma. Sie war eine Einwegspezialistin: Sie ging nicht gern zurück.

Sie spürte, wie die Wellen immer höher wurden, und es wurde schwieriger, auf den Beinen zu bleiben, obwohl sie es mit Hilfe des Stocks schaffte. Die Muskeln an ihren Waden schmerzten, weil sie sich ständig gegen das Wasser stemmen musste. Sie musste sich konzentrieren, deshalb drehte sie sich nicht früher um, um zu sehen, wo Robbie war. Jetzt tat sie es.

Zuerst sah sie ihn gar nicht. Er war nicht auf der Felsbank hinter ihr, wo er eigentlich hätte sein sollen. Stattdessen sah sie aber, dass der Hügel hinter der Bucht ganz schwarz von Menschen war. Sie saßen still da, wie in einem Theaterstück, und sahen gebannt auf das Spektakel, das vor ihren Augen ablief.

Das Spektakel war Robbie, der gerade ertrank. Emma konnte ihn jetzt sehen: Er war vom Riff gespült worden und wurde von der Strömung durch den Kanal getragen, hinaus ins Meer. Alles, was sie von ihm sah, war sein hellblauer Sonnenhut und ein Stückchen Kopf darunter. Während sie ihn beobachtete, fuhr ein Arm in die Höhe, winkte schwach, fiel wieder nach unten. Sie hörte einen schwachen Laut: Robbies Rufe. Wieso hatte sie ihn nicht schon früher gehört?

Sie hob ihren Stock hoch und schüttelte ihn in Richtung des Hügels. »Tut doch etwas!«, schrie sie. Sie zeigte mit dem Stock auf Robbie, als wäre es ein Zauberstab und als könnte sie ihm befehlen, stillzustehen, aufzusteigen, nach rückwärts zu treiben. Sie kam sich hilflos vor. Sie kam sich betrogen vor. Sie wusste, dass sie nicht hinter ihm herschwimmen und ihn retten konnte: Wenn sie das tun würde, wären sie beide verloren. Sie musste weitergehen, sonst würde das Wasser bald zu hoch sein.

Am Ende schickten sie Horace in seinem altersschwachen Ruderboot zu Robbie. Niemand sonst wollte das Risiko auf sich nehmen, denn der Wechsel von Ebbe und Flut war der schlimmste Zeitpunkt, um in den Wreck-Bay-Kanal hinauszufahren, und Motorboote waren nicht zur Hand. Wer bei Verstand war, blieb mit seinem Motorboot oder Segelboot und selbst mit seinem Ruderboot auf der anderen Seite der Insel, wo es einen sicheren Hafen gab, aber von Horace wusste man, dass er ein wenig beschränkt war, und auch dickköpfig: Er hatte sein Ruderboot gern da, wo er es im Auge behalten konnte. Und zu Robbies Glück war er auch stark wie ein Ochse. Beschränkt oder nicht, jedenfalls verhielt er sich bei dieser Gelegenheit besser als alle anderen, einschließlich Emmas. Er ruderte zu Robbie, fischte ihn aus dem Wasser und ruderte ihn zurück ans Ufer. Die Menschenmenge applaudierte, und Robbie erlitt einen Schock.

Emma erreichte Wreck Island und setzte sich zitternd und voller Sorgen um Robbie hin, bis sich jemand an sie erinnerte und ein Motorboot losschickte, um sie zu holen. Niemand gratulierte ihr für ihre mutige Tat, und es nannte sie auch niemand Miss Jesus; denn erst später wurde ihr klar, dass sie gehofft hatte, sie würden es tun. Stattdessen sagten sie, es sei von ihr verdammt idiotisch gewesen, einen solchen Versuch zu wagen.

»Und warum habt ihr mich dann nicht davon abgehalten?«, sagte Emma, doppelt verärgert, weil sie wusste, dass sie Recht hatten. Trotzdem hatte sie es geschafft. Sie war den ganzen Weg hinübergegangen.

Der Barkeeper von Wreck Bay – er war es gewesen, der sie in die Sache hineingeredet hatte – sagte, jedermann wüsste, dass sie die Art Frau wäre, die so etwas tun würde. Der Gedanke setzte sich in ihrem Kopf fest, sinnlos, ihn vertreiben zu wollen. Er zuckte die Achseln, polierte seine Gläser, und Emma wurde klar, dass sie hier nicht im Verborgenen lebte und unsichtbar war, wie sie sich sonst immer in fremden Ländern gefühlt hatte, sondern dass man ausgiebig über sie redete.

Emma fühlte sich schrecklich wegen Robbie. Sie saß an seinem Bett, in dem er trotz der Hitze in mehrere Decken verpackt lag, hielt seine Hand und sagte: »Robbie, was hab ich dir bloß angetan?« In angespannten Situationen verfällt Emma, wie die meisten Menschen, in stereotype Posen. Nur in Büchern nehmen sich Menschen die Zeit, sich originelle Ausdrucksformen für ihren Kummer und ihre Angst auszudenken. Robbie war ein freundlicher und anziehender Mann, den sie liebte, und nun hatte sie ihn fast umgebracht.

Robbie hatte eine schwere Erkältung. Emma schickte nach dem Doktor, damit er kam und ihn sich ansah. Emma kannte diesen Doktor bereits, er hatte sie wegen einer Infektion am Bein behandelt, die sie sich im Hafen durch einen Kratzer an einer Koralle geholt hatte. Der Doktor – der aus Indien kam und sich auf St. Eunice, wo es keine anderen Inder gab, wie im Exil fühlte – verpasste den Leuten gern Spritzen. Er hatte Emma gestanden, dass er sich, wenn niemand in der Nähe war, selbst welche verpasste. Und so gab er Robbie eine Spritze, und das Weiß in Robbies Augen nahm wieder seine normale Größe an.

Emma machte Robbie einen dünnen Tee und überredete ihn dazu, etwas zu essen, ja, sie ging sogar so weit, Plätzchen für ihn zu backen. Bei der Hitze war das eine zusätzliche Anstrengung. Robbie lag, mit einem Laken bedeckt, wie eine halbe Leiche da, während Emma vor ihm auf dem Bauch kroch. Er nahm ihre Entschuldigung an, bleich und verzeihend und pastellfarben wie eine Osterkarte, und sein totes Haar ließ sein Gesicht weiß und grünlich aussehen. Sobald er sich wieder besser fühlte, wurde er noch muffiger als sonst. Die ganze Sache hatte ihn gedemütigt; er hatte das Gefühl, alt zu werden, fast schon ausrangiert, obwohl dies Emma, zu jener Zeit dreiundzwanzig, damals noch nicht verstand. Sie fragte sich – wenn auch nur für einen kleinen Moment –, ob sie Robbie denn wirklich heiraten wollte. Aber Robbie hatte sich schon bald wieder erholt, und sie flogen in die reale Welt zurück, und die Liebe ging weiter wie gewohnt, bis sie aufhörte.

Diese Episode lehrte Emma, wie sie mir sagte, dass ihre Seifenblase der Unverwundbarkeit bei ihr selbst zwar noch immer gut funktionierte, aber nicht stark genug war, sich auf die Menschen um sie herum zu erstrecken. Das ist der Grund, warum sie sich, wenn sie verliebt ist, immer wegen Herzinfarkten, Autounfällen, Seuchen, falschem Feueralarm und Zigaretten sorgt, die nachlässig auf Tischkanten liegen bleiben. Sie weiß, dass sie nicht als Erste sterben wird.

Blaubarts Ei

Sally steht am Küchenfenster, wartet darauf, dass die Soße, die sie einkocht, leicht zu brodeln anfängt, und sieht nach draußen. Hinter der Garage erstreckt sich das Grundstück bis hinunter in die Schlucht; dort ist eine Wildnis aus Büschen und Zweigen und etwas, das Sally gern als Reben bezeichnet. Sie hatte die Idee gehabt, eine Art Terrasse anzulegen, aus alten Eisenbahnschwellen und mit wilden Blumen, die dazwischen wachsen sollten, aber Edward sagt, ihm gefiele es so, wie es ist. Ganz unten, dicht am Zaun, liegt ein Spielhaus; von hier aus kann sie nur das Dach sehen. Es hat nichts mit Edwards Kindern zu tun, in ihren früheren Inkarnationen, vor Sallys Zeit; es ist viel älter und fällt schon auseinander. Sally würde es gern weg haben. Sie glaubt, dass Betrunkene darin schlafen, jene Männer, die dort unten unter den Brücken hausen, die gelegentlich über den Zaun klettern (der an den Stellen kaputt ist, wo sie draufgetreten sind) und den Hügel hinauf, um dann plötzlich wie Maulwürfe blinzelnd in dem Licht von Sallys gepflegtem Rasen hinter dem Haus aufzutauchen.

Von ihr links sieht sie Ed in seiner Windjacke; offiziell ist es Frühling, Sallys Blausterne blühen, aber es ist kühl für diese Jahreszeit. Eds Windjacke ist schon alt, aber wegwerfen will er sie nicht; es steht immer noch WILD CATS drauf, ein Überbleibsel irgendeines Teams, dem er in der High-School angehörte, ein so prähistorisches Zeitalter, dass es für Sally kaum vorstellbar ist; obwohl es gar nicht mal schwer fällt, sich Ed an der High-School vorzustellen. Die Mädchen müssen sich um ihn gerissen haben, aber er wird es nicht einmal gemerkt haben; diese Dinge ändern sich nicht. Er werkelt jetzt im Steingarten herum; ein paar von den Felsbrocken ragen zu weit vor und könnten Sallys Peugeot zerkratzen, wenn sie ihn in die Garage fährt, und er rückt sie ein wenig herum. So etwas tut er gern, Dinge herumschieben, vor sich hin summen. Handschuhe zieht er keine an, obwohl sie ihm immer wieder sagt, dass er sich die Finger zerquetschen kann.

Während Sally seinen gebückten Rücken betrachtet, mit den ausgefransten, rührenden Buchstaben darauf, schmilzt sie dahin, was ihr nicht oft passiert. *Mein lieber Edward*, denkt sie. *Mein Bär mit dem kleinen Hirn. Wie ich dich liebe*. In solchen Momenten fühlt sie eine große Fürsorge für ihn.

Sally weiß, dass dumme Blondinen geliebt werden, nicht weil sie blond sind, sondern wegen ihrer Dummheit. Ihre Hilflosigkeit und ihre Verwirrung waren sexuell attraktiv, nicht ihr Haar. Das Gefühl von Zärtlichkeit, das die Männer für solche Frauen verspüren, ist kein falsches Gefühl. Sally versteht es.

Denn, zugegeben: Sally liebt Ed wegen seiner Dummheit, wegen seiner monumentalen und fast energischen Dummheit: energisch, weil Eds Dummheit nicht passiv ist. Er ist kein gewöhnlicher Dummkopf; um so dumm zu sein wie er, hat sich einer schon ganz schön anstrengen müssen. Fühlt sich Sally deshalb klüger oder gewitzter als er, oder möglichst noch klüger, als sie wirklich ist? Nein, ganz im Gegenteil, es macht sie bescheiden. Es erfüllt sie mit Staunen, dass es auf der Welt solche Wunder gibt wie Eds kolossale und entzückende Einfältigkeit. Er ist einfach *dumm*. Jedes Mal, wenn er ihr einen weiteren Beweis dafür liefert, ein weiteres Steinchen, das sie in das unendliche Mosaik seiner Dummheit, an dem sie ständig arbeitet, einfügen kann, möchte sie ihn in den Arm nehmen und tut es auch oft; aber er ist so dumm, dass er gar nicht darauf kommt, warum sie es tut.

Weil Ed so dumm ist, weiß er nicht einmal, dass er dumm ist. Er ist ein Glückskind, ein dritter Sohn, der mit nichts als einer gewissen schwachsinnigen Liebenswürdigkeit ausgerüstet ist und der sich durch den Wald schlägt, mit all seinen Hexen und Fallen und Gruben, und am Ende die Prinzessin bekommt, die natürlich Sally ist. Es hilft ihm, dass er gut aussieht.

An guten Tagen kommt ihr seine Dummheit wie Unschuld vor, lammgleich, die im selben Licht erstrahlt wie (beispielsweise) grüne mit Gänseblümchen übersäte Wiesen in der Sonne. (Wenn Sally anfängt, so über Ed nachzudenken, in Bildern von Kalenderkunst, die in den Tankstellentoiletten ihrer Kindheit hingen, wenn sie die Bilder eines Jungen mit lockigem goldenem Haar hervorholt, dessen Arme um den Hals eines irischen Setters geschlungen sind – ein notorisch gehirnloses Tier, wie sie sich ins Gedächtnis ruft –, dann weiß sie, dass sie Gefahr läuft, in eine grässliche Sentimentalität abzugleiten, und dass sie sofort damit aufhören muss, weil Ed sonst verschwinden wird, ersetzt von einem ausgestopften Faksimile, das zu nicht viel mehr nütze ist als zu einem Schirmständer. Ed ist ein richtiger Mensch, an dem sehr viel mehr dran ist, als diese stark vereinfachten Beschreibungen zulassen würden; was ihr manchmal Sorgen bereitet.) Aber an schlechten Tagen kommt ihr seine Dummheit wie Absicht vor, wie der starrköpfige Entschluss, die Dinge von sich fern zu halten. Seine Beschränktheit ist eine Mauer, innerhalb derer er seinen eigenen Geschäften nachgehen, vor sich hin summen kann, während sich Sally, ausgesperrt, ihren Weg durch die Brombeersträucher bahnen muss, mit kaum mehr als einem durchsichtigen Regenmantel am Leib.

Warum hat sie ihn gewählt (oder, um genau zu sein, wie sie es mit sich zu sein sucht und daher manchmal sogar laut ausspricht: *hat sie sich ihn geangelt*), wo doch jedem klar ist, dass ihr ganz andere Möglichkeiten offen standen? Marylynn, die ihre beste, wenn auch neueste Freundin ist, hat sie es erklärt, indem sie sagte, dass sie schon in ihrer Kindheit verdorben wurde, weil sie zu viele Mordgeschichten von Agatha Christie gelesen hat, die davon handelten, dass die kluge und gerissene Heldin dem ebenfalls klugen und gerissenen Hauptdarsteller und Helden, der dabei mitgeholfen hat, das Verbrechen zu lösen, einfach den Laufpass gibt, um die ihm absolut unterlegene Nebenfigur zu heiraten, den dummen Mann, denjenigen, den man eingesperrt, verurteilt und hingerichtet hätte, wären sie und ihre Klugheit nicht gewesen. Vielleicht sieht sie auch Ed so: Wenn er sie nicht hätte, würde ihn seine unüberlegte tollpatschige Freundlichkeit in alle möglichen Klemmen bringen, in alle möglichen Senkgruben stürzen, aus denen er niemals wieder herauskommen würde, und dann wäre es aus mit ihm.

»Senkgruben« und »Klemmen« sind keine schmeichelhaften Begriffe, wenn es um andere Frauen geht, aber das hat Sally nun mal im Hinterkopf; insbesondere die beiden früheren Frauen von Ed. Sally hat ihn nicht direkt aus ihren Klauen befreit. Der ersten, die vor vierzehn Jahren an die Westküste gezogen ist und jetzt Weihnachtskarten schickt, ist sie noch nicht mal begegnet, und die zweite war schon älter und hatte gerade damit begonnen, sich von Ed zu trennen, als Sally des Weges kam. (Für Sally bedeutet »schon älter« jede, die fünf Jahre älter ist als sie selbst. Das hat es immer bedeutet. Allerdings gilt es nur für Frauen. Ed ist für sie nicht »schon älter«, obwohl ihr Altersunterschied erheblich größer ist als fünf Jahre.)

Ed weiß nicht, was mit diesen Ehen passiert ist, die nicht geklappt haben. Seine Beteuerungen der Unkenntnis, seine Weigerung, über die subtileren Einzelheiten zu sprechen, findet Sally frustrierend, weil sie gern die ganze Geschichte erfahren möchte. Aber es macht ihr auch Angst: Wenn er nicht weiß, was mit den beiden anderen los war, könnte dasselbe vielleicht mit ihr passieren, ohne dass er etwas weiß. Dummheit wie die von Ed kann für das Heil anderer Leute gefährlich sein. Wenn er nun eines Tages aufwacht und zu dem Schluss gelangt, dass sie am Ende doch nicht die richtige Braut für ihn ist, sondern die falsche? Dann wird sie in ein Fass mit Nägeln gesteckt und endlose Male den Hügel hinuntergerollt werden, während er längst schon wieder in einem neuen Hochzeitsbett sitzt und Champagner trinkt. Sie weiß noch, welche Marke, weil sie ihn selber gekauft hat. Champagner ist nicht gerade das, was Ed zur Vollendung in den Sinn kommen würde, obwohl es ihm damals nicht schlecht gefallen hat.

Aber nach außen tat Sally so, als fände sie das alles sehr komisch. »Er *weiß* es nicht«, sagt sie zu Marylynn und lacht ein bisschen, und sie schütteln die Köpfe. Sie an seiner Stelle wüssten es. Marylynn ist selbst geschieden, und sie kann jede kleine Einzelheit aufzählen, die nicht gestimmt hat, Punkt für Punkt. Nachdem sie es getan hat, fügt sie noch hinzu, dass ihr in ihrem ganzen Leben kaum je etwas Besseres passiert sei als diese Scheidung. »Vorher war ich einfach ein Nichts«, sagt sie. »Sie hat mich dazu gebracht, mich zusammenzureißen.«

Sally, die Marylynn über den Küchentisch ansieht, muss zugeben, dass sie jetzt weit davon entfernt ist, ein Nichts zu sein. Sie hatte damit angefangen, die Schränke von Leuten neu herzurichten, und besitzt inzwischen eine eigene Firma für Innenausstattung. Sie dekoriert die Häuser der Neureichen, solche, die keine antiken Möbel und auch nicht den Mut haben, schäbig auszusehen, und die gern möchten, dass ihre Einrichtungen ihren persönlichen Geschmack widerspiegeln, den sie in Wirklichkeit gar nicht besitzen.

»Was sie wollen, sind Mausoleen«, sagt Marylynn, »oder Hotels«, und sie liefert sie ihnen freudigen Herzens. »Bis zu den Aschenbechern. Stell dir vor, du lässt dir von anderen deine Aschenbecher aussuchen.«

Mit diesen Worten lässt Marylynn Sally wissen, dass sie sie nicht zu dieser Kategorie zählt, obwohl Sally sie ganz zu Anfang tatsächlich engagiert hatte, um ihr mit ein paar Dingen im Haus zur Hand zu gehen. Es war Marylynn gewesen, die in dem großen Schlafzimmer die Schrankwand neu entworfen hatte und die Sallys schweren chinesischen Mahagonitisch gefunden hatte, für den sie noch weitere siebenhundert Dollar hingelegt hat, um ihn abziehen zu lassen. Aber am Ende war er einfach vollkommen, wie Marylynn prophezeit hatte. Jetzt hat sie einen Sekretär aus dem 19. Jahrhundert ausgegraben, und beide, sie und Sally, waren sich einig, dass er genau das Richtige für den Alkoven mit dem Erkerfenster neben dem Wohnzimmer sein würde. »Warum brauchst du ihn?«, fragte Ed auf seine verwirrte Art. »Ich dachte, du arbeitest in deinem Studio.« Sally stimmte ihm zu, sagte aber, dass sie die Telefonrechnungen darin aufheben könnten, was ihn anscheinend zufrieden stellte. Sie weiß genau, wozu sie ihn braucht: Sie braucht ihn, um daran zu sitzen, in etwas Fließendem, im Gegenlicht der Morgensonne, während sie elegant Notizen auf ein Blatt Papier kritzelt. Sie hat mal genauso eine Werbeanzeige von 1940 gesehen, die für Kaffee warb und auf der der Ehemann hinter dem Stuhl stand, sich mit einem anbetenden Ausdruck auf seinem Antlitz über die Schulter seiner Gemahlin beugend.

Marylynn ist eine Freundin, der sie so etwas nicht erklären

muss, weil sie sich auch so verstehen. Sally hat Respekt vor ihrer Intelligenz.

Marylynn ist groß und elegant, und alles, was sie anhat, sieht modisch aus. Ihr Haar ist vorzeitig ergraut, und sie lässt es so. Sie liebt weite Blusen aus cremefarbener Seide und exzentrische Schals, die sie aus interessanten Läden und ausgefallenen Ecken und Enden der Welt mitgebracht hat und die sie sich lässig um den Hals und über die eine Schulter wirft. (Sally hat diesen Wurf vor dem Spiegel ausprobiert, aber er will nicht klappen.) Marylynn hat eine große Sammlung ungewöhnlicher Schuhe; sie sagt, dass sie ungewöhnlich seien, weil ihre Füße so groß sind, aber Sally weiß es besser. Sally, die sich selbst immer ganz hübsch gefunden hat und jetzt findet, dass sie sich für ihr Alter gut gehalten hat, beneidet Marylynn um ihren Knochenbau, der ihr gute Dienste leisten wird, wenn das Unvermeidliche geschieht.

Immer wenn Marylynn zum Abendessen kommt, so wie heute – sie bringt auch den Schreibtisch mit –, gibt sich Sally mit ihrer Kleidung und ihrem Make-up besondere Mühe. Sie weiß, dass Marylynn für solche Dinge ihre eigentliche Zuschauerin ist, da Ed von keinerlei Veränderung, die sie an sich vornimmt, auf die eine oder andere Weise beeindruckt scheint, ja sie nicht einmal zur Kenntnis nimmt. »Ich finde dich gut so« ist alles, was er sagt, egal, wie sie nun wirklich aussieht. (Aber will sie denn überhaupt, dass er sie sich genauer ansieht, oder nicht? Wahrscheinlich nicht. Wenn er es täte, würde er die unvermeidlichen Fältchen entdecken, die kleinen Fleischsäcke, die sich bald bilden werden, das Geflecht unter ihren Augen. Es ist besser so, wie es ist.)

Sally hat diese Bemerkung von Ed Marylynn gegenüber wiederholt und hinzugefügt, dass er es an dem Tag gesagt hatte, an dem das Jacuzzi übergelaufen war, weil der Feueralarm wegen des englischen Teegebäcks losging, das sie aufwärmen wollte, um es in der Badewanne zu essen, das aber im Toaster stecken blieb, so dass sie eine volle Stunde damit verbringen musste, Zeitungen auszubreiten und aufzuwischen, und nur eine halbe Stunde Zeit hatte, um sich für das Abendessen umzuziehen, zu dem sie eingeladen waren. »Ehrlich, ich habe ausgesehen wie der Zorn Gottes«, sagt Sally. In diesen Tagen stellt sie fest, dass sie vieles von dem, das Ed zu ihr gesagt hat, Marylynn gegenüber erwähnt: die dummen Dinge. Marylynn ist von Sallys Freundinnen die Einzige, der sie in diesem Maße vertraut.

»Ed ist so hübsch wie ein Knopf«, sagte Marylynn. »Eigentlich ist er ganz genauso wie ein Knopf: so hell und glänzend. Wenn er mir gehören würde, dann würde ich ihn mit Bronze überziehen und auf den Kaminsims stellen.«

Marylynn versteht es sogar noch besser als Sally, sich für die besondere Marke von Eds Dummheit Formulierungen auszudenken, was Sally manchmal irritiert: Wenn sie es selbst sagt, kommen ihr die Kommentare nachsichtig und liebevoll vor, aber bei Marylynn grenzt es oft ans Gönnerhafte. Und so tritt sie für Ed ein, der keineswegs in allem dumm ist. Wenn man es genau betrachtet, ist er nur in einem Bereich des Lebens hoffnungslos. Die übrige Zeit ist er durchaus intelligent, manche sagen sogar brillant: Wie könnte er sonst so erfolgreich sein?

Ed ist ein Mann fürs Herz, einer der besten, und die Ironie, die darin steckt, bleibt Sally nicht verborgen: Wer könnte wohl über die Funktion von Herzen, richtiger Herzen, solche aus rotem Satin, von seidener Spitze umrahmt und mit zwei rosa Schleifchen geschmückt, weniger wissen als Ed? Herzen mit Pfeilen darin. Gleichzeitig macht die Tatsache, dass er ein Mann fürs Herz ist, einen großen Teil seines Charmes aus. Die Frauen treiben ihn auf Sofas in die Enge, locken ihn auf Cocktailpartys hinter Erkerfenstern in die Falle, flüstern in vertraulichem Ton auf Dinnerpartys mit ihm. Das tun sie direkt vor Sallys Augen, unter ihrer Nase, als wäre sie unsichtbar, und Ed lässt es zu. Das würde nie geschehen, wenn er im Bankgeschäft oder im Bauwesen tätig wäre.

Aber wie die Dinge liegen, ist er, wo immer er hingeht, von Sirenen belagert. Sie erwarten von ihm, dass er ihre Herzen in Ordnung bringt. Bei allen scheint da irgendetwas zu fehlen – ein Murmeln, ein Flüstern. Oder sie fallen andauernd in Ohnmacht und wollen von ihm wissen, warum. Nach Eds Aussage geht es in den Gesprächen immer nur darum, und Sally glaubt es ihm. Früher hatte sie diese Täuschung selbst gewollt. Was alles hatte sie sich anfangs selbst für ihn ausgedacht? Ein schweres Herz, das nach dem Essen viel zu heftig zu schlagen begann. Und er war so süß gewesen, hatte sie mit seinen erstaunten braunen Augen angesehen, als wäre ihr Herz das wirkliche Thema, hatte ihr ernst zugehört, als wäre ihm ein solcher Quatsch noch nie zu Ohren gekommen, hatte ihr geraten, weniger Kaffee zu trinken. Und sie hatte einen solchen Triumph verspürt, weil sie ihm mit ihren Schwindeleien dieses winzige Zeichen von Interesse abgeluchst hatte.

Wenn sie an diesen Vorfall zurückdenkt, ist ihr unbehaglich zu Mute, jetzt, nachdem sie ihre eigene Darbietung schon so viele Male wiederholt gesehen hat, bis hin zu der Hand, die leicht aufs Herz gedrückt wird, selbstverständlich nur, um die Aufmerksamkeit auf die Brüste zu lenken. Einige dieser Frauen waren nahe daran, Ed so weit zu bringen, mitten in Sallys Wohnzimmer seinen Kopf nach unten an ihre Brust zu legen. Sally, die alles, während sie die Getränke serviert, aus den Augenwinkeln heraus beobachtet, fühlt, wie die Aztekin in ihr hochkommt. *Ärger mit dem Herzen? Lass es dir doch rausnehmen*, denkt sie. *Dann hast du keine Probleme mehr.*

Manchmal fürchtet Sally, dass sie ein Nichts ist, ebenso wie Marylynn, bevor sie eine Scheidung und einen Job kriegte. Aber Sally ist kein Nichts, daher braucht sie keine Scheidung, um aufzuhören, eines zu sein. Und irgendeinen Job hat sie immer gehabt; gerade jetzt zum Beispiel hat sie einen. Zum Glück hat Ed nichts dagegen; er ist fast nie gegen etwas, das sie tut.

Eigentlich ist es ein Ganztagsjob, aber in Wirklichkeit arbeitet Sally nur Teilzeit, denn sie nimmt eine Menge Arbeit mit nach Hause, um sie dort, wie sie sagt, mit links zu erledigen. Wenn Sally aufsässig ist, wenn sie die langweilige Frau eines faszinierenden Herzmannes spielt – das tut sie bei Leuten, mit denen sie sich nicht weiter abgeben will –, sagt sie, sie arbeite in einer Bank, nichts Wichtiges. Dann beobachtet sie, wie ihre Augen über sie hinwegsehen. Wenn sie, andererseits, auf jemanden Eindruck machen will, sagt sie, sie sei in der PR-Branche tätig. In Wirklichkeit macht sie die Hauszeitschrift einer Treuhandgesellschaft, einer mittelgroßen. Das ist eine dünne Broschüre in hübschem Druck, die den Angestellten das Gefühl vermitteln soll, dass einige von den Jungs da draußen gute Arbeit leisten und auch nur Menschen sind. Es heißt noch immer die Jungs, obwohl die paar Frauen, die auch nur annähernd so etwas wie eine Schlüsselposition innehaben, regelmäßig vorgeführt werden, in ihren Blusen und Kostümen und mit ihrem strahlenden Lächeln, das, wie sie hoffen, Vertrauen ausdrückt und nicht Aggression.

Es ist der letzte in einer Reihe ähnlicher Jobs, die Sally über die Jahre hatte: recht bequeme Jobs, die ihre Zahnräder und Rädchen nur zur Hälfte beanspruchen und am Ende zu nichts führen. Rein technisch ist sie die stellvertretende Leiterin: Über ihr steht ein Mann, der für das Management nicht getaugt hatte, den man aber nicht rausschmeißen konnte, weil seine Frau mit dem Vorsitzenden des Aufsichtsrats verwandt war. Er geht mittags zu ausgedehnten alkoholreichen Essen und spielt viel Golf, und Sally schmeißt den Laden. Dieser Mann erntet für alles, was Sally richtig macht, offizielles Lob, aber wenn niemand hinsieht, nehmen die leitenden Herren der Firma Sally beiseite und sagen ihr, was für ein tolles Mädchen sie sei, und was für ein kluger Kopf, um ihren Mann zu stehen.

Aber richtig bezahlt macht es sich für Sally erst, weil ihr Boss sie mit einem endlosen Vorrat an Anekdoten versorgt. Sie lebt von Geschichten über seine Beschränktheit und sein pompöses Gehabe, seine hirnrissigen Vorschläge über das, was sie beide für das Magazin erdichten sollten; das *Organ*, wie er es, wie sie sagt, immer nennt. »Er sagt, wir brauchen frisches Blut, um das Organ hochzukriegen«, sagt Sally, und die Herzmänner grinsen sie an. »Hat er das tatsächlich gesagt?« So von ihrem Boss zu reden wäre leichtsinnig – man weiß doch nie, was ihm zu Ohren kommt, so klein, wie die Welt ist –, falls Sally Angst hätte, ihren Job zu verlieren, aber das hat sie nicht. Zwischen ihr und diesem Mann besteht ein stillschweigendes Einverständnis: Sie wissen beide, dass, wenn sie geht, auch er geht, denn wer sonst würde ihn ertragen? Sally könnte versuchen, sich seinen Job zu angeln, wenn sie dumm genug wäre, seine familiären Bindungen außer Acht zu lassen, wenn sie danach trachten würde, sich mit Macht zu schmücken. Aber so, wie die Dinge stehen, fühlt sie sich ausgesprochen wohl. Sie hätte ihre Ebene der Inkompetenz erreicht, sagt sie scherzend. Sie sagt, sie hätte Angst vor dem Erfolg.

Ihr Boss hat weiße Haare, ist schlank und braun gebrannt und sieht aus wie eine englische Gin-Reklame. Trotz seiner geistigen Leere wirkt er nach außen distinguiert, das gesteht sie ihm zu. In Wahrheit verhätschelt sie ihn wie wahnsinnig, verwöhnt ihn, steht bei jeder Gelegenheit für ihn gerade, obgleich sie nicht so weit geht, für ihn die Sekretärin zu spielen: Sie bringt ihm keinen Kaffee. Dafür haben sie beide eine Sekretärin, die das ohnehin tut. Das eine Mal, als er ihr gewisse Anträge machte – das war, als er sichtlich schwankend von einem Mittagessen kam –, hatte Sally es freundlich aufgenommen.

Gelegentlich, wenn auch nicht oft, muss Sally in Verbindung mit ihrem Job eine Reise machen. Sie wird in Orte wie Edmonton geschickt, wo sie eine Zweigstelle haben. Sie interviewt die Jungs der mittleren und oberen Etagen; sie gehen zusammen Mittag essen, und die Jungs reden vom Auf und Ab im Ölgeschäft oder vom Rutsch auf dem Grundstücksmarkt. Dann wird sie auf Fahrten zu Einkaufszentren mitgenommen, die sich gerade im Bau befinden. Es ist immer windig, und der Staub weht ihr ins Gesicht. Sie kehrt zurück zu ihrem Heimatstützpunkt und verfasst einen Artikel über die jugendliche Frische und die Vitalität des Westens.

Sie neckt Ed, während sie packt, sagt, dass sie eine Verabredung mit einem oder zwei hinreißenden Finanzmenschen hätte. Ed fühlt sich nicht bedroht; er wünscht ihr eine gute Reise und viel Spaß, und sie umarmt ihn und sagt, wie sehr sie ihn vermissen wird. Er ist so dumm, dass er gar nicht auf die Idee kommt, sie könnte nur scherzen. Tatsächlich hätte Sally bei mehreren solcher Gelegenheiten sehr gute Möglichkeiten gehabt, eine Affäre anzufangen, oder wenigstens ein Verhältnis für ein oder zwei Nächte: Sie weiß genau, wann ein Strich gezogen wird, oder wann sie ermutigt wird, ihn zu überschreiten. Aber außer mit Ed ist sie nicht daran interessiert, mit irgendjemandem ein Verhältnis zu haben.

In den Flugzeugen isst sie nicht viel; das Essen schmeckt ihr nicht. Aber auf dem Rückflug hebt sie garantiert die vorher verpackte Mahlzeit auf, den Käse in seiner Plastikhülle, den winzig kleinen Schokoladenriegel, die Brezelpackung. Sie verstaut sie in ihrer Tasche. Sie denkt von ihnen als Vorräte, die sie vielleicht doch noch benötigen wird, wenn sie auf einem fremden Flughafen sitzen bleibt, wenn sie, wegen Schnee oder Nebel, zum Beispiel, den Kurs ändern müssen. Alles Mögliche könnte passieren, obwohl nie etwas passiert ist. Wenn sie dann zu Hause ankommt, holt sie die Sachen aus ihrer Tasche und wirft sie weg.

Draußen vor dem Fenster richtet sich Ed auf, wischt die schmutzverschmierten Hände an den Seiten seiner Hose ab. Er dreht sich um, und Sally tritt vom Fenster zurück, damit er nicht sieht, dass sie ihn beobachtet. Sie mag es nicht, wenn man es ihr zu deutlich anmerkt. Sie wendet sich wieder der Soße zu: Es geht da um das zweite Stadium einer *sauce suprême*, die für das Hühnchen den ganzen Unterschied ausmacht. Als Sally diese Soße erlernte, zitierte der Kochlehrer ihr einen großen Küchenchef, für den das Hühnchen nichts anderes als eine Leinwand war. Er verglich das Ganze dabei mit der Malerei, aber Sally drehte es um und sagte mit leiser Stimme zu der Frau neben ihr: »Meins ist auf jeden Fall eine Leinwand, mit oder ohne Soße«, oder so ähnlich.

Das Gourmetkochen war der dritte Abendkursus, den Sally belegt hatte. Im Augenblick absolvierte sie ihren fünften, der sich *Formen der fiktiven Erzählung* titulierte. Er besteht zur Hälfte aus gelesenen und geschriebenen Übungen – der Lehrer findet, dass man eine Kunstform erst begreifen kann, wenn man sie selbst ausprobiert hat –, und Sally behauptet, es mache ihr Spaß. Ihren Freundinnen sagt sie, dass sie in die Abendkurse geht, damit ihr Gehirn nicht verkümmert, und ihre Freundinnen amüsieren sich darüber: Was immer mit Sallys Gehirn geschehen könnte, sagen sie, verkümmern würde es bestimmt nicht. Sally weiß es besser, aber Platz für Vervollkommnung gibt es auf jeden Fall. Anfangs hat sie mit den Kursen in dem Glauben begonnen, dass Ed sie so vielleicht interessanter finden würde, aber diesen Gedanken hat sie bald wieder fallen lassen: Ed erscheint sie jetzt weder interessanter noch uninteressanter als vorher.

Das Essen für den Abend ist fast fertig. Sally bemüht sich, alles gut zu organisieren: das übergelaufene Jacuzzi war eine Verirrung. Die kalte Brunnenkresse-Suppe mit Walnüssen steht im Kühlschrank, die Schokoladenmousse ebenfalls. Ed, so wie er nun mal ist, mag lieber Fleischpastete zu süßem Brot mit Nüssen, Buttertoffeepudding aus der Packung zu Kastanienpüree mit Schlagsahne obendrauf. (Sally hat sich die Finger verbrannt, als sie die Kastanien schälte. Sie musste es sich schwer machen, anstatt eine Dose zu kaufen.) Sally sagt, Eds Vorliebe für diese Art Essen stammte von den Krankenhauskantinen, durch deren Kost er in seiner Jugend sozusagen vorprogrammiert wurde: Man halte ihm ein verbranntes Würstchen und einen Löffel Kartoffelbrei hin, und schon läuft ihm das Wasser im Mund zusammen. Und so kann sie ihr *bœuf en daube* und ihren Lachs *en papillote* nur für Gäste entfalten, darbieten, kosten und preisen lassen.

Aber am meisten liebt sie bei solchen Essen das Tischdecken, zu überlegen, wer wo sitzen soll, und wenn sie boshaft ist, sogar, worüber sie vielleicht reden werden. Dann kann sie sich hinsetzen und ihnen bei alldem zuhören. Manchmal hilft sie sogar ein bisschen nach.

Heute Abend wird es nicht sehr spannend werden, da nur die Herzmänner mit ihren Frauen kommen, und Marylynn, die, wie Sally hofft, dazu beitragen wird, sie erträglich zu machen. Den Herzmännern ist es verboten, an Sallys Esstisch von ihrer Arbeit zu reden, aber sie tun es trotzdem. »Nichts, was man sich bei Tisch wirklich anhören möchte«, sagt Sally, »all diese Röhren und Schläuche.« Insgeheim findet sie, dass sie ein eingebildeter Haufen sind, alle außer Ed. Sie kann es sich nicht verkneifen, ihnen ab und zu einen Stich zu versetzen.

»Ich finde«, sagte sie zu einem der führenden Chirurgen, »dass es im Grunde nur eine erhebende Form von Schneiderei ist, finden Sie nicht?«

»Ist das Ihr Ernst?«, sagte der Chirurg lächelnd. Die Herzleute finden, dass Sally eine schreckliche Plage ist.

»Eigentlich ist es doch nichts anderes als Schneiden und Nähen, oder?«, murmelte Sally. Der Chirurg lachte.

»Ein bisschen mehr gehört schon noch dazu«, erklärte Ed mit unerwarteter Feierlichkeit.

»Was denn noch, Ed?«, fragte der Chirurg. »Man könnte sagen, dass noch eine Menge Stickarbeit dabei ist, aber das ist in der Rechnung inbegriffen.« Er kicherte in sich hinein.

Sally hielt die Luft an. Sie konnte hören, wie sich Eds verbale Gedankenabläufe in Gang setzten. Er war köstlich.

»Gutes Urteil«, sagte Ed. Seine Ernsthaftigkeit klatschte wie ein nasser Fisch auf den Tisch. Der Chirurg spülte hastig seinen Wein hinunter.

Sally lächelte. Das war, wie sie wusste, ein Verweis an sie, weil sie die Dinge nicht ernst genug nahm. *Ach, komm schon, Ed*, könnte sie sagen. Aber sie weiß auch, jedenfalls meistens, wann sie den Mund halten muss. Sie müsste ein Leuchtschild mit der Aufschrift WITZ auf der Stirn tragen, damit Ed wüsste, woran er ist.

Die Herzmänner stehen sich gut. Die meisten von ihnen scheinen sich besser zu stehen als Ed, aber das kommt nur daher, weil sie, im Großen und Ganzen, einen kostspieligeren Geschmack und weniger Frauen haben. Sally kann diese Dinge errechnen, und sie schätzt, dass Ed ungefähr gleich liegt mit ihnen.

Dieser Tage ist viel von fortgeschrittenen Technologien die Rede, über die sich Sally auf dem Laufenden zu halten sucht, da sie Ed interessieren. Vor ein paar Jahren haben sich die Herzleute eine neue Anlage beschafft. Ed war so aufgedreht, dass er Sally davon erzählte, was für ihn ungewöhnlich war. Eine Woche danach sagte Sally, dass sie gegen Ende des Tages im Krankenhaus vorbeikommen würde, um Ed abzuholen und mit ihm essen zu gehen, sie hätte keine Lust zum Kochen, erklärte sie. In Wirklichkeit wollte sie sich die neue Anlage ansehen; sie sieht sich gern alles an, was die Kurve auf Eds Erregungstabelle über die normalen Werte hinausschießen lässt.

Zuerst sagte Ed, er sei müde, dass er den Tag, wenn er endlich überstanden ist, nicht auch noch verlängern wolle. Aber Sally überredete ihn und zeigte sich voller Respekt und Ehrfurcht, und schließlich ließ sich Ed dazu bewegen, ihr seine neueste Errungenschaft vorzuführen. Es war ein voll gestopfter, verdunkelter Raum mit einem Untersuchungstisch darin. Die Sache selbst sah wie ein Fernsehschirm aus, der an irgendeiner komplizierten Apparatur aufgehängt war. Ed sagte, sie könnten die Patienten an Drähte anschließen und Tonwellen des Herzens in Gang setzen und die Echos auffangen, so dass sie ein Bild auf den Schirm bekämen, ein authentisches Bild von der Bewegung des Herzens. Es sei tausend Mal besser als ein Elektrokardiogramm, sagte er: Die gesundheitlichen Mängel, die unnatürlich vergrößerten oder blockierten, nicht funktionierenden Organe waren viel deutlicher zu erkennen.

»In Farbe?«, sagte Sally.

»Schwarzweiß«, sagte Ed.

Dann war Sally von dem Wunsch besessen, ihr eigenes

Herz zu sehen, in Bewegung, in Schwarzweiß, auf dem Bildschirm. Beim Zahnarzt will sie auch immer die Röntgenbilder von ihren Zähnen sehen, hart und glänzend in ihrem umwölkten Kopf. »Mach mal«, sagt sie, »ich will sehen, wie es funktioniert«, und obgleich Ed gewöhnlich solche Dinge vermeiden oder ihr sagen würde, dass es albern wäre, musste sie ihn diesmal gar nicht groß überreden. Die Anlage faszinierte ihn selbst, und er wollte sie stolz auch anderen vorzeigen.

Er vergewisserte sich noch einmal, ob auch tatsächlich niemand für das Zimmer angemeldet war. Dann sagte er zu Sally, dass sie sich ihrer Sachen entledigen solle, der oberen Hälfte, mit Büstenhalter und allem. Er gab ihr einen Papierkittel und kehrte ihr sittsam den Rücken zu, während sie ihn überzog, als würde er nicht Nacht für Nacht ihren Körper sehen. Er befestigte Elektroden an ihr, an den Knöcheln und an einem Handgelenk, drehte an einem Schalter und machte an den Skalen herum. Eigentlich wäre dies Sache eines Technikers, sagte er, aber er wusste, wie man den Apparat bedienen musste. Er kannte sich gut aus mit kleinen Geräten.

Sally lag flach ausgestreckt auf dem Tisch und kam sich merkwürdig nackt vor. »Was muss ich tun?«, sagte sie.

»Einfach stillliegen«, sagte Ed. Er kam zu ihr und riss ein Loch in den Papierkittel, direkt über ihrer linken Brust. Dann fuhr er mit einer Sonde über ihre Haut. Sie war nass und glitschig und kalt und fühlte sich an wie die Rolle eines Deodorants.

»Da«, sagte er, und Sally drehte den Kopf auf die Seite. Auf dem Bildschirm war ein großer grauer Gegenstand zu sehen, wie eine riesige Feige, die in der Mitte blasser wurde und durch die quer hindurch eine dunkle Linie führte. Die Seiten bewegten sich nach innen und nach außen; darin flatterten zwei Flügel, wie eine rastlose Motte.

»Das ist alles?«, sagte Sally zweifelnd. Ihr Herz sah so unwirklich aus wie ein Beutel Gelatine, etwas, das schmelzen, dahinschwinden, sich auflösen würde, wenn man nur ein wenig daran herumdrückte.

Ed bewegte die Sonde, und sie sahen das Herz von unten, dann von oben. Dann hielt er das Bild an, machte aus dem Positiv ein Negativ. Sally begann zu zittern.

»Das ist ja wunderbar«, sagte sie. Er schien so weit weg, so in seine Maschine vertieft, die Messungen an ihrem Herzen vornahm, das da drüben ganz allein schlug, völlig von ihr getrennt, entblößt und von ihm kontrolliert.

Ed machte die Drähte los, und sie schlüpfte wieder in ihre Kleider, ganz neutral, als wäre er ein richtiger Doktor. Trotzdem war dieser Vorgang, dieser ganze Raum, auf eine Weise sexuell, die sie nicht ganz verstand; aber es war eindeutig ein gefährlicher Ort. Es war wie ein Massagesalon, nur für Frauen. Wenn man Ed dort mit einem Trupp Frauen hineinsteckte, würden sie nie wieder rauskommen wollen. Sie würden da drin bleiben wollen, während er mit seiner Sonde über ihre nackte Haut fährt und ihnen die Fehler an ihren schlagenden Herzen zeigt.

»Vielen Dank«, sagte Sally.

Sally hört, wie die Haustür auf- und zugeht. Sie spürt, dass Ed sich ihr nähert, durch die Gänge des Hauses auf sie zukommt, wie ein leichter Wind oder eine Kugel statischer Elektrizität. Die Haare an ihren Armen stellen sich auf. Manchmal macht er sie so glücklich, dass sie das Gefühl hat, gleich zerspringen zu müssen; ein anderes Mal wiederum hat sie das Gefühl, ohnehin gleich zu zerspringen.

Er kommt in die Küche, und sie tut so, als würde sie es nicht merken. Er legt von hinten die Arme um sie, küsst sie auf den Nacken. Sie lehnt sich zurück, presst sich in ihn hinein. Eigentlich sollten sie jetzt ins Schlafzimmer gehen (oder auch nur in das Wohnzimmer oder auch nur in den Hobbyraum), um sich zu lieben, aber es würde Ed nie einfallen, sie mitten am Tag zu lieben. In Zeitschriften stößt Sally häufig auf Artikel, wie man sein Sexleben verbessern soll, und dann fühlt sie jedes Mal Enttäuschung, oder es werden Erinnerungen wachgerufen: Ed ist nicht Sallys erster und einziger Mann. Aber sie weiß, dass sie von Ed nicht allzu viel erwarten sollte. Wenn Ed mehr Lust für Experimente zeigte, mehr Interesse an Vielseitigkeit, dann wäre er insgesamt ein völlig anderer Mann: durchtriebener, unaufrichtiger, wachsamer, schwieriger im Umgang.

Aber um ehrlich zu sein, macht Ed immer auf die gleiche Weise Liebe mit ihr, jede Bewegung folgt der anderen in einer genau festgelegten Reihenfolge. Aber es scheint ihn zu befriedigen. Natürlich befriedigt es ihn: Man sieht es den Männern an, wenn sie befriedigt sind. Sally ist es, die hinterher wach daliegt und die Bilder verfolgt, die vor ihren geschlossenen Augen ablaufen.

Sally rückt ein Stückchen von Ed weg, lächelt ihn an. »Und wie bist du heute mit den Frauen zurechtgekommen?«, sagt sie.

»Mit welchen Frauen?«, sagt Ed abwesend und geht zum Ausguss. Er weiß genau, welche Frauen.

»Die da draußen, die sich hinter der Forsythie verstecken«, sagt Sally. »Ich habe mindestens zehn gezählt. Sie haben nur auf eine Chance gewartet.«

Sie neckt ihn häufig wegen dieser Frauentrupps, die ihm überallhin folgen, die für Ed unsichtbar sind, die sie aber so deutlich sieht wie den hellen Tag.

»Ich wette, die hängen da draußen vor der Klinik herum«, sagt sie immer, »und warten nur darauf, dass du rauskommst. Ich wette, die verstecken sich in den Wäscheschränken und überfallen dich von hinten, und dann tun sie so, als hätten sie sich verlaufen, damit du ihnen den Weg heraus zeigst. Das macht der weiße Kittel. Diese Frauen können einfach keinem weißen Kittel widerstehen. Die wurden durchs Fernsehen und den ›Jungen Doktor Kildare‹ konditioniert.«

»Sei nicht albern«, sagt Ed heute ungerührt. Wird er rot, ist er verlegen? Sally betrachtet prüfend sein Gesicht, so wie ein Geologe eine Luftaufnahme examinieren würde, um nach verräterischen Zeichen für Mineralien zu suchen: Markierungen, Erhöhungen, Vertiefungen. Alles an Ed hat etwas zu bedeuten, auch wenn sich manchmal schwer sagen lässt, was es eigentlich ist.

Jetzt wäscht er sich im Ausguss die Hände, um die Erde abzuspülen. Gleich wird er sie sich am Geschirrtuch abwischen, statt das Küchenhandtuch zu benutzen, wie er es eigentlich tun sollte. Drückt der ihr zugewendete Rücken etwa Zufriedenheit aus? Vielleicht existieren sie wirklich, diese Frauenhorden, auch wenn sie sie sich nur ausgedacht hat. Vielleicht benehmen sie sich wirklich so. Seine Schultern sind ein wenig hochgezogen: Will er sie ausschließen?

»Ich weiß, was die wollen«, fährt sie fort. »Die wollen in dieses kleine dunkle Zimmer von dir, und auf deinen Tisch. Die finden dich wunderbar. Die werden dich verschlingen. Die werden dich in kleine Stücke reißen. Bis nichts mehr von dir übrig ist, nur ein Stethoskop und ein Paar Schnürsenkel.«

Früher hätte Ed darüber gelacht, aber heute tut er es nicht. Vielleicht hat sie das oder irgendetwas Ähnliches ein paar Mal zu oft gesagt. Aber er lächelt, wischt sich die Hände am Geschirrtuch ab, wirft einen Blick in den Kühlschrank. Er angelt sich gern kleine Häppchen.

»Es ist ein Stückchen kaltes Roastbeef da«, sagt Sally verblüfft.

Sally nimmt die Soße vom Herd und stellt sie für später auf die Seite: sie wird die letzten nötigen Schritte direkt vor dem Servieren vornehmen. Es ist erst halb drei. Ed ist im Keller verschwunden, wo er, wie Sally weiß, für eine Weile sicher aufgehoben ist. Sie geht in ihr Arbeitszimmer, das früher einmal eins der Kinderzimmer war, und setzt sich an ihren Schreibtisch. Das Zimmer ist nie völlig renoviert worden: Es enthält immer noch ein Bett und einen Frisiertisch, gesäumt von jenem blau geblümten Volant, den Sally mit ausgesucht hat, lange bevor die Kinder auf die Universität gegangen, sozusagen »ausgeflogen« waren, wie Ed es nennt.

Sally enthält sich eines Kommentars zu diesem Ausdruck, obwohl sie gern sagen würde, dass sie nicht zum ersten Mal ausgeflogen waren. Ihr Haus ist nicht einmal das eigentliche Nest, da keines der Kinder von ihr ist. Sie hatte auf ein eigenes Baby gehofft, als sie Ed heiratete, aber sie wollte es nicht erzwingen. Ed hatte nichts gegen die Idee gehabt, nicht direkt, aber es war ihm egal, und Sally hatte das Gefühl, dass er schon genug Kinder hatte. Auf jeden Fall hatten die beiden anderen Frauen welche gehabt; und was war aus ihnen geworden? Da Sally über ihr wirkliches Schicksal immer im Unklaren geblieben war, stellt sie sich alle möglichen Dinge vor. Von Drogensucht bis zum Wahnsinn. Wie immer es auch gewesen sein mochte, es lief am Ende darauf hinaus, dass Sally ihre Kinder alleine aufziehen musste, jedenfalls von der Pubertät an. Die erste Frau stellte es jedenfalls so hin, dass jetzt Ed an der Reihe war. Die zweite war da etwas hinterhältiger. Sie sagte, das Kind wolle etwas Zeit mit seinem Vater verbringen. Sally kam in beiden Gleichungen nicht vor, als würde sie gar nicht mit in diesem Haus wohnen, nicht wirklich, so dass man von ihr auch keinerlei Meinung erwarten konnte.

Alles in allem hatte sie nicht schlecht abgeschnitten. Sie

mag Kinder und sucht ihnen eine Freundin zu sein, da sie schwerlich Anspruch darauf erheben kann, ihnen eine Mutter zu sein. Sie beschreibt die drei, als wäre leicht mit ihnen umzugehen. Die Kinder bekommen von Ed nicht viel zu sehen, aber er ist es, dessen Zustimmung sie wollen, nicht Sallys; er ist es, vor dem sie Respekt haben. Sally ist mehr so etwas wie eine Verbündete, die ihnen dabei hilft, von Ed zu erhalten, was sie wollen.

Als die Kinder noch jünger waren, hat Sally immer mit ihnen Monopoly gespielt, da oben in dem Sommerhaus in Muskoka, das Ed damals gehörte, das er jedoch inzwischen verkauft hat. Ed hat auch mitgespielt, in den Ferien und an den Wochenenden, wenn er es schaffte raufzukommen. Diese Spiele verliefen immer nach dem gleichen Muster. Anfangs hatte Sally immer Glück und kaufte alles, was sie kriegen konnte. Sie kümmerte sich nicht weiter darum, ob es Klassegrundstücke waren, wie Boardwalk oder Park Place, oder die schäbigen kleinen Häuser auf der anderen Seite der Gleise; sie kaufte sogar Bahnhöfe, die die Kinder stehen ließen, weil sie ihre Bargeldreserven lieber für bessere Investitionen aufhoben. Ed dagegen zog weiter, nahm sich ein bisschen von hier, ein bisschen von dort. Dann, wenn Sally in verschwenderischer Laune war, verschleuderte sie ihr Geld für den fast sinnlosen Luxus eines Elektrizitätswerks zum Beispiel; und wenn die Kinder zu verlieren anfingen, was sie unweigerlich taten, lieh ihnen Sally zu niedrigen Zinsen Geld oder verkaufte ihnen mit Verlust Besitz von sich. Warum nicht? Sie konnte es sich leisten.

Inzwischen sicherte sich Ed gegen Verluste ab, bildete ganze Grundstücksblöcke, stellte Häuser und Hotels darauf. Er bevorzugte den mittleren Bereich, respektable Straßen, aber nicht zu viel Glitzer. Sally landete auf seinen Plätzen und musste dafür Bares lockermachen. Ed bot nie irgendeinen Handel an und akzeptierte auch nie einen. Er spielte für sich allein und gewann häufiger, als er verlor. Sally hatte dann immer das Gefühl, reingelegt worden zu sein. Sie sagte dann immer, sie schätze, ihr fehle der Killerinstinkt; oder sie sagte, es mache ihr nichts, es sei ja schließlich nur ein Spiel, aber ab und zu könne er sie ruhig auch mal gewinnen lassen. Ed verstand nicht, wieso man andere Leute gewinnen lassen sollte. Er sagte, es wäre für die Kinder doch demütigend, und außerdem könne man ein Würfelspiel nicht einfach beenden, wie es einem passt, schließlich hänge es doch zum Teil vom Zufall ab. Wenn es Zufall war, wunderte sich Sally, warum glichen die Spiele sich dann so sehr? Am Ende war es immer Ed, der seine Scheine zählte, in Häufchen verschiedener Noten auslegte, und Sally, deren großer Besitz zu ein paar schäbigen Häuserblocks in der Baltic Avenue zusammengeschrumpft war und die sich dazu verurteilt sah, vorzeitig aufzugeben: extravagant, spendabel, bankrott.

An diesen Abenden nahm Sally, wenn die Kinder zu Bett gegangen waren, zwei oder drei Gläser Whisky mit Ginger mehr zu sich, als ihr gut tat. Ed ging früh zu Bett – der Sieg hatte ihn zufrieden und schläfrig gemacht –, und Sally rumorte im Haus herum oder las Mordgeschichten zu Ende, die sie schon mal gelesen hatte, und kroch schließlich ins Bett und weckte Ed auf und streichelte ihn, Trost suchend, bis er eine Erektion hatte.

Sally hat diese Spiele fast vergessen. Gerade jetzt entfernen sich die Kinder, verblassen wie alte Tinte; Ed dagegen wird immer größer und größer, die Konturen um ihn herum werden immer dunkler. Er entwickelt sich ständig weiter, wie ein Polaroidbild, neue Farben treten zu Tage, aber das Ergebnis bleibt gleich: Ed ist eine Oberfläche, unter die sie nur mit Mühe gelangt.

»Erforsche deine Innenwelt«, sagte Sallys Lehrerin in *Formen der fiktiven Erzählung*, eine Frau mittleren Alters von geringem Ruhm, die Astrologie betreibt und Tarotkarten legt und Kurzgeschichten schreibt, die in keinem der Magazine abgedruckt sind, die Sally liest. »Aber dann gibt es auch noch eine äußere«, sagte Sally hinterher zu ihren Freundinnen. »Zum Beispiel sollte sie mal wirklich was mit ihren Haaren tun.« Diese triviale und gemeine Bemerkung macht sie nur, weil sie genug hat von ihrer Innenwelt, sie braucht nichts zu erforschen. In ihrer Innenwelt ist Ed, wie eine Puppe in einer russischen Holzpuppe, und in Ed steckt Eds Innenwelt, an die sie einfach nicht rankommt.

Sie versucht es trotzdem: Eds Innenwelt ist ein Wald, der dem Boden ihrer Schlucht gleicht, aber ohne den Zaun. Er wandert da drin herum, zwischen den Bäumen, in keine besondere Richtung. Ab und zu trifft er auf eine seltsam aussehende Pflanze, eine kranke Pflanze, von Unkraut und Dornenzweigen erstickt. Ed kniet sich hin, schafft ein wenig Platz um sie herum, putzt sie aus, schnippelt an ihr herum und schneidet sie mit geübter Hand zurück, stützt sie ab. Die Pflanze erholt sich wieder, strotzt vor Gesundheit, treibt eine dankbare rote Blüte aus. Ed geht weiter. Oder vielleicht ist es auch ein verendendes Eichhörnchen, das er dank eines Tropfens aus seiner Flasche mit dem Zauberelixier wieder auf die Beine bringt. In regelmäßigen Abständen erscheint ein Engel, bringt ihm Essen. Es ist immer ein Fleischklops. Ed, der kaum wahrnimmt, was er isst, stört das nicht, aber der Engel ist es leid, ein Engel zu sein. Jetzt beginnt Sally über den Engel nachzudenken: Warum sind seine Flügel an den Rändern ausgefranst und schmutzigtrüb, warum sieht er so verwelkt und schrecklich aus? Hier enden Sallys sämtliche Versuche, Eds Innenwelt zu erforschen.

Sie weiß, dass sie zu viel über Ed nachdenkt. Sie weiß, dass sie damit aufhören sollte. Sie weiß, dass sie nicht in diesem klagenden Tonfall, der ihre eigenen Zähne zum Knirschen bringt, »Liebst du mich noch?« fragen sollte. Damit erreicht sie nur, dass Ed den Kopf schüttelt, als würde er nicht begreifen, warum sie diese Frage stellt, und ihre Hand tätschelt. »Sally, Sally«, sagt er, und alles geht weiter wie üblich; außer der Angst, die alles durchdringt, die alltäglichsten Dinge, wie etwa die Stühle neu anzuordnen oder die ausgebrannten elektrischen Birnen auszuwechseln. Aber wovor hat sie Angst? Sie hat alles, wie man so schön sagt: Ed, das wunderbare Haus in einer Schlucht, das sie sich schon immer gewünscht hatte. (Aber der Hügel ist ein Dschungel und das Haus aus Eis. Es wird nur von Sally zusammengehalten, die in seiner Mitte sitzt und mit einem Puzzle beschäftigt ist. Das Puzzle ist Ed. Sollte sie es je lösen und den letzten kalten Splitter an seinen Platz bringen, wird das Haus schmelzen und den Hügel hinunterfließen, und dann …) Es ist eine schlechte Angewohnheit, so mit ihren Gedanken zu spielen. Es bringt nichts. Sie weiß, dass es ihr weit besser gehen würde, wenn sie damit aufhörte. Es müsste ihr gelingen: Sie hat das Rauchen aufgegeben.

Sie muss sich auf andere Dinge konzentrieren. Das ist der wahre Grund für die Abendkurse, die sie rein zufällig belegt, so dass sie mit jenen Abenden zusammenfallen, an denen Ed nicht zu Hause ist. Er hat Sitzungen, er ist im Vorstand von Wohltätigkeitsvereinen, er kann nicht absagen. Die Kurse ziehen an ihr vorbei: Geschichte des Mittelalters, Kochen, Anthropologie, wobei sie ständig hofft, dass sich ihre Gedanken an etwas festhalten, sie hat sogar einen Kursus in Geologie belegt, was faszinierend war, wie sie ihren Freundinnen erzählte, mit all dem Magma. So ist es eben: Alles ist faszinierend, aber nichts erreicht sie wirklich. Sie ist immer eine Musterschülerin, sie ist gut in den Examen und beeindruckt die Lehrer, wofür sie sie verachtet. Ihre Klugheit, ihre Techniken sind ihr allzu gut vertraut; sie wundert sich, dass andere Leute sich noch immer davon beeindrucken lassen.

Mit *Formen der fiktiven Erzählung* fing es genauso an. Sally hatte viele gute Ideen, sprudelte über vor hilfreichen Vorschlägen. Dieser Teil des Workshops glich ohnehin aufs Haar den Sitzungen eines Komitees, und wie die geführt wurden, von hinten herum, ohne den Anschein zu erwecken, sie zu leiten, wusste Sally: Das hatte sie schon oft in ihrer Arbeit getan. Bertha, die Lehrerin, sagte zu Sally, dass sie über eine lebhafte Fantasie und eine Menge ungenutzter kreativer Energie verfüge. »Bertha. Kein Wunder, dass sie es zu nichts bringt, mit dem Namen«, sagte Sally, als sie danach mit zwei anderen Teilnehmerinnen vom Abendkursus Kaffee trinken ging. »Aber er passt zu ihrer Aufmachung.« (Bertha frönt dem Makramee-Look, mit Gesundheitssandalen, dicken Strickpullis und handgewebten Röcken, die ihrer eckigen Figur nicht gerade schmeicheln, und viel zu zahlreichen mexikanischen Ringen an den Händen, die sie ruhig öfter waschen könnte.) Bertha steht auf Übungen, sie nennt es lernen durch Tun. Sally liebt Übungen: Sie mag Dinge, die fertig gestellt und dann abgelegt werden können und für die sie Punkte kriegt.

Das Erste, worin Bertha sie anwies, war das Epos. Sie lasen die *Odyssee* (ausgewählte Passagen in der Übersetzung, mit einer Zusammenfassung der restlichen Handlung); dann stocherten sie in James Joyces *Ulysses* herum, um festzustellen, wie Joyce die epische Form dem modernen Roman angepasst hatte. Bertha ließ sie ein Torontoer Notizbuch führen, in dem sie verschiedene Plätze in der Stadt als die Anlaufhäfen der

Odyssee heraussuchen und erklären sollten, warum sie sie gewählt hatten. Die Notizbücher wurden in der Klasse laut vorgelesen, und es war sehr amüsant, zu erfahren, wer was als Hades gewählt hatte (den Mount-Pleasant-Friedhof, McDonald's, von wo man, wenn man die verbotene Nahrung zu sich nahm, nie wieder ins Land der Lebenden zurückkehrte, den University Club mit den toten Seelen der Ahnen usw.). Sally wählte natürlich das Krankenhaus; sie hatte keine Schwierigkeiten mit dem blutgefüllten Graben, und die Geister steckte sie in Rollstühle.

Danach nahmen sie die Ballade durch und lasen schauerliche Berichte von Morden und verratener Liebe. Bertha spielte ihnen Bänder von schnaufenden alten Männern vor, die nach altertümlicher dorischer Tonart sangen, und ordnete an, ein Sammelbuch mit Zeitungsausschnitten zu führen, in das man genau entsprechende Beispiele einheften und einkleben musste. Die *Sun* war dafür die beste Zeitung. Die Dichtung, die sich für diese Art Handlung am besten eignete, war ganz nach Sallys Geschmack, und so fiel es ihr nicht schwer, sich eine fünf Seiten lange Mordgeschichte, mit Rache und allem, auszudenken.

Aber jetzt sind Volksmärchen und mündliche Überlieferungen an der Reihe, und Sally gerät in Schwierigkeiten. Diesmal gab Bertha ihnen nichts zu lesen auf. Stattdessen las sie ihnen etwas vor, mit einer Stimme, sagte Sally, die sich wie ein Laster mit einer Ladung Kies anhörte und Träumereien nicht zuließ. Da es sich um mündliche Erzählkunst handelte, durften sie sich nicht einmal Notizen machen; Bertha sagte, die ursprünglichen Zuhörer dieser Geschichten konnten nicht lesen, so dass sie die Geschichten im Gedächtnis behalten mussten. »Um die gleiche Atmosphäre herzustellen«, sagte Bertha, »müsste ich das Licht ausknipsen. Diese Geschichten wurden immer bei Nacht erzählt.« – »Damit sie noch gruseliger wurden?«, brachte jemand vor. »Nein«, sagte Bertha. »Tagsüber haben die Leute gearbeitet.« Sie knipste das Licht nicht aus, aber sie bestand darauf, dass sie sich alle in einem Kreis hinsetzten.

»Du hättest uns sehen sollen«, sagte Sally hinterher zu Ed, »wie wir alle in einem Kreis dasaßen und Märchen anhörten. Es war wie im Kindergarten. Manche saßen sogar mit offenen Mündern da. Ich habe nur darauf gewartet, dass sie zu uns sagte: ›Wer mal raus muss, hebt die Hand.‹« Sie wollte komisch sein, Ed mit diesem Bericht über Berthas exzentrisches Benehmen amüsieren, über das alberne Aussehen der Studenten, die größtenteils mittleren Alters waren, wie sie alle so in einem Kreis dasaßen, als wären sie nie erwachsen geworden. Es war auch ihre Absicht, den Kursus herunterzuspielen, jedenfalls ein bisschen. Das machte sie immer mit ihrem Abendunterricht, damit Ed nicht etwa auf den Gedanken kam, es gäbe in ihrem Leben etwas, das auch nur entfernt ebenso wichtig war wie er. Aber bei Ed schien es gar nicht nötig zu sein, sich darüber lustig zu machen oder es herabzusetzen. Er nahm ihre Informationen ernst, wichtig, als handelte es sich bei Berthas Verhalten letzten Endes doch nur um die Handlungsweise eines Spezialisten. Niemand wusste besser als er, dass die Methoden eines Fachmanns für den Zuschauer oft wunderlich und unverständlich wirkten. »Sie wird schon wissen, warum«, war alles, was er sagte.

Die ersten Geschichten, die Bertha ihnen zum Aufwärmen vorlas (*sie* »nicht aus dem Gedächtnis«), handelten von Prinzen, die ihr Gedächtnis einbüßten und ihre wahre Liebe vergaßen und ein Mädchen heirateten, das ihre Mutter für sie ausgesucht hatte. Dann mussten sie, mit Hilfe eines Zaubers, gerettet werden. Die Geschichten sagten nicht, was mit den

Frauen passierte, mit denen die Prinzen bereits verheiratet waren, auch wenn Sally sich darüber Gedanken machte. Dann las ihnen Bertha noch eine andere Geschichte vor, und diesmal sollten sie die charakteristischsten Merkmale im Kopf behalten und eine fünf Seiten lange Fassung anfertigen, die in der Gegenwart spielte und in eine realistische Form gebracht war. (»Mit anderen Worten«, sagte Bertha, »keine richtige Hexerei.«) Den universellen Erzähler konnten sie allerdings nicht dazu verwenden; das hatten sie bei der Ballade getan. Diesmal mussten sie einen Standpunkt wählen. Es konnte der Standpunkt von irgendjemandem oder irgendetwas sein, das in der Geschichte eine Rolle spielte, aber es durfte nur einer sein. Die Geschichte, die sie ihnen gleich vorlesen würde, sagte sie, sei eine Variante des Blaubart-Motivs, weit älter als Perraults sentimentale Neufassung davon. Bei Perrault, sagte Bertha, muss das Mädchen von ihren Brüdern gerettet werden; aber in der alten Version lagen die Dinge ganz anders.

Soweit sich Sally erinnern kann, war es das, was Bertha las:

Es waren einmal drei junge Schwestern. Eines Tages kam ein Bettler mit einem großen Korb auf dem Rücken an die Tür und bat um Brot. Die älteste Schwester brachte ihm ein Stückchen, aber kaum hatte sie ihn berührt, da musste sie auch schon in seinen Korb springen, denn der Bettler war in Wirklichkeit ein verkleideter Zauberer. (»So viel zum UN-Hilfswerk«, murmelte Sally. »Besser, sie hätte gesagt: ›Ich habe schon im Büro gespendet.‹«) Der Zauberer brachte sie zu seinem Haus im Wald, das groß und reich möbliert war. »Hier wirst du glücklich mit mir sein, mein Liebling«, sagte der Zauberer, »denn du wirst alles haben, was dein Herz nur begehren kann.«

Das ging so ein paar Tage. Dann gab der Zauberer dem Mädchen ein Ei und einen Schlüsselbund. »Ich muss auf eine

Reise gehen«, sagte er, »und lasse das Haus in deiner Obhut. Hebe dieses Ei für mich auf, und trage es immer bei dir; denn wenn es verloren geht, geschieht ein großes Unglück. Die Schlüssel öffnen jedes Zimmer im Haus. Du darfst jedes betreten und dich an dem erfreuen, was du dort vorfindest, aber gehe nicht in das kleine Zimmer oben im Haus, nicht um alles in der Welt.« Das Mädchen versprach es, und der Zauberer verschwand.

Zuerst begnügte sich das Mädchen damit, die Zimmer zu erforschen, in denen viele Schätze waren. Aber am Ende ließ ihr die Neugier keine Ruhe. Sie suchte den kleinsten Schlüssel heraus und schloss damit, klopfenden Herzens, die kleine Tür oben im Haus auf. Darin befand sich ein großes Becken voller Blut, in dem die Körper vieler Frauen lagen, alle in Stücke geschnitten; gleich daneben stand ein Holzklotz und eine Axt. Entsetzt ließ sie das Ei los, das in das Becken mit dem Blut fiel. Vergeblich bemühte sie sich, den Flecken wegzuwischen: jedes Mal, wenn es ihr gelungen war, ihn zu tilgen, kam er wieder zum Vorschein.

Der Zauberer kehrte zurück und erkundigte sich mit gestrenger Stimme nach dem Ei und den Schlüsseln. Als er das Ei sah, wusste er sofort, dass sie nicht auf ihn gehört hatte und in das verbotene Zimmer gegangen war. »Da du gegen meinen Willen in das Zimmer gegangen bist«, sagte er, »wirst du gegen deinen eigenen dorthin zurückkehren.« Trotz all ihrer flehentlichen Bitten warf er sie zu Boden, zerrte sie an den Haaren in das kleine Zimmer, hackte sie in Stücke und warf sie zu den anderen in das Becken.

Dann ging er das zweite Mädchen holen, dem es nicht besser erging als seiner Schwester, aber die Dritte war schlau und gerissen. Sobald der Zauberer fort war, legte sie das Ei auf ein Brett, damit ihm nichts passieren konnte, und dann ging sie sogleich hinauf und öffnete die verbotene Tür. Man stelle sich ihren Kummer vor, als sie die zerhackten Körper ihrer beiden geliebten Schwestern erblickte; aber sie legte die einzelnen Stücke zusammen, und sie vereinten sich, und ihre Schwestern standen auf und gingen herum und lebten wieder und waren wohlauf. Sie umarmten sich, und die dritte Schwester versteckte die beiden anderen in einem Schrank.

Als der Zauberer zurückkam, fragte er sofort nach dem Ei. Diesmal war es völlig unbefleckt. »Du hast die Prüfung bestanden«, sagte er zu der dritten Schwester. »Du wirst meine Frau.« (»Und der zweite Preis«, sagte Sally, diesmal zu sich selbst, »sind *zwei* Wochen Niagarafälle.«) Der Zauberer besaß nun keine Macht mehr über sie und musste tun, was sie ihm sagte. Es kam noch viel unerwarteter: Wie der Zauberer den Wiederauferstandenen begegnete und am lebendigen Leibe verbrannte. Aber Sally wusste bereits, welche Merkmale für sie besonders hervorstachen.

Zuerst glaubte sie, das Wichtigste an der Geschichte wäre das verbotene Zimmer. Was würde sie in ihrer heutigen Version in das verbotene Zimmer stecken? Ganz bestimmt keine zerstückelten Frauen. Nicht, dass sie zu unrealistisch gewesen wären, aber sie waren bestimmt zu eklig, und auch zu überdeutlich. Sie wollte etwas Klügeres tun. Vielleicht wäre es keine schlechte Idee, wenn die neugierige Frau die Tür aufmachte und überhaupt nichts vorfände, aber nachdem sie darüber nachgedacht hatte, verwarf sie diesen Gedanken wieder. Dann stünde sie vor dem Problem, wozu der Zauberer überhaupt ein verbotenes Zimmer besaß, in dem er gar nichts verbarg.

Das waren ihre Gedanken, gleich nachdem ihnen die Aufgabe gestellt worden war, vor ganzen zwei Wochen. Bis jetzt hatte sie noch nichts geschrieben. Die Versuchung ist groß, sich selbst die Rolle der klugen Heldin zu geben, aber auch das wäre wieder leicht vorauszusehen. Und Ed ist ganz bestimmt nicht der Zauberer; dazu ist er nicht böse genug. Wäre Ed der Zauberer, dann befänden sich in dem Zimmer ein Wald, ein paar heilende Pflanzen und schwache Eichhörnchen, und Ed selbst, der sie wieder auf die Beine bringt; aber wenn es Ed wäre, dann wäre das Zimmer nicht einmal zugesperrt, und dann gäbe es auch keine Geschichte.

Jetzt, während sie an ihrem Schreibtisch sitzt und mit ihrem Filzstift spielt, fällt Sally ein, dass das Verwirrendste an der Geschichte, auf das sie sich konzentrieren sollte, das Ei ist. Warum ein Ei? Aus dem Abendkurs über vergleichende Folklore, den sie vor zwei Jahren belegt hatte, weiß sie noch, dass das Ei ein Fruchtbarkeitssymbol sein kann oder ein Gegenstand, der bei afrikanischen Zaubersprüchen gebraucht wird, oder etwas, aus dem die Welt ausgeschlüpft ist. Vielleicht verkörpert es in dieser Geschichte ein Symbol der Jungfräulichkeit, und vielleicht ist das der Grund, warum der Zauberer es unbefleckt haben will. Frauen mit schmutzigen Eiern werden umgebracht, solche mit sauberen werden geheiratet.

Aber das hilft auch nicht viel! Das Konzept ist so veraltet. Sally weiß nicht, wie sie es ins richtige Leben übertragen soll, ohne es lächerlich zu machen, außer sie lässt die Geschichte zum Beispiel in einer portugiesischen Emigrantenfamilie spielen, und was weiß sie denn schon darüber?

Sally zieht die Schublade ihres Schreibtischs heraus und sucht darin nach einer Nagelfeile. Während sie dies tut, hat sie die brillante Idee, die Geschichte aus der Sicht des Eis zu schreiben. Andere werden die andern Dinge nehmen: das kluge Mädchen, den Zauberer, die beiden stümperhaften Schwestern, die zu dumm zum Lügen waren und die wegen der dünnen roten Linien, die ihre Körper überziehen, dort, wo die Teile wieder zusammengesetzt wurden, nachher Probleme haben werden. Aber niemand wird an das Ei denken. Was ist es für ein Gefühl, die unschuldige und passive Ursache von so viel Unglück zu sein?

(Ed ist nicht der Ritter Blaubart: Ed ist das Ei. Ed Ei, blank und unverdorben und schön. Und auch dumm. Wahrscheinlich gekocht. Sally lächelt liebevoll.)

Aber wie kann es eine Geschichte aus der Sicht des Eis geben, wenn das Ei so verschlossen und ahnungslos ist? Sally denkt darüber nach, brütet über ihrem Schreibblock mit liniertem Papier. Dann setzt sie die Suche nach ihrer Nagelfeile fort. Es wird jetzt schon Zeit, sich für ihre Dinnerparty fertig zu machen. Sie kann die Frage des Eis überschlafen und die Arbeit morgen beenden, Sonntag. Montag muss sie fertig sein, aber Sallys Mutter sagte immer, dass sie toll darin sei, die Dinge in letzter Minute fertig zu kriegen.

Nachdem sie ihre Nägel mit *Nuit Magique* angemalt hat, nimmt Sally ein Bad, isst ihren üblichen getoasteten englischen Muffin, während sie in der Wanne liegt. Sie beginnt sich anzukleiden, trödelt herum; sie hat viel Zeit. Sie hört Ed aus dem Keller kommen; dann hört sie ihn im Badezimmer, das er vom Flur aus betreten hat. Sally geht durch die andere Tür hinein, noch immer in ihrem Slip. Ed steht am Waschbecken, hat das Hemd ausgezogen, rasiert sich. An den Wochenenden wartet er so lange, wie es nur irgendwie geht, oder bis Sally sagt, dass es kratzt.

Sally legt die Hände um seine Taille, schmiegt sich an seinen nackten Rücken. Seine Haut ist sehr weich für einen Mann. Sally lächelt: Sie kann einfach nicht aufhören, ihn als Ei zu betrachten.

»Mmm«, sagt Ed. Es könnte der Ausdruck von Dankbarkeit sein oder die Antwort auf eine Frage, die Sally nicht gestellt und die er nicht gehört hat, oder einfach nur die Bestätigung dafür, dass sie da ist.

»Möchtest du eigentlich nie wissen, was ich denke?«, fragt Sally. Das hat sie schon mehr als einmal gefragt, im Bett oder am Esstisch, nach dem Dessert. Sie steht hinter ihm, betrachtet die Streifen, die der Rasierer in sein weißes Gesicht schneidet, schaut auf ihr eigenes Gesicht, das der Spiegel reflektiert, über seiner nackten Schulter sind davon nur die Augen zu sehen. Ed ist eingeseift, ein Assyrer, strenger als sonst; oder ein eisbedeckter arktischer Forscher; oder ein halber Mensch, ein weißbärtiger Waldmutant. Er schabt an sich herum, zerstört methodisch die Illusion.

»Aber ich weiß doch schon, was du denkst«, sagt Ed.

»Woher denn?«, fragt Sally erstaunt.

»Du sagst es mir doch immer«, erwidert Ed mit Resignation oder Traurigkeit in der Stimme; aber vielleicht ist es auch nur eine einfache Feststellung.

Sally ist erleichtert. Wenn das alles ist, was ihn bedrückt, kann sie sich sicher fühlen.

Marylynn trifft eine halbe Stunde zu früh ein, ihr perlfarbener Porsche dirigiert zwei Männer in einem Lieferwagen die Einfahrt herauf. Die Männer stellen unter Marylynns Aufsicht den Schreibtisch auf: Er wirkt in dem Alkoven genau so, wie Marylynn versprochen hatte, und Sally ist entzückt. Sie setzt sich davor, um den Scheck auszufüllen. Dann geht sie mit Marylynn in die Küche, um die Soße fertig zu machen, und gießt für sie beide einen Kir ein. Sie ist froh, dass Marylynn hier ist: So kriegt sie vielleicht nicht das Zittern, wie sonst immer, wenn sie Gäste hat. Obwohl nur die Herzmänner kommen, ist sie immer noch ein bisschen nervös. Ed merkt es eher, wenn irgendwas nicht stimmt, als wenn alles genau richtig ist.

Marylynn sitzt am Küchentisch, sie hat den einen Arm über die Stuhllehne gelegt, mit der anderen Hand stützt sie ihr Kinn; ihre Kleider sind in einem weichen Grauton, wodurch ihr Haar silbern aussieht, und wieder spürt Sally, wie banal es ist, gewöhnliche dunkle Haare wie sie selbst zu besitzen, auch wenn sie einen noch so guten Schnitt haben, auch wenn sie wunderbar glänzen. Es ist das Selbstvertrauen, um das sie die Freundin beneidet, die Lässigkeit. Marylynn scheint sich überhaupt nicht anzustrengen, niemals.

»Schätze mal, was Ed heute gesagt hat?«, fragt Sally.

Marylynn beugt sich ein Stückchen weiter vor. »Was denn?«, erkundigt sie sich begierig, wie jemand, der an einem vertrauten Spiel teilnimmt.

»Er sagte: ›Einige dieser Femininistinnen gehen zu weit‹«, berichtet Sally. »›*Femininistinnen.*‹ Ist das nicht süß?«

Marylynn erwidert lange nichts, und Sally hat plötzlich einen schrecklichen Gedanken: Vielleicht glaubt Marylynn, dass sie mit Ed bloß angeben will. Marylynn behauptet immer, dass sie noch nicht bereit ist, eine neue Ehe einzugehen; dennoch, Sally sollte aufpassen, sie nicht mit der Nase draufzustoßen. Aber dann lacht Marylynn nachsichtig, und Sally stimmt erleichtert mit ein.

»Ed ist unglaublich«, sagt Marylynn. »Du solltest seine Flossen in die Ärmel stecken, wenn er morgens aus dem Haus geht.«

»Man sollte ihn nicht allein auf die Straße lassen«, sagt Sally.

»Du solltest ihm einen Seeing-Eye-Blindenhund besorgen«, sagt Marylynn, »der die Frauen anbellt.«

»Warum?«, sagt Sally, noch immer lachend, aber jetzt hellwach, von ihren Fingerspitzen breitet sich Kälte aus. Vielleicht weiß Marylynn etwas, das sie nicht weiß; vielleicht fängt das Haus am Ende doch zu zerbröckeln an.

»Weil er sie nicht kommen sieht«, sagt Marylynn. »Das erzählst du mir doch immer.«

Sie nippt an ihrem Kir; Sally rührt in der Soße. »Ich wette, der hält mich für eine Femininistin«, sagt Marylynn.

»Dich?«, sagt Sally. »Niemals.« Sie würde gern noch hinzufügen, dass Ed durch keinerlei Anzeichen verraten hat, überhaupt etwas von Marylynn zu denken, aber sie tut es nicht. Sie will es nicht riskieren, ihre Gefühle zu verletzen.

Die Frauen der Herzmänner bewundern Sallys Soße; die Herzmänner sind beim Fachsimpeln, alle außer Walter Morly, der gern seine eigenen Wege geht. Er sitzt neben Marylynn und kümmert sich, wie Sally mit leichtem Unbehagen feststellt, ein bisschen zu viel um sie. Frau Morly sitzt am anderen Tischende und sagt kaum ein Wort, was Marylynn aber nicht zu bemerken scheint. Sie redet mit Walter von St. Lucia, wo sie beide schon waren.

Und so hält Sally Marylynn nach dem Essen, nachdem sie alle zu Kaffee und Getränken ins Wohnzimmer gescheucht hat, am Ellbogen fest. »Ed hat unseren Schreibtisch noch gar nicht gesehen«, sagt sie, »nicht aus der Nähe. Nimm ihn dir mal beiseite und halte ihm deinen Vortrag über die Antiquitäten des 19. Jahrhunderts. Zeig ihm die vielen Schubfächer. Ed liebt Schubfächer.« Ed scheint es nicht zu merken.

Marylynn errät Sallys Absichten. »Mach dir keine Sorgen«, sagt sie, »ich werde Dr. Morly schon nicht vergewaltigen; der arme Kerl würde den Schock nicht überleben«, aber sie lässt sich zusammen mit Ed auf die Seite schieben.

Sally geht von einem Gast zum anderen, lächelt, vergewissert sich, dass alles in Ordnung ist. Obwohl sie nie direkt hinsieht, ist sie sich immer der Gegenwart Eds im Zimmer bewusst, in jedem Zimmer; sie nimmt ihn als Schatten wahr, als eine Gestalt, die sie verschwommen am Rand ihres Gesichtsfelds sieht, erkennbar an den Konturen. Sie weiß immer gern, wo er ist, das ist alles. Einige Leute sind bei ihrer zweiten Tasse Kaffee. Sie geht zu dem Alkoven: Sie mussten inzwischen mit dem Schreibtisch fertig sein.

Aber das sind sie nicht. Sie sind noch immer da drin. Marylynn beugt sich nach vorn, die eine Hand auf dem Furnier. Ed steht viel zu dicht neben ihr, und als sich Sally von hinten nähert, sieht sie seinen linken Arm, dicht an seiner Seite, dessen Rückseite an Marylynn gepresst ist, an ihren schimmernden Oberschenkel, an ihren Arsch, um genau zu sein. Marylynn rückt nicht ab von ihm.

Es ist nur der Bruchteil einer Sekunde, und dann sieht Ed Sally, und die Hand ist verschwunden; da ist sie, auf der Schreibtischplatte, greift nach einem Likörglas.

»Marylynn braucht noch etwas Tia Maria«, sagt er. »Ich habe ihr gerade gesagt, dass die Menschen, die sich hin und wieder ein Schlückchen genehmigen, länger leben.« Seine Stimme ist ruhig, sein Gesicht so offen wie immer, ein flaches Land ohne Wegweiser.

Marylynn lacht. »Ich hatte mal einen Zahnarzt, ich schwöre, der hat winzige Löcher in meine Zähne gebohrt, damit er sie später reparieren konnte«, sagt sie.

Sally sieht Eds Hand, die sich ihr entgegenstreckt, mit dem leeren Glas. Sie nimmt es, lächelt und dreht sich um. In ihrem Hinterkopf ist ein Dröhnen; die Ränder des Bildes, das sie sieht, werden schwarz, wie bei einem Fernsehschirm, der erlischt. Sie geht in die Küche und legt ihre Wange gegen den Kühlschrank und schlingt die Arme um ihn, so weit sie reichen. So bleibt sie, drückt ihn an sich; er gibt ein gleich bleibendes Summen von sich, in einem tröstlichen Ton. Nach einer Weile lässt sie ihn los, berührt ihr Haar und geht mit dem gefüllten Glas zurück ins Wohnzimmer.

Marylynn ist drüben bei der Terrassentür und redet mit Walter Morly. Ed steht allein vor dem Kamin; einen Arm auf dem Kaminsims, die linke Hand verborgen in seiner Hosentasche.

Sally geht zu Marylynn, reicht ihr das Glas. »Ist das genug?«, sagt sie.

Marylynn ist unverändert. »Danke, Sally«, sagt sie und hört wieder Walter zu, der sein übliches Paradestück hervorgeholt hat: Eines Tages, wenn sie es vervollkommnet haben, sagt er, werden alle Herzen aus Plastik sein, und es wird eine starke Verbesserung des gegenwärtigen Modells sein. Das ist eine unklare Form des Flirtens. Marylynn zwinkert Sally zu, um ihr zu zeigen, dass sie weiß, wie langweilig er ist. Nach einer Weile zwinkert Sally zurück.

Sie sieht hinüber zu Ed, der leer vor sich hin starrt, wie ein Roboter, der abgestellt und ausgeschaltet wurde. Sie ist sich jetzt nicht mehr so sicher, ob sie wirklich gesehen hat, was sie zu sehen glaubte. Selbst wenn sie es gesehen hätte, was hätte es zu bedeuten? Vielleicht hat Ed seine Hand nur in einem launischen betrunkenen Augenblick auf den nächstbesten Hintern gelegt, und Marylynn hat es auf Grund ihrer guten Manieren oder weil sie ihn nicht beleidigen wollte, unterlassen, aufzuschreien oder zusammenzuzucken. Diese Dinge hat Sally schon öfters erlebt.

Oder aber es könnte etwas Bedrohlicheres bedeuten: eine Vertrautheit zwischen ihnen, Verständnis. Wenn das so wäre, hat sich Sally, was Ed angeht, getäuscht, jahrelang, auf ewig. Ihre Version von Ed ist nicht etwas, das sie erkannt hat, sondern etwas, das ihr von ihm aufgezwungen wurde, von Ed selbst, und aus Gründen, die nur ihm bekannt sind.

Vielleicht ist Ed gar nicht dumm. Vielleicht ist er ungeheuer klug. Sie ruft sich einen Augenblick nach dem anderen ins Gedächtnis, in denen sich seine Schläue, seine Verschlagenheit zeigen mussten, falls sie existiert hätten, was aber nicht geschehen ist. Sie hat ihn genau beobachtet. Sie erinnert sich daran, mit den Kindern, Eds Kindern, vor Jahren Mikado gespielt zu haben: Wie sich, sobald man ein Stäbchen in dem Haufen bewegte, wenn auch nur ganz leicht, alle anderen mitbewegten.

Sie wird nichts zu ihm sagen. Sie kann nichts sagen: Sie kann es sich nicht leisten, Unrecht zu haben, und auch nicht, Recht zu haben. Sie kehrt in die Küche zurück und fängt damit an, die Teller abzukratzen. Das sieht ihr gar nicht ähnlich – gewöhnlich bleibt sie bei ihren Partygästen, bis alles vorbei ist –, und nach einer Weile kommt Ed herausgeschlendert. Er steht schweigend da, sieht ihr zu. Sally konzentriert sich auf die Teller: Häufchen aus *sauce suprême* gleiten in den Plastikbeutel, Salatfetzen, Reis, erstarrt und klumpig. Was von ihrem Nachmittag übrig geblieben ist.

»Was tust du hier draußen?«, fragt Ed schließlich.

»Die Teller abkratzen«, sagt Sally heiter, gleichmütig. »Ich dachte mir, ich fange schon mal mit dem Aufräumen an.«

»Lass es«, sagt Ed. »Das kann die Frau morgen früh machen.« So redet er immer von Mrs Rudge, obwohl sie nun schon drei Jahre bei ihnen ist: Er sagt *die Frau*. Genauso Mrs Bird, die Zugehfrau vor ihr, als wären sie beide austauschbar. Bis jetzt hat es Sally nicht gestört. »Geh wieder rein und amüsier dich.«

Sally legt den Spachtel hin, wischt sich die Hände am Handtuch ab, schlingt die Arme um ihn, hält ihn fester, als sie sollte. Ed klopft ihr auf die Schulter. »Was ist?«, sagt er, dann: »Sally, Sally.« Wenn sie aufblickte, würde sie sehen, wie er leicht den Kopf schüttelt, als wüsste er nicht, was er mit ihr anfangen soll. Sie blickt nicht auf.

Ed ist zu Bett gegangen. Sally wandert durchs Haus, macht sich nervös an den Trümmern zu schaffen, die von der Party übrig geblieben sind. Sie sammelt leere Gläser ein, hebt Erdnüsse vom Teppich auf. Nach einer Weile merkt sie, dass sie am Boden kniet, unter einen Sessel blickt und vergessen hat, warum. Sie geht die Treppe hinauf, schminkt ihr Gesicht ab, putzt sich die Zähne, zieht sich in dem dunklen Schlafzimmer aus und schlüpft neben Ed, der tief atmet, als ob er schliefe, ins Bett. *Als ob.*

Sally liegt im Bett und hat die Augen zu. Sie sieht ihr eigenes Herz, in Schwarzweiß, mit diesem unwirklichen mottenartigen Flattern, ein gespenstisches Herz, aus ihrer Brust gerissen und frei im Raum schwebend, ein lebendiger Valentinsgruß ohne irgendwelche Farbe. Es wird immer und ewig so weiterschlagen, das alles liegt außerhalb ihrer Macht. Aber jetzt sieht sie das Ei, das nicht klein und kalt und weiß und träge ist, sondern größer als ein richtiges Ei, und von einer goldenen rosa Farbe, und das in einem Nest aus Dornenzweigen liegt, mit einem sanften Glühen, als enthielte es irgendetwas Rotes und Heißes. Es pulsiert fast, Sally hat Angst vor ihm. Während sie hinsieht, wird es dunkler: rosenrot, blutrot. Das hat das Märchen ausgelassen, denkt Sally: Das Ei ist lebendig, und eines Tages wird etwas herausschlüpfen aus ihm. Aber was?

Frühlingslied der Frösche

Die Lippen der Frauen sind wieder blasser. Mal mehr, mal weniger, von einer Jahreszeit zur anderen. Sie waren seit Jahren nicht mehr so blass, mindestens fünfzehn oder zwanzig Jahre nicht. Will kann sich nicht mehr daran erinnern, wann das war, wann er das letzte Mal die Schattierungen satter Vanille, schmelzenden Orangensorbets, ausgeblichenen rosafarbenen Satins auf den Mündern der Frauen gesehen hat. Vor einer Weile fing es an, ihm richtig aufzufallen. Den ganzen letzten Winter waren die Lippen dunkel gewesen, maulbeerfarben, kastanienfarben, so dass die Münder wie die Münder altmodischer Puppen aussahen, sich von der porzellanweißen Haut scharf abhoben. Jetzt ist die Haut cremiger, außer bei denen, die die unausgesprochenen Gesetze, egal welche, ignoriert haben und anfingen, braun zu werden.

Diese Frau, deren Name Robyn ist, hat einen Mund von der Farbe eines Fingernagels, dem fahlen Halbmond am unteren Rand. Ihre Fingernägel sind dazu passend angemalt: Irgendjemand hat entschieden, dass sie nicht länger aussehen sollen, als wären sie in Blut getaucht. Sie hat ein loses kühlendes Kleid an, Baumwolle in einem so blassen Pink, dass es aussieht, als wäre es beim Waschen ausgelaufen, mit Knöpfen vorn, von denen die obersten drei offen stehen. Nach der Art, wie sie schon ein oder zwei Mal an sich herunter gesehen hat, scheint sie zu überlegen, ob sie zu weit gegangen ist.

Will lächelt sie an, sieht ihr in die Augen, die möglicherweise blau sind; das vermag er in diesem Licht nicht zu erkennen. Sie lächelt zurück. Sie wird es nicht fertig bringen, ihm lange in die Augen zu sehen. Nachdem sie geblinzelt hat und hin und her gerückt ist, kann sie drei Dinge tun. Die Speisekarte, auf grauem Papier im Offsetdruck, mit Hand geschrieben, nach französischer Art, die sie bereits studiert hat, den Blick nach der Seite, zur Tür, aber dazu ist es noch zu früh; oder die Wand hinter ihm. Will weiß, was darauf ist: ein gerahmtes Poster, das eine surrealistische Kunst-Show von vor mehreren Jahren ankündigt, mit einer Zeichnung darauf, in fleischigem Pink mit rosagrauen Schatten, die einen Teil des Körpers andeuten, obwohl schwer zu sagen ist, welchen. Etwas, das dabei ist, Haare zu wachsen, auf eine widerliche Art, sexuell zu werden. Entweder sie reagiert darauf, oder sie sieht nicht alles. Stattdessen wird sie ihr eigenes Bild im Spiegel betrachten, prüfend, als wäre sie eine Fremde, die sie eventuell auflesen könnte: ein tiefer Blick, kurz, aber offen.

Die Kellnerin kommt, ein mageres Mädchen mit rotem Bürstenhaarschnitt und einem purpurroten Federohrring, der von ihrem Ohr baumelt. Sie steht da, als wäre ihr Kopf an einem Haken befestigt und als hinge ihr restlicher Körper sehnenlos schlaff davon herunter. Sie trägt so etwas Ähnliches wie Smokinghosen. Das Restaurant liegt in einem Viertel mit Secondhandläden, wo fremd aussehende Frauen mit plumpen Beinen und schwarzen Haaren, nach hinten zu einem Knoten gekämmt, hinkommen, um die Kleiderstangen durchzuwühlen, und wo auch Mädchen wie dieses ihre ausgefallenen Kostüme herkriegen. Der Gürtel ist breit und aus rotem Plastik und könnte 25 Jahre alt oder nagelneu sein; das Hemd ist für

Männer, mit eingenähten Falten, die Ärmel bis zu den Ellbogen hochgekrempelt. Die Arme des Mädchens, knochendürr und weiß, ragen aus den Stoffwülsten wie die Stiele von Pfingstrosen, die im Dunkeln gewachsen sind.

Ihre Schenkel werden nicht viel anders sein. Will kann sich an die Schenkel in den Männermagazinen erinnern, die in der Schule herumgereicht wurden, Schwarzweißfotos auf billigem Papier, ohne Spritzpistole, die plumpen Frauen in Motelzimmern, und wie die Strumpfhalter an den Schenkeln und am Hinterteil ins Fleisch schnitten. Jetzt gibt es dort kein Fleisch, die Schenkel sind verschrumpelt, nur noch Muskeln und Knochen. Selbst die Faltblätter im *Playboy* sehen aus, als wären sie aus Knorpeln. Angeblich soll es sexy sein, sie in Beinwärmern zu zeigen. Will fragt Robyn, ob sie etwas trinken möchte.

»Einen Perrier mit Schuss«, sagt Robyn und blickt auf und lächelt die Kellnerin genauso an wie gerade eben Will.

Will bestellt eine Bloody Mary und überlegt, ob er einen Fehler begangen hat. Vielleicht ist diese Kellnerin ein Mann. Er war schon mehrmals hier, und niemals ohne ein leichtes, aber erfreuliches Gefühl, verbotenes Terrain betreten zu haben. Jeder Ort mit karierten Tischdecken vermittelt ihm dieses Gefühl, das noch aus der Zeit stammt, als er Student gewesen war und geglaubt hatte, etwas anderes zu werden als das, was er geworden ist. Damals hatte er für die Campus-Zeitung Illustrationen und Entwürfe gemacht. Eine Weile hatte er das Zeichnen beibehalten, als Hobby, jedenfalls hatte es seine Ex-Frau so genannt. Vielleicht wird er es später wieder aufgreifen, wenn er Zeit dazu findet. An manchen Tagen besucht er hier unten die Galerien, um zu sehen, was die jungen Leute so machen. Die Besitzer begegnen ihm mit zynischer Ehrerbietung, als habe er, ihnen oder sonst jemandem, nichts anderes zu bieten als sein Geld. Er kauft nie etwas.

Die Kellnerin kommt mit den Getränken, und angesichts der beiden leichten Wölbungen, die ihren Brustkorb zieren, beschließt Will, dass sie am Ende doch eine Frau ist. »Für einen Augenblick dachte ich, sie wäre ein Mann«, sagt er zu Robyn.

»Wirklich?«, erwidert Robyn. Sie wirft der Kellnerin, die jetzt am Nebentisch ist, einen Blick nach. »O nein«, sagt sie, als wäre sie diesem Irrtum nie erlegen. »Nein. Eindeutig eine Frau.«

»Etwas Brot?«, fragt Will. Das Brot wird hier in kleinen Körben, die an einer Art Zugseil über den Tischen hängen, aufbewahrt. Um das Brot zu erreichen, muss man entweder aufstehen oder den Korb herunterholen, indem man das Seil von der Wand losmacht, wo es an Haken befestigt ist; das ist lästig, aber Will tut es gern. Das beruht vielleicht auf der Theorie, dass man sein Essen mehr genießt, wenn man Gelegenheit hat, sich daran zu beteiligen, oder vielleicht sind die Körbe nur ein Fiasko des Designers. Will isst hier immer Brot.

»Wie bitte?«, sagt Robyn, als wäre *Brot* ein Wort, das sie noch nie gehört hat. »Oh. Nein, danke.« Sie erschaudert ein bisschen, als wäre der Gedanke daran leicht abstoßend. Will ist verärgert, aber entschlossen, trotzdem Brot zu nehmen. Es ist gutes Brot, dick, braun und warm. Er dreht sich zur Wand um, löst das Seil, und der Korb kommt knarrend herunter.

»Oh, wie hübsch«, meint Robyn. Dann fängt er den Blick auf, den sie sich in dem Spiegel hinter ihm zuwirft. Jetzt werden sie das restliche Mittagessen irgendwie hinter sich bringen müssen. Warum macht er weiter, wonach sucht er, was so schwer zu finden ist? Sie hat großzügige Brüste, das hat ihn angetrieben: die Hoffnung auf Großzügigkeit.

Die Kellnerin kommt zurück, und Robyn spitzt ihre pastellfarbenen Lippen und bestellt einen Spinatsalat ohne die Dressingsoße. Will beginnt zu schwitzen; er hat das Gefühl von Klaustrophobie und wäre am liebsten schon wieder weg von hier. Er versucht sich vorzustellen, wie er mit der Hand an ihrem Bein hinauf und über ihren Schenkel fährt, der vielleicht prall und weich ist, aber das hilft auch nichts. Sie würde es nicht mögen.

Cynthia ist ganz in Weiß. Ihr Haar ist fast blond, nachgeholfen, schätzt Will: ihre Augenbrauen und Wimpern sind dunkler. Ihre Haut ist so blass, dass sie wie gepudert aussieht. Sie trägt keinen Krankenhauskittel, sondern ein weißes Nachthemd mit Rüschen, kindisch, viktorianisch, das an Spitzenkommoden und Kate-Greenaway-Grußkarten erinnert. Unter dem Stoff, denkt Will, musste sie durchsichtig sein; wahrscheinlich konnte man ihre Venen und Gedärme sehen, wie bei einem Aquariumfisch. Sie zieht das Laken bis zur Brust hoch, rückt von ihm weg, zum Kopfbrett des Betts, eine Stellung, die ihn an eine leidende Dante-Gabriele-Rosetti-Madonna erinnert, die sich an die Wand duckt, während ihr der Engel von Mariä Verkündigung mit Erfüllung droht.

Will lächelt mit, wie er hofft, Liebenswürdigkeit. »Wie geht es dir, Cynthia?«, sagt er. Auf dem Nachttisch steht ein Korb mit Orangen und Äpfeln, auch ein Blumenstrauß.

»Gut«, sagt sie. Sie lächelt, ein schlaffes Lächeln, das die Botschaft leugnet. Ihre Augen sind ängstlich und verschlagen. Sie will, dass er ihr glaubt und weggeht.

»Deine Mum und dein Dad haben mich gebeten, bei dir vorbeizuschauen«, sagt Will. Cynthia ist seine Nichte.

»Das dachte ich mir«, sagt Cynthia. Vielleicht meint sie damit, dass er sonst nicht gekommen wäre, oder vielleicht meint sie damit, dass sie ihn als Ersatz für sich selbst geschickt haben. Wahrscheinlich hat sie in beiden Punkten Recht. Es ist eine Familienlegende, dass Will Cynthias Lieblingsonkel ist. Wie bei so vielen Legenden war etwas Wahres daran, früher, als er – kurz nachdem seine eigene Ehe in die Brüche gegangen war – Familiensinn entwickelt hatte und Cynthia Geschichten vorlas und sie unter den Armen kitzelte. Aber das ist viele Jahre her.

Gestern Abend, am Telefon, hat seine Schwester diese Vergangenheit als Druckmittel benutzt. »Du bist der Einzige, der mit ihr reden kann. Uns hat sie abgetan.« Ihre Stimme klang eher ärgerlich als verzweifelt.

»Na ja, ich weiß nicht«, sagte Will unsicher. Er glaubt nicht an seine Begabung als Vermittler, als Vertrauter, nicht einmal als starke Schulter. Früher, als seine eigenen Söhne noch jünger waren und Cynthia zwölf oder so, hatte er Cynthia immer oben auf der Farm gehabt. Damals war sie braun gebrannt, ein Wildfang; sie liebte es, allein auf dem Besitz herumzuwandern, Äpfel zu pflücken. Am Abend schlang sie das Essen hinunter, das Will für alle vier kochte, fünf, wenn er eine Frau oben hatte – Teller mit Nudeln Alfredo, Roastbeef mit Yorkshire-Pudding, gebratenes Hühnchen, Steaks, manchmal eine Gans, die er von den Leuten gegenüber gekauft hatte.

Damals war mit Cynthia alles in Ordnung; sie trug offene Haare, ihre Haut war goldbraun, und Will spürte eine beunruhigende sexuelle Anziehung, die von ihr ausging, die er aber jetzt bestimmt nicht mehr verspürt. Die Jungen spürten sie auch und neckten sie und forderten sie heraus, aber sie ließ sich von ihnen nicht unterkriegen. Sie sagte, es gäbe nichts, was sie konnten und sie nicht, und damit hatte sie fast Recht. Dann kamen sie in ihre Motorrad- und Autophase, und Cynthia veränderte sich. Ganz plötzlich gefiel es ihr nicht mehr, Öl an den Händen zu haben; sie fing an, ihre Fingernägel anzumalen. Will begreift jetzt, dass dies der Anfang vom Ende war.

»Das ist eine Seuche«, sagte seine Schwester am Telefon.

»Das ist so ’ne Art Mode. Weißt du, was sie gesagt hat? Sie sagte doch wirklich, dass eine Menge Mädchen an der Schule es tun. Sie ist so gottverdammt ehrgeizig.«

»Ich gehe zu ihr«, sagte Will. »Soll ich irgendwas mitnehmen? Etwas Käse vielleicht?« Seine Schwester ist mit einem Mann verheiratet, der so helle Augenbrauen hat, dass sie nicht zu sehen sind. Für Will, der ihn nicht leiden kann, ist er ein Albino.

»Wie wär’s mit einem kräftigen Klaps auf den Hintern«, sagte seine Schwester. »Nicht, dass sie noch einen hätte.«

Dann fing sie an zu weinen, und Will sagte, sie solle sich keine Sorgen machen, er war sicher, dass am Ende noch alles gut werden würde.

Im Augenblick glaubt er es nicht. Er sieht sich im Zimmer um, sucht nach einem Stuhl. Es ist einer da, aber Cynthias himmelblauer Morgenmantel liegt darauf. Macht nichts: Wenn er sich erst hinsetzt, muss er länger dableiben.

»Einfach nur gut?«, sagt er.

»Ich habe ein Pfund zugenommen«, sagt sie. Damit will sie ihn beruhigen. Das wird er bei dem Arzt überprüfen müssen, denn seine Schwester will einen umfassenden Bericht, und Cynthia, behauptet sie, nimmt es mit ihrem Gewicht nicht so genau.

»Das ist ja wunderbar«, sagt er. Vielleicht stimmt es, weil sie darüber so unglücklich zu sein scheint.

»Ich habe kaum etwas gegessen«, sagt sie klagend, aber auch stolz.

»Aber wenigstens versuchst du es«, sagt Will. »Das ist gut.« Jetzt, wo er schon mal hier ist, möchte er helfen. »Vielleicht isst du morgen etwas mehr.«

»Aber wenn ich kaum was esse und ein Pfund zunehme«, sagt sie, »was wird dann mit mir? Dann werde ich fett.«

Will weiß nicht, was er sagen soll. Vernunft hilft nichts, wie er weiß; das haben sie schon ausprobiert. Es würde nichts nützen, jetzt zu sagen, dass sie ein Gespenst sei, dass sie sich, wenn sie nichts isst, selbst verdauen wird, dass ihr Herz ein Muskel ist wie jeder andere Muskel und dass es verkümmern wird, wenn es keine Nahrung kriegt.

Plötzlich hat Will Hunger. Er bemerkt die Orangen und den Apfel, direkt neben ihm auf dem Nachttisch, rund, von kräftiger Farbe und mit süßem Saft gefüllt. Er möchte ein paar davon haben, aber würde er ihr etwas wegnehmen?

»Die sehen gut aus«, sagt er.

Cynthia ist wütend, als wäre es irgendein gemeiner Trick von ihm, sie zum Essen zu bringen. »Nimm dir, soviel du willst«, sagt sie. »Nimm alles. Wenn ich nur nicht zusehen muss. Du kannst sie dir in die Tasche stecken.« Sie spricht von dem Obst, als wäre es eine undifferenzierte Masse, wie kalter Haferschleim.

»Ist schon gut«, sagt Will. »Ich lasse sie dir hier.«

»Dann nimm die Blumen«, sagt Cynthia. Auch das ist eine verächtliche Geste: Er hat Bedürfnisse, sie nicht. Sie ist über alle Bedürfnisse erhaben.

Will sucht nach allem Möglichen: nach irgendeinem Haken, irgendetwas, an dem er sich festhalten kann. »Du solltest sehen, dass es dir besser geht«, sagt er, »damit du mit raufkommen kannst zur Farm. Dort gefällt es dir doch.« Das klingt selbst für ihn falsch und jovial, schmeichlerisch.

»Ich wäre nur im Weg«, sagt Cynthia, wendet den Blick von ihm und sieht aus dem Fenster. Will sieht auch hinaus. Da draußen gibt es nichts zu sehen, außer den Fenstern anderer Krankenhausgebäude. »Manchmal sehe ich, wie sie operieren«, sagt sie.

»Das würde mir gefallen«, sagt Will, ohne zu wissen, ob er

lügt. »Es wird mir an den Wochenenden einsam da oben.« Das stimmt genau, aber als er es sagt, klingt es wie eine Schmeichelei.

Cynthia sieht ihn kurz an. »Du«, sagt sie, als besäße sie ein Monopol, und wer ist er schon, dass er so redet? »Schließlich brauchst du ja nicht raufzugehen, wenn du nicht willst. Niemand zwingt dich.«

Will kommt sich schäbig vor, wie ein Arbeitsloser, der auf der Straße um eine kleine Spende bettelt. Er hat solche Männer schon gesehen und sich von ihnen abgekehrt und gedacht, wie peinlich es ihm sein würde, wenn er an ihrer Stelle wäre und sich so durchschlagen müsste. Jetzt erkennt er, dass für sie nur das Geld zählt und nicht, dass es ihm peinlich ist. Etwas dümmlich steht er neben Cynthias Bett, nachdem sein Angebot zurückgewiesen wurde.

Cynthia schenkt ihm für eine kurze Weile ihre Aufmerksamkeit. Sie sieht auf ihre Hände, die jetzt auf dem Laken ausgebreitet daliegen. Die Nägel sind pfirsichfarben, frisch angemalt. »Als ich jünger war, war ich noch hübsch«, sagt sie.

Will möchte sie schütteln, sie ist kaum achtzehn, sie hat keine Ahnung von Alter oder Zeit. Er könnte sagen: »Du bist auch jetzt hübsch«, oder er könnte sagen: »Wenn du ein bisschen zunehmen würdest, wärst du hübsch«, aber mit beidem würde er nur nach ihren Regeln handeln, und so sagt er gar nichts. Stattdessen verabschiedet er sich, gibt ihr einen raschen Kuss auf die Wange und geht, wobei er sich genauso besiegt vorkommt, wie sie es will. Es hat sich nichts geändert.

Will parkt seinen silbernen BMW auf dem Parkplatz, zieht den Schlüssel aus der Zündung, steckt ihn in seine Tasche. Dann fällt ihm ein, dass er den Schlüssel zur Hand haben sollte, um das Auto von außen abzuschließen. Das ist einer der Vorteile des BMW: Man kann sich niemals selbst aussperren. Nachdem seine Ehe auseinander gegangen war, hatte er eine Zeit lang einen Porsche gefahren. Das hatte ihm das Gefühl gegeben, ein Single zu sein und für alles bereit, aber danach ist ihm jetzt nicht mehr. Ungefähr zur selben Zeit wie von dem Auto verabschiedete er sich auch von seinem Schnurrbart.

Der Parkplatz liegt links vom Farmhaus und ist von Eisenbahnschwellen begrenzt und mit weißem zermahlenem Kies bestreut. So war es schon, als er dieses Anwesen gekauft hat, aber wahrscheinlich hätte er ihn ganz genauso angelegt. Er nimmt sich immer vor, ein paar Blumen zu pflanzen, Zinnien vielleicht, hinter den Eisenbahnschwellen, aber er hat bis jetzt noch nicht die Zeit dafür gefunden.

Er steigt aus, geht zum Kofferraum, um den Einkauf zu holen. Auf halbem Weg zum Haus fällt ihm ein, dass er vergessen hat, das Auto abzuschließen, und geht zurück, um es zu tun. Es ist hier oben nicht mehr so sicher, wie es früher war. Im vergangenen Jahr war bei ihm eingebrochen worden, ein paar Kids aus der Stadt, die eine Spritztour machten. Sie zerbrachen das Geschirr und schmierten Erdnussbutter an die Wände, tranken seinen Schnaps und schlugen die Flaschen entzwei, und wie es aussah, schliefen sie kreuz und quer in allen Betten. Sie wurden gefasst, weil sie den Fernseher mitgenommen und zu verkaufen versucht hatten. Es war alles versichert, aber Will fühlte sich gedemütigt. Jetzt sind die Kellerfenster vergittert und verriegelt, aber wenn es jemand wirklich wollte, käme er immer noch rein. Er überlegt, ob er sich einen Hund anschaffen soll.

Die Luft im Haus riecht verbraucht, als hätte sie sich zuerst erhitzt und dann abgekühlt, als hätte sie die Gerüche der Möbel aufgesogen, altes Holz, Farbe, Staub. Er ist schon mehrere Wochen nicht mehr hier gewesen. Er stellt die Einkaufstüten auf dem Küchentisch ab, öffnet die Fenster. Im Wohnzimmer steht eine Vase mit verwelkten Narzissen, das Wasser ist modrig und trüb. Er stellt die Vase nach draußen auf die Terrasse; er wird sie später entleeren.

Will hatte das Haus gekauft, nachdem seine Ehe in die Brüche gegangen war, damit er und die Jungen einen Platz hatten, an dem sie in geregelter Form ihre Zeit verbringen konnten. Auch hatte ihm seine Frau klargemacht, dass sie gern an ein paar Wochenenden frei sein würde. Das Haus war von den Leuten, die vorher hier gewohnt hatten, renoviert worden; das kam ihm gelegen, denn Will hätte nicht die Zeit gehabt, sich darum zu kümmern, obwohl er häufig Pläne für sein ideales Haus entwirft. Nicht alles hier ist so, wie er es vorgezogen hätte, aber die Bretter- und Lattenverkleidung außen gefällt ihm, und auch die große offene Küche. Trotz einer gewissen Nervosität seit dem Einbruch fühlt er sich wohl hier, wohler als in seiner Wohnung in der Stadt.

Sein früheres Haus gehört jetzt seiner Frau; er geht nicht gern dorthin. Manchmal trifft er dort jüngere Männer an, von denen sie nur mit ihrem Vornamen spricht. Jetzt, nachdem die Jungen fast erwachsen sind, macht es ihm nicht mehr so viel aus wie früher: Soll sie sich ruhig amüsieren, obwohl sie schon ein wenig allzu häufig wechselt. Als sie noch verheiratet waren, hatte sie an nichts besondere Freude, einschließlich ihm, einschließlich dem Sex. Sie hatte ihm nie gesagt, was von ihm erwartet wurde, und er hatte sie nie danach gefragt.

Will packt die Esssachen aus, räumt sie ein. Das tut er gern, steckt die Eier in die eierförmigen Löcher im Kühlschrank, legt den Spinat ins Eisfach, verstaut die Butter in dem Fach mit der Aufschrift BUTTER, schüttet die Kaffeebohnen in das Glas mit dem Aufkleber KAFFEE. Das vermittelt ihm das Gefühl, dass wenigstens einige Dinge am richtigen Platz sind. Er lässt die Steaks auf dem Küchentisch, macht den Wein auf, sucht die Kerzen. Von den beiden, die er findet, ist eine von Mäusen angenagt. Die Mäuse sind eine neue Entwicklung. Irgendwo muss ein Loch sein. Will steht noch mit der angenagten Kerze da, denkt über ein Gegenmittel nach, als er draußen ein Auto hört.

Er sieht aus dem Küchenfenster. Seit dem Einbruch ist er nicht mehr so schnell bereit, die Tür aufzumachen, ohne zu wissen, wer draußen steht. Aber es ist Diane, in einem Auto, das er noch nicht gesehen hat, einem cremefarbenen Subaru. Sie hält ihre Autos immer sehr sauber. Aus irgendeinem Grund hat sie es vorgezogen, die Auffahrt rückwärts heraufzufahren, vielleicht weil sie sich daran erinnerte, wie sie im Schnee stecken geblieben war und er ihr gesagt hatte, dass sie leichter freigekommen wäre, wenn sie in Fahrtrichtung gestanden hätte.

Er legt die Kerze auf den Küchentisch und geht in das Badezimmer im Erdgeschoss. Er lächelt sich im Spiegel an, prüft, ob nicht etwas zwischen seinen Zähnen steckt. Er sieht nicht übel aus. Dann geht er hinaus, um Diane zu begrüßen. Ihm wird klar, dass er sich bis jetzt nicht sicher gewesen war, ob sie auch wirklich kommen würde. Es könnte sein, dass er es nicht verdient hat.

Sie steigt aus dem Auto, richtet sich auf, umarmt ihn und küsst ihn auf die Wange. Sie trägt eine große Sonnenbrille mit ein paar albernen Palmen über den Augenbrauen. Diese Art Extravaganz hat Will schon immer an ihr gefallen. Er versucht auch, sie zu umarmen, aber sie will nicht zu lange festgehalten werden. »Ich hab dir was mitgebracht«, sagt sie und sucht in ihrem Wagen danach.

Will betrachtet sie, während sie sich nach vorn beugt. Sie hat einen weiten Baumwollrock an, der an der Taille eng zusammengezogen ist; sie hat stark abgenommen. Sie war ihm immer kräftig vorgekommen, mit Speck auf den Rippen und athletisch, aber jetzt ist sie geradezu spindeldürr. Als er sie in den Arm nahm, hatte sie sich gebrechlich angefühlt, reduziert.

Sie richtet sich auf und dreht sich um, wirft ihm eine Flasche Wein zu und ein rundes griechisches Brot, frisch und schwammig. Will ist beruhigt. Er legt den Arm um ihre Taille und zieht sie wieder an sich, ist bemüht, es auf eine kameradschaftliche Art zu tun, damit sie sich nicht bedrängt fühlt. »Ich freue mich, dass du da bist«, sagt er.

Diane sitzt am Küchentisch, und sie trinken Wein; Will ist mit den Steaks beschäftigt, die er mit Knoblauch einreibt und mit Pfeffer und ein oder zwei Prisen Senfkörnern bestreut. Früher hat sie ihm immer beim Kochen geholfen, sie weiß, wo alles steht. Aber an diesem Abend benimmt sie sich mehr wie ein Gast.

»Hast du in letzter Zeit irgendwelche guten Witze gehört?«, sagt sie. Das ist an sich schon ein Witz, denn es war immer Diane gewesen, die die Witze erzählte, nicht Will. Diane war es gewesen, mit der Will zusammen gewesen war, als seine Ehe aufgehört hatte, in allen Fugen zu ächzen und zu stöhnen, und am Ende zerbrochen war. Aber sie war nicht der Grund dafür gewesen, wie er ihr gegenüber immer betont hatte. Er sagte, es hätte auch jede andere sein können; er wollte nicht, dass sie sich verantwortlich fühlte. Er ist sich nicht sicher, was danach passierte, warum sie sich nicht mehr sahen. Der Sex war es nicht gewesen: Mit ihr war er ein guter Liebhaber. Er weiß, dass sie ihn gern hatte, und mit den Jungen kam sie auch gut zurecht. Aber eines Tages sagte sie: »Also, ich schätze, das war's dann wohl«, und Will hatte nicht die Geistesgegenwart, sie zu fragen, was sie meinte.

»Das ist deine Domäne«, sagt Will.

»Nur, weil du damals so traurig warst«, sagt Diane. »Ich hab versucht, dich aufzumuntern. Du bist herumgeschlichen, als hättest du was an der Schilddrüse oder so.« Sie spielt mit ihrer Sonnenbrille, die auf dem Tisch liegt. »Jetzt bist du an der Reihe.«

»Du weißt doch, dass ich mit Witzen nicht besonders gut bin«, sagt Will.

Diane nickt. »Schlechtes Timing«, sagt sie. Sie steht auf, streckt an Will vorbei die Hand zum Küchentisch aus. »Was ist damit?«, sagt sie und nimmt die angenagte Kerze. »Ist was runtergefallen?«

Sie essen an dem runden Eichentisch, den sie zusammen bei einer Auktion auf dem Land gekauft haben, einer der Bauern hatte dichtgemacht und alles verkauft. Diane hat die weißen Leinenservietten ausgegraben, die sie ihm in dem einen Jahr geschenkt hatte, und die beiden Kerzen angezündet, die angenagte und die nicht angenagte. »Ich habe es gern festlich«, sagt sie.

Jetzt entstehen Pausen, die sie beide zu füllen versuchen. Diane sagt, dass sie über Geld reden will. Es ist die richtige Zeit in ihrem Leben, um sich für Geld zu interessieren, und ist Will etwa keine Autorität? Sie verdient eine ganz schöne Menge, aber es fällt ihr schwer, etwas zu sparen. Sie möchte, dass Will ihr die Inflation erklärt.

Will möchte nicht über Geld reden, aber er tut es trotzdem, um ihr eine Freude zu machen. Ihr eine Freude machen, das würde er gern tun, aber sie scheint nicht besonders erfreut zu sein. Ihr Gesicht ist dünner und mit mehr Falten, was sie eleganter, aber unzugänglicher macht. Sie redet auch nicht mehr so viel, wie sie es früher getan hat. Er hat ihre Stimme lauter in Erinnerung, eindringlicher, sie hatte ihn oft geneckt, ihn einfach unterbrochen. Er fand es amüsant, und es lenkte ihn von sich selbst ab. Er findet, dass die Frauen ganz allgemein stiller werden: Das passt zu ihren neuen blassen Lippen. Sie wenden sich wieder Geheimnissen zu, Verhüllungen. Als hätten sie vor etwas Angst, aber Will kann sich nicht vorstellen, wovor.

Dianas halbes Steak liegt unberührt auf ihrem Teller. »Erzähl mir was von Gold«, sagt sie.

»Hast du keinen Hunger?«, fragt Will sie.

»Ich war ganz gierig«, sagt sie. »Aber jetzt bin ich voll.« Auch ihr Haar hat sich verändert. Es ist länger, mit hellen Strähnen. Alles in allem ist sie künstlicher.

»Ich bin gern mit dir zusammen«, sagt Will. »Das war ich immer.«

»Aber nicht gern genug«, sagt Diane, und dann, damit es leichter klang: »Will, du solltest eine Anzeige in die Zeitung setzen. Im NOW-Magazin unter Persönliches. ›Netter Mann in Führungsposition, mit gutem Einkommen, ohne Anhang, wünscht sich die Bekanntschaft ...‹«

»Ich schätze, ich bin nicht besonders gut mit Beziehungen«, sagt Will. In seinem Kopf versucht er, Dianes Anzeige zu vervollständigen. Wünscht sich die Bekanntschaft mit wem? Mit einer Frau, die sich nicht in dem Glas des Bildes hinter ihm betrachten würde. Eine Frau, der schmecken würde, was er kocht.

»Unsinn«, sagt Diane, in ihre alte Streitsucht zurückfallend. »Wieso glaubst du, du seist schlimmer als alle anderen?«

Will betrachtet ihre Kehle, die in dem V-Ausschnitt ihrer Bluse zu sehen ist. Er hat keinen Übernachtungskoffer bemerkt, aber vielleicht ist er im Auto. Er sagte, ohne Bedingungen.

»Es ist Vollmond heute«, sagt er. »Wir sollten nach draußen auf die Veranda gehen.«

»Noch nicht ganz«, sagt Diane und blinzelt durch das Glas. »Und es ist bestimmt kalt draußen.«

Will geht nach oben, um aus dem Zimmer der Jungen eine Wolldecke zu holen, in die sie sich einwickeln kann. Was ihm vorschwebt, sind ein paar Gläser Brandy auf der Veranda, dann wird man weitersehen. Als er wieder die Treppe herunterkommt, hört er sie im Badezimmer: Es klingt, als würde sie sich übergeben. Will gießt den Brandy ein, trägt ihn nach draußen. Er überlegt, ob er hineingehen, an die Badezimmertür klopfen soll. Wenn es nun eine Lebensmittelvergiftung ist? Er weiß, dass sie ihm Leid tun sollte, stattdessen fühlt er sich von ihr betrogen.

Aber als sie nach draußen kommt und sich neben ihn stellt, scheint mit ihr alles in Ordnung, und Will beschließt, sie nicht danach zu fragen. Er legt ihr die Decke um und lässt seinen Arm dort liegen, und Diane lehnt sich an ihn.

»Wir können uns hinsetzen«, sagt er für den Fall, dass ihr die Stellung nicht gefällt.

»Hallo«, sagt sie, »du hast ja Blumen für mich.« Sie hat die verwelkten Narzissen entdeckt. »Immer so aufmerksam. Ich wette, sie riechen auch noch.«

»Ich wollte, dass du die Frösche hörst«, sagt Will. »Die Zeit der Frösche ist bald zu Ende.« Die Frösche leben im Teich, unterhalb der Rasenböschung. Oder vielleicht sind es Kröten, genau hat er es nie gewusst. Für Will sind sie der Frühling und der Sommeranfang: Möglichkeiten, Erneuerung. Ihre silbernen Stimmen erfüllen jetzt die Luft um sie herum, wie Grillen, aber anhaltender, süßer.

»Was für ein Mann«, sagt Diane. »Für die einen sind es Nachtigallen, für andere Frösche. Nächstens kriege ich eine Schachtel Schnecken mit Schokoladenguss, was?«

Will würde sie gern küssen, aber der Zeitpunkt ist schlecht

gewählt. Sie zittert leicht; sie fühlt sich steif an in seinem Arm, verlegen, als würde sie ihren Körper von ihm fern halten, wenn auch nicht völlig. Sie stehen da und sehen den Mond an, der kalt und schief ist, und lauschen dem Trillern der Frösche. Es hat nicht die Wirkung auf Will, die er sich erhofft hat. Die Stimmen, die aus der Dunkelheit hinter dem Hügel kommen, hören sich dünn und kläglich an. Und es sind auch nicht mehr so viele Frösche, wie es früher waren.

Scharlachroter Ibis

Vor ein paar Jahren fuhr Christine mit Don nach Trinidad. Sie nahmen Lilian mit, ihr jüngstes Kind, das vier war. Die anderen, die in die Schule gingen, blieben bei ihrer Großmutter.

Christine und Don saßen neben dem Schwimmbecken des Hotels in der feuchten Hitze, tranken Rumpunsch und aßen komisch schmeckende Hamburger. Lilian wollte die ganze Zeit im Wasser sein – sie konnte schon ein bisschen schwimmen –, aber Christine hielt es für keine gute Idee, wegen der Sonne. Christine rieb sich die Nase mit einem Sonnenschutzmittel ein und auch die Nasen von Lilian und Don. Sie hatte das Gefühl, dass ihre Beine zu weiß waren und dass die Leute sie ansahen und ein bisschen lächerlich fanden wegen ihrer rosig-weißen Haut und dem großen Hut, den sie aufhatte. Höchstwahrscheinlich hatten die jungen schwarzen Kellner, die den Rumpunsch und die Hamburger brachten, die leichtfüßig durch die Sonne gingen, ohne sie groß zu beachten, die untereinander Späße rissen, aber eine ernste Miene aufsetzten, wenn sie die Gläser und Teller hinstellten, sie schon irgendeiner Kategorie zugeordnet, einer, die mit Fett zu tun hatte, obwohl sie nicht direkt fett war. Sie sagte zu Don, dass er vielleicht zu viel Trinkgeld gab. Don sagte, er sei müde.

»Du warst schon vorher müde«, sagte Christine. »Deshalb

sind wir ja hier, weißt du noch? Damit du dich ein bisschen ausruhen kannst.«

Don legte sich nachmittags immer hin, lag in ihrem Doppelbettzimmer auf dem Rücken ausgestreckt auf dem einen der beiden Betten – Lilian hatte ein Klappbett – mit leicht geöffnetem Mund, während seine Gesichtshaut durch die Schwerkraft nach unten und zu den Ohren hin gezogen wurde, so dass er in dieser Stellung straffer, schmaler und adlerhafter aussah als sonst. Mehr wie ein Toter, dachte Christine und schaute genauer hin. Menschen, die auf dem Rücken in Särgen lagen, sahen – ihrer begrenzten Erfahrung nach – gewöhnlich so aus, als hätten sie an Gewicht verloren. Dieses Bild von Don in einem Sarg war ihr in letzter Zeit beunruhigend oft durch den Kopf gegangen.

Es war aussichtslos, zu hoffen, dass Lilian auch ein Mittagsschläfchen absolvieren würde, deshalb ging Christine mit ihr hinunter zum Swimmingpool oder versuchte sie stillzuhalten, indem sie zusammen mit ihr mit Leuchtstiften malte. In diesem Alter malte Lilian immer nur Frauen und Mädchen, die modisch gekleidet waren, mit weiten Röcken und einer Menge Schmuck. Sie lächelten immer und hatten rote, geschwungene Münder und unnatürlich lange dicke Augenwimpern. Sie standen auf keinem Boden – Lilian malte noch keinen Boden in ihren Bildern –, sondern glitten auf dem Papier dahin, als trieben sie mit ausgebreiteten Armen, die Füße an der anderen Seite ihrer Röcke und das kunstvoll angeordnete Haar rings um den Kopf wogend, auf der Oberfläche eines Teichs. Manchmal fügte Lilian ein paar Vögel oder die Sonne hinzu, wodurch diese Frauen wie riesige Luftballons aussahen, als hätte sich der Wind unter ihren Röcken gefangen und trüge sie mit sich davon, so leicht wie Federn, weit weg von allem. Aber wenn man Lilian fragte, sagte sie, diese Frauen würden gehen.

Nachdem so ein paar Tage vergangen waren und sie an die Hitze längst hätten gewöhnt sein sollen, fand Christine, dass sie sich aus dem Hotel herauswagen und etwas unternehmen könnten. Sie wollte nicht allein einkaufen gehen, auch wenn Don es ihr nahe legte; sie hatte das Gefühl, dass ihr nichts, was sie anprobierte, dazu verhelfen würde, besser auszusehen, oder, genauer gesagt, dass es völlig egal war, wie sie aussah. Sie versuchte sich irgendeine andere Ablenkung einfallen zu lassen, vor allem wegen Don. Don wirkte nicht gerade erholter, obwohl er einen Sonnenbrand hatte – der ihn aber keineswegs gesünder erscheinen ließ, sondern eher wütend –, und er fing auch schon wieder an, mit den Fingern auf die Tischplatte zu trommeln. Er sagte, er habe einen schlechten Schlaf: schlimme Träume, an die er sich später nicht erinnern konnte. Außerdem bekam er von der Klimaanlage eine verstopfte Nase. Er habe in letzter Zeit ziemlich unter Druck gestanden, sagte er.

Das war Christine nicht neu. Sie fühlte den Druck, unter dem er stand, wie einen festen Klumpen, von Gewebe, von festgewordenem, geronnenem Blut, hinten in ihrem Kopf. Sie stellte sich Don unter einer Art Metallschale vor, wie ein Krebs, die sich langsam immer fester um ihn schloss, von allen Seiten zugleich, so dass bald irgendetwas platzen musste, wie ein Daumen, der zwischen einer Autotür steckt und langsam zerquetscht wird. Sein ganzer Körper war von dieser Metallhülle umschlossen, und Christine wusste nicht, wie sie ihm dabei helfen sollte, sie aufzukriegen, um ihn rauszulassen. Sie hatte das Gefühl, als würde er all ihre fürsorglichen Dienste – die kalten Waschlappen für seine Kopfschmerzen, die Gänge zur Apotheke, um diese oder jene Pillen zu besorgen, die vielen Stunden, in denen sie auf Zehenspitzen herumging, das Telefon abstellte, Lilian ruhig hielt, vor allem aber, ihn überhaupt zu ertragen, was am anstrengendsten war – kaum wahrnehmen – wie Motten, die von außen gegen ein erleuchtetes Fenster flattern, hinter dem sich jemand wichtige Gedanken über etwas machte, das von größter Bedeutung war und nichts mit Motten zu tun hatte. Zum Beispiel waren diese Ferien ihre Idee gewesen, aber Don wurde immer nur röter und röter.

Unglücklicherweise war gerade kein Karneval. Es gab Restaurants, aber Lilian hasste es stillzusitzen, und was Don auf keinen Fall gebrauchen konnte, war noch mehr Essen und vor allem noch mehr Alkohol. Christine wünschte, Don würde irgendeinen Sport ausüben, aber wenn man seinen Charakter bedachte, würde er es bestimmt übertreiben und sich irgendwas brechen.

»Ich hatte einen Onkel, der damit anfing, Teppiche zu knüpfen«, sagte sie eines Abends nach dem Essen zu ihm. »Als er in Rente ging. Er bekam sie in Schachteln. Er sagte, er fände es sehr erholsam.« Die Tante, die zu diesem Onkel gehörte, sagte immer: »In guten und in schlechten Zeiten, aber nicht zum Mittagessen, das habe ich nie gesagt.«

»Um Himmels willen, Christine«, war alles, was Don dazu zu sagen hatte. Er hatte noch nie viel von ihren Verwandten gehalten. Seiner Ansicht nach gab Christine noch immer keinen allzu guten Rohstoff ab. Christine blickte nicht voraus bis in die Zeit, wenigstens zwanzig Jahre entfernt, wenn er den ganzen Tag zu Hause sein würde, rastlos auf und ab gehend und mit den Fingern auf Tischplatten trommelnd, und etwas von ihr verlangen würde, was auch immer es sein mochte, das sie niemals verstehen und niemals würde geben können.

Am Morgen, als die beiden zu frühstücken begannen, ging Christine mutig zum Hotelempfang. Dort fand sie hinter dem Tresen ein dünnes, elegantes braunes Mädchen, in Zitronengrün, mit Rasta-Perlen und *Vogue*-Make-up wie Spaghetti um das Telefon gewickelt. Christine, die sich heiß und großporig fühlte, fragte, ob es irgendwelche Unterlagen über Dinge gäbe, die man tun konnte. Das Mädchen, dessen Augen über Christine hinweg und an ihr vorbei glitten, als wäre sie irgendein unbedeutendes architektonisches Merkmal, suchte und stellte eine Sammlung Broschüren zusammen, während sie weiter leise ins Telefon lachte.

Christine nahm die Broschüren mit in die Damentoilette, um sie sich vorher anzusehen. Nicht der Strand, wegen der Sonne. Nicht die Boutiquen, nicht die Nachtclubs, nicht die Andenken an das alte Spanien.

Sie betrachtete ihr Gesicht im Spiegel, legte ein bisschen Lippenstift auf die Lippen, die schmal und zusammengekniffen aussahen. Sie musste wirklich etwas für sich tun, bevor es zu spät war. Dann ging sie zurück zum Frühstückstisch. Lilian sagte, dass die Pfannkuchen nicht so gut wären wie die zu Hause. Don sagte, dass sie sie aufessen müsse, weil sie sie bestellt habe, und wenn sie alt genug war, um für sich selbst zu bestellen, dann war sie auch alt genug, um zu wissen, dass sie Geld kosteten und nicht einfach verschwendet werden durften. Christine überlegte, ob es schlecht war, ein Kind zu zwingen, alles zu essen, was auf seinem Teller lag, ob es ihm schmeckte oder nicht: vielleicht würde Lilian dann später Fett ansetzen.

Don aß Schinken mit Ei. Christine hatte Don gebeten, für sie Joghurt und frisches Obst zu bestellen, aber vor ihrem Platz stand nichts.

»Sie hatten es nicht«, sagte Don.

»Hast du denn nicht irgendetwas anderes bestellt?«, fragte Christine, die jetzt Hunger hatte.

»Woher soll ich wissen, was du willst?«, gab Don zurück.

»Wir werden uns den Scharlachroten Ibis ansehen«, eröffnete Christine fröhlich ihrer Tochter. Sie würde darum ersuchen, ihr noch einmal die Speisekarte zu bringen, damit sie etwas anderes bestellen konnte.

»Was?«, sagte Don. Christine reichte ihm die Prospekte, auf denen ein paar rote Vögel mit langen gebogenen Schnäbeln auf einem Baum saßen; es gab noch ein anderes Bild von einem aus der Nähe, im Profil, mit einem wahnsinnig anmutenden Auge, das wie eine Zielscheibe aus seinen roten Federn starrte.

»Sie sind sehr selten«, sagte Christine und sah sich nach einem Kellner um. »Es ist ein Reservat.«

»Du meinst ein Gehege«, sagte Don, der die Broschüre las. »In einem Sumpf? Wahrscheinlich voller Moskitos.«

»Da will ich nicht hin«, sagte Lilian und schob Teile des Pfannkuchens in einer Pfütze aus wässrigem Sirup herum. Darüber beschwerte sie sich auch, dass es nicht der richtige Sirup war.

»Imitierter Ahorn-Geschmack«, sagte Don, der das Etikett las.

»Du weißt nicht mal, was es ist«, sagte Christine. »Wir werden Insektenspray mitnehmen. Auf jeden Fall würden sie dort gar keine Touristen hinlassen, wenn es so viele Moskitos gäbe. Es ist ein Mangrovensumpf, das ist nicht dasselbe wie die bei uns.«

»Ich hole mir eine Zeitung«, sagte Don. Er stand auf und entfernte sich. Seine Beine, die aus den Bermuda-Shorts ragten, waren noch immer sehr weiß, mit einem Anflug von Rosa hinten auf den Waden. Sein Körper, der früher muskulös gewesen war, verlor allmählich die Form, rutschte in Richtung Taille und Gesäß nach unten ab. Er begann sich irgendwie leicht zu senken. Von hinten hatte er das lasche, demoralisierte Aussehen eines Mannes, den man in eine Anstalt gesperrt hat, auch wenn er von vorne noch ganz frisch wirkte.

Während Christine ihn weggehen sah, verspürte sie, wie so oft in diesen Tagen, Übelkeit. Vielleicht fühlte er sich ihretwegen unter Druck gesetzt. Vielleicht war sie eine Last. Vielleicht wollte er, dass sie abhob, irgendwohin flog, wie ein Drachen, die Kinder an einer langen Leine hinter sich. Sie wusste nicht, wann ihr dieses Gefühl zum ersten Mal aufgefallen war, wahrscheinlich erst, nachdem es schon einige Zeit da gewesen war, wie ein Klopfen an der Haustür, wenn man schlief. Es hatte eine Verschiebung der Kräfte gegeben, ungesehen, ungehört, unter der Oberfläche, riesige Steine hatten sich aneinander gerieben; es war ein ungeheurer Schaden entstanden, aber wer hätte sagen können, wann?

»Iss deinen Pfannkuchen«, sagte sie zu Lilian, »sonst wird dein Vater noch böse.« Er würde auf jeden Fall böse sein: Sie machte ihn böse. Selbst wenn sie miteinander schliefen, was nicht mehr häufig vorkam, geschah es mechanisch, als würde er nach ganz etwas anderem lauschen, einem Telefonanruf, einem Schritt. Er war wie ein Mann, der sich kratzte. Sie war wie seine Hand.

Christine hatte ein Szenarium vor sich, das sie oft durchspielte. So wie sie früher in der High-School die Szenarien des Umwerbens durchgespielt hatte: Flirt, Verfolgung, freudige Hingabe. Dies war allerdings ein Szenarium für Erwachsene. Eines Abends, wenn Don nach dem Essen vom Tisch aufstand, würde sie zu ihm sagen: »Bleib da.« Er wäre von ihrer Stimme so überrascht, dass er bleiben würde.

»Ich möchte nur, dass du dort sitzen bleibst und mich ansiehst«, würde sie sagen.

Er würde nicht sagen: »Um Himmels willen, Christine.« Er würde wissen, dass es etwas Ernstes war.

»Ich verlange nicht viel von dir«, würde sie sagen, und es wäre eine Lüge.

»Was ist denn los?«, würde er fragen.

»Ich will, dass du weißt, wie ich wirklich aussehe«, würde sie sagen. »Ich habe es satt, unsichtbar zu sein.« Vielleicht würde er es tun, vielleicht aber auch nicht. Vielleicht würde er erwidern, dass er Kopfschmerzen hat. Vielleicht würde sie feststellen, dass sie keinen Boden unter den Füßen hat, weil keiner vorhanden ist. Sie war bis jetzt noch nicht einmal in die Nähe des Anfangs gekommen, um den ersten Befehl zu erteilen: »Platz«, als wäre er ein dressierter Hund. Aber das war es doch, was sie von ihm wollte, oder nicht? »Hierher« kam der Sache schon näher. Er hatte nicht immer unter Druck gestanden.

Wenn Lilian erst einmal alt genug war, dachte Christine, würde sie wieder ganztags arbeiten. Sie konnte ihr Maschineschreiben und ihr Steno auffrischen, sich etwas suchen. Das würde ihr gut tun; sie würde sich nicht mehr so sehr auf Don konzentrieren, sie würde einen Grund haben, besser auszusehen, sie würde entweder neue Szenarien finden oder dasjenige durchspielen, von dem sie erfüllt war. Vielleicht bildete sie sich auch alles nur ein, das mit Don. Es könnte bloß eine Form von Trägheit sein.

Christines Vorbereitungen für den Nachmittag waren gründlich. In einem Drugstore kaufte sie ein Mückenschutzmittel und eine Tafel Schokolade. Sie nahm zwei Halstücher mit, eins für sich, eins für Lilian, für den Fall, dass die Sonne schien. Der große Hut würde wegfliegen, dachte sie, da sie in einem Boot fahren würden. Nach einer kurzen Diskussion mit einem der Kellner, der sagte, dass sie Getränke nur in Flaschen haben könne, gelang es ihr, drei Dosen Pepsi zu kaufen, ungekühlt. All das packte sie in ihren Beutel, eigentlich Lilians Beutel, der orange und gelb und blau gestreift war, mit einem Micky-

Maus-Bild obendrauf. Sie hatte ihn für die Spielsachen benutzt, die Lilian im Flugzeug mitgebracht hatte.

Nach dem Mittagessen nahmen sie ein Taxi, zuerst durch die heißen Straßen der Stadt, in denen die Gehwege zu schmal oder gar nicht vorhanden waren und die Leute sich auf der Fahrbahn drängelten und viel gehupt wurde, dann draußen durch die Schilfrohrfelder, wo die Straße immer holpriger wurde und der Fahrer immer schneller fuhr. Er hatte das Autoradio an, das Fenster an der linken Seite war heruntergedreht, und er steckte den Ellbogen hinaus, und ganz hinten auf seinem Kopf saß eine rosafarbene Jockeymütze. Christine hatte ihm die Broschüre gezeigt und ihn gefragt, ob er wüsste, wo der Sumpf war; er hatte sie angegrinst und gesagt, das wüsste doch jeder. Er sagte, er könnte sie hinbringen, aber es war zu weit, um hin- und wieder zurückzufahren, und so würde er dort auf sie warten. Christine wusste, dass es so teurer sein würde, stritt sich aber nicht deswegen.

Sie kamen an einem Mann vorbei, der auf einem Esel ritt, und neben der Straße gingen zwei Kühe, an deren Hals Seile befestigt waren, mit denen sie Steine zogen. Christine zeigte es Lilian. Die kleinen Häuser zwischen dem hohen Schilf waren aus Zementblöcken gebaut und hellgrün oder pink oder hellblau gestrichen; sie waren auf frei stehenden Fundamenten errichtet, fast wie auf Stelzen. Die Frauen, die auf den Stufen saßen, drehten, ohne zu lächeln, ihre Köpfe nach ihnen um und sahen dem Taxi nach, als es vorbeifuhr.

Lilian fragte Christine, ob sie einen Kaugummi habe. Christine hatte keinen. Lilian fing an, auf den Fingernägeln zu kauen, das tat sie, seit Don unter Druck stand. Christine befahl ihr, damit aufzuhören. Dann erklärte Lilian, dass sie baden gehen wolle. Don sah aus dem Fenster. »Wie lange bis dahin, sagtest du?«, fragte er. Es war ein Vorwurf, keine Frage.

Christine hatte nicht gesagt, wie lange, weil sie es nicht wusste; sie wusste es nicht, weil sie zu fragen vergessen hatte. Schließlich bogen sie von der Hauptstraße in eine kleinere, schmutzigere ab und parkten auf einem zerfurchten Platz, der früher zu einem Feld gehört hatte, neben ein paar anderen Autos.

»Ich warte hier«, sagte der Fahrer. Er stieg aus dem Wagen, streckte sich, drehte das Autoradio lauter. Es hingen noch einige andere Fahrer herum, manche im Wagen, andere saßen auf der Erde und tranken aus einer Flasche, die sie herumreichten, einer schlief.

Christine nahm Lilians Hand. Sie wollte nicht dumm dastehen und erst fragen müssen, wo sie als Nächstes hingehen sollten. Sie sah nirgendwo etwas, das wie ein Kartenschalter aussah.

»Es muss die Hütte dort sein«, sagte Don, und so gingen sie dorthin, zu einem langen Schuppen mit einem Blechdach; auf der andern Seite war ein steiles Ufer, und dort begann das Wasser. Eine Holztreppe führte nach unten zu einer Anlegestelle, die von der gleichen bräunlichen Farbe war wie das Wasser. Mehrere Boote waren daran befestigt, alle von derselben Bauart: lang und schmal, fast wie Hausboote, mit bankartigen Sitzreihen. Jedes Boot hatte hinten einen kleinen Außenbordmotor. Die Namen, die auf die Boote gepinselt waren, wirkten ostindisch.

Christine nahm die Schals aus ihrer Tasche und befestigte einen auf ihrem eigenen und den anderen auf Lilians Kopf. Obwohl es sich bewölkte, war die Sonne noch sehr grell, und sie wusste von den Strahlen, die durch die Wolken drangen, vor allem in den Tropen. Sie fettete ihre Nasen mit einem Sonnenschutzmittel ein und stellte fest, dass die Tafel Schokolade eine alberne Idee gewesen war. Bald würde sie ein brauner

Tümpel im Boden ihrer Tasche sein, die Gott sei Dank wasserdicht war. Don ging hinter ihnen auf und ab, während sich Christine auf den Boden kniete.

Von dem Wasser stieg ein seltsamer Geruch auf: ein Sumpfgeruch, aber mit noch etwas anderem vermischt. Christine überlegte, ob es Abwässer sein könnten. Sie war froh, dass sie Lilian dazu gebracht hatte, auf die Toilette zu gehen, bevor sie losgefahren waren.

Es schien niemand da zu sein, der zuständig war, niemand, bei dem man die Karten kaufen konnte, obwohl schon mehrere Leute neben dem Schuppen standen, wahrscheinlich warteten: zwei untersetzte Männer mittleren Alters in T-Shirts und mit verkehrt herum aufgesetzten Baseballkappen, ein sportliches Paar in Shorts mit aufgesetzten Taschen, die mit Kameras und Ferngläsern voll gepackt waren, eine aufgetakelte grauhaarige Frau in einem rosafarbenen sommerlichen Schneiderkostüm, das bestimmt viel zu warm war. Am Rand stand noch eine Frau, eine etwas üppige Frau in einem Kleid mit aufgedruckten Blumen. Sie hatte auf dem Unkrautacker neben der Hütte ein mexikanisch aussehendes Tuch ausgebreitet, auf dem sie saß und mit einem Strohhalm eine Orangensaftschachtel austrank. Die andern sahen alle ausgetrocknet und schlaff aus, aber diese Frau nicht. Für sie schien Warten etwas Aktives zu sein, nichts, was ihr aufgezwungen war: Sie sah sich um, blickte zum Ufer, zum braunen Wasser, zu den trübsinnigen Mangrovenbäumen dahinter, als würde sie jede einzelne Minute genießen.

Diese Frau schien am ehesten ansprechbar, und so ging Christine zu ihr hinüber. »Sind wir hier richtig?«, sagte sie. »Für die Vögel?«

Die Frau lächelte ihr zu und sagte, sie wären richtig. Sie hatte ein breites Gesicht mit hohen, fast slawischen Backenknochen und runden roten Wangen wie die einer altmodischen Holzpuppe, außer, dass sie nicht angemalt waren. Ihr sahnebonbonfarbenes Haar war in Wellen und Rollen gelegt und erinnerte Christine an die Bilder auf den Schachteln der Toni-Heimdauerwelle vor mehreren Jahrzehnten.

»Wir fahren bald los«, sagte die Frau. »Haben Sie die Vögel schon mal gesehen? Sie kehren nur bei Sonnenuntergang zurück. Die übrige Zeit sind sie beim Fischen.« Wiederum lächelte sie, und Christine dachte, wie schade es war, dass sie in ihrer Jugend keine Spangen getragen hatte, um ihre Zähne zu begradigen.

Es war ihr zweiter Besuch im Reservat der Scharlachroten Ibisse, erzählte sie Christine. Der erste war vor drei Jahren gewesen, als sie auf ihrem Weg nach Südamerika mit ihrem Mann und ihren Kindern hier Halt gemacht hatte. Diesmal waren ihr Mann und ihre Kinder im Hotel geblieben: sie hatten schon so lange keinen Swimmingpool mehr gesehen. Sie und ihr Mann wären Mennoniten-Missionare, sagte sie. Ihr selbst schien es nicht peinlich zu sein, aber Christine errötete ein wenig. Sie war im anglikanischen Glauben erzogen, aber das Einzige, was ihr davon geblieben war, waren die von ihr bevorzugten Weihnachtskarten: Drucke von mittelalterlichen oder alten Meistern der Renaissance. Ernsthaft religiöse Menschen machten sie nervös: sie waren wie die Männer in Regenmänteln, die Blitzer sein konnten oder nicht. Man ging ganz normal neben ihnen, und dann kam plötzlich eine schnelle Bewegung, und man sah nach unten und stellte fest, dass der Mantel weit geöffnet und darunter nichts weiter war als ein kleines Höschen, von Gummibändern gehalten. Das war Christine einmal auf einem Bahnhof passiert.

»Wie viel Kinder haben Sie?«, sagte sie, um das Thema zu wechseln. Die breiten Hüften deuteten auf eine Mennonitin hin: Bei ihnen waren Frauen, die eine Menge Kinder kriegen konnten, gefragt.

Das Lächeln mit den schiefen Zähnen der Frau blieb bestehen. »Vier«, sagte sie, »aber eins ist tot.«

»Oh«, sagte Christine. Es war nicht klar, ob bei den vieren das tote mit eingeschlossen war oder ob es noch extra dazukam. Immerhin war sie so klug, nicht »wie schlimm« zu sagen. Ein solcher Kommentar würde mit Sicherheit etwas über den Willen Gottes bei der Frau auslösen, und damit wollte sie sich jetzt nicht befassen. Sie sah sich nach Lilian um, wo sie war, drüben bei Don. Die meiste Zeit war Lilian ein Geschenk, aber es gab auch Augenblicke, in denen das Mädchen, ihr selbst unbegreiflich, von plötzlichem Verschwinden bedroht war. »Da drüben, das ist mein kleines Mädchen«, sagte Christine und merkte sofort, dass diese Bemerkung gefühllos war, aber die Frau lächelte auf eine Weise weiter, die Christine jetzt unheimlich vorkam.

Ein kleiner brauner Mann in einem Hemd mit hawaiischem Muster kam hinter dem Schuppen hervor und lief schnell die Stufen zum Anlegeplatz hinunter. Er kletterte in eins der Boote und versenkte den Außenbordmotor im Wasser.

»Vielleicht tut sich jetzt was«, sagte Don. Er war hinter ihr näher gekommen, aber er redete mehr mit sich selbst als mit ihr. Manchmal fragte sich Christine, ob er auch so redete, wenn sie gar nicht da war.

Ein zweiter Mann, Ostinder wie der erste, auch mit Hula-Tänzer-Hemd, stand oben an der Treppe, und es sah so aus, als sollten sie hinübergehen. Er nahm ihr Geld und gab dafür jedem von ihnen eine Geschäftskarte; auf der einen Seite war ein buntes Bild von einem Ibis, auf der anderen ein Name und eine Telefonnummer. Sie gingen im Gänsemarsch die Stufen hinunter, und der erste Mann half ihnen ins Boot. Als sie alle saßen – Don, Christine, Lilian und die Frau im rosa Kostüm dicht gedrängt in einer Reihe, die beiden Männer mit den Baseballkappen vor ihnen, die Mennonitin und das Paar mit den Kameras ganz vorn –, stieß der zweite Mann das Boot ab und sprang leichtfüßig in den Bug. Nach mehreren Versuchen kriegte der erste Mann den Motor an, und sie tuckerten langsam zu einer Öffnung zwischen den Bäumen und ließen eine schmale Rauchspur hinter sich zurück.

Es war jetzt wolkiger und nicht so heiß. Christine sprach mit der Frau im rosa Kostüm, deren blondes Haar elegant hochgesteckt war. Sie käme aus Wien, sagte sie; ihr Mann befand sich auf einer Geschäftsreise hier. Sie war zum ersten Mal auf dieser Seite des Atlantischen Ozeans. Die Strände seien wunderbar, viel schöner als die am Mittelmeer. Christine machte ihr Komplimente wegen ihres guten Englisch, und die Frau lächelte und sagte zu ihr, was für ein hübsches kleines Mädchen sie habe, und Christine sagte, Lilian würde noch eingebildet werden, ein Begriff, den die Frau noch nicht in ihrem Wortschatz hatte. Lilian schwieg; sie hatte das Armband der Frau entdeckt, das aus Silber und reich verziert war. Die Frau zeigte es ihr. Christine begann die Exkursion zu gefallen, trotz der Tatsache, dass die beiden Männer vor ihr zu laut redeten. Sie tranken Bier aus Dosen, die sie in einer Papiertüte mitgebracht hatten. Sie machte eine Dose Pepsi auf und teilte sie sich mit Lilian. Don wollte nichts.

Sie waren jetzt in einem Kanal; sie sah die Bäume an, auf beiden Seiten, alle völlig gleich, mit dunklen Blättern, die sich auf Unmengen spindeldünner Wurzeln aus dem Wasser erhoben. Sie wusste nicht, wie lange sie schon fuhren.

Es fing zu regnen an, kein Platzregen, aber ziemlich kräftig, große kalte Tropfen. Die Frau aus Wien sagte: »Es regnet«, riss in spöttischer Verwunderung die Augen auf, streckte die Hand aus und sah zum Himmel, wie jemand in einem Bilderbuch für Kinder. Das war Lilian zuliebe. »Wir werden nass«, sagte sie. Sie holte ein weißes besticktes Taschentuch aus ihrer Tasche und breitete es über ihrem Kopf aus. Lilian war von dem Taschentuch entzückt und fragte Christine, ob sie auch eins haben könnte. Don sagte, das hätten sie wissen müssen, weil es hier immer am Nachmittag regnete.

Die Männer mit den Baseballkappen zogen die Schultern ein, und einer von ihnen sagte zu dem Inder im Bug: »He, wir werden ganz nass!«

Der scheue, aber verschlossene Ausdruck des Inders blieb unverändert; mit offensichtlichem Zögern zog er von irgendwo unter dem Vordersitz eine zusammengerollte Plastikplane hervor und reichte sie den beiden Männern. Sie verbrachten einige Zeit damit, sie auseinander zu rollen und auszubreiten, und dann halfen alle dabei mit, das Stück Plastik wie ein Dach über ihre Köpfe zu halten, während das Boot mit unverminderter Geschwindigkeit zwischen den Mangrovenbäumen und dem Dampf oder Nebel dahinglitt, der jetzt überall um sie herum aufstieg.

»Ist das nicht abenteuerlich?«, sagte Christine, es war an Lilian gerichtet. Lilian biss sich auf die Fingernägel. Der Regen klatschte herunter. Don sagte, er wünschte, er hätte eine Zeitung mitgebracht. Die Männer mit den Baseballkappen begannen zu singen, hörten sich merkwürdig an, wie Jungen in einem Sommerlager, die sich eines Tages schlafen gelegt hatten, um dreißig Jahre später wieder zu erwachen, ohne sich der schlimmen Veränderungen bewusst zu sein, die mit ihnen vorgegangen waren: das Wachstum und das Schwinden von Haaren und Fleisch, der Wechsel von den einst klaren zu den trüben Stimmen, die jetzt, misstönend, unrhythmisch, sangen:

»Die Mädchen in der Army,
die sollen klasse sein,
sie versprechen Betty Grable
und geben dir Frankenstein …«

Ihr Bier war noch immer nicht alle. Einer von ihnen leerte eine Dose und warf sie über Bord, und sie hüpfte für einen Augenblick neben dem Boot auf und ab, bevor sie zurückblieb, ein hellroter Fleck in der grenzenlosen Weite des trüben Grün und des trüben Grau. Christine kam sich tugendhaft vor: sie hatte ihre Pepsi-Dose sorgfältig in ihren Beutel gesteckt, um sie später in den Müll zu werfen.

Dann hörte der Regen auf, und nachdem sie eine Weile darüber diskutiert hatten, ob er wieder anfangen würde oder nicht, rollten die beiden Männer mit den Baseballkappen die Plastikplane wieder auf. Während sie noch dabei waren, gab es einen dumpfen Schlag. Das Boot schaukelte heftig, und der Mann, der stand, wäre fast über Bord gefallen, setzte sich aber dann mit einem Ruck wieder hin.

»Was, zum Teufel?«, sagte er.

Hinten im Boot legte der Inder den Rückwärtsgang ein.

»Wir sind gegen etwas gestoßen«, sagte die Frau aus Wien. Sie faltete die Hände, eine weitere klassische Geste.

»Offensichtlich«, sagte Don mit gedämpfter Stimme. Christine lächelte Lilian zu, die ein ängstliches Gesicht machte. Das Boot begann wieder vorwärts zu fahren.

»Wahrscheinlich eine Mangrovenwurzel«, sagte der Mann mit den Kameras und drehte sich halb herum. »Sie wachsen unter dem Wasser heraus.« Er gehörte zu den Leuten, die so etwas wussten.

»Oder ein Alligator«, sagte einer der Männer mit den Baseballkappen. Der andere Mann lachte.

»Er macht nur Spaß, Liebling«, sagte Christine zu Lilian.

»Aber wir sinken«, sagte die Frau aus Wien und deutete mit einer ausgestreckten Hand, einem dramatischen Finger.

Dann sahen alle, was sie vorher noch nicht bemerkt hatten. Es war ein Loch im Boot, ziemlich weit vorn, direkt über der Plattform aus losen Brettern, die als Boden dienten. Es hatte die Größe einer kleinen Faust. Was immer sie gerammt hatten, war direkt durch das Holz gestoßen, als wäre es aus Pappe. Es strömte Wasser herein.

»Dieser Kahn muss völlig verrottet sein«, murmelte Don, diesmal direkt an Christine gewandt. Das war eine Rolle, die sie manchmal zugeteilt bekam, wenn sie mit anderen Leuten zusammen waren, die Don nicht kannte: die der Zuhörerin. »Das passiert immer mit ihnen in den Tropen.«

»He«, sagte einer der Männer mit den Baseballkappen. »Ihr da vorn. Es ist ein Loch in dem verdammten Boot.«

Der Inder warf über die Schulter einen Blick zu dem Loch hin. Er zuckte die Achseln, sah wieder weg, angelte in der Brusttasche seines Hawaihemds nach einer Zigarette.

»He. Drehen Sie um«, sagte der Mann mit den Kameras.

»Könnten wir das Boot nicht erst reparieren und dann noch mal losfahren?«, sagte Christine, in der Absicht zu schlichten. Sie sah zu der Mennonitin, hoffte auf Unterstützung, aber die drehte ihr den breiten geblümten Rücken zu.

»Wenn wir zurückfahren«, antwortete der Inder geduldig – er verstand also doch Englisch –, »verpassen Sie die Vögel. Dann ist es zu dunkel.«

»Ja, aber wenn wir weiterfahren, gehen wir unter.«

»Sie werden nicht untergehen«, sagte der Inder. Er hatte eine Zigarette gefunden, bereits halb aufgeraucht, und zündete sie an.

»Das ist für ihn nichts Neues«, sagte die größere der beiden

Baseballkappen. »Er hat jede Woche ein Loch in dem verdammten Boot. Das hat nichts zu bedeuten.«

Immer mehr braunes Wasser floss herein. Das Boot fuhr weiter.

»Richtig«, sagte Don, diesmal laut und zu allen. »Er denkt, wenn wir die Vögel nicht sehen, zahlen wir ihm nichts.«

Das leuchtete Christine ein. Für die Inder war es eine Menge Geld. Wahrscheinlich konnten sie das Benzin nicht bezahlen, wenn sie das Fahrgeld verloren. »Wenn Sie zurückfahren, zahlen wir Ihnen trotzdem«, rief sie dem Inder zu. Normalerweise hätte Don diesen Vorschlag gemacht, aber sie bekam es allmählich mit der Angst zu tun.

Entweder hörte der Inder sie nicht, oder er traute ihnen nicht, oder es war nicht das, was er sich unter einem fairen Geschäft vorstellte. Er lächelte nicht und gab auch keine Antwort.

Ein paar Minuten lang saßen sie alle da, warteten darauf, dass das Problem gelöst wurde. Die Bäume glitten an ihnen vorüber. Schließlich sagte Don: »Wir schöpfen lieber. Wenn das so weitergeht, sind wir in ungefähr einer halben Stunde in ernsten Schwierigkeiten.«

»Ich hätte nicht kommen sollen«, sagte die Frau aus Wien im Tonfall tragischer Verzweiflung.

»Womit?«, sagte der Mann mit den Kameras. Die Männer mit den Baseballkappen hatten sich umgedreht und sahen Don an, als verdiene er ihre Aufmerksamkeit.

»Mummy, gehen wir jetzt unter?«, sagte Lilian.

»Natürlich nicht, Liebling«, sagte Christine. »Das würde Daddy nicht zulassen.«

»Mit allem, was wir haben«, sagte der größere der Baseballkappenmänner. Er schüttete den Rest seines Biers über die Bordwand. »Haben Sie ein Taschenmesser?«, sagte er.

Don hatte keins, aber der Mann mit den Kameras. Sie sahen zu, wie er den Deckel aus der Dose schnitt, sich hinkniete, ein loses Bodenbrett herausnahm, so dass er bis ans Wasser konnte, braunes Wasser herausschöpfte und es über die Bordwand schüttete. Dann fingen die anderen Männer auch an, die Deckel aus ihren Bierdosen zu schneiden, einschließlich der vollen, die sie ausleerten. Christine holte die Pepsi-Dose aus ihrem Beutel. Die Mennonitin holte ihre Saftschachtel hervor.

»Zumindest keine Moskitos«, sagte Don fast fröhlich.

Sie hatten viel Zeit verloren, und das Wasser stand schon fast bis zum Deck. Es kam Christine vor, als würde das Boot schwerer, als bewegte es sich langsamer durch das Wasser, als würde das Wasser selbst dichter. Sehr viel Wasser konnten sie nicht auf einmal leeren, bei so kleinen Behältern, aber weil sie so viele waren, würde es vielleicht klappen.

»Das ist ein richtiges Abenteuer«, sagte sie zu Lilian, die ganz weiß im Gesicht war und verloren aussah. »Macht das nicht Spaß?«

Die Frau aus Wien schöpfte nicht, sie hatte keinen Behälter. Sie machte sichtliche Anstrengungen, sich zu beruhigen. Sie hatte eine Mandarine herausgenommen, die sie über dem gestickten Taschentuch, das sie auf ihrem Schoß ausgebreitet hatte, schälte. Jetzt holte sie ein hübsches kleines Federmesser mit Perlmuttgriff hervor. »Lilian, bist du hungrig? Schau, ich werde jetzt Stücke schneiden, ein Stück für dich und eins für mich, *ja?*« Natürlich war das Messer nicht wirklich nötig. Es sollte Lilian ablenken, und Christine war dankbar dafür.

Es herrschte jetzt ein unhörbarer Rhythmus im Boot: kratz, platsch; kratz, platsch. Die Männer mit den Baseballkappen, die sich vorher so flegelhaft benommen hatten, waren jetzt kein bisschen betrunken. Don schien sich auf diesem Ausflug zum ersten Mal zu amüsieren.

Aber trotz ihrer Bemühungen stieg der Wasserspiegel.

»Das ist ja lächerlich«, sagte Christine zu Don. Sie hörte auf, mit ihrer Pepsi-Dose zu schöpfen. Sie war entmutigt und verängstigt. Sie sagte sich, dass die Inder nicht weiterfahren würden, wenn sie wirklich glaubten, in Gefahr zu sein, aber völlig überzeugt war sie nicht. Vielleicht war es ihnen egal, ob alle ertranken, vielleicht dachten sie, es wäre Karma. Durch das Loch ergoss sich das braune Wasser ins Boot, in einem ständigen Strom, wie eine aufgeschnittene Vene. Es stand jetzt bis in Höhe der losen Bodenbretter.

Dann erhob sich die Mennonitin. Die Fassung bewahrend, zog sie ihre Schuhe aus, stellte sie sorgfältig nebeneinander unter den Sitz. Christine hatte einmal einen Mann gesehen, der so etwas in einem U-Bahnhof gemacht hatte; er stellte die Schuhe unter die Bank, auf der er saß, und ein paar Minuten später warf er sich vor den einfahrenden Zug. Die beiden Schuhe waren auf dem ordentlichen gelb gekachelten Boden zurückgeblieben, wie nach dem Essen die Knochen auf einem Teller. Christine schoss der Gedanke durch den Kopf, dass die Frau vielleicht geistig verwirrt war und über Bord springen wollte; das war verständlich, wegen des toten Kindes. Dann war das unaufhörliche Lächeln der Frau eine Lüge, wie es das bei Christine an ihrer Stelle gewesen wäre.

Aber die Frau sprang nicht über den Bootsrand, sondern beugte sich nach vorn und nahm die Bodenbretter heraus. Dann drehte sie sich um und ließ sich mit ihrem großen geblümten Leib auf dem Loch nieder. Ihr Gesicht war jetzt Christine zugewandt: Sie hörte nicht auf zu lächeln, starrte über den Bootsrand auf die Mangroven und ihre monotonen Wurzeln und Blätter, als hätte sie schon lange nicht mehr etwas so Interessantes gesehen. Das Wasser reichte ihr bis an die Knöchel, ihr Rock war nass. Wirkte sie nicht ein bisschen überheblich, ein bisschen klug oder selbstbewusst-heroisch? Möglich, dachte Christine, obwohl man es von dem runden Gesicht schwer ablesen konnte.

»He«, sagte einer der Männer mit den Baseballkappen, »jetzt kochen Sie aber mit Gas!« Der Inder im Bug sah die Frau an, einen Augenblick blitzten seine weißen Zähne auf.

Die anderen schöpften weiter, und nach einer Weile bückte sich Christine und schöpfte wieder mit der Pepsi-Dose. Trotz allem war sie von der Frau beeindruckt. Wahrscheinlich war das Wasser gar nicht so kalt, aber es war bestimmt schmutzig, und wer konnte sagen, was auf der anderen Seite des Lochs war? Waren sie für Piranhas schon weit genug im Süden? Aber da war die Mennonitin und verstopfte das Loch mit ihrem Hintern, friedlich wie eine brütende Henne, zweifellos ohne sich der Tatsache bewusst zu sein, dass sie ganz schön albern aussah. Christine konnte sich gut vorstellen, was für Bemerkungen die Männer mit den Baseballkappen hinterher über die Frau machen würden. »Von einem fetten Arsch gerettet.« – »He, hatte gar nicht gewusst, dass er zu noch was anderem nützlich ist.« – »Finger im Kanal war ihr egal.« Das war der Teil, der Christine davon abgehalten hätte, so etwas zu tun, selbst wenn sie auf die Idee gekommen wäre.

Jetzt erreichten sie die lange Schneise zwischen den Mangrovenbäumen und gelangten ins Freie; sie waren in einem abgeschlossenen Raum, wie in einem See, von den dunklen Mangroven wie von einer Mauer umgeben. Quer darüber war ein feinmaschiger Drahtzaun gespannt, um die Boote davon abzuhalten, zu nah an die Rastplätze des Scharlachroten Ibis heranzufahren: Das stand auf dem Schild, das an einen Pfahl genagelt war, der aus dem Wasser ragte. Der Inder drosselte den Motor, und sie trieben auf den Zaun zu; der andere Inder packte den Zaun, hielt ihn fest, und das Boot kam zum Stehen, schaukelte nur noch ein bisschen. Außer den kleinen Wellen, die es verursachte, war das Wasser völlig ruhig; die Bäume, die sich darin spiegelten, sahen schwarz aus, und die Sonne, die dicht über dem westlichen Rand der wirklichen Bäume stand, war eine rote Scheibe im dunstigen grauen Himmel. Das Licht, das von ihr ausging, war orangerot und färbte das Wasser. Ein paar Minuten lang geschah nichts. Der Mann mit den Kameras sah auf seine Uhr. Lilian war unruhig, zappelte auf dem Sitz. Sie wollte malen, sie wollte im Swimmingpool schwimmen. Wenn Christine gewusst hätte, dass diese Sache so lange dauern würde, wäre sie nicht mit ihr hierher gefahren.

»Sie kommen«, sagte der Inder im Bug.

»Vögel ahoi«, sagte einer der beiden Männer mit den Baseballkappen und streckte den Finger aus, und dann waren die Vögel da, kamen durch das rötliche Licht geflogen, wie auf ein Stichwort, zuerst einzeln, dann in Scharen von vier oder fünf, so hell, so strahlend, dass sie wie gemalte Flammen aussahen. Sie ließen sich auf den Bäumen nieder, kreischten heiser. Nur ihre Schreie enthüllten sie als wirkliche Vögel.

Die anderen sahen durch ihre Ferngläser. Sogar die Frau aus Wien hatte ein kleines Opernglas. »Seht euch das an«, sagte einer der Männer. »Ich wünschte, ich hätte meine Filmkamera mitgebracht.«

Don und Christine waren ohne technische Ausrüstung. Ebenso die Mennonitin. »Man könnte ihnen ewig so zusehen«, sagte sie, ohne sich an irgendjemand Bestimmten zu richten. Christine, die befürchtete, sie könnte wieder irgendeine peinliche Bemerkung machen, tat so, als würde sie sie nicht hören. *Ewig* war ein starkes Wort.

Sie ergriff Lilians Hand. »Siehst du die roten Vögel dort?«, sagte sie. »Vielleicht siehst du in deinem ganzen Leben nie wieder einen davon.« Aber sie wusste, dass Lilian diese Vögel nicht mehr bedeuteten als alles andere auch. Sie war zu klein für sie. Sie sagte: »Oh«, was sie auch gesagt hätte, wenn es Flugfinger gewesen wären oder Engel mit Flügeln so rot wie Blut. Zauberer, das wusste Christine von Lilians letzter Geburtstagsparty, waren bei kleinen Kindern eine Niete, weil sie nicht einsahen, warum Kaninchen nicht aus Hüten kommen sollten.

Don ergriff Christines Hand, was er schon seit längerem nicht mehr getan hatte; aber Christine, die die Vögel beobachtete, bemerkte es erst hinterher. Ihr war, als würde sie ein Bild mit exotischen Blumen oder roten Früchten betrachten, die auf Bäumen wuchsen, gleichmäßig verteilt, wie das Obst in den Gärten mittelalterlicher Gemälde, kräftig, klar begrenzt, in Primärfarben. Auf der anderen Seite des Zauns war eine andere Welt, nicht wirklich, aber gleichzeitig wirklicher als die auf dieser Seite, die Männer und Frauen in ihrer leichten Kleidung und alternden Körpern, das klapprige Boot. Ihr eigener Körper kam ihr zerbrechlich und leer vor, wie geblasenes Glas.

Die Mennonitin hob ihr Gesicht dem Sonnenuntergang entgegen; ihr Körper war am Hals von Schatten abgeschnitten, so dass ihr Kopf in der Luft zu schweben schien. Zum ersten Mal sah sie traurig aus; aber als sie merkte, dass Christine sie beobachtete, lächelte sie wieder, wie um sie zu beruhigen, ihr Gesicht strahlend, rosig und rund wie eine Pflaume. Christine spürte die beiden Hände, die ihre Hände hielten, sie festmachten, eine auf jeder Seite.

Ihr Körper bekam wieder Gewicht. Das Licht verblasste, die Luft wurde kühler. Bald würden sie in die zunehmende Dunkelheit zurückkehren müssen, in einem Boot, das so morsch war, dass ein falsch aufgesetzter Fuß durchbrach. Das Wasser würde schwarz sein, nicht braun, es würde voller Wurzeln sein.

»Sollten wir nicht zurückfahren?«, sagte sie zu Don.

Lilian sagte: »Mummy, ich habe Hunger«, und Christine erinnerte sich an die Tafel Schokolade und wühlte in ihrem Beutel. Sie war ganz unten, schlaff wie ein Stück Speck, aber nicht flüssig. Sie holte sie hervor und pellte das Silberpapier ab und gab Lilian ein Stück davon, und Don auch, und aß selber auch eins. Das Licht war rosa und dunkel zugleich, und es war schwierig, zu sehen, was sie tat.

Wenn sie später davon erzählte, nachdem sie wieder sicher zu Hause angekommen waren, berichtete Christine von dem Sumpf und dem schrecklichen Boot und den singenden Männern und dem übel riechenden Wasser. Sie vergaß auch Dons Gereiztheit nicht, aber nur an Tagen, an denen er nicht besonders gereizt war. (Inzwischen war der Druck nicht mehr so stark; diese Dinge kamen in Phasen, entschied Christine. Sie war froh, dass sie nie etwas gesagt, nie irgendwelche Fragen gestellt hatte.) Sie erzählte, wie gut sich Lilian aufgeführt hatte, obwohl sie gar nicht hatte mitfahren wollen. Sie erzählte von dem Loch im Boot, ihrer eigenen Panik, über die sie sich lustig machte, und von dem albernen Wasserschöpfen mit den Dosen und der Gleichgültigkeit, mit der sich die Inder in ihr Schicksal ergeben hatten. Sie erzählte von der Mennonitin, die wie eine große fette Henne auf dem Loch gesessen hatte, und stellte es als komisch, aber auch bewundernswert hin, weil die Frau das Problem auf so einfache und augenfällige Weise gelöst hatte, dass niemand sonst darauf gekommen wäre. Das tote Kind erwähnte sie nicht.

Sie erzählte von der ziemlich vergnüglichen Fahrt zurück

zum Landesteg, mit dem Inder im Bug, der mit seiner starken Taschenlampe die endlosen langweiligen Mangrovenbäume anstrahlte, und den beiden Männern mit den Baseballkappen, die außer Rand und Band gerieten und anfingen, schmutzige Lieder zu singen.

Sie schloss mit den Vögeln, die jeden Augenblick wert gewesen waren, sagte sie. Sie stellte sie als eine Form der Unterhaltung dar, so wie der Grand Canyon: etwas, das man wirklich gesehen haben musste, wenn man Vögel mochte und sich in diesem Teil der Welt aufhielt.

Der Salzgarten

Alma dreht die Hitze höher, rührt in dem klaren Wasser des roten Emailletopfs, gibt etwas Salz dazu, rührt, fügt noch eine Prise hinzu. Sie stellt eine übersättigte Lösung her, macht sie aufs Neue. Sie hat dies bereits in der Mittagszeit getan, zusammen mit Carol. Aber sie hatte vergessen, dass sie das Wasser zum Kochen bringen muss, und nur heißes Wasser aus der Leitung verwendet. Nichts war geschehen, obgleich Alma versprochen hatte, dass sich an dem Faden, den sie von einem Löffel, der oben quer über das Glas gelegt war, ins Wasser hängten, ein Salzbaum bilden würde.

»Es dauert eine Weile«, sagte Alma. »Er wird da sein, wenn du nach Hause kommst«, und Carol ging zuversichtlich wieder in die Schule, während Alma herauszufinden suchte, was sie denn falsch gemacht hatte. Dieses Experiment ist neu. Alma weiß nicht, wo Carol es aufgelesen hat. Bestimmt in der Schule: Sie geht erst in die zweite Klasse. Aber sie tun jetzt alles immer früher und früher. Alma sieht es überhaupt nicht gern, wenn sie auf ihren hochhackigen Schuhen herumstelzen und Lippenstift auf ihre kleinen Münder auftragen, obwohl sie weiß, dass es nur ein Spiel ist. Sie wackeln mit den Hüften, machen alles nach, was sie im Fernsehen vorgesetzt bekommen. Vielleicht stammen auch diese Experimente vom Fernsehen.

Alma hat sich den Kopf zerbrochen, wie sie es immer tut, wenn Carol für irgendetwas Interesse zeigt, auf der Suche nach Informationen, die sie besitzen sollte, aber gewöhnlich nicht besitzt. Dieser Tage fördert Alma alles, was sie beide in Aktivität verwickelt, was Fragen nach der Art und Weise, wie sie leben, ausschließt, zum Beispiel, wo sich Mort aufhält. Sie hat es mit Ausflügen in den Zoo versucht, mit dem Nähen von Puppenkleidern, Kinofilmen an den Samstagen. Es funktioniert alles, aber nur für eine kurze Zeit.

Als die Geschichte mit den Experimenten anfing, erinnerte sie sich, Essig in Backpulver gegossen zu haben, damit es zischte; das war ein voller Erfolg gewesen. Dann fielen ihr auf einmal andere Dinge ein. Sie erinnert sich nun wieder daran, dass sie als Kind einen kleinen Chemiekasten geschenkt bekommen hatte, es musste mit zehn oder so gewesen sein, von ihrem Vater, der Theorien aufstellte, die seiner Zeit weit voraus waren. Er fand, dass Mädchen wie Jungen erzogen werden sollten, wahrscheinlich, weil er keine Söhne hatte: Alma ist ein Einzelkind. Er wollte auch, dass es ihr einmal besser ginge, als es ihm selbst ergangen war. Er hatte einen Job in einem Postamt, der nicht seinen Fähigkeiten entsprach, und er fühlte sich deshalb frustriert. Er wollte nicht, dass sich Alma frustriert fühlte: Deshalb versuchte er, sie davor zu warnen, allzu früh eine Ehe einzugehen oder die Universität zu verlassen, um Mort durch das Architekturstudium zu helfen, indem sie als Sekretärin für eine Verpackungsfirma arbeitete. »Eines Tages wirst du aufwachen und dich betrogen fühlen«, sagte er zu ihr. Manchmal fragt sich Alma, ob diese Worte beschreiben, was sie fühlt, gelangt aber gewöhnlich zu dem Schluss, dass sie es nicht tun.

Lange vor dieser Zeit hatte er jedoch versucht, Alma unter anderem für Schach, Mathematik und das Sammeln von Briefmarken zu interessieren. Viel davon blieb, jedenfalls ihres Wissens nach, nicht an Alma hängen; im vorhersehbaren Alter war sie auf enttäuschende Weise von Make-up und Kleidung besessen, und mit ihren Algebranoten ging es rapide bergab. Aber den Chemiekasten hat sie noch deutlich vor Augen, mit den kleinen Teströhren samt ihrem Drahtgestell, der Kerze, um sie zu erhitzen, und den winzigen verkorkten Flaschen, so reizvoll wie das Geschirr in einem Puppenhaus, mit all den geheimnisvollen Substanzen: Kristalle, Puder, Lösungen, Giftgetränke. Manche dieser Dinge waren zweifellos giftig gewesen; wahrscheinlich konnte man solche Chemiekästen für Kinder heute gar nicht mehr kaufen. Alma ist froh, dass sie ihn nicht verpasst hatte, denn schließlich ging es um pure Alchimie, und genauso stellte es die Anleitung dar: Zauberei. *Bringt eure Freunde zum Staunen, macht Wasser zu Milch. Macht Wasser zu Blut.* Sie erinnert sich auch noch an die wissenschaftlichen Ausdrücke, obwohl ihre Bedeutung im Laufe der Zeit verblasst ist. *Präzipitieren. Sublimation.*

Man erfuhr darin, wie man mit gewöhnlichen Haushaltsgegenständen Tricks machte, zum Beispiel, wie man hart gekochte Eier in eine Milchflasche kriegte, damals, als es noch Milchflaschen gab. (Alma denkt an sie und sieht die Sahne obendrauf schwimmen, schmeckt die Pappdeckel – sie hatte immer darum gebettelt, sie ablecken zu dürfen –, riecht die Pferdeäpfel von den Wagen: Sie wird alt.) Wie man Milch von einem Augenblick zum andern sauer machen kann. Wie man mit Zitronensaft eine unsichtbare Schrift herstellen kann. Wie man es verhindern konnte, dass geschnittene Äpfel braun werden. Dieser Teil der Anleitungen (der beste Teil, denn wer hätte dem Gedanken widerstehen können, dass in all den gewöhnlichen Dingen um uns herum geheimnisvolle Kräfte verborgen sind?) hatte ihr die übersättigte Lösung und den Faden wieder ins Gedächtnis gerufen: *Wie man einen magischen Salzgarten erzeugt*. Es war einer ihrer Lieblingstricks gewesen.

Almas Mutter hatte sich über das viele Salz beklagt, das Alma verbrauchte, aber ihr Vater sagte, es sei ein fairer Preis für die Entwicklung von Almas wissenschaftlicher Neugier. Er dachte, Alma würde etwas über die Räume zwischen den Molekülen lernen, aber das war es nicht, wie Alma und ihre Mutter insgeheim sehr wohl wussten. Ihre Mutter war Irin und das genaue Gegenteil ihres Vaters mit seiner kurz angebundenen und heiter sarkastischen englischen Art; sie las für die Nachbarinnen die Zukunft aus Teeblättern, was nur diese als ein harmloses Vergnügen betrachteten. Vielleicht hat Alma ihre schlimmen Tage, ihre fatalistischen Stimmungen, von ihr geerbt. Ihre Mutter war mit den Theorien ihres Vaters, was Alma betraf, nicht einverstanden und schüttete die Experimente weg, wann immer es ihr nur möglich war. Für Almas Mutter war das Herumspielen ihrer Tochter in der Küche ein bloßer Vorwand, um nicht arbeiten zu müssen, aber so etwas kam Alma nicht in den Sinn. Ihr gefiel nur einfach der Schneefall *en miniature*, diese eingeschlossene, beschützte Welt im Glas, die Kristalle, die sich an dem Faden bildeten, wie die Bilder im Schloss der Schneekönigin in dem Hans-Christian-Andersen-Buch in der Schule. Sie kann sich nicht daran erinnern, jemals auch nur eine ihrer Freundinnen mit den Tricks aus dem Anleitungsbuch überrascht zu haben. Sich selbst zu überraschen, genügte ihr vollauf.

Das Wasser im Topf kocht wieder; es ist noch klar. Alma gibt etwas Salz hinein, rührt, während es sich auflöst, fügt noch etwas mehr hinzu. Wenn sich das Salz am Boden des Topfs sammelt, herumwirbelt, anstatt zu verschwinden, schaltet sie die Wärme ab. Bevor sie das heiße Wasser hineinschüttet, stellt sie noch einen Löffel ins Glas: weil das Glas sonst springen könnte. Das weiß sie, weil sie auf diese Weise schon mehrere Trinkgläser ihrer Mutter kaputtgemacht hat.

Sie nimmt den Löffel mit dem daran befestigten Faden und versenkt den Faden in dem Glas. Während sie dies tut, entlädt sich plötzlich ein weißer Blitz, und die Küche ist in grelles Licht getaucht. Ihre Hand wird bleich, dann erscheint sie wieder vor ihr, schwarz, wie ein Nachbild auf der Netzhaut. Die Umrisse des Fensters bleiben bestehen, rahmen ihre Hand ein, die noch über dem Glas hängt. Dann zerbröckelt das Fenster nach innen, in einzelne Teile, wie die Zuckerkristalle einer bruchfesten Windschutzscheibe. Die Wand kommt als Nächstes, biegt sich nach innen auf sie zu wie ein aufgeblasener Ballon. Im nächsten Augenblick wird Alma sich bewusst sein, dass das gewaltige Geräusch gekommen und vergangen ist und ihr Trommelfell zum Platzen gebracht hat, so dass sie taub ist, und dann wird sie von einem Windstoß fortgetragen werden.

Alma macht die Augen zu. Sie kann weitermachen, oder sie kann versuchen, damit aufzuhören, kann sich aufrichten, die Küche zurückbekommen. Diese Erfahrung ist ihr nicht unbekannt. Sie macht sie jetzt schon im Durchschnitt einmal die Woche, seit drei Monaten oder noch länger; aber obwohl sie weiß, wie häufig sie auftreten wird, kann sie nie im Voraus sagen, wann es sein wird. Es kann jeden Augenblick passieren – wenn sie die Badewanne mit Wasser voll laufen lässt und gerade hineinsteigen will, wenn sie die Arme in die Mantelärmel steckt, wenn sie gerade mit jemandem schläft, mit Mort oder Theo, es kann jeder von ihnen sein, und ist es auch schon gewesen. Es passiert immer, wenn sie gerade an etwas anderes denkt.

Es ist keine Spekulation: Es ist mehr wie eine Halluzination. Davor hatte sie noch nie Halluzinationen gehabt, außer vor sehr langer Zeit, als Studentin, wenn sie Acid genommen hatte. Das hatten sie damals alle getan, und sie hatte gar nicht mal viel genommen. Es waren bewegliche Lichter und geometrische Muster erschienen, die sie, von allem losgelöst, betrachtet hatte. Hinterher hatte sie sich gefragt, woher das viele Gerede von kosmischen Abgründen kam, auch wenn sie nie etwas gesagt hatte. Damals legten alle sehr viel Ehrgeiz an den Tag, wenn es um die tiefere Bedeutung ihrer Drogentrips ging.

Aber nichts davon war mit dieser Erfahrung zu vergleichen. Ihr kam der Gedanke, dass es vielleicht Acid-Blitze sein könnten, aber warum sollten sie erst jetzt kommen, fünfzehn Jahre später, ohne welche dazwischen? Zuerst war sie so erschrocken gewesen, dass sie erwogen hatte, mit jemandem darüber zu reden: mit einem Arzt, einem Psychiater. Vielleicht steht sie am Rand einer Epilepsie. Vielleicht wird sie schizophren oder irgendwie anders verrückt. Aber andere Symptome scheint es nicht zu geben: nur den Blitz und das Geräusch, bevor sie durch die Luft gewirbelt wird, und den Augenblick, da sie auf die Dunkelheit trifft und in sie hineinfällt.

Das erste Mal fand sie sich auf dem Fußboden wieder. Sie war damals mit Mort zusammen gewesen, hatte mit ihm in einem Restaurant zu Abend gegessen, bei einem ihrer endlosen Gespräche darüber, wie sich alles besser arrangieren ließe. Mort liebt das Wort *arrangieren*, das nicht gerade zu Almas Lieblingswörtern gehört. Alma ist romantisch: Wenn man jemanden liebt, wozu dann etwas arrangieren? Und wenn man es nicht tut, warum sich Mühe geben? Mort hat, andererseits, Bücher über Japan gelesen, und er findet, dass sie einen Ehevertrag schließen sollten. Bei dieser Gelegenheit machte Alma ihn darauf aufmerksam, dass sie bereits verheiratet waren. Sie war sich nicht ganz im Klaren darüber, was Japan mit ihrer Ehe zu tun hatte: Wenn er wollte, dass sie ihm den Rücken schrubbte, so war das in Ordnung, aber sie wollte nicht die Frau Nummer eins sein, nicht, wenn es bedeutete, dass eine Reihe anderer Nummern im Spiel waren, nacheinander oder gleichzeitig.

Mort hatte eine Freundin, jedenfalls nennt Alma sie so. Es ist heutzutage etwas schwierig mit der Terminologie: Mätresse ist nicht mehr passend, es beschwört pfirsichfarbene Negligés mit Pelzbesatz herauf, und Pantöffelchen, die heute niemand mehr trägt, das heißt, bestimmt niemand wie Morts Freundin, eine stämmige junge Frau mit ungeschickt geschnittenem Pagenkopf und Sommersprossen. Und *Geliebte* scheint nicht direkt zu den Gefühlen zu passen, die Mort für diese Frau, deren Name Fran ist, aufbringt. Fran ist kein Name einer Mätresse oder einer Geliebten; eher der einer Ehefrau, aber die ist ja Alma. Vielleicht ist es der Name, der Mort verwirrt. Vielleicht ist das der Grund, warum er für diese Frau keine Leidenschaft oder Zärtlichkeit oder Hingabe verspürt, sondern eine Mischung aus Angst, Schuld und Groll, jedenfalls sagt er das zu Alma. Er schleicht sich von Fran davon, um Alma zu sehen, und ruft Alma aus Telefonzellen an, und Fran weiß nichts davon, genau umgekehrt, wie es früher war. Alma tut Fran Leid, was wahrscheinlich eine Art Selbstschutz bedeutet.

Es ist nicht Fran selbst, gegen die Alma etwas einzuwenden hat. Es ist das moralische Mäntelchen, das Fran umgehängt wird. Mort ist es, der verkündet, dass es einen gerechtfertigten und sogar moralischen Grund für das gibt, was er tut, dass es sich unterteilen ließe, dass Männer von Natur aus polygam seien und so weiter. Das ist es, was Alma nicht ausstehen kann. Sie selbst tut, was sie tut, weil es das ist, was sie tut, aber sie hält keine Predigten darüber.

Das Essen war für Alma schwieriger, als sie vorausgesehen hatte, und deshalb trank sie ein Extraglas. Sie stand auf, um ins Bad zu gehen, und da passierte es. Sie kam, mit Wein und einem Teil des Tischtuchs bedeckt, wieder zu sich. Mort sagte ihr, dass sie ohnmächtig geworden sei. Er sprach es nicht aus, aber sie wusste, dass er es für Hysterie hielt, hervorgerufen durch ihre Probleme mit ihm, die bis zu diesem Tag keiner von ihnen genau definiert hatte, die er jedoch für ihre Probleme hält, und nicht seine. Sie wusste auch, dass er glaubte, sie habe es absichtlich getan, um die Aufmerksamkeit auf sich zu lenken, um so sein Mitleid und seine Fürsorge zu erregen und ihn dazu zu bringen, ihr zuzuhören. Er war verwirrt. »Wenn dir schwindlig war«, sagte er, »hättest du nach draußen gehen sollen.«

Theo dagegen fühlte sich geschmeichelt, als sie in seinen Armen in Ohnmacht fiel. Er schrieb es einer exzessiven sexuellen Erregung zu, hervorgerufen durch unnachahmliche Liebeskunst, obwohl auch er dies nicht direkt aussprach. Er war ganz zufrieden mit ihr, rieb ihre Hände und brachte ihr ein Glas Wasser.

Theo ist Almas Liebhaber: ohne alle terminologischen Zweifel. Sie lernte ihn auf einer Party kennen. Er machte sich mit ihr bekannt, indem er sie fragte, ob sie noch etwas zu trinken wolle. (Mort dagegen machte sich bekannt, indem er fragte, ob sie wüsste, dass Katzen, denen man die Barthaare abschneidet, nicht mehr auf Zäunen balancieren können, was für Alma eine Art Warnung hätte sein sollen, es aber nicht war.) Sie befand sich mit Mort im Clinch, und Theo schien in einem ähnlichen Clinch mit seiner Frau zu liegen, so dass ihnen ihr gegenseitiges Verhältnis relativ einfach erschien. Das war, bevor sie damit angefangen hatten, gemeinsam bedeutende Erfahrungen zu sammeln, und bevor Theo aus seinem Haus ausgezogen war. Damals waren sie Klammeraffen gewesen, Spezialisten für Korridore und Flure, Küsse zwischen aufgehängten Mänteln und ganzen Reihen tropfender Gummistiefel.

Theo ist Zahnarzt, wenn auch nicht Almas Zahnarzt. Wäre er je ihr Zahnarzt gewesen, bezweifelt Anna, dass sie dahin gekommen wären, was sie noch immer als Affäre bezeichnet. Sie hat das Gefühl, dass das Innere ihres Mundes, und insbesondere das Innere ihrer Zähne, auf eine antisexuelle Art intim ist; sicherlich würden einen Mann derartige Beweise körperlicher Unvollkommenheit, Fäulnis, abschrecken. (Alma hat keine schlechten Zähne, trotzdem, schon ein Blick mit diesem kleinen Spiegel ins Innere, schon die Sprache: *Ostium, Höhle, Unterkieferknochen, Backenzahn …*)

Zahnmedizin ist für Theo kaum eine Berufung. Er hatte sich von Zähnen nicht angezogen gefühlt; er hatte ihr gesagt, er habe Zahnmedizin gemacht, weil er nicht wusste, was er sonst hätte tun sollen; er besaß eine ordentliche kleinmotorische Koordinationsfähigkeit, und er konnte sich damit, milde ausgedrückt, seinen Lebensunterhalt verdienen.

»Du hättest Gigolo werden können«, sagte Alma bei dieser Gelegenheit zu ihm. »Dann hättest du die schönsten Trinkgelder kassiert.« Theo, der nicht gerade über sehr viel Sinn für Humor verfügt und der peinlich genau auf saubere Unterwäsche achtet, war nahe daran, schockiert zu sein, worüber sich Alma freute. Es macht ihr Spaß, ihm das Gefühl zu geben, erotischer zu sein, als er es in Wirklichkeit ist, was ihn, umgekehrt, auch erotischer macht. Sie verwöhnt ihn.

Und so tat sie, als sie sich auf Theos Teppich wieder fand, mit Theo, der sich über sie beugte, dankbar und besorgt, und »Entschuldige, war ich zu grob?« sagte, nichts, um ihn von seiner Überzeugung abzubringen.

»Es war wie eine Atomexplosion«, sagte sie, und er glaubte, das sollte ein Gleichnis sein. Theo und Mort haben das eine gemeinsam: Sie halten sich beide für die Ursache dieser kleinen körperlichen Manifestationen von ihr. Das oder die weibliche Körperchemie: Ein anderer guter Grund dafür, warum es Frauen nicht erlaubt sein sollte, Flugzeugpiloten zu werden, eine Meinung, bei der Alma Theo einmal ertappt hatte.

Die Art ihrer Halluzinationen erstaunt Alma nicht. Sie hat den Verdacht, dass andere Leute ähnliche oder vielleicht identische Erfahrungen machen, genauso wie während des Mittelalters viele Leute (zum Beispiel) die Jungfrau Maria erblickt oder Wundern beigewohnt haben: Blutströme, die bei der Berührung eines Knochens versiegten, Bilder, die sprachen, Statuen, die bluteten. Heute konnte man Hunderte von Menschen dazu bringen, zu schwören, auf Raumschiffen gewesen zu sein und mit außerirdischen Wesen gesprochen zu haben. Alma glaubt, dass diese Art Täuschung in Wellen auftritt, in Epidemien. Ihre Lichtshows, ihre Blackouts sind zweifellos so gewöhnlich wie die Masern, nur dass die Leute es nicht zugeben wollen. Höchstwahrscheinlich tun sie, was auch sie tun sollte: zu ihrem Doktor gehen und sich Valium oder irgendwelche anderen Pillen verschreiben lassen, die das Gehirn ruhig stellen. Sie wollen nicht, dass man glaubt, sie seien labil, denn obwohl sich die meisten von ihnen darüber einig sind, dass das, wovor sie sich fürchtet, etwas ist, wovor man sich zu Recht fürchten muss, herrscht allgemeine Übereinstimmung darüber, wie viel davon zulässig ist. Zu viel Angst ist nicht normal.

Zum Beispiel glaubt Mort, dass jeder Petitionen unterschreiben und an Märschen teilnehmen sollte. Er unterzeichnet selbst Petitionen und bringt sie zu den Gelegenheiten mit, an denen er Alma rechtmäßig besuchen kommt, damit sie sie auch unterschreiben kann. Wenn Alma sie auf einem ihrer heimlichen Ausflüge unterschriebe, würde Fran Bescheid wissen und zwei und zwei zusammenzählen, und inzwischen wäre das nicht einmal Alma recht. Jetzt, nachdem sie Mort nicht mehr so häufig sieht, mag sie ihn lieber. Soll Fran doch zur Abwechslung ruhig mal seine Wäsche waschen. Aber die Märsche unternimmt er mit Fran, weil sie eher so etwas wie gesellschaftliche Veranstaltungen sind. Aus diesem Grund marschiert Alma selbst nicht mit: Sie möchte nicht, dass Fran, die in Bezug auf Alma ohnehin schon empfindlich genug ist, sich unbehaglich fühlt. Es gibt bestimmte Dinge, wie Eltern-Lehrer-Treffen, zu denen Mort mit Alma gehen darf, und andere Dinge, bei denen er es nicht darf. Mort machen diese Einschränkungen etwas ängstlich, denn einer seiner eingestandenen Gründe dafür, warum er Alma verlassen hat, war, dass er sich zu angebunden fühlte.

Alma ist, was die Märsche und Petitionen betrifft, mit Mort einer Meinung, das heißt lauthals. Es ist nur logisch, anzunehmen, dass die Katastrophe gar nicht stattfinden würde, wenn jeder Einzelne auf der ganzen Welt die Petitionen unterschreiben und an den Märschen teilnehmen würde. Jetzt ist die Zeit gekommen, aufzustehen und sich zählen zu lassen, sich mit dem Körper vor den Moloch zu werfen, so wie es Mort in Form von Schenkungen an Friedensgruppen und Briefen an Politiker tut, wofür er Steuerquittungen und säuberlich getippte Standardbriefe als Antwort erhält. Alma weiß, dass das, was Mort tut, vernünftig ist, oder zumindest ebenso vernünftig wie alles andere; aber sie war nie richtig vernünftig gewesen. Darüber hatte sich ihr Vater am meisten beklagt. Sie hatte sich nie dazu überwinden können, die Vögel, die gegen ihre Fensterscheiben flogen und sich verletzten, mit den Händen zu zerquetschen, wie ihr Vater es ihr beigebracht hatte, und so ihre Lunge zum Platzen zu bringen. Sie bewahrte sie lieber in

Schachteln auf, die mit Baumwolle ausgelegt waren, und fütterte sie mit einem Augenpipette, damit sie – wie ihr Vater sagte – eines langsamen und qualvollen Todes starben. Deshalb brachte er ihre Lungen selbst zum Platzen, und Alma weigerte sich, zuzusehen, und trauerte ihnen nach.

Mort zu heiraten war nicht vernünftig. Sich mit Theo einzulassen war nicht vernünftig, Almas Kleidung ist nicht vernünftig und ist es nie gewesen, vor allem die Schuhe nicht. Alma weiß, dass ihr Haus, falls jemals Feuer ausbrechen sollte, völlig ausbrennen würde, bevor sie sich entschieden hat, was sie dagegen tun soll, selbst wenn ihr alle Möglichkeiten (Feuerlöscher, Telefonnummer der Feuerwehr, nasse Tücher, um die Atemorgane zu schützen) zur Verfügung stünden. Und so zuckt Alma vor Morts aufrichtigem Optimismus innerlich die Achseln. Sie bemüht sich sehr, zu glauben, aber sie ist eine Ungläubige und nicht gerade stolz darauf. Die traurige Wahrheit ist, dass es auf der Welt wahrscheinlich mehr Menschen gibt, die so sind wie sie, nicht wie Mort. Auf jeden Fall ist mit diesen Bomben eine Menge Geld verbunden. Sie widerspricht ihm aber nicht und äußert sich auch nie irgendwie abfällig darüber. Die Petitionen sind als Hobby genauso schöpferisch wie jedes andere, und die Märsche halten ihn auf Trab und machen ihn glücklich. Er ist ein kräftiger Mann mit einem roten Gesicht, der zu Übergewicht neigt und Energie verbrauchen muss, um einem Herzinfarkt vorzubeugen, jedenfalls sagt das der Arzt. Und es ist eine gute Methode, die Zeit totzuschlagen.

Andererseits behandelt Theo diese Frage, indem er sie überhaupt nicht behandelt. Er lebt sein Leben, als wäre es gar nicht vorhanden, mit einem Talent für Vergesslichkeit, um das ihn Alma beneidet. Macht einfach immer weiter Zahnfüllungen, füllt Zähne, als würden die winzigen Korrekturen, die er in den Mündern der Menschen vornimmt, auch in zehn Jahren noch zählen, oder in fünf, oder selbst in zwei. Vielleicht, denkt Alma manchmal in einem ihrer zynischeren Momente, können sie seine zahnärztlichen Aufzeichnungen später zur Identifizierung verwenden, wenn sie die Leichen aussortieren, falls noch welche zum Aussortieren übrig sind und das Aussortieren überhaupt noch irgendwie von Bedeutung ist, was sie sehr bezweifelt. Ein oder zwei Mal hat Alma versucht, darüber zu reden, aber Theo sagte, seiner Meinung nach führte negatives Denken zu nichts. Es passiert, oder es passiert nicht, und wenn es passiert, wird die Hauptsorge die Wirtschaft sein. Theo macht Investitionen. Theo plant seine Pensionierung. Theo hat den Tunnelblick und Alma nicht. Sie glaubt nicht, dass die Menschen fähig sind, sich selbst aus diesem Loch zu ziehen, und auch nicht an den Sand, in den man seinen Kopf stecken kann. Die Sache ist da, steht in der Ecke, in welchem Zimmer sie sich auch befindet, wie ein Fremder, dessen Gesicht man, wie man weiß, deutlich sehen würde, wenn man nur den Kopf ein bisschen drehte. Alma dreht ihren Kopf nicht. Sie will es nicht sehen. Die meiste Zeit kümmert sie sich um ihre eigenen Dinge, außer diesen gelegentlichen kleinen Entgleisungen.

Manchmal sagt sie sich, dass die Menschen nicht zum ersten Mal glauben, es sei das Ende der Welt gekommen. Das hat es auch früher schon gegeben, zum Beispiel während der Pest, an die sich Alma als an einen der Höhepunkte der Kurse ihres zweiten Universitätsjahres erinnert. Das Ende der Welt war natürlich nicht gekommen, aber zu glauben, dass es kommen würde, hatte genau die gleiche Wirkung.

Manche von ihnen glaubten, es wäre ihre Schuld, und liefen herum und geißelten sich, oder sie geißelten sich gegenseitig oder jeden, der ihnen über den Weg lief. Oder sie beteten, was damals leicht war, weil man eine Vorstellung davon hatte, mit wem man reden sollte. Alma glaubt nicht, dass man sich auf diese Geisteshaltung noch verlassen kann, da es gut möglich ist, dass irgendein religiöser amerikanischer Fanatiker den Knopf drückt, weil er Gott spielen und den Offenbarungen weiterhelfen will, jemand, der wahrhaftig glaubt, dass er und ein paar andere hinterher ohne Schaden auferstehen werden und daher alle anderen verrotten können. Mort sagt, das sei ein Fehler, den die Russen, die das Nachleben abgeschafft haben, das Diesseits aber ernst nehmen müssen, wahrscheinlich nicht begehen werden. Mort sagt, die Russen seien bessere Schachspieler, was für Alma kein großer Trost ist. Die Versuche ihres Vaters, ihr das Schachspielen beizubringen, waren nicht allzu erfolgreich gewesen, da Alma die Angewohnheit hatte, den Figuren eine Persönlichkeit zu geben, und immer weinte, wenn ihre Dame gekillt wurde.

Oder man mauerte sich ein, warf die Leichen hinaus, trug Orangen mit sich herum, die mit Gewürznelken gespickt waren. Grub Unterstände. Gab Lehrbücher heraus.

Oder man stahl die Sachen aus den verlassenen Häusern, nahm den Leichen die Halsketten ab.

Oder man konnte tun, was Mort tat. Oder man konnte tun, was Theo tat. Oder man konnte tun, was Alma tat.

Alma denkt von sich, dass sie nichts tut. Sie geht am Abend ins Bett, sie steht am Morgen auf, sie kümmert sich um Carol, sie essen, sie reden, manchmal lachen sie, sie trifft sich mit Mort, sie trifft sich mit Theo, sie sieht sich nach einem besseren Job um, wenn sie auch die Art und Weise, wie sie es tut, nicht überzeugt. Sie spielt mit dem Gedanken, wieder zur Schule zu gehen und ihre Ausbildung zu Ende zu machen: Mort sagt, dass er es zahlen würde, sie sind sich beide einig, dass er es ihr schuldig ist, aber genau genommen ist sie sich nicht sicher, ob sie es überhaupt will. Sie hat Gefühle: Sie liebt Menschen, sie verspürt Zorn, sie ist glücklich, sie hat Depressionen. Aber irgendwie kann sie diese Emotionen nicht mehr so ernst nehmen, wie sie es früher getan hat. Noch nie zuvor in ihrem Leben hat sie sich so unbeschwert gefühlt, als wäre jede Verantwortung von ihr genommen. Sie lässt sich treiben. Im Fernsehen läuft die Werbung, für Milch, wie sie glaubt, die einen Mann zeigt, der mit dem Surfbrett auf dem Kamm einer Welle reitet: in der Bewegung, und doch in der Schwebe, als wäre die Zeit aufgehoben. Genauso fühlt sich Alma: aus der Zeit genommen. Zeit setzt eine Zukunft voraus. Manchmal erlebt sie diesen Zustand als Apathie, ein anderes Mal als etwas Erhebendes. Sie kann tun und lassen, was sie will. Aber was will sie?

Sie erinnert sich an noch etwas, das sie während des Schwarzen Todes getan hatten: Sie hatten sich gütlich getan. Sie haben sich auf ihre Wintervorräte gestürzt, sie haben Essen gestohlen und heruntergeschlungen, sie haben in den Straßen getanzt, sie haben sich wahllos mit jedem, der gerade verfügbar war, gepaart. Treibt sie etwa auf ihrer Welle darauf zu?

Alma legt den Löffel auf die beiden Glasränder. Jetzt kühlt das Wasser ab, und das Salz kommt aus der Lösung. Es bildet kleine durchsichtige Inseln an der Oberfläche, die sich verfestigen, während sich die Kristalle bilden, dann zerbrechen und durch das Wasser nach unten sinken wie Schnee. Sie sieht einen schwachen weißen fasrigen Salzflaum, der sich an dem Faden bildet. Sie kniet sich hin, damit ihre Augen auf gleicher Höhe mit dem Glas sind, stützt ihr Kinn und ihre Hände auf den Tisch, beobachtet. Es ist noch immer pure Zauberei. Bis Carol von der Schule nach Hause kommt, wird in dem Glas ein ganzer Winter sein. Der Faden wird wie ein Baum nach einem Graupelregen sein. Sie kann nicht glauben, wie wunderschön es ist.

Nach einer Weile steht sie auf und geht durch das Haus, durch das weiß getönte Wohnzimmer, das Mort nach alter Weniger-ist-mehr-Tradition für japanisch hält, das sie aber immer an ein Malen-nach-Zahlen-Blatt erinnert, das nur zu einem Viertel gefüllt ist, vorbei an der nackten Holzwand hinten, und die Treppe hinauf, von der Mort das Geländer entfernt hat. Er hat auch zu viele Wände herausgenommen, zu viele Türen weggelassen, vielleicht war es das, was in ihrer Ehe schief gelaufen ist. Das Haus liegt in Cabbagetown, es ist eins der größeren. Mort, der auf Renovierungen spezialisiert ist, hat es neu hergerichtet und bringt gern Leute hierher, um es ihnen zu zeigen. Er sieht es noch immer als das Äquivalent einer Werbebroschüre an. Alma, die es satt hat, in ihrem zweitbesten Morgenrock mit einem Handtuch um den Kopf an die Tür zu gehen und draußen, angeführt von Mort, vier Männer in Anzügen anzutreffen, überlegt, ob sie das Schloss auswechseln soll. Aber das wäre zu endgültig. Mort sieht das Haus noch immer als seins an, und er sieht sie als einen Teil des Hauses an. Jedenfalls sollte sie in Anbetracht der anhaltenden Krise im Baugeschäft und der Tatsache, wer die Rechnungen bezahlt, froh sein, auch ihren Teil beitragen zu können; was Mort sich gerade noch verkniffen hat, ihr zu sagen.

Sie erreicht das ganz in Weiß gehaltene Badezimmer, dreht die Hähne auf, lässt Wasser in die Wanne laufen, das sie mit einer Kappe voll deutschem Bade-Gel blau färbt, klettert hinein, seufzt. Ein paar Freundinnen von ihr gehen in Isoliertanks und lassen sich in völliger Dunkelheit dahintreiben, stundenlang, und behaupten, das sei entspannend und bringe einen mit dem innersten Selbst in Berührung. Alma hat beschlossen, auf diese Erfahrung zu verzichten. Trotzdem, in der Badewanne fühlt sie sich am sichersten (in der Badewanne ist sie noch nie ohnmächtig geworden) und gleichzeitig am verletzlichsten (wenn sie nun in der Badewanne eine Ohnmacht kriegt? Sie könnte ertrinken).

Als Mort noch mit ihr zusammenwohnte und Carol noch jünger war, hat sie sich immer im Badezimmer eingeschlossen, vor allem, weil es eine Tür hatte, die sich verriegeln ließ, um dort »Zeit mit sich selbst zu verbringen«, wie sie es nannte, was so ähnlich wie Tagträumen war. Sie hat diese Gewohnheit beibehalten.

Eine Zeit lang, es scheint schon eine Ewigkeit her zu sein, obwohl es eigentlich erst ein paar Monate sind, überließ sich Alma hin und wieder relativ angenehmen Träumen. Darin lebten sie und Carol auf einer Farm, auf der Bruce Peninsula. Sie war einmal in den Ferien dort gewesen, mit Mort, bevor Carol geboren war, als es noch so aussah, als würde ihre Ehe gut gehen. Sie waren den Bruce hinauf und bis nach Manitoulin Island im Lake Huron gefahren. Damals waren ihr die Bauernhöfe aufgefallen, wie kärglich sie waren, wie wenig rentabel, wie viele Felsbrocken aus den Feldern gezogen und in Steinhügeln und Reihen aufgehäuft waren. Einen dieser Bauernhöfe wählte sie für ihre Träumereien, da sie annahm, dass niemand sonst ihn würde haben wollen.

Sie und Carol hörten von dem bevorstehenden Streik im Radio, als sie nach dem Essen in der Küche des Farmhauses das Geschirr abwuschen. (Unwahrscheinlich an sich, wie ihr jetzt klar wird: Er war viel zu kurz dafür, zu kurz, um im Radio zu kommen.) Zum Glück pflanzten sie ihr ganzes Gemüse selbst an, so dass sie ausreichend damit versorgt waren. Ursprünglich war sich Alma gar nicht darüber im Klaren, was dabei herauskommen würde. Sie hatte auch Sellerie genommen, fälschlicherweise, wie sie jetzt weiß: In einem solchen Boden konnte man keinen Sellerie ziehen.

Almas Träumereien gehen stark ins Detail. Zuerst macht

sie eine grobe Skizze, dann geht sie sie noch einmal von hinten durch, fügt Knöpfe und Reißverschlüsse ein. Für diese musste sie geeignete Samenkörner kaufen und bei dem Mann im Eisenwarengeschäft Rat einholen. »Sellerie?«, sagte er. (Ein kahlköpfiger väterlicher Kleinstadtkaufmann, der Hosenträger trug und unter den Achseln in seinem weißen Hemd Schweißflecken hatte. Trotz allem, seine Liebenswürdigkeit erschien ihr trügerisch. Wahrscheinlich verachtete er sie. Wahrscheinlich erzählte er seinen Kumpanen in der Bierstube Geschichten über sie, eine allein stehende Frau mit Kind, die da draußen allein auf dieser Farm lebte. Die Kumpane würden in ihren großen Gebrauchtwagen auf ihrer kleinen Straße vorbeikurven, zu ihrem Haus hinüberstarren. Sie würde es sich zwei Mal überlegen, bevor sie in Shorts nach draußen ging, sich bückte, um Unkraut zu jäten. Wenn sie vergewaltigt wurde, würden alle wissen, wer es getan hatte, aber keiner von ihnen würde es sagen. Dieser Mann da würde es nicht sein, aber er würde nach ein paar Bieren sagen, dass es ihre eigene Schuld gewesen sei. Das ist ein Aspekt des ländlichen Lebens, über den Alma ernsthaft nachdenken muss, bevor sie es aufnimmt.)

»Sellerie?«, sagte er. »Hier oben? Lady, Sie machen wohl Witze.« Und so ließ Alma den Sellerie sein, der sich sowieso nicht gut gehalten hätte.

Aber es gab rote Rüben und Karotten und Kartoffeln, Dinge, die sich lagern ließen. Sie hatten einen großen Wurzelkeller in die Seite eines Hügels gegraben; man betrat ihn durch eine Tür, die schräg war und an der Außenseite irgendwie meterhoch von Erde bedeckt war. Aber der Wurzelkeller war viel mehr als ein Wurzelkeller. Er hatte, zum Beispiel, mehrere Räume und elektrisches Licht (doch woher kam der Strom? Einzelheiten wie diese konnten, wenn man näher hinsah, eventuell dazu beitragen, die Träume zum Einsturz zu bringen, obwohl Alma das Problem der Elektrizität mit einem kleinen Generator löste, der durch den Abfluss aus dem Teich in Gang gehalten wurde).

Jedenfalls, als sie die Nachricht im Radio hörten, gerieten sie und Carol nicht in Panik. Sie rannten nicht, sondern gingen ruhig zum Wurzelkeller, stiegen hinein und machten die Tür hinter sich zu. Sie dachten auch daran, das Radio mitzunehmen, ein Transistorradio, obwohl es natürlich gleich zu Beginn des Streiks, wenn sich vermutlich alle Stationen in Luft auflösten, ausfallen würde. Auf den Regalen, die in die Wand gebaut waren, stand eine Reihe Wasserflaschen nach der anderen. Dort blieben sie, aßen Karotten, spielten Karten und lasen unterhaltsame Bücher, bis es sicher war, wieder hinauszugehen, in eine Welt, in der das Schlimmste bereits passiert war, so dass man sich nicht länger davor zu fürchten brauchte.

Dieses Fantasiegebilde ist nicht mehr funktionell. Zum einen ließ es sich nicht sehr lange in allen konkreten Einzelheiten aufrechterhalten, die Alma für nötig hält, bevor sich unbeantwortete praktische Fragen aufzudrängen begannen (Ventilation?). Außerdem hatte Alma nur eine ungefähre Idee davon, wie lange sie dort drin bleiben mussten, bevor die Gefahr vorbei sein würde. Und dann gab es noch das Problem der Flüchtlinge, Plünderer, die irgendwie von den Kartoffeln und Karotten erfahren würden und (mit Gewehren? Stöcken?) kamen. Da sich nur Carol und sie dort befanden, wurden die Waffen kaum gebraucht. Alma rüstete sich mit einem Gewehr aus, dann mit mehreren Gewehren, um sich den Angreifern zu widersetzen, aber sie waren ihr immer zahlenmäßig und kräftemäßig überlegen.

Das größte Hindernis jedoch war, fand Alma, dass sie, selbst wenn alles funktionierte und die Flucht und das Überleben möglich waren, nicht einfach weglaufen und die anderen Leute zurücklassen konnte. Sie wollte Mort mit dabeihaben, obwohl er sich schlecht benommen hatte und sie nicht direkt zusammen waren, und wenn sie ihn kommen ließ, konnte sie Theo nicht einfach ausschließen. Aber Theo konnte natürlich nicht ohne seine Frau und Kinder kommen, und dann war da auch noch Morts Freundin Fran, die man fairerweise auch nicht weglassen konnte.

Eine Weile funktionierte dieses Arrangement ohne die Streitereien, die Alma erwartet hätte. Die Aussicht auf den unmittelbar bevorstehenden Tod wirkte ernüchternd, und Alma sonnte sich in der Dankbarkeit, die ihre Großzügigkeit auslöste. Sie führte mit den beiden anderen Frauen vertrauliche Gespräche über ihre jeweiligen Männer und fand einige Dinge heraus, die sie nicht gewusst hatte; die drei waren nahe daran, richtig gute Freundinnen zu werden. An den Abenden saßen sie um den Küchentisch, den sie im Wurzelkeller entdeckt hatten, schabten auf freundschaftliche Art gemeinsam Karotten und erinnerten sich daran, wie es gewesen war, als sie in der Stadt gelebt und einander nicht gekannt hatten, außer indirekt durch die Männer. Mort und Theo saßen am anderen Tischende, tranken den Scotch, den sie mitgebracht und mit dem Wasser aus den Flaschen vermischt hatten. Die Kinder vertrugen sich erstaunlich gut.

Aber der Wurzelkeller war eigentlich zu klein, und es gab keine Möglichkeit, ihn zu vergrößern, ohne die Tür aufzumachen. Und dann gab es noch die Frage, wer mit wem und zu welchen Zeiten schlafen würde. Es zu verheimlichen war in diesen engen Räumlichkeiten kaum möglich, und da gab es drei Frauen, aber nur zwei Männer. Für Alma war das alles viel zu dicht am wirklichen Leben, allerdings ohne den Vorteil getrennter Wohnungen.

Nachdem die Ehefrau und die Freundin darauf bestanden hatten, ihre Eltern und Tanten und Onkel auch dabeizuhaben (und warum hatte Alma auf die Gegenwart ihrer eigenen Verwandten verzichtet?), wurde es in dem Traum einfach zu voll und ganz schnell unerträglich. Alma war außerstande, eine Entscheidung zu treffen, das war ihr Problem. Ihr ganzes Leben lang hatte sie darunter zu leiden gehabt. Sie kann keinen Strich ziehen. Denn wer ist sie schon, dass sie entscheiden, Leute beurteilen, sagen soll, wer sterben muss und wer eine Chance zum Überleben bekommt?

Der Hügel mit dem Wurzelkeller, von Tunnels durchlöchert, allzu gründlich ausgehöhlt, stürzte ein, und alle kamen dabei um.

Als sich Alma abgetrocknet hat und ihren Körper mit Bodylotion einreibt, klingelt das Telefon.

»Hallo, was tust du gerade?«, sagt die Stimme.

»Wer ist da?«, sagt Alma und merkt dann, dass es Mort ist. Es ist ihr peinlich, seine Stimme nicht erkannt zu haben. »Oh, du bist es«, sagt sie. »Hallo. Bist du in einer Telefonzelle?«

»Ich dachte mir, ich komme mal vorbei«, sagt Mort verschwörerisch. »Das heißt, wenn du da bist.«

»Mit oder ohne Komitee?«, sagt Alma.

»Ohne«, sagt Mort. Was das bedeutet, ist klar. »Ich dachte mir, wir könnten ein paar Entscheidungen treffen.« Er möchte gern überzeugend klingen, wirkt aber etwas gehetzt.

Alma sagt nicht, dass er sie nicht braucht, um Entscheidungen zu treffen, da er sie schnell genug allein trifft. »Was für Entscheidungen?«, sagt sie vorsichtig. »Ich dachte, wir hätten ein Stillhalteabkommen für Entscheidungen. Das war deine letzte Entscheidung.«

»Ich vermisse dich«, sagt Mort und lässt die Wörter zerfließen, seine Stimme wechselt zu Moll, was angeblich Sehnsucht vermitteln soll.

»Ich vermisse dich auch«, sagt Alma, sichert sich aber ab. »Aber ich habe Carol versprochen, ihr heute Nachmittag einen rosafarbenen Turnanzug zu kaufen. Wie wär's mit heute Abend?«

»Heute Abend geht nicht«, sagt Mort.

»Soll das heißen, dass du zum Spielen nicht rausdarfst?«, sagt Alma.

»Spar dir deine Sticheleien«, sagt Mort steif.

»Tut mir Leid«, sagt Alma, der es nicht Leid tut. »Carol möchte, dass du Sonntag kommst und mit ihr zusammen ›Fraggle Rock‹ ansiehst.«

»Ich will dich allein sehen«, sagt Mort. Aber er sagt für den Sonntag trotzdem zu, verspricht, dass er es überprüfen wird und sie dann anruft. Alma verabschiedet sich von ihm und legt mit einem Gefühl der Erleichterung auf, das völlig anders ist als die Gefühle, die sie früher hatte, wenn sie Mort am Telefon auf Wiedersehen sagte; das waren nacheinander Liebe und Verlangen, die Erledigung von alltäglichen Dingen, Frustration, weil die Dinge, die ausgesprochen werden mussten, nicht ausgesprochen wurden, Verzweiflung und Kummer, Zorn und das Gefühl, betrogen zu werden. Sie macht mit der Bodylotion weiter, ihren Knien und Ellbogen widmet sie besondere Aufmerksamkeit. Dort zeigt es sich zuerst, wenn man anfängt, wie ein vierbeiniges Huhn auszusehen. Trotz des bevorstehenden Weltuntergangs möchte Alma gern in Form bleiben.

Sie beschließt, die Straßenbahn zu nehmen. Sie hat ein Auto und kann fahren, sie kann sehr gut fahren, aber in letzter Zeit hat sie es immer seltener getan. Im Augenblick zieht sie Transportmittel vor, bei denen sie keine bewussten Entscheidungen treffen muss. Sie lässt sich lieber weiterziehen, wenn möglich auf einer Schiene, und überlässt das Lenken anderen.

Die Straßenbahnhaltestelle ist vor einem Gesundheitsladen, in dessen Auslagen getrocknete Aprikosen und mit Karuben überzogene Rosinen liegen, Zaubernahrung, die einen vor dem Tod schützt. Alma hat auch ihre makrobiotische Phase hinter sich: Sie weiß, welche Elemente abergläubischer Hoffnung das Konsumieren solcher Talismane beinhaltet. Es wäre ganz genauso wirksam, die Rosinen auf einen Faden aufzureihen und um den Hals zu tragen, um Vampire zu vertreiben. Auf die Backsteinwand des Ladens, zwischen dem Fenster und der Tür, hat jemand mit Sprayfarbe JESUS HASST DICH geschrieben.

Die Straßenbahn kommt, und Alma steigt ein, sie fährt zur U-Bahn-Station, wo sie aussteigen und schnell einen rosafarbenen Turnanzug und zwei Paar Sommersocken für Carol kaufen will. Dann wird sie die Treppe hinunterlaufen und eine U-Bahn nach Norden nehmen und dazu die Umsteigefahrkarte verwenden, die sie gerade in ihr Portemonnaie gesteckt hat. Eigentlich soll man die Umsteigefahrkarten nicht für Fahrtunterbrechungen verwenden, aber Alma ist leichtsinnig.

Der Wagen ist ziemlich voll. Sie steht dicht bei der hinteren Tür, sieht aus dem Fenster, denkt an nichts Besonderes. Es ist ein sonniger Tag, einer der ersten, und warm; alles ist zu hell.

Ganz plötzlich fangen die Leute bei der hinteren Tür an zu schreien: *Anhalten! Anhalten!* Alma hört sie zuerst gar nicht, oder sie hört sie auf der Ebene des Nichtverstehens: Sie weiß, dass da irgendein Lärm ist, aber sie glaubt, es wären nur ein paar Teenager, die herumtoben, zu laut sind, wie sie es immer sind. Der Straßenbahnfahrer denkt das offenbar auch, denn er fährt weiter, in wahnwitzigem Tempo, saust dahin, während immer mehr Leute zu rufen und dann zu schreien beginnen: *Anhalten! Anhalten! Anhalten!* Dann fängt auch Alma an zu schreien, denn sie sieht, was los ist: Ein Mädchen hat ihren Arm in der hinteren Tür eingeklemmt, aber das Mädchen selbst ist draußen, wird wohl mitgeschleift; Alma kann sie nicht sehen, aber sie weiß, dass sie da ist.

Alma springt auf und ab, wie ein enttäuschtes Kind, und schreit mit den anderen: *Anhalten! Anhalten!*, aber der Mann fährt, ohne darauf zu achten, weiter. Alma will, dass jemand nach ihm wirft oder ihn schlägt, warum rührt sich niemand? Sie stehen zu dicht gedrängt, und die vorne im Wagen wissen nichts, können nichts sehen. Das geht stundenlang so weiter, in Wirklichkeit nur Minuten, und schließlich fährt er langsamer und bleibt stehen. Er steigt aus, geht nach hinten.

Zum Glück hält direkt neben ihnen ein Ambulanzwagen, so dass man das Mädchen hineinlegen kann. Alma kann sein Gesicht nicht sehen und wie schwer es verletzt ist, obwohl sie sich den Hals verrenkt, aber sie kann die Laute hören, die es ausstößt: kein Weinen oder Wimmern, sondern etwas Animalisches, Hemmungsloses, Entsetzteres. Das Schrecklichste muss nicht der Schmerz gewesen sein, sondern das Gefühl, von niemandem gesehen oder gehört zu werden.

Jetzt, nachdem die Straßenbahn zum Stehen gekommen und die Krise vorbei ist, fangen die Leute rund um Alma an, leise miteinander zu reden. Der Fahrer sollte ausgewechselt werden, sagen sie. Er sollte seine Lizenz verlieren, oder was sie sonst haben. Er sollte eingesperrt werden. Aber er kommt zurück und drückt vorn am Wagen auf irgendetwas, und die Türen gehen auf. Sie werden aus dieser Straßenbahn aussteigen müssen, sagt er. Er hört sich wütend an, als hätte jemand anderer die Schuld an dem in der Tür eingeklemmten Mädchen und all dem Geschrei.

Sie sind nicht weit von der U-Bahn-Station und dem Laden entfernt, wo Alma ihre heimlichen Einkäufe machen will: Alma kann auch zu Fuß gehen. An der nächsten Ampel dreht sie sich um. Der Fahrer steht mit den Händen in den Taschen neben der Straßenbahn, spricht mit einem Polizisten. Die Ambulanz ist weg. Alma merkt, dass ihr Herz klopft. So ist es bei Krawallen, denkt sie, oder wenn ein Feuer ausbricht: Jemand fängt zu schreien an, und dann ist man mittendrin, ohne zu wissen, was los ist. Es geht alles zu schnell, und man verschließt sich vor den Hilferufen. Wenn die Leute statt »Anhalten« »Hilfe« geschrien hätten, ob der Fahrer sie dann früher gehört hätte? Aber die Leute haben geschrien, und am Ende hat er angehalten.

Alma kann keinen rosafarbenen Turnanzug in Carols Größe finden, und so kauft sie stattdessen einen in Lila. Das wird ein Echo zur Folge haben. Sie schafft es in die U-Bahn, verwendet ihre falsche Umsteigefahrkarte und tritt ihre kurze Reise durch die Dunkelheit an, die sie draußen vor dem Fenster sehen kann, betrachtet ihr Gesicht, das auf der Scheibe, die es festhält, schwimmt. Sie sitzt da, ihre Hände umklammern das Päckchen auf ihrem Schoß, und sieht auf die Hände der Leute ihr gegenüber. Das hat sie in letzter Zeit ziemlich oft getan: Darauf geachtet, wie die Hände sind, wie sie fast leuchten, sogar die Hände von alten Leuten, knotige Hände mit blauen Adern und Flecken. Diese Zeichen des Alters machen ihr als Vorboten ihrer eigenen Zukunft keine Angst, wie sie es früher getan hatten, sie stoßen sie nicht mehr ab. Ob männlich oder weiblich, spielt keine Rolle; die Hände, auf die sie gerade jetzt sieht, gehören einer Frau mittleren Alters, ohne besondere Merkmale, sie sind schwer und derb, mit abblätterndem orangefarbenem Nagellack, sie umklammern eine braune Ledertasche.

Manchmal muss sie den Impuls unterdrücken, aufzustehen, den Gang zu überqueren, sich hinzusetzen, diese fremden Hände zu ergreifen. Es würde falsch verstanden werden. Sie weiß noch, wie sie sich schon einmal so gefühlt hat, vor langer Zeit, als sie in einem Flugzeug saß, um zu Mort zu fahren, der auf einem Kongress in Montreal war. Sie hatten vor, danach einen kurzen Urlaub zu machen. Alma war von der Aussicht auf das Hotelzimmer, den Duft von Luxus und unerlaubtem Sex, der sie umgeben würde, erregt. Sie freute sich schon darauf, die Badetücher benutzen und auf den Boden werfen zu können, ohne darüber nachdenken zu müssen, wer sie waschen würde. Aber das Flugzeug begann in der Luft hin und her zu schwanken, und Alma hatte Angst. Als es wie ein abwärts fahrender Fahrstuhl nach unten durchsackte, hatte sie die Hand des Mannes, der neben ihr saß, ergriffen; nicht dass es einen Unterschied gemacht hätte, wessen Hand man hielt, wenn es wirklich zu einem Absturz kam. Trotzdem, so fühlte sie sich sicherer. Dann hatte er natürlich versucht, sich an sie heranzumachen. Am Ende war er ganz nett gewesen. Er verkaufte Grundstücke, sagte er.

Manchmal betrachtet sie Theos Hände, einen Finger nach dem anderen, einen Nagel nach dem anderen. Sie reibt sie über ihren Körper, steckt die Finger in ihren Mund, schlingt ihre Zunge um sie. Er glaubt, sie tue es aus erotischen Gründen. Er glaubt, er wäre der einzige Mensch, dessen Hände sie so ansieht.

Theo wohnt in einem Appartement mit zwei Schlafzimmern in einem Hochhaus nicht weit von seinem Büro entfernt. Oder wenigstens glaubt Alma, dass er dort wohnt. Obwohl es ihr stets das nicht unangenehme Gefühl vermittelt, sich ein bisschen wie ein Callgirl vorzukommen, trifft sie sich dort mit ihm, weil er nicht gern zu ihr nach Hause kommt. Er betrachtet es noch immer als Morts Territorium. Er betrachtet nicht Alma als Morts Territorium, nur das Haus, genauso wie sein eigenes Haus, in dem seine Frau mit ihren drei Kindern wohnt, noch immer sein Territorium ist. Er spricht davon als »meinem Haus«. Er geht an den Wochenenden dorthin, genauso wie Mort zu Alma geht. Alma hat den Verdacht, dass er heimlich mit seiner Frau ins Bett geht, genauso wie sie und Mort es tun, und sich wie Studenten in den Schlafsälen der fünfziger Jahre fühlen, die sich gegenseitig Geheimhaltung und Stillschweigen schwören. Sie sagen sich, dass es nicht gut wäre, wenn Fran es erfahren würde. Alma hat Mort gegenüber nicht direkt von Theo gesprochen, obwohl sie ihm angedeutet hat, dass es jemanden gibt. Das hat ihn aufhorchen lassen. »Ich schätze, es steht mir nicht zu, mich zu beklagen«, sagt er.

»Ich schätze, nein«, sagt Alma. Es ist albern, wie die fünf es treiben, aber Alma käme es genauso albern vor, nicht mit Mort zu schlafen. Schließlich ist er ihr Ehemann. Und sie haben es schon immer getan. Auch hat sich das gegenwärtige Arrangement auf ihr Geschlechtsleben wie ein Wunder ausgewirkt. Es gefällt ihr, eine verbotene Frucht zu sein. Das war sie vorher nie gewesen.

Aber wenn Theo noch immer mit seiner Frau schläft, will Alma es nicht wissen. In gewisser Weise hat er das Recht dazu, trotzdem wäre sie eifersüchtig. Komischerweise ist es ihr jetzt völlig egal, was zwischen Mort und Fran vor sich geht. Mort gehört ihr schon ganz und gar; sie kennt jedes Haar an seinem Körper, jede Falte, jeden Rhythmus. Sie kann sich in ihm entspannen, ohne auch nur einen Gedanken zu haben, und sie muss sich nicht erst groß anstrengen, ihn zu befriedigen. Das unerforschte Territorium ist Theo, Theo ist es, bei dem sie wachsam bleiben, sich vorsehen muss, bei dem sie aufpassen muss, dass sie sich nicht in ein falsches Gefühl von Sicherheit lullen lässt: Theo, der auf den ersten Blick so viel sanfter, so viel überlegter, so viel zaghafter erscheint. Für Alma ist er ein Weg, der zu Morts Wald gehauen wird: Sie geht auf Zehenspitzen, bereit, sich zurückzuziehen. Und doch möchte sie seinen Körper besitzen – der kürzer, schmächtiger, sehniger ist als der von Mort. Sie will nicht, dass ihn eine andere Frau berührt, vor allem keine, die mehr Zeit hatte, ihn kennen zu lernen, als sie. Das letzte Mal, als sie Theo sah (hier, in diesem Appartementgebäude, in der unpersönlichen weißen Eingangshalle, die sie jetzt betritt), sagte er, dass er ihr ein paar neuere Schnappschüsse von seiner Familie zeigen wolle. Alma entschuldigte sich und ging ins Badezimmer. Sie wollte kein Bild von Theos Frau sehen, aber sie hatte auch das Gefühl, dass schon allein ein Blick darauf eine Schändung von ihnen beiden wäre; Theo, der zwei Frauen benutzte, damit sie sich gegenseitig auslöschten. Ihr ist der Gedanke gekommen, dass sie für Theos Frau genau dasselbe ist, was Morts Freundin für sie ist: In gewisser Hinsicht ein Eindringling, aber auch jemand, der wegen all dem, was nicht zugegeben wird, zu bemitleiden ist.

Sie weiß, dass das gegenwärtige Gleichgewicht der Macht nicht von Dauer sein kann. Früher oder später wird der Druck zum Tragen kommen. Es wird den Männern nicht erlaubt sein, zwischen ihren Frauen, ihren Häusern hin und her zu driften. Es werden Barrieren errichtet, Schilder aufgestellt werden: BLEIBT, WO IHR SEID, ODER MACHT, DASS IHR WEGKOMMT. Recht so, aber dieser Druck wird in keiner Weise von Alma kommen. Sie mag es so, wie es ist. Sie hat beschlossen, dass es ihr lieber ist, zwei Männer zu haben, anstatt einen: Das schafft einen Ausgleich. Sie liebt beide, sie will beide; was an manchen Tagen bedeutet, dass sie keinen liebt und keinen haben will. Es nimmt ihr die Angst und macht sie weniger verletzbar und lässt die Zukunft vielfältig erscheinen. Theo kehrt vielleicht zu seiner Frau zurück oder verspürt den Wunsch, zu Alma zu ziehen. (Vor kurzem hatte er ihr eine schicksalsschwere Frage gestellt: »Was willst du?«, der Alma ausgewichen ist.) Mort will vielleicht zurückkommen, oder er entscheidet sich, wieder mit Fran neu anzufangen. Oder Alma verliert sie beide und steht mit Carol allein da. Dieser Gedanke, der sie früher, nicht ohne auch die Frage des Geldes zu betreffen, in Angst und Schrecken versetzt hätte, macht ihr jetzt keine großen Sorgen mehr. Sie will, dass es ewig so weitergeht, wie es ist.

Alma steigt in den Lift und wird nach oben getragen. Schwerelosigkeit schließt sie ein, und es ist ein Luxus; ihr ganzes Leben ist ein Luxus. Theo, der ihr die Tür aufmacht, ist ein Luxus, vor allem seine Haut, die weich und gut genährt und dunkler ist als ihre – was daher kommt, dass er zum Teil Grieche ist, eine oder zwei Generationen zurück – und die nach frischen süßen Chemikalien riecht. Theo versetzt sie in Erstaunen, sie liebt ihn so sehr, dass sie ihn kaum zu sehen vermag. Die Liebe brennt sie aus; sie brennt Theos Gesichtszüge aus, so dass sie ihn in der verdunkelten Wohnung nur in Konturen wahrnimmt, strahlend. Sie befindet sich nicht oben auf der Welle, sie steckt mittendrin, warm und flüssig. Das ist es, was sie will. Sie kommen gar nicht erst bis zum Schlafzimmer, sondern brechen auf dem Teppich im Wohnzimmer zusammen, auf dem Theo sie liebt, als würde er hinter einem Zug herrennen, den er nicht einholen kann.

Die Zeit vergeht, und Theos Details kommen wieder zum Vorschein, ein Muttermal hier, eine Sommersprosse dort. Alma streichelt seinen Nacken, hebt die Hand, um verstohlen auf ihre Uhr zu sehen: sie muss rechtzeitig für Carol zurück sein. Sie darf den Turnanzug nicht vergessen, der in dem Plastikbeutel neben der Tür liegt, zusammen mit ihrer Tasche und den Schuhen.

»Das ist wunderbar«, sagt Alma. Es ist wahr.

Theo lächelt, küsst die Innenseite ihres Handgelenks, hält es ein paar Sekunden fest, als lauschte er auf ihren Puls, hebt ihren Petticoat vom Boden auf, reicht ihn ihr, sanft und ehrerbietig, als würde er ihr einen Blumenstrauß überreichen, als wäre sie die Dame auf der Schokoladenschachtel. Als würde sie sterben, und nur er wüsste es und wollte es vor ihr verbergen.

»Ich hoffe nur«, sagt er heiter, »dass wir keine Feinde sind, wenn dies alles einmal vorbei ist.«

Alma erstarrt, mit halbangezogenem Petticoat. Dann fließt Luft in sie hinein, ein stummes Keuchen, ein umgekehrter Schrei, denn sie hat sofort bemerkt: Er sagte nicht »falls«, er sagte »wenn«. In seinem Kopf ist ein Zeitplan. Während dieser ganzen Zeit, in der sie die Zeit geleugnet hat, hat er die Tage abgezählt, einen kleinen Countdown durchgeführt. Er glaubt an Vorherbestimmung. Er glaubt an das Schicksal. Sie hätte es wissen müssen, dass er, ein solch ordentlicher Mensch, nicht fähig sein würde, für immer in Anarchie zu leben. Dann werden sie also das Wasser verlassen und aufs trockene Land kommen müssen. Sie wird mehr Kleider benötigen, weil es dort kälter sein wird.

»Sei nicht albern«, sagt Alma und zieht den falschen Satin bis zur Hüfte hoch wie ein Bettlaken. »Warum sollten wir?«

»So was kommt vor«, sagt Theo.

»Habe ich je irgendetwas getan oder gesagt, das dir das Gefühl gegeben hat, es würde mit uns passieren?«, sagt Alma.

Vielleicht geht er zu seiner Frau zurück. Vielleicht tut er es nicht, hat aber jedenfalls beschlossen, dass sie ihm nicht genügt, nicht auf täglicher Basis, nicht für den Rest seines

Lebens. Er glaubt noch immer, dass es eine andere geben wird, wie sie auch, warum fühlte sie sich sonst so verletzt?

»Nein«, sagt Theo und streckt die Beine aus, »aber diese Dinge passieren eben.« Er hört auf, sich zu kratzen, sieht sie mit diesem Blick an, der ihr immer aufrichtig vorgekommen war. »Du sollst nur wissen, dass ich dich dafür viel zu sehr mag.«

Mögen. Das war dann also das Ende, oder nicht? Wie so oft bei Theo ist sie sich nicht sicher, was er eigentlich sagen will. Drückt er ihr seine Zuneigung aus, oder ist es bereits zu Ende, ohne dass sie es gemerkt hat? Sie hat sich daran gewöhnt, zu glauben, dass bei einer Beziehung wie der ihren alles gegeben und nichts gefordert wird, aber vielleicht verhält es sich genau umgekehrt. Nichts wird gegeben. Nichts ist ein *Geschenk.* Alma kommt sich plötzlich zu sichtbar vor, zu marktschreierisch. Vielleicht sollte sie zu Mort zurückkehren und wieder unsichtbar werden.

»Ich mag dich auch«, sagt sie. Sie zieht sich fertig an, während er auf dem Boden liegen bleibt, sie liebevoll betrachtet, wie jemand, der einem abfahrenden Schiff nachwinkt und sich trotzdem darauf freut, wegzugehen und sein Abendessen zu sich zu nehmen. Es ist ihm egal, was sie als Nächstes tut.

»Übermorgen?«, sagt er, und Alma, die sich gerne geirrt haben möchte, lächelt zurück.

»Wenn du mich schön bittest«, sagt sie.

»Das liegt mir nicht«, sagt er. »Du kennst doch meine Gefühle.«

Früher hätte sich Alma deswegen keine Gedanken gemacht; sie wäre sicher gewesen, dass er genauso empfand wie sie. Jetzt beschließt sie, dass es ihm gegenüber höflich ist, so zu tun, als würde sie ihn verstehen. Wenn man es recht bedachte, war es vielleicht auch nur eine Art Entschuldigung, damit er ja nie offen mit der Sprache herauszurücken brauchte oder etwas bestätigen oder sich erklären muss.

»Dieselbe Zeit?«, sagt sie.

Der letzte Knopf ist zugeknöpft. Ihre Schuhe wird sie an der Tür aufheben. Sie kniet sich hin, beugt sich nach vorn, um ihm einen Abschiedskuss zu geben. Dann sieht sie einen verschwommenen Lichtblitz und gleitet zu Boden.

Als sie wieder zu sich kommt, liegt sie auf Theos Bett. Theo ist angezogen (falls er die Ambulanz rufen muss, denkt sie) und sitzt neben ihr, hält ihre Hand. Diesmal ist er nicht erfreut. »Ich glaube, du hast einen niedrigen Blutdruck«, sagt er, da er ihre Ohnmacht ja nicht ihrer sexuellen Erregung zuschreiben kann. »Du solltest ihn prüfen lassen.«

»Ich dachte, dass es diesmal vielleicht das Wahre ist«, flüstert Alma. Sie ist erleichtert; sie ist so erleichtert, dass sich das Bett unter ihr schwerelos anfühlt, als würde sie auf Wasser treiben.

Theo hat sie nicht verstanden. »Willst du damit sagen, dass es aus ist?«, sagt er, ob resigniert oder eifrig, kann sie nicht sagen.

»Es ist nicht aus«, sagt Alma. Sie macht die Augen zu; jetzt gleich, in einem Augenblick wird ihr nicht mehr so schwindlig sein, sie wird aufstehen, sie wird sprechen, sie wird gehen. Aber nun strömt Salz hinter ihre Augen, fällt wie Schnee nach unten durch das Meer, an den toten Korallen vorbei, sammelt sich auf den Zweigen des Salzbaums, der aus den weißen Kristalldünen aufragt. Auf dem Sand unter dem Wasser liegen die Knochen vieler kleiner Fische verstreut. Es ist so schön. Nichts kann es zerstören. Wenn alles vorbei ist, denkt sie, wird es immer noch Salz geben.

Auf der Suche nach der Netzblattorchidee

Wir gehen vom Ufer aus los, durchqueren jene Stelle, wo die vielen Birken sind. Der Wald ist offen, der Boden mit einer Blättermatte bedeckt, oben trocken, nach unten in den feuchten Nährboden gepresst, der mit Fasern, Strängen, Wurzeln und Strähnen von Blattschimmel durchsetzt ist, wie mit Zündschnüren durchzogen, verzweigt wie die sich netzartig ausbreitenden Arterien von Wasserfarbenblau in manchen Käsesorten (ich weiß es, auch wenn ich nicht hinsehe, so habe ich schon hingesehen, ich habe eine ganze Geschichte des Hinsehens hinter mir).

Vor der graubraunen Farbe der abgefallenen Blätter, die sich vor uns ausbreitet, stehen die Birken, oder liegen. Birken haben nur eine ganz bestimmte Zeit zu leben und sterben im Stehen. Dann verwittern die Spitzen und fallen ab oder bleiben hängen und baumeln herunter – Witwenmacher, so haben die Holzfäller sie stets genannt –, und die geköpften Stämme bleiben stehen, harte Pilzschwämme mit Unterseiten, die wie feuchter Samt sprießen. Dieses Stückchen Wald, mit seinen langen Einschnitten und den stummen Säulen, weckt in mir immer das gleiche Gefühl: nicht Furcht, nicht Traurigkeit, ein Gefühl von Sprachlosigkeit. Das Licht ist gebrochen, als fiele es durch ein Fenster hoch oben in einer Kuppel.

»Wir hätten einen Sack mitbringen sollen«, sagt meine Mutter, die hinter mir ist. Wir gehen im Gänsemarsch, mein Vater natürlich vorn, wenn auch ohne seine Axt, Joanne folgt ihm auf dem Fuß, damit er ihr alles erklären kann. Dann komme ich, und zuletzt meine Mutter. In diesem Wald muss man dicht bei dem anderen bleiben, um zu hören, was er sagt. Die Bäume, oder wahrscheinlich die Blätter, löschen das Geräusch aus.

»Wir könnten ja zurückkommen«, sage ich. Wir beziehen uns beide auf die Birkenrinde, von der überall um uns herum zusammengerollte Kringel liegen. Sie sollte aufgelesen und dazu verwendet werden, im Holzofen das Feuer anzumachen. Bei toten Birken überdauert die Haut das Innere, genau das Gegenteil von dem, wie es bei uns ist. Eigentlich gibt es nie einen Augenblick des Todes; nur ein langsames Dahinschwinden, wie eine Kerze oder ein Eiszapfen. Bei allem vergehen die trockensten Teile zuletzt.

»Du solltest lieber deinen Verstand gebrauchen«, sagt mein Vater, der sie irgendwie gehört hat. Sie besitzen die Fähigkeit, einander zu hören, selbst über eine Entfernung hinweg, selbst durch Hindernisse, obwohl sie bereits über siebzig sind. Mein Vater hebt den Kopf, ohne lauter zu sprechen, und stapft weiter über die graubraunen Blätter und die Stücke des griechischen Tempels, die auf dem Boden verstreut sind. Ich sehe auf meine Füße, und auf die von Joanne vor mir. Eigentlich schaue ich auf den Boden: Ich suche nach Pusteblumen. Ich habe auch keinen Beutel mitgebracht, aber ich kann mein Überhemd ausziehen und daraus ein Bündel machen, wenn ich welche finde.

»Habe nie welchen besessen«, sagt meine Mutter fröhlich. »Eine Kugel mit Stroh. Nur ein kleiner Knopf oben an meinem Rückgrat, damit der Kopf nicht runterfällt.« Sie geht raschelnd hinter mir. »Wohin will er?«, sagt sie.

Wir suchen nach einem Moor. Joanne, die Artikel über die Natur schreibt, hat gerade einen über Moore in Arbeit, und mein Vater weiß, wo es eins gibt. Ein Kesselmoor: keine Möglichkeit für das Wasser, hineinzugelangen, und auch keine Möglichkeit, wieder herauszukommen. Joanne hat ihre Kamera um den Hals, an einem dieser breiten verzierten Riemen, wie die Hosenträger eines Jodlers, und ihr Fernglas und ihre wasserfeste Jacke, die sich in die eigene Tasche hineinfalten lässt und mit Gummibändern an ihrer Taille befestigt ist. Sie ist immer so gut ausgerüstet.

Sie hat für diesen Besuch ihren tragbaren Ein-Personen-Kajak mit heraufgebracht, hat ihn zusammengesetzt und hüpft damit über das Wasser wie ein Wasserläufer, wie sie die quirligen Wasserkäfer genannt haben, die an stürmischen Tagen an den ruhigen Plätzen hinter Baumstämmen in den Buchten Schutz suchen, schwarz und glänzend wie Joannes neugierige Augen.

Gestern stieg Joanne verkehrt herum in ihren Kajak ein und kippte um, mit Fernglas und allem. Zum Glück blieb die Kamera verschont. Wir trockneten sie ab, so gut es ging; das Fernglas ist mehr oder weniger in Ordnung. Da wusste ich, dass das der Grund ist, warum ich nicht so gut ausgerüstet bin wie Joanne: Ich habe Angst, etwas zu verlieren. Man sollte keinen Kajak und kein Fernglas oder sonst irgendetwas besitzen, wenn man nicht dazu bereit ist, alles untergehen zu lassen.

Joanne, die intelligent ist und allein von ihrer Klugheit lebt, ist trotz ihrer Ausrüstung zu allem bereit. »Es ist doch nur ein Fernglas«, sagte sie lachend, als sie ans Ufer patschte. Sie kannte eine Adresse, wo sie es hinbringen konnte, um es fachgemäß trocknen zu lassen, wenn alles andere nichts mehr nutzte. Sie hatte auch ein Paar Wanderstiefel als Ersatz. Sie gehört zu den Frauen, die ohne Bedenken in Eisenbahnzügen mit Fremden Gespräche anfangen können. Sie entpuppen sich nie als Verrückte, wie diejenigen, die ich auflese, und falls doch, würde sie sich ihrer schon bald entledigen. »Mach was aus dir, oder wandere aus« ist eine Redewendung, die ich von Joanne gelernt habe.

Vorn bleibt mein Vater stehen, sieht nach unten, bückt sich und stochert im Boden. Joanne bückt sich auch, scheint aber nicht das Objektiv ihrer Kamera herauszuziehen. Mein Vater scharrt ungeduldig zwischen den trockenen Blättern.

»Was hat er denn da?«, fragt meine Mutter, die mich eingeholt hat.

»Nichts«, sagt mein Vater, der sie gehört hat. »Kein bisschen. Ich weiß nicht, was mit ihnen passiert ist. Sie scheinen auszusterben.«

Mein Vater hat in seinem Kopf eine Liste mit aussterbenden Dingen: Leopardfrösche, bestimmte Arten wilder Orchideen, möglicherweise Seetaucher. Das sind nur die Dinge, die es hier herum gibt. Die Liste für die restliche Welt ist länger und wird ständig noch länger. Tiger zum Beispiel und schreiende Kraniche. Wale. Rothölzer. Wilder Mais. Eine Pflanzenart pro Tag. Ich habe mit dieser Liste mein ganzes Leben lang verbracht, und ich beginne an der Stabilität des Universums zu zweifeln. Ich klammere mich an Dinge, um sie aufzuhalten, um sie hier zu behalten. Wäre es mein Fernglas gewesen, hätte es viel Aufhebens gegeben.

Aber gerade jetzt, gerade in diesem Augenblick, kann ich mich nicht daran erinnern, worum es geht, was auszusterben droht, oder warum wir überhaupt danach suchen.

Wir suchen danach, weil dies nicht die ganze Geschichte ist. Der Grund, warum ich mich nicht daran erinnern kann, ist keineswegs meine schleichende Senilität: Damals konnte ich mich sehr wohl erinnern. Aber das war *damals*, und heute ist ein Jahr später. In der Zwischenzeit, im Winter, der immer die Zwischenzeit ist, die Zeit, in der Dinge geschehen, die man zwar wissen muss, aber lieber vergessen würde, hatte mein Vater einen Schlaganfall.

Er fuhr mit dem Auto nach Norden. Der Schlaganfall ereignete sich, als er von einer Zubringerstraße in einen achtspurigen Highway einbog. Der Schlaganfall lähmte seine linke Seite, seine linke Hand zog das Lenkrad herum, und der Wagen fuhr über alle vier Bahnen der nach Westen führenden Hälfte des Highway und prallte gegen den Schutzzaun auf der anderen Seite. Meine Mutter war bei ihm im Wagen.

»Der Todessitz«, sagte sie. »Es ist ein Wunder, dass wir nicht zu Brei zerquetscht wurden.«

»Stimmt«, pflichte ich bei. Meine Mutter kann nicht Auto fahren. »Was hast du gemacht?«

Das alles spielt sich in einem Ferngespräch ab, quer über den Atlantik, am Tag nach dem Schlaganfall. Ich bin in einer Telefonzelle in einem englischen Dorf, und es nieselt. Und in der Telefonzelle steht auch ein Sack Kartoffeln. Sie gehören nicht mir. Jemand muss sie dort abgestellt haben.

Die Stimme meiner Mutter wird stärker und wieder schwächer, genauso wie es ihr mit meiner ergehen muss. Ich habe schon gesagt: »Warum hast du mich nicht sofort angerufen, als es passiert ist?« Und sie hat schon gesagt: »Ich wollte dich nicht erschrecken.« Ich bin immer noch ein Kind, vor dem man die ernsten Dinge der Erwachsenen geheim halten muss.

»Ich wollte nicht aus dem Auto aussteigen«, sagte meine Mutter. »Ich wollte ihn nicht allein lassen. Er wusste nicht, was geschehen war. Zum Glück hielt ein netter junger Mann an und fragte, ob wir in Schwierigkeiten wären, und fuhr weiter und rief die Ambulanz an.«

Sie war völlig durcheinander, wie hätte es anders sein können? Aber sie wollte nicht, dass ich zurückflog. Alles war unter Kontrolle, und wenn ich zurückgeflogen wäre, wäre das ein Zeichen, dass nicht alles unter Kontrolle war. Mein Vater lag im Krankenhaus, auch unter Kontrolle. Sie nannten den Schlaganfall, den er gehabt hatte, einen vorübergehenden. »Er kann wieder sprechen«, sagte meine Mutter. »Sie sagen, dass er gute Chancen hat, das meiste wiederzubekommen.«

»Das meiste wovon?«, fragte ich.

»Das meiste von dem, was er verloren hat«, erwiderte meine Mutter.

Nach einer Weile bekam ich einen Brief von meinem Vater. Er war im Krankenhaus geschrieben, wo sie ihn untersuchten. Während sie das Gehirn abtasteten, hörte er, wie ein Arzt zu einem anderen sagte: »In Ordnung, da ist ja ohnehin nichts drin.« Mein Vater berichtete es mit Schadenfreude. Er mag es, wenn Leute Dinge sagen, die sie gar nicht sagen wollten.

Wir haben die sterbenden Birken hinter uns, gehen landeinwärts, wo das Unterholz dichter ist. Das Moor liegt irgendwo weiter hinten, sagt mein Vater.

»Er kann sich nicht erinnern«, sagt meine Mutter leise zu mir. »Er hat sich verlaufen.«

»Ich verlaufe mich nie«, antwortet mein Vater, während er jetzt durch die Schößlinge weiterstapft. Wir sind auf keinem Weg, und die Bäume rücken näher und beginnen einander ähnlich zu sehen, wie sie es immer tun, wenn sie keine menschlichen Markierungen tragen. Aber Leute, die sich verlaufen haben, gehen im Kreis, und wir gehen geradeaus. Ich erinnere mich jetzt an das, was im Aussterben begriffen ist, wonach wir suchen sollen. Es ist das Netzblatt, eine kleine Pflanze mit

Bündeln von Blättern unten am Stängel und Knoten weiter oben. Ich glaube, es ist eine Gattung von Orchideen. Früher standen sie hier ganz dicht, hat mein Vater gesagt. Was könnte der Grund für ihr Aussterben sein? Er will keine dieser Pflanzen für irgendetwas haben; wenn er ein Netzblatt fände, würde er es sich nur ansehen. Aber es wäre beruhigend, noch etwas, das immer noch bei uns ist. Und so halte ich meine Augen auf den Boden gerichtet.

Wir finden das Moor mehr oder weniger dort, wo mein Vater es vermutet hatte. Aber es ist anders; es ist überwachsen. Es lässt sich kaum erkennen, dass es ein Moor ist, abgesehen von dem Wasser, das durch das Torfmoos aus dem Boden quillt. Ein Moor sollte Ränder aus Moos und Riedgras haben, die quietschen, wenn man darüber hinweggeht, und einen dunklen Teich in der Mitte, mit Wasser, das braun ist vom Torf. Man sollte an *Bergweiher* denken. Dieses Moor hat sein Wasser aufgesaugt, es über und über bedeckt und Bäume darauf wachsen lassen, Balsambäume, die inzwischen fast schon zwei Meter hoch sind. Wir suchen vergeblich nach Kannenpflanzen.

Dieses Moor ist nicht fotogen. Es ist ausgereift. Joanne macht mit ihrer hochklassigen Kamera und den nie versagenden Vergrößerungslinsen ein paar Fotos. Sie richtet sie auf den Boden, auf das Moos; sie nimmt einen Fußabdruck auf, der sich mit Wasser füllt. Wir stehen herum, schlagen nach Mücken, während sie es tut. Wir wissen alle, dass es nicht die Bilder sind, die sie am Ende verwenden wird. Aber sie ist ein guter Gast.

Hier gibt es keine Netzblattorchideen. Das Netzblatt wächst nicht in Mooren.

Es ist Sommer, und ich bin wieder zu Hause. Der Atlantik liegt hinter mir wie ein Zinkblech, wie eine Zeitverzerrung. Wie gewöhnlich werde ich in diesem Haus müder, als ich sollte. Oder nicht müde, schläfrig. Ich lese Krimis, die ich schon einmal gelesen habe, und gehe früh schlafen, ohne zu wissen, in welchem Jahr ich wieder aufwachen werde. Wird es vor zwanzig Jahren sein, oder wird es in zwanzig Jahren von jetzt an sein? Wird es sein, bevor ich heirate, ist mein Kind – zehn und zu Besuch bei einer Freundin – längst erwachsen und aus dem Haus? In dem Zimmer, in dem ich schlafe, ist ein Riss im Putz, in Form eines Schweinekopfs im Profil. Er war schon immer da, und jedes Mal, wenn ich hierher zurückkomme, suche ich danach, um mich gegen den Lauf der Zeit zu wappnen, der an mir vorbei und über mich hinweg fließt, immer schneller und schneller. Diese Besuche von mir verschwimmen ineinander.

Aber dieser ist anders. Etwas hat sich verändert, etwas hat aufgehört. Mein Vater, der sich fast völlig von dem Schlaganfall erholt hat, der fünf verschiedene Sorten Tabletten nimmt, um sich vor einem weiteren zu schützen, der in seiner linken Hand einen Wollball zerdrückt, der jedoch seinem Garten nicht mehr so viel Aufmerksamkeit widmet wie früher, mein Vater ist krank. Ich bin seit vier Tagen hier, und er war die ganze Zeit krank. Er liegt in seinem Morgenrock auf dem Sofa im Wohnzimmer und isst nichts und trinkt nicht einmal etwas. Er trinkt etwas Wasser, aber nicht mehr.

In der Küche hat es geflüsterte Beratungen mit meiner Mutter gegeben. Sind es die Tabletten, ist es irgendein Virus? Hatte er wieder einen Schlaganfall, einen ganz kleinen, als gerade niemand hinsah? Er hat aufgehört, viel zu reden. Irgendetwas ist nicht in Ordnung mit seiner Stimme, man muss sehr genau hinhören, sonst versteht man nicht, was er sagt.

Meine Mutter, die sich immer um alles gekümmert hat, scheint nicht zu wissen, was sie tun soll. Ich sage ihr, dass ich fürchte, dass er austrocknen wird. Ich gehe hinunter in den Keller, wo sich das andere Telefon befindet, und rufe den Arzt an, der schwer zu erreichen ist. Ich möchte nicht, dass mein Vater es hört: Er wird böse sein, er wird sagen, dass ihm nichts fehlt, er wird rebellieren.

Ich gehe wieder nach oben und messe seine Temperatur, verwende das Thermometer, mit dem ich meine Fruchtbarkeit geprüft habe, als ich schwanger zu werden suchte. Er öffnet teilnahmslos den Mund, um mich machen zu lassen; er scheint an dem Ergebnis nicht interessiert. Sein Gesicht, ein wenig einseitig von dem Schlaganfall, scheint geschrumpft und eingefallen. Seine Augen unter den weißen Brauen sind fast nicht zu sehen. Die Temperatur ist hoch.

»Du hast Fieber«, sage ich zu ihm. Er zeigt sich nicht überrascht. Ich bringe ihm eine Schüssel mit Eiswürfeln, weil er sagt, dass er nicht schlucken kann. Die Eiswürfel sind etwas, an das ich mich aus meiner Geburtshilfe erinnere. Oder war es, als meinem Mann eine Geschwulst herausoperiert wurde? Alle Krisen sind eine Krise, eine Improvisation. Man nimmt, was zur Hand ist.

»Hat er die Eiswürfel gegessen?«, erkundigt sich meine Mutter in der Küche. Er hört sie nicht, wie er es früher getan haben würde. Er antwortet nicht mit Nein.

Später, nach dem Abendessen, als ich noch einmal eine schlechte Agatha Christie lese, die aus dem Krieg stammt, kommt meine Mutter in mein Zimmer. »Er sagt, er will hinauf in den Norden fahren«, sagt sie zu mir. »Er sagt, da wären noch ein paar Bäume, die er fällen muss.«

»Das kommt vom Fieber«, sage ich. »Er hat Halluzinationen.«

»Hoffentlich«, sagt meine Mutter. »Er kann da nicht hinfahren.« Vielleicht hat sie Angst, dass es nicht das Fieber, sondern etwas Bleibendes ist.

Ich gehe mit ihr in das Schlafzimmer, wo mein Vater dabei ist, seine Sachen zu packen. Er hat sich schon angezogen, Shorts, ein weißes kurzärmliges Hemd und Schuhe und Socken. Ich kann mir nicht vorstellen, wie er es geschafft hat, denn er kann kaum gerade stehen. Er ist in der Mitte des Zimmers, seinen zusammengefalteten Schlafanzug in der Hand, als wüsste er nicht, was er damit anfangen soll. Auf dem Stuhl steht ein offener Rucksack, daneben eine Packung Taschenlampenbatterien.

»Du kannst nicht in der Nacht fahren«, sage ich. »Es ist dunkel draußen.«

Er dreht den Kopf von einer Seite zur anderen, wie eine Schildkröte, als suchte er, mich besser zu hören. Er wirkt erstaunt.

»Ich weiß nicht, was dich zurückhält«, sagt er zu meiner Mutter. »Wir müssen da hin.« Jetzt, mit dem Fieber, ist seine Stimme kräftiger. Ich weiß, was es ist: Ihm gefällt der Ort nicht, an dem er sich befindet, er will irgendwo anders sein. Er will raus, er will fahren, weg von dieser ganzen Krankheit.

»Du solltest bis morgen warten«, sage ich. Er legt den Schlafanzug hin und fängt an, in seinen Taschen zu kramen.

»Die Autoschlüssel«, wendet er sich an meine Mutter.

»Hast du ihm ein Aspirin gegeben?«, frage ich sie.

»Er kann nicht schlucken«, sagt sie. Ihr Gesicht ist weiß, plötzlich sieht sie alt aus.

Mein Vater hat etwas in seiner Tasche gefunden. Es ist ein zusammengefaltetes Stück Papier. Mühsam faltet er es auseinander, starrt darauf. Es sieht wie eine alte Einkaufsliste aus. »Die Netzblattorchidee ist wieder da«, sagt er zu mir. Ich begreife, dass er von irgendwo da drinnen, hinter seinem Fieber, versucht, ihnen eine gute Nachricht zu bringen. Er weiß, dass etwas schief gelaufen ist, aber das ist nur Teil eines Kreislaufs. Es war ein schlechter Sommer für Waldmäuse, hatte er mir gerade gesagt. Damit meinte er nicht, dass es viele gab, sondern dass es kaum welche gab. Das Adjektiv war aus der Warte der Mäuse gewählt.

»Mach dir keine Sorgen«, sage ich zu meiner Mutter. »Er wird nicht fahren.«

Wenn es zum Schlimmsten kommt, denke ich, kann ich mein Auto quer vor die Einfahrt stellen. Ich erinnere mich daran, wie es war, als man mir, mit sechs, die Mandeln herausgenommen hatte. Ich hörte Soldaten marschieren. Mein Vater hat Angst.

»Ich helfe dir, deine Schuhe auszuziehen«, sagt meine Mutter. Mein Vater setzt sich auf den Bettrand, als wäre er müde, als wäre er besiegt. Meine Mutter kniet sich hin. Stumm streckt er seinen Fuß aus.

Wir sind auf dem Rückweg. Mein Vater und meine Mutter sind irgendwo im Wald, stapfen durchs Unterholz, junger Balsam und Haselnussbüsche und Pennsylvanischer Ahorn, aber Joanne und ich (warum? wie kommt es, dass wir nun von ihnen getrennt sind?) gehen am Ufer entlang, nach der Theorie, dass man, wenn man auf einer Insel ist, nichts anderes zu tun braucht, als immer nur am Ufer entlangzugehen, um früher oder später wieder dort anzukommen, von wo man losgegangen ist. Jedenfalls ist es eine Abkürzung, wie wir uns gegenseitig versichert haben.

Jetzt kommen wir zu einem steilen Uferstück und einer flachen Bucht, in der sich eine Menge Treibholz angesammelt hat – alte Holzstämme, so dick wie eine Umarmung, mit fein säuberlich abgesägten Enden. Diese Holzstämme stammen aus der Zeit, in der man noch im Winter Bäume gefällt hat, über die gefrorenen Seen zu den Inseln gegangen ist, die Bäume abgesägt und mit zwei Pferden zum Eis gezogen hat, und im Frühjahr mit Schwimmbäumen zu der Stromschnelle und der Mühle hat treiben lassen, die Baumstämme zusammengepfercht in einem auf dem Wasser treibenden Zaun anderer Baumstämme, die aneinander gekettet waren. Die Baumstämme in dieser Bucht waren Ausreißer. Jetzt liegen sie da wie Wale, die sich sonnen, die sich in dem warmen Wasser des Ufers rekeln, hinter denen die Wasserläufer Schutz suchen, wenn sie nach und nach auf die Erde zurückkehren. Auf ihnen wächst Moos und Sonnentau, der seine runden Blätter wie kleine grüne Monde ausstreckt, während die klebrigen Härchen in Lichtstrahlen von ihnen wegstehen.

An diesen aufgeweichten und sprießenden Baumstämmen gehen Joanne und ich entlang, halten uns an den zum Ufer ausgestreckten Zweigen fest, um nicht das Gleichgewicht zu verlieren. Heute werden die Bäume anders gefällt; man verwendet Kettensägen und Lastwagen, um die Baumstämme fortzuschaffen, über Kieswege, die innerhalb einer Woche mit dem Bulldozer angelegt werden. Das Ufer rühren sie allerdings nicht an, sie lassen noch genug für das Auge übrig; aber der Wald hier oben wird immer mehr wie ein Vorhang, eine Kulisse, hinter der Leere ist oder ein Trümmerhaufen. Die Landschaft wird ausgehöhlt. Bei dieser Art, Holz zu fällen, sind Inseln sicherer.

Joanne tritt auf den nächsten Baumstamm, schokoladenbraun und weißlich-grau von Flechten. Er rollt langsam auf die Seite und wirft sie ab. Da geht ihr zweites Paar Wanderstiefel dahin, und ihre Hosen bis an die Knie, aber zum Glück nicht die Kamera.

»Man kann niemals niemandem trauen«, sagt Joanne lachend. Sie watet den Rest des Weges bis dorthin, wo das Ufer nach unten abfällt und sie platschend auf trockenen Boden gelangen kann. Ich suche mir einen anderen Baumstamm aus, überquere ihn sicher und folge ihr. Trotz unserer Abkürzung sind meine Eltern vor uns zurück.

Am Morgen kommt die Ambulanz, um meinen Vater zu holen. Er ist wieder klar, das ist der Begriff dafür. Ich muss an *durchsichtig* denken: Es kommt wieder Licht aus ihm, er ist nicht mehr undurchsichtig. Mit seiner rauen, dunklen Stimme scherzt er sogar mit den Pflegern der Ambulanz, die jung und ermutigend sind, als sie ihn festschnallen.

»Falls ich gewalttätig werde«, sagt er.

Die Ambulanz bedeutet keine Wendung zum Schlimmeren.

Der Arzt hat gesagt, dass man ihn in die Notaufnahme bringen soll, weil auf den regulären Stationen keine Betten frei sind. Es ist Sommer, die Autounfälle häufen sich, aber unglaublicherweise ist der eine Flügel des Krankenhauses während der Ferien geschlossen. Was immer jedoch ihm fehlt oder nicht fehlen mag, sie werden ihn zumindest an den Tropf hängen, um die verlorene Flüssigkeit zu ersetzen.

»Er verwandelt sich in eine Rosine«, sagt meine Mutter. Sie hat eine Liste von allem, was er während der vergangenen fünf Tage nicht gegessen und getrunken hat.

Ich fahre meine Mutter mit meinem Auto ins Krankenhaus, und wir kommen gerade rechtzeitig, um zu sehen, wie mein Vater in dem Ambulanzwagen eintrifft. Sie heben ihn heraus, noch immer auf der Krankentrage mit Rädern, und lassen ihn durch Schwingtüren verschwinden, in einen Raum, der uns ausschließt.

Meine Mutter und ich sitzen auf den Stühlen aus imitiertem Leder, warten darauf, dass uns jemand sagt, was als Nächstes geschehen soll. Außer ein paar alten Exemplaren von *Scottish Life* gibt es dort nichts zu lesen. Ich sehe mir ein Bild vom Waldsterben an. Ein Polizist kommt herein, spricht mit einer Krankenschwester, geht wieder hinaus.

Meine Mutter liest nicht in *Scottish Life*. Sie sitzt kerzengerade da, wachsam, ihr Kopf dreht sich wie ein Periskop hin und her. »Es scheinen überhaupt keine zerquetschten Leute hereinzukommen«, sagt sie nach einer Weile.

»Es ist Tag«, sage ich. »Ich glaube, die kommen mehr in der Nacht herein.« Ich kann nicht sagen, ob sie wegen dieses Fernbleibens enttäuscht oder beruhigt ist. Sie beobachtet die Schwingtüren, als würde mein Vater jeden Augenblick durch sie herausmarschiert kommen, gesund und fertig angekleidet, und mit seinen Autoschlüsseln klimpern, bereit zu gehen.

»Was glaubst du, was er vorhat da drinnen?«, fragt sie.

Der Sonnenaufgang

Yvonne folgt Männern. Sie tut es diskret und zuerst aus der Ferne, gewöhnlich erspäht sie sie in der U-Bahn, wo sie Zeit hat, sich hinzusetzen und sich umzusehen, aber manchmal trifft sie auch einen auf der Straße, dreht sich um und geht hinter ihm her, beeilt sich ein wenig, um mit ihm Schritt zu halten. Gelegentlich fährt sie nur aus diesem Grund mit der U-Bahn oder geht spazieren, aber häufiger fällt ihr Blick rein zufällig auf sie. Und wenn das passiert, lässt sie alles sein, was immer sie gerade tun wollte, und macht einen Umweg. Das hat schon dazu geführt, dass sie Verabredungen versäumt hat, was sie wurmt, weil sie in der Regel pünktlich ist.

In der U-Bahn achtet Yvonne darauf, nicht zu direkt zu starren: Sie möchte niemandem Angst einjagen. Wenn der Mann aus dem Zug steigt, steigt Yvonne auch aus und geht mit ihm zum Ausgang, immer ein paar Meter hinter ihm. Zu diesem Zeitpunkt folgt sie ihm entweder nach Hause, um zu sehen, wo er wohnt, und legt sich ein paar Tage später auf die Lauer, um ihn abzupassen, wenn sie sich über ihn ein Urteil gebildet hat, oder sie spricht ihn an, wenn sie draußen auf der Straße sind. Zwei oder drei Mal hat ein Mann gemerkt, dass er beschattet wird. Einer fing tatsächlich zu laufen an. Ein anderer drehte sich um und trat ihr, mit dem Rücken zum Schaufenster eines Drugstore, entgegen, als hätte man ihn in die Enge getrieben. Einer lief zwischen eine Menschenmenge und schüttelte sie darin ab. Das waren die mit einem schlechten Gewissen, denkt sie.

Wenn der richtige Zeitpunkt gekommen ist, geht Yvonne schneller, holt den Mann ein und berührt ihn am Arm. Sie sagt immer dasselbe:

»Entschuldigen Sie. Es wird Ihnen vielleicht komisch vorkommen, aber ich würde Sie gerne malen. Bitte, halten Sie es nicht für einen sexuellen Antrag.«

Dann entsteht eine Pause, während der sie *Was?* sagen und Yvonne es ihnen erklärt. Es entstehen ihnen keine Kosten, sagt sie, und keine Verpflichtungen. Sie will sie nur malen. Ihre Kleider brauchen sie nicht auszuziehen, wenn sie nicht wollen; der Kopf und die Schultern reichen völlig aus. Sie ist wirklich eine professionelle Künstlerin. Sie ist nicht verrückt.

Wenn sie sich ihre Bitte überhaupt anhören, und die meisten tun es, können sie schwerlich nein sagen. Was will sie denn schließlich von ihnen? Nur ein kleines bisschen von ihrer Zeit, damit sie ihr Zugang zu etwas verschaffen, das nur sie geben können. Sie wurden als einzigartig ausgesondert, es wurde ihnen gesagt, dass sie nicht austauschbar sind. Niemand weiß besser als Yvonne, wie verlockend das ist. Die meisten von ihnen sagen ja.

Yvonne ist nicht an Männern interessiert, die auf die gewöhnliche Art gut aussehen: Sie malt keine Zahnpastareklamen. Außerdem sind sich Männer mit Jacketkronen und regelmäßigen Gesichtszügen, Männer, die auch nur entfernt wie griechische Götter aussehen, der Oberfläche bewusst, die sie darstellen, und auch ihrer Wirkung. Sie stellen sich zur Schau, als wären ihre Gesichter bereits Bilder, fertig, poliert, undurchdringlich. Yvonne dagegen will, was hinter dem Gesicht ist und hindurchscheint. Sie wählt Männer, die aussehen, als wäre ihnen etwas zugestoßen, Dinge, die sie nicht besonders mochten, Männer, die Zeichen der Kräfte zeigen, die auf sie einwirken, die ein wenig angeschlagen sind, aufgeweicht, abgeschabt, wie Muscheln am Strand. Ein Kinn, leicht vorspringend, eine Nase, zu groß oder lang, Augen von verschiedener Größe, Asymmetrie und Gegengewicht, das sind die Eigenschaften, die sie anziehen. Männer dieser Art sind höchstwahrscheinlich nicht auf eine normale Art eitel. Sie wissen, dass sie sich auf etwas anderes verlassen müssen als auf ihr Aussehen, um Eindruck zu machen, aber der reine Akt des Gemaltwerdens wirft sie zurück auf ihre unzuverlässigen Körper, ihr unvollkommenes Fleisch. Sie beobachten sie, während sie malt, verblüfft, misstrauisch, aber gleichzeitig verwundbar und merkwürdig vertrauensvoll. Etwas von ihnen ist in ihren Händen.

Sobald Yvonne die Männer in ihr Atelier gebracht hat, geht sie mit ihnen sehr behutsam um, sehr taktvoll. Sie hat dafür speziell einen gebrauchten Sessel mit einem dazu passenden Hocker gekauft: stabil, bequem, weinroter Samt, nicht ihr üblicher Geschmack. Sie platziert sie darauf neben dem großen Fenster und dreht sie, damit das Licht voll auf ihr Gesicht und die Halspartie fällt. Sie bringt ihnen eine Tasse Tee oder Kaffee, damit sie sich entspannen, und sagt ihnen, wie sehr sie zu schätzen weiß, was sie für sie tun. Ihre Dankbarkeit ist echt: Sie ist dabei, ihre Seelen zu vertilgen, natürlich nicht die ganze Seele, aber schon ein kleines Stückchen davon ist etwas sehr Kostbares. Manchmal legt sie eine Kassette ein, etwas Klassisches und nicht allzu Lautes.

Wenn sie glaubt, dass sie genügend entspannt sind, bittet sie sie, ihr Hemd auszuziehen. Sie findet Schlüsselbeine sehr ausdrucksvoll oder vielmehr die kleine Vertiefung an dem V, dem Ansatz der Kehle; das Gabelbein, das nur Glück bringt, wenn es gebrochen ist. Der Puls schlägt dort anders als der am Handgelenk oder an der Schläfe. An dieser Stelle dringt in den historischen Kinofilmen, die im Mittelalter spielen, der Pfeil ein.

Wenn Yvonne ihre Utensilien angeordnet und mit dem Malen begonnen hat, beeilt sie sich: Den Männern zuliebe will sie die Dinge nicht in die Länge ziehen. Da sie sich dieser Prozedur während ihres Studiums, als man füreinander Modell stand, selbst unterworfen hat, weiß sie, wie qualvoll es ist, still dazusitzen und sich betrachten zu lassen. Von dem Geräusch des Stifts, der über das Papier streicht, stellen sich die kleinen Härchen auf der Haut auf, als wäre der Stift gar kein Stift, sondern eine Hand, die zwei Zentimeter über der Oberfläche über den Körper gleitet. Es ist nicht erstaunlich, dass einige Männer dieses Gefühl – das erotisch sein kann – mit Yvonne in Verbindung bringen und sie bitten, mit ihnen auszugehen oder sich wieder mit ihnen zu treffen oder sogar mit ihnen zu schlafen.

Hier nun wird Yvonne anspruchsvoll. Sie fragt, ob der Mann verheiratet ist, und wenn er es ist, fragt sie, ob er glücklich ist. Sie hat kein Verlangen, es mit einem unglücklich verheirateten Mann zu tun zu bekommen, sie will nicht den schwarzen Rauch anderer Leute einatmen. Aber wenn er glücklich ist, warum sollte er dann mit ihr schlafen wollen? Wenn er nicht verheiratet ist, glaubt sie, muss es einen guten Grund dafür geben, warum er es nicht ist. Meistens lehnt Yvonne sanft und lächelnd ab, wenn sie solche Einladungen erhält. Sie hält nicht viel von Liebesbeteuerungen, Leidenschaft und unsterblicher Freundschaft, Lobeshymnen auf ihre Schönheit und ihr Talent, Ansprüche an ihre Nächstenliebe, Jammern und Toben; das hat sie alles schon mal gehört. Für Yvonne zählt nur der einfache kühle Verstand. »Weil ich es will«, ist so ungefähr das Einzige, was sie akzeptiert.

Yvonnes Atelier liegt mitten im Geschäftsviertel, dicht am Wasser, in einer Gegend mit Fabriken aus dem 19. Jahrhundert und Lagerhäusern, von denen manche noch im ursprünglichen Sinne genutzt werden und manche von Leuten wie sie übernommen wurden. In den Straßen hier gibt es Betrunkene, Obdachlose, Leute, die in Pappkartons leben, was Yvonne nicht weiter stört, da sie selten in der Nacht dort hingeht. Auf dem Weg in ihr Atelier am Morgen ist sie oft an einem Mann vorbeigekommen, der wie Beethoven aussieht. Er hat die gleiche hohe Stirn, die gleichen wuchernden Augenbrauen, das gleiche düstere nachdenkliche Stirnrunzeln. Sein Haar ist grau und lang und verfilzt, und er trägt einen zerknitterten Jeansanzug und Turnschuhe, die mit Verpackungsschnur zugebunden sind, auch im Winter, und er trägt ein in Plastik eingewickeltes Bündel mit sich herum, das, wie Yvonne annimmt, alles enthält, was er besitzt. Er redet mit sich selbst und sieht sie nie an. Yvonne würde ihn sehr gern malen, aber er ist viel zu verrückt. Sie hat einen gut entwickelten Sinn für ihren Selbstschutz, was wohl auch der Grund dafür sein muss, dass sie mit keinem der Männer, die sie aufliest, jemals ernsthafte Schwierigkeiten bekommt. Dieser Mann macht ihr Angst, nicht weil sie glaubt, dass er gefährlich ist, sondern weil er ein bisschen zu viel von dem hat, was aus ihr einmal werden könnte.

Niemand weiß, wie alt Yvonne ist. Sie sieht aus wie dreißig und kleidet sich, als wäre sie zwanzig, obwohl sie manchmal wie vierzig aussieht und sich kleidet, als wäre sie fünfzig. Ihr Alter hängt vom Licht ab, und was sie anhat, hängt davon ab, wie sie sich fühlt, was davon abhängt, wie alt sie an diesem Tag aussieht, was wiederum vom Licht abhängt. Das ist eine delikate Wechselwirkung. Ihr bronzefarbenes Haar trägt sie im Nacken kurz geschnitten und vorn wie Peter Pan in Strähnen über der Stirn. Manchmal rüstet sie sich mit schwarzen Lederhosen aus und fährt auf einem sehr kleinen Motorrad; ein anderes Mal wieder steckt sie einen Hut mit einem kleinen Schleier auf ihrem Kopf fest, drückt sich mit einem Augenbrauenstift ein Schönheitspflaster auf die Wange und schlingt sich einen Secondhand-Silberfuchs mit drei Schwänzen um den Hals.

Manchmal erklärt sie ihr Alter damit, indem sie sagt, dass sie alt genug sei, sich an Strumpfhaltergürtel zu erinnern, als sie noch ein ganz gewöhnlicher Bestandteil der weiblichen Kleidung waren. Man trug sie, wenn man jung war, bevor man gezwungen war, Hüfthalter zu tragen und sich mit Gummi zu überziehen, wie Mütter. Yvonne erinnert sich an das Aufkommen von Strumpfhosen, den Tod der Strümpfe mit Nähten, während all diese Ereignisse für jüngere Frauen reine Legenden sind.

Sie hat noch eine andere Methode, sich zu verabreden, die sie jedoch nicht so häufig verwendet. Einmal, als sie noch jung, aber schon erwachsen war, hatte die Polizei eine Ausstellung mit ihren Bildern geschlossen. Sie verurteilten sie als obszön. Sie gehörte zu den ersten Künstlern in Toronto, denen so etwas passiert war. Unmittelbar vor dieser Zeit hätte keine Galerie auch nur gewagt, die Ausstellung zu zeigen, und kurz darauf, als Ketten und Blut und Körperteile in Supermarktauslagen schick geworden waren, wäre sie als langweilig angesehen worden. Damals tat Yvonne nichts anderes, als die Penisse an den Männerkörpern mehr oder weniger auf dieselbe Weise zu befestigen, wie sie es wirklich waren, und noch dazu in Erektion. »Ich verstehe nicht, was das Ganze eigentlich sollte«, kann sie, noch immer treuherzig, sagen. »Ich habe nur harte gemalt. Wünscht sich das nicht jeder Mann? Die Polizei war bloß neidisch.« Und dann fügt sie noch hinzu, dass sie nicht versteht, warum es eine Beleidigung ist, jemanden als Penishirn zu titulieren, wenn ein Penis eine gute Sache ist. Diese Unterhaltung führt sie nur mit Leuten, die sie sehr gut kennt oder die sie gerade kennen gelernt hat. Wenn Yvonne schockieren will, ist das Schockierende an ihr der Kontrast zwischen bestimmten Elementen ihres Vokabulars und allem anderen, das, wie ihr Benehmen, zurückhaltend und sogar verschlossen ist.

Eine Zeit lang wurde sie sogar zu einer Art Berühmtheit, aber das kam, weil sie zu wenig Erfahrung hatte, um es besser zu wissen. Die Leute machten sie zu einem Fall und sammelten sogar Geld für sie, was nett von ihnen war, was aber, wie sie heute glaubt, ihrem Ruf als ernsthafter Künstlerin im Weg stand. Es wurde langweilig, immer als »Penisdame« bezeichnet zu werden. Aber einen Vorteil hatte es: Die Leute kauften ihre Bilder, wenn auch nicht zu Ultratoppreisen, vor allem nicht, nachdem der magische Realismus wieder in Mode gekommen war. Inzwischen hat sie Geld auf die Seite gelegt: Sie weiß zu viel über das Leben von Künstlern, um alles auszugeben und nichts zu haben, auf das sie zurückgreifen kann, wenn der Wind sich dreht und das Knirschen beginnt, obwohl sie sich manchmal Sorgen macht, dass sie eine von jenen alten Frauen sein wird, die mit einer Million Dollar im Strumpf in einem Haufen leerer Dosen für Katzennahrung aufgefunden wird. Sie hatte jetzt schon einige Jahre keine Ausstellung mehr; sie nennt es »eine ruhigere Arbeitsperiode«. Aber in Wahrheit hat sie außer ihren Bildern von Männern nicht viel hervorgebracht. Inzwischen hat sie eine ganze Menge davon, aber sie ist sich nicht sicher, was sie mit ihnen anfangen soll. Was immer sie sucht, hat sie noch nicht gefunden.

Zur Zeit ihrer revolutionären Penisse war sie mehr an Körpern interessiert, als sie es jetzt ist. Renoir war ihr Held, und sie bewundert ihn noch immer als Farbkünstler, aber jetzt findet sie seine großen sich rekelnden Akte in trägen malerischen Posen schal und bedeutungslos. Vor kurzem war sie von Holbein besessen. In ihrem Badezimmer hängt ein Druck seines Porträts von Georg Gisze, wo sie es sehen kann, wenn sie in der Badewanne liegt. Georg sieht sie an, er trägt einen schwarzen Pelzmantel und ein wunderbares rosafarbenes Seidenhemd, jede Ader seiner Hände, jeder Fingernagel vollkommen, mit einem Anflug von Dunkelheit in seinen Augen, ein feuchter Glanz auf seinen Lippen, um ihn herum die Symbole seines geistigen Lebens. Auf seinem Schreibtisch steht eine Vase, die die Leere und Hohlheit sterblicher Existenz verkörpert, mit einer einzelnen Nelke darin, die den Heiligen Geist andeutet, oder vielleicht Verlobung. Früher in ihrem Leben hat Yvonne diese Dinge immer als den Rosmarin für die Erinnerungsschule des Blumenbindens abgetan: Alles musste irgendetwas anderes bedeuten. Das Entscheidende am Malen von Penissen war, dass sie nie jemand mit phallischen Symbolen verwechselt hat, oder überhaupt mit Symbolen. Aber jetzt fände sie es so praktisch, wenn es noch irgendeine Sprache von Bildern wie diesem gäbe, die jeder kennen und verstehen würde. Sie würde den Männern, die sie malt, gern Nelken zwischen die Finger stecken, aber dafür ist es viel zu spät. Sicher war der Impressionismus ein Fehler, mit seinem Fleisch, das nur Fleisch war, wenn auch schön, seinen Blumen, die nur Blumen waren. (Aber was meint sie mit »nur«? Ist es für eine Blume nicht genug, sie selbst zu sein? Wenn Yvonne die Antwort wüsste …)

Yvonne arbeitet gern am späten Vormittag, wenn das Licht in ihrem Atelier am besten ist. Danach geht sie manchmal mit verschiedenen Leuten, die sie kennt, essen. Sie arrangiert diese Essen von einer Telefonzelle aus. Sie hat kein eigenes Telefon; als sie eins besaß, hatte sie immer das Gefühl, seiner Gnade ausgeliefert zu sein, ob es klingelte oder nicht, meistens, wenn es nicht klingelte.

Sie teilt sich diese Mittagessen zu wie Tabletten, in Abständen, wenn sie glaubt, dass sie sie braucht. Sie glaubt, dass Leute, die allein leben, wunderlich werden, wenn sie zu lange keinen menschlichen Kontakt haben. Yvonne hat lernen müssen, wie sie auf sich aufpassen muss; sie hat es nicht immer gewusst. Sie ist wie eine Pflanze – keine kranke, alle machen immer Bemerkungen, wie gesund sie aussieht –, sondern eine seltene Pflanze, die nur unter bestimmten Bedingungen gedeihen und überhaupt leben kann. Ein Transplantat. Sie würde sich gern Instruktionen aufschreiben und sie jemand anderem geben, damit er sie ausführen kann, aber trotz mehrerer Versuche hat es sich als unmöglich erwiesen.

Sie bevorzugt kleine Restaurants mit Tischdecken; die Tischdecke ist etwas, an dem sie sich festhalten kann. Sie sitzt dem gegenüber, der es gerade an diesem Tag ist, ihre großen grünen Augen blicken hinter den Haaren hervor, die ihr immer wieder über die Stirn fallen, das Kinn schräg, so dass die linke Seite ihres Kopfs weiter nach vorne geneigt ist. Sie ist überzeugt, dass sie mit dem linken Ohr besser hören kann als mit dem rechten, ein Glauben, der nichts mit Taubheit zu tun hat.

Ihre Freunde essen gern mit Yvonne zu Mittag, obwohl sie es wahrscheinlich nicht so genießen würden, wenn sie es öfter täten. Sie würden feststellen, dass sie nicht mehr wüssten, worüber sie reden sollten. Denn so, wie es ist, eignet sich Yvonne gut als Zuhörerin: Sie interessiert sich immer für alles. (Das ist keine Täuschung: In gewisser Weise *ist* sie an allem interessiert.) Sie versteht immer gern, was die Leute tun. Niemandem gelingt es je, zu verstehen, was sie tut, weil sie den Eindruck vermittelt, so heiter zu sein, so völlig ausgeglichen, dass sie sich gar keine Gedanken über sie machen. Was immer sie tut, ist so offensichtlich richtig. Wenn sie fragen, hält sie ein ganzes Repertoire an Anekdoten über sich bereit, die amüsant, aber nicht sehr informativ sind. Wenn sie damit zu Ende ist, erzählt sie Witze. Sie schreibt sich die Pointen auf und bewahrt sie auf Karteikarten in ihrer Tasche, damit sie sie nicht vergisst.

Sie geht allein zum Essen aus, aber nicht oft. Wenn sie es tut, dann gewöhnlich in Sushi-Bars, wo sie mit dem Rücken zum Raum sitzen und die Hände der Köche beobachten kann, wie sie geschickt ihr Essen streicheln und liebkosen. Wenn sie isst, spürt sie beinahe ihre Finger in ihrem Mund.

Yvonne wohnt im obersten Stock eines großen Hauses in einem älteren, aber neumodischen Teil der Stadt. Sie hat zwei große Zimmer, ein Badezimmer, eine kleine Küche, die hinter verschalten Flügeltüren verborgen ist, die sie die meiste Zeit geschlossen hält, und eine Terrasse, auf der mehrere Pflanzentöpfe stehen, die aus auseinander geschnittenen Fässern gemacht sind. Früher standen Rosenbüsche darin, aber nicht von Yvonne. Dieses Stockwerk war früher der Speicher, und obwohl Yvonne das restliche Haus durchqueren muss, um bis dorthin zu gelangen, ist unten an der Treppe eine Tür, die sie verschließen kann, wenn sie will.

Das Haus gehört einem jüngeren Paar namens Earl und Judy, die beide für das städtische Planungsbüro im Rathaus arbeiten und den Kopf voller Klatsch und Projekte haben. Sie planen, ihren eigenen Wohnbereich auf Yvonnes Stockwerk auszudehnen, wenn ihre Hypothek abgezahlt ist; es wird ein

Arbeitszimmer für Earl werden. Inzwischen sind sie froh, eine Mieterin wie Yvonne zu haben. Solche Arrangements sind so zerbrechlich, so voller Widersprüche und offen für andere Formen von Katastrophen. So leicht zerstört durch Stereoanlagen und Schmutz auf den Teppichen. Aber Yvonne ist ein Juwel, sagt Judy: Sie hören nie auch nur einen Piepser von ihr. Für Earl ist sie fast zu still, er würde lieber Schritte hören, wenn jemand hinter ihm die Treppe heraufkommt. Er spricht von Yvonne als dem »Schatten«, aber nur, wenn er einen harten Tag in der Arbeit und ein paar Drinks zu sich genommen hatte.

Auf jeden Fall übertreffen die Vorteile bei weitem die Nachteile. Earl und Judy haben ein einjähriges Baby namens Kimberly, das am Vormittag in Pflege ist und am Nachmittag in Judys Büro, aber wenn sie abends ausgehen wollen, ist Yvonne da, und sie zögern nicht, Kimberly in ihrer Obhut zu lassen. Aber sie bitten sie nie, Kimberly auch ins Bett zu bringen. Sie haben nie gesagt, dass sie wie zur Familie gehört; diesen Fehler begehen sie nicht. Manchmal kommt Yvonne herunter und sitzt in der Küche, während Kimberly ihr Essen bekommt, und dann glaubt Judy, einen sehnsüchtigen Blick in Yvonnes Augen zu sehen.

Am Abend, wenn sie im Bett liegen, oder am Morgen, wenn sie sich anziehen, sprechen Earl und Judy manchmal über Yvonne. Jeder der beiden hat eine andere Version von ihr, die auf der Tatsache beruht, dass sie niemals Männer bei sich hat, nicht einmal Frauen. Judy glaubt, dass sie überhaupt keinen Sex hat; sie hat ihn aus irgendeinem Grund aufgegeben, wahrscheinlich einem tragischen. Earl glaubt, dass sie Sex hat, dass sie ihn aber irgendwo anders praktiziert. Eine Frau, die wie Yvonne aussieht – er drückt sich nicht genau aus –, muss ihn irgendwie bekommen. Judy sagt, er sei ein schmutziger alter Mann, und versetzt ihm einen Knuff ins Zwerchfell.

»Wer weiß, welcher Teufel in den Herzen der Männer lauert?«, sagt Earl. »Yvonne weiß es.«

Was Yvonne betrifft, ist ihr diese Situation für den Augenblick so recht. Sie findet es beruhigend, die Geräusche des Familienlebens unter sich zu hören, vor allem an den Abenden, und wenn sie nicht da ist, gießt Judy ihre Pflanzen. Sie hat nicht viele. Tatsächlich hat sie nach Judys Meinung von gar nichts viel: das Reißbrett eines Architekten, einen Teppich und ein paar Kissen und einen niedrigen Tisch, ein paar gerahmte Drucke und im Schlafzimmer zwei Futons, übereinander. Judy stellte zuerst die Vermutung auf, dass der zweite dafür diente, wenn ein Mann bei ihr die Nacht verbrachte, aber das tat nie einer. Yvonnes Wohnung ist immer sehr ordentlich, aber auf Judy wirkt sie fragwürdig. Sie ist zu transportabel, findet sie, als könnte die gesamte Einrichtung in einer Minute zusammengelegt und fortgeschafft und fast überall sonst wieder aufgestellt werden. Judy sagt zu Earl, dass es sie nicht wundern würde, wenn sie eines Morgens feststellte, dass Yvonne einfach verschwunden ist. Earl erwidert, sie soll nicht albern sein: Yvonne ist verantwortungsbewusst, sie würde niemals gehen, ohne ihnen vorher Bescheid zu sagen. Judy sagt, dass sie von einem Gefühl spricht, nicht davon, was sie objektiv glaubt, dass es wirklich geschieht. Earl nimmt immer alles so wörtlich.

Earl und Judy haben zwei Katzen, die auf Yvonne sehr neugierig sind. Sie klettern hinauf auf ihre Terrasse und miauen an den hohen Glastüren, um hereingelassen zu werden. Wenn sie ihre Tür einen Spalt offen lässt, sind sie wie der Blitz die Treppe hinauf. Yvonne hat nichts gegen sie, außer wenn sie ihr auf den Kopf springen, während sie sich ausruht. Manchmal hebt sie eine von ihnen hoch und hält sie so, dass ihre Pfoten auf beiden Seiten ihres Halses sind und sie ihren Herzschlag spüren kann. Die Katzen finden diese Stellung unbequem.

Ab und zu verschwindet Yvonne tagelang, vielleicht sogar für eine ganze Woche. Earl und Judy machen sich keine Sorgen ihretwegen, da sie ihnen sagt, wann sie zurück sein wird, und sie ist immer zum versprochenen Datum wieder da. Sie sagt ihnen nie, wo sie hingeht, aber sie hinterlässt einen versiegelten Umschlag bei ihnen, von dem sie sagt, dass er Anweisungen enthält, wie sie in einem Notfall zu erreichen ist. Sie erklärt nicht, was einen Notfall darstellen würde. Judy klemmt den Umschlag sorgfältig in der Küche hinter das Wandtelefon; sie weiß nicht, dass er leer ist.

Earl und Judy haben diese Abwesenheiten von Yvonne in die Liebesromanzen eingebaut, die sie um sie gewunden haben. In Earls Version ist sie weg, um sich mit einem Liebhaber zu treffen, dessen Identität geheim bleiben muss, entweder weil er verheiratet ist oder aus Gründen des Status oder wegen beidem. Er stellt sich diesen Liebhaber als viel reicher und bedeutender vor, als er es ist. Für Judy besucht Yvonne das Kind oder die Kinder, die sie nach Judys Überzeugung hat. Der Vater ist ein Rohling und hat einen stärkeren Willen als Yvonne, die, wie jeder sehen kann, eine Frau ist, die weder physischer Gewalt noch einer langen gerichtlichen Schlacht standhalten könnte. Das ist der einzige Grund, der für Judy als Entschuldigung zählt, dass Yvonne ihre Kinder verlassen hat. Yvonne darf sie nur selten sehen. Judy stellt sich vor, dass sie sie in Restaurants trifft, in Parks, die Befangenheit, die Qualen der Trennung. Sie löffelt Apfelsoße in den nassen rosafarbenen austernähnlichen Mund von Kimberly und bricht in Tränen aus.

»Sei nicht albern«, sagt Earl. »Sie ist nur auf und davon, um sich im Heu zu wälzen. Das wird ihr gut tun.« Earl findet, dass Yvonne zu blass ausgesehen hat.

»Du glaubst wohl, Sex mit einem Mann sei die Lösung für alles, was?«, sagt Judy und wischt sich mit dem Ärmel ihres Pullovers die Augen aus.

Earl tätschelt sie. »Nicht die einzige«, sagt er, »aber immerhin besser als ein Klatsch mit einer nassen Nudel ins Gesicht, nicht?«

Manchmal *ist* es ein Klatsch mit einer nassen Nudel ins Gesicht, denkt Judy, die in letzter Zeit übermüdet ist und das Gefühl hat, dass man zu viele Anforderungen an sie stellt. Aber sie lächelt Earl voller Liebe und Dankbarkeit zu. Sie weiß, dass sie Glück hat. Der Maßstab, an dem sie ihr Glück misst, ist Yvonne.

So führt Yvonnes Dasein und ihr etwas merkwürdiges Verhalten zu ehelicher Kommunikation und schließlich zu Einmütigkeit. Wenn Yvonne es wüsste, wäre sie sowohl froh als auch ein bisschen ärgerlich, aber ganz tief drinnen wäre es ihr scheißegal.

Wenn einige Zeit alles glatt gegangen ist und ohne schmerzhafte Vorfälle, wenn allzu große Ebbe herrscht, wenn Yvonne durch die Straßen gewandert ist, neugierig, aber ohne großes Interesse die Lichtreklame betrachtet hat, die korallenverkrusteten Flaschen und die Brautkleider, die wasserdichten Schuhe und die antiken Kerzenhalter, die von Nymphen mit Flügeln und den keuchenden Fischen hochgehalten werden, die das zurückweichende Wasser glitzernd und in allen Details deutlich sichtbar zurückgelassen hat, wenn sie ins Donut-Center gegangen ist und sich an die Theke gesetzt und die Doughnuts unter Glas unter ihren Ellbogen gesehen hat, mit eingezogenen Tentakeln, leicht atmend, jedes Zuckerkörnchen deutlich sichtbar, weiß sie, dass oben auf den Hügeln, in den großen Vorstadthöfen, die Schlangen und Maulwürfe aus ihren Höhlen kommen und die Erde unter den Füßen der alten Männer in Wollwesten und Tweedkappen, die ihren Rasen rechen, unmerklich erbebt. Sie steht auf und geht hinaus, nicht schneller als sonst und ohne zu vergessen, ein Trinkgeld dazulassen. Sie ist aufmerksam zu den Kellnerinnen, weil sie nie wieder eine sein will.

Sie geht nach Hause, bemüht, sich nicht zu beeilen. Hinter ihr, über ihre Schulter sichtbar, wenn sie nur den Kopf drehen würde, und sich mit erschreckender, aber stummer Geschwindigkeit nähernd, ist eine sich auftürmende Wand aus schwarzem Wasser. Sie fängt das Licht der Sonne ein, nahe bei ihrem durchsichtigen Kamm ist ein Glitzern von Bewegung, von Leben, das darin gefangen und verdammt ist.

Yvonne klettert die Treppe zu ihrer Wohnung hinauf, läuft fast, die beiden Katzen springen ihr hinterher, und fällt auf das Bett, gerade als die Schwärze mit einer Kraft über ihren Kopf hereinbricht, die ihren Händen das Kissen entwindet und sie blind und taub werden lässt. Verwirrung fegt über sie hinweg und hüllt sie ein, aber unter dem oberflächlichen Entsetzen ist die Angst nicht groß. Das hat sie schon früher getan, sie hat Vertrauen zum Wasser, sie weiß, dass sie nur die Knie hochzuziehen braucht und alles zuzumachen braucht: Ohren, Augen, Mund, Hände. Sie braucht sich nur festzuhalten. Manche würden ihr raten, loszulassen, sich vom Strom mitreißen zu lassen, aber das hat sie schon versucht. Der Zusammenprall mit anderen dahintreibenden Gegenständen tut ihr nicht gut. Die Katzen springen auf ihren Kopf, spazieren auf ihr herum, schnurren ihr in die Ohren; sie kann sie aus der Ferne hören, wie Flötenmusik auf einem Berg, oben an Land.

Yvonne weiß keinen Grund für diese Momente. Es gibt dafür keinen Auslöser, keine Vorwarnung. Sie geschehen einfach so zufällig mit ihr wie das Niesen. Sie hält sie für etwas Chemisches.

Heute isst Yvonne mit einem Mann zu Mittag, dessen Schlüsselbein sie bewundert hat, als es für sie verfügbar war. Gerade jetzt tut es das nicht, weil Yvonne mit diesem Mann nicht mehr schläft. Weil es eine unmögliche Situation war, hat sie damit aufgehört. Für Yvonne werden Situationen schnell unmöglich. Sie mag keine Situationen.

Dies ist ein Mann, den Yvonne einmal geliebt hat. Es hat in Yvonnes Leben mehrere solcher Männer gegeben; zwischen ihnen und den Männern, die sie malt, macht sie einen Unterschied. Sie malt niemals Männer, die sie liebt; sie glaubt, das kommt, weil sie dann nicht mehr die nötige Distanz hat. Sie sieht sie nicht als Form oder Linie oder Farben oder gar Ausdruck, sondern als Konzentrationen des Lichts. (Das ist ihre Version davon, wenn sie verliebt ist; wenn sie es nicht ist, erinnert sie sich an sie als schwache Flecken, wie etwas, das man auf dem Tischtuch verschüttet hat und auszuwaschen versucht. Gelegentlich hat sie den großen Fehler begangen, all dies den betreffenden Männern erklären zu wollen.) Süchtigkeit ist ihr nicht fremd, nachdem sie einmal viel zu viele chemische Reiseberichte durch ihren Körper geschickt hat und die Gefahren kennt. Was sie betrifft, ist Liebe nur eine andere Form davon.

Sie kann von diesen Dingen nicht allzu viel vertragen, daher sind ihre Affären mit diesen Männern auch immer sehr kurzlebig. Sie fängt sie nicht mit irgendwelchen Illusionen von Dauerhaftigkeit an, und auch nicht von vorübergehenden häuslichen Arrangements; die Zeiten sind vorbei, in denen sie noch glaubte, dass sie, wenn sie nur mit einem Mann ins Bett stieg und die Decke über ihrer beider Kopf zog, in Sicherheit war.

Aber häufig mag sie diese Männer und findet, dass ihnen etwas gebührt, und so trifft sie sich auch hinterher mit ihnen, was leicht ist, weil ihre Trennungen von ihnen niemals unerfreulich sind, jetzt nicht mehr. Das Leben ist zu kurz.

Yvonne sitzt in einem kleinen Restaurant an einem Tisch einem Mann gegenüber, hält sich mit der einen Hand unter dem Tisch am Tischtuch fest, wo er es nicht sehen kann. Sie hört ihm mit schräg gestelltem Kopf und ihrem üblichen Interesse zu. Sie vermisst ihn sehr, oder vielmehr vermisst sie nicht ihn, sondern die Gefühle, die er früher einmal in ihr geweckt hat. Das Licht in ihm ist erloschen, und jetzt kann sie ihn deutlich sehen. Sie findet ihre Objektivität, diese Klarheit, fast deprimierender, als sie ertragen kann, nicht, weil dieser Mann irgendetwas Hässliches oder Abstoßendes an sich hat, sondern weil er jetzt auf eine normale Ebene zurückgekehrt ist, jener Ebene von Dingen, die sie in ihrer erstaunlichen und komplexen Besonderheit sehen, aber nicht anfassen kann.

Er ist mit dem, worüber er sprach – es hatte mit Politik zu tun –, am Ende angelangt. Jetzt wird es Zeit, dass Yvonne ihm einen Witz erzählt.

»Warum ist Schamhaar gekräuselt?«, sagt sie.

»Warum?«, sagt er; wie gewöhnlich versucht er den Schock zu verbergen, den er empfindet, wenn er sie Wörter wie *Schamhaar* aussprechen hört. Die netten Männer sind für Yvonne schwieriger als die Schweine. Ist ein Mann sehr schweinisch, lässt sie ihn gerne ziehen.

»Damit ihr euch nicht die Augen aussticht«, sagt Yvonne und klammert sich krampfhaft an das Tischtuch.

Anstatt zu lachen, lächelt er sie jetzt nur ein bisschen traurig an. »Ich weiß nicht, wie du es machst«, sagt er. »Dir kann auch nichts etwas anhaben.«

Yvonne schweigt. Vielleicht deutet er auf die Tatsache hin, dass es in der Zeit, als sie sich voneinander zurückgezogen haben, keine heftigen Telefonanrufe von ihr gegeben hat, kein zerbrochenes Geschirr, keine Beschuldigungen, keine Tränen. Das hat sie alles schon ausprobiert und als unnötig empfunden. Aber vielleicht wollte er diese Dinge als Beweis für etwas, für Liebe vielleicht; vielleicht ist er enttäuscht, weil sie sie ihm nicht geliefert hat.

»Manche Dinge können mir etwas anhaben«, sagt Yvonne.

»Du hast so viel Energie«, fährt er fort, als hätte er sie nicht gehört. »Woher bekommst du die? Was ist dein Geheimnis?«

Yvonne blickt auf ihren Teller, auf dem ein halber Apfel, ein Walnuss- und Wasserkressensalat und eine Brotkruste liegen. Wenn sie seine Hand berühren würde, die ganz offen auf dem Tischtuch, nur ein paar Zentimeter von ihrem Weinglas entfernt, liegt, würde sie sich wieder in Gefahr begeben, und sie ist bereits in Gefahr. Früher fand sie es köstlich, in Gefahr zu sein; aber früher hat sie immer von allem zu viel getan.

Sie sieht zu ihm auf und lächelt. »Mein Geheimnis ist, dass ich jeden Morgen aufstehe, um mir den Sonnenaufgang anzusehen«, sagt sie. Das *ist* ihr Geheimnis, auch wenn es nicht ihr einziges ist; es steht nur gerade im Angebot heute. Sie sieht ihn an, um festzustellen, ob er es ihr abgenommen hat, und er hat. Es passt zu dem, was er von ihr denkt. Er ist froh, dass mit ihr alles in Ordnung ist, dass es keine Schwierigkeiten geben wird, denn das war es, was er in Wirklichkeit hatte wissen wollen. Er bestellt noch eine Tasse Kaffee und bittet um die Rechnung. Als sie kommt, zahlt Yvonne die Hälfte.

Sie gehen hinaus an die Märzluft, die dieses Jahr wärmer als sonst ist, worüber beide eine Bemerkung fallen lassen. Yvonne vermeidet es, ihm die Hand zu geben. Ihr war durch den Kopf gegangen, dass er vielleicht der letzte Mann war, den sie je die Energie hätte zu lieben. Es ist so viel Arbeit. Er winkt ihr zum Abschied zu, steigt in eine Straßenbahn und wird davongetragen, zu Ampeln in der Ferne, auf Schienen, die zusammenlaufen, während sie zurückweichen.

Dicht bei der Straßenbahnhaltestelle ist ein kleiner Blumenladen, in dem man nur eine Blume kaufen kann, wenn man nicht mehr als eine Blume haben will. Yvonne will nie mehr als eine. Heute haben sie Tulpen, zum ersten Mal in diesem Jahr, und Yvonne sucht eine rote aus, das Innere der Schale ist akrylisch orangefarben. Sie wird diese Tulpe mit in ihr Zimmer nehmen und in eine weiße Knospenvase an die Sonne stellen und ihr Blut trinken, bis sie stirbt.

Yvonne hält die Tulpe, eingewickelt in einen Papierkegel, den sie steif vor sich ausstreckt, als würde er tropfen, in der einen Hand. Während sie an den Schaufenstern der Läden vorbeigeht, die sie mit ihrem üblichen Eifer betrachtet, ihrem üblichen Gefühl, dass sie hinter ihnen heute vielleicht etwas entdecken wird, was es wirklich wert ist, betrachtet zu werden, kommt es ihr so vor, als bewegten sich ihre Füße gar nicht auf Zement, sondern auf Eis. Die Kufen der Schlittschuhe gleiten, wie sie weiß, auf einem dünnen Wasserfilm, der durch den Druck geschmolzen wird und danach wieder gefriert. Das ist die Freiheit der Gegenwart, diese gleitende Kante.

Yvonne malt wieder einen Mann. In der Regel malt sie nur Männer, die durchschnittlich sind: Sie kleiden sich mehr oder weniger konventionell, sie schalten ab, wenn man sie um Jobs bittet, die von der Gesellschaft anerkannt und respektiert werden, sie sind so alt, wie sie aussehen, zehn Jahre mehr oder weniger, je nachdem. Dieser hier ist anders.

Sie ist ihm von dem Blumenladen etwa drei Häuserblocks gefolgt, ist hinter ihm her getrottet – er hat lange Beine –, ihre Tulpe wie ein Kind seine Fahne vor sich her tragend. Er ist jung, vielleicht dreiundzwanzig, und auf der Straße hatte er eine schwarze Ledermappe bei sich, die jetzt neben ihrer Tür an der Wand lehnt. Seine Hosen waren ebenfalls aus schwarzem Leder, und auch seine Jacke, unter der er ein grelles pinkfarbenes Hemd trug. Sein Kopf ist hinten und an den Seiten rasiert, so dass oben nur ein Haarbüschel stehen geblieben ist, gefärbt wie ein orangenes imitiertes Orang-Utan-Fell, und im linken Ohr hat er zwei goldene Ohrringe. Die Ledermappe bedeutet, dass er ein Künstler oder Designer ist; sie nimmt an, dass er ein Spraymaler ist, der nachts herumgeht und etwas auf Ziegelsteinmauern schreibt, etwa wie *Crunchy Granola ist das Letzte* und *Rettet die sowjetischen Juden!* oder *Große Preise zu gewinnen!* Wenn er überhaupt je malte, dann mit pinkfarbenen und grünen fluoreszierenden Filzstiften. Sie würde zehn Dollar verwetten, dass er keine Finger malen kann. Yvonnes eigene Wiedergabe von Fingern ist sehr gut.

In der Vergangenheit hat sie alles vermieden, was wie ein anderer Künstler aussah, aber er hat etwas an sich, eine Verdrossenheit, eine stilisierte kriegerische Haltung, ein aggressivteigiges Aussehen und ein beabsichtigtes, Im-Keller-keimende-Kartoffeln-Fehlen von Gesundheit. Als sie ihn erspähte, spürte Yvonne einen Schock des Erkennens, als wäre es, wonach sie gesucht hatte, obwohl sie noch nicht weiß, warum. Sie stellte ihn vor einem Unterwasserladen und sagte ihren Vers auf. Sie erwartete Ablehnung, und zwar auf unhöfliche Art, aber da sitzt er nun in ihrem Atelier, hat im Augenblick nichts als sein rosafarbenes Hemd an, hat sein blutleeres Bein auf die Lehne des weinroten Samtsessels gelegt. In seiner Hand ist die Tulpe, die überhaupt nicht zu dem Hemd und dem Sessel und seinem Haar passt, die alle nicht zueinander passen. Er ist wie ein Schweißwerkstattunfall, ein Motorrad, das in eine Zementmauer gefahren ist. Der Blick, den er auf sie richtet, ist voll des reinsten Hohns, aber Hohn wofür? Sie weiß nicht, warum er zugestimmt hat mitzukommen. Alles, was er sagte, war: »Sicher, warum nicht?« Mit einem Blick, der ihr zu sagen schien, dass es ihr in keiner Weise gelungen war, ihn zu beeindrucken.

Yvonne zeichnet, ihr Stift bewegt sich leicht über seinen Körper. Sie weiß, dass sie schnell machen muss, weil er sonst unruhig wird, er wird ihr entwischen. Die Tulpe kann sie später einfügen, wenn sie ihn malt. Sie hat sich schon entschlossen, ihn zu malen; er wird das erste richtige Bild seit Jahren sein. Die Tulpe wird zur Mohnblume werden, sie hat ohnehin die richtige Farbe.

Sie ist erst bei dem Schlüsselbein angelangt, halb sichtbar unter dem offenen Hemd, als er »das reicht« sagt, sich aus dem Sessel befreit, herüberkommt und sich hinter sie stellt. Er legt seine Hände auf ihre Taille und presst sich an sie: keine Einleitungen, was Yvonne gerade recht ist – sie mag es, wenn diese Dinge schnell gehen – außer, dass sie seinetwegen beunruhigt ist. Keines ihrer üblichen Beschwichtigungsmittel, Kaffee, Musik, Dankbarkeit, hat bei ihm eine Wirkung erzielt: Der Grad seiner Verdrossenheit ist unverändert geblieben. Sie kommt nicht an ihn heran. Sie denkt an die Katze von Earl und Judy, die schwarze, und wie sich ihr Bein in der Jalousiekordel verfangen hatte. Sie hatte so sehr getobt, dass sie ein Handtuch über sie werfen musste, um sie zu befreien.

»Das ist *Kunst*«, sagt er und sieht ihr über die Schulter.

Yvonne betrachtet es fälschlicherweise als Kompliment,

aber dann sagt er: »Kunst ist Scheiße.« Das letzte Wort zischt er förmlich heraus.

Yvonne hält die Luft an: In seiner Stimme liegt so viel Hass. Wenn sie einfach nur stehen bleibt, geschieht vielleicht nichts. Er dreht sich um und geht zu der Ecke neben der Tür: Er will ihr zeigen, was er in seiner Mappe hat. Er macht Collagen. Die Kulisse ist immer im Freien: Wälder, Wiesen, Felsen, Strände. Er hat Frauen darüber geklebt, penibel genau aus Zeitschriften ausgeschnitten, Torsos mit gespreizten Beinen, ohne die Hände und Füße, manchmal ohne die Köpfe, die mit Nagellack in verschiedenen Tönungen von Purpur und Rot übermalt sind und auf dem Papier glänzend und nass aussehen.

Aber als Geliebter ist er langsam und grüblerisch, geistesabwesend, fast schlafwandelnd, als wären die Bewegungen, die er ausübt, nur eine Art Nachgedanke, wie das Stöhnen eines Hundes im Schlaf. Seine gesamte Gewalttätigkeit ist auf der Pappe; schließlich ist es ja nur Kunst. Vielleicht ist alles nur Kunst, denkt Yvonne, während sie ihr himmelblaues Hemd vom Boden aufhebt, es zuknöpft. Sie überlegt, wie oft sie in Zukunft noch dieselben Knöpfe zuknöpfen wird.

Als er weggegangen ist, versperrt sie die Tür hinter ihm und setzt sich in den roten Samtsessel. Die Gefahr, die ihr droht, geht von ihr selbst aus. Sie beschließt, für eine Woche wegzufahren. Wenn sie zurückkommt, wird sie eine Leinwand von der Größe einer Tür kaufen und noch einmal von vorn anfangen. Aber wenn Kunst Scheiße ist und alles nur Kunst, was hat sie dann mit ihrem Leben gemacht?

In ihrem Medizinschrank bewahrt Yvonne mehrere Flaschen mit Tabletten auf, die sie über die Jahre unter dem einen oder anderen Vorwand von Ärzten gesammelt hat. Es war gar nicht nötig gewesen, es zu tun, sich dem ganzen Unsinn mit den Rezepten auszusetzen, da man ja alles, was man wollte, auf der Straße bekam und Yvonne auch wusste, von wem; aber die Rezepte waren für sie eine Art Billigung. Selbst die ursprünglichen Blätter Papier, mit ihrem unleserlichen, arabisch anmutenden Gekritzel, verliehen ihr Sicherheit, genauso wie es ein Talisman tun würde, wenn sie daran glaubte.

Früher wusste sie genau, wie viele Tabletten sie nehmen musste, welche Sorte, in welchen genau festgelegten Abständen, um sich nicht übergeben zu müssen oder ohnmächtig zu werden, bevor die richtige Dosis erreicht war. Sie wusste, was sie zu den Leuten vorher sagen würde, um sie davon abzuhalten, nach ihr zu sehen, wo sie hingehen würde, welche Türen sie abschließen würde, wie und wo sie sich hinlegen würde, und sogar, nicht mal das Unwesentlichste, was sie anhaben würde. Sie wollte, dass ihr Körper gut aussah und denen, die am Ende damit umgehen mussten, nicht allzu viel Mühe machen würde. Angezogene Leichen stören weniger als nackte.

Aber in letzter Zeit hat sie viel von diesem heimlichen Wissen vergessen. Sie sollte die Tabletten wegwerfen: Sie sind überholt. Sie hat sie durch etwas ersetzt, das viel einfacher, direkter, schneller, sicherer und, wie man ihr gesagt hat, schmerzloser ist. Eine Badewanne mit warmem Wasser, ihre eigene Badewanne in dem Badezimmer, das sie jeden Tag benutzt, und eine ganz gewöhnliche Rasierklinge, für die man keine Rezepte braucht. Es wird empfohlen, das Licht auszudrehen, um keine Panik aufkommen zu lassen: Wenn man das auseinander fließende Rot nicht sehen kann, weiß man kaum, dass es vorhanden ist. Ein Stich an den Handgelenken, wie von einem kleinen Insekt. Sie sieht sich in einem Flanellnachthemd, mit kleinen rosafarbenen Blumen bedruckt, und mit Knöpfen bis zum Hals. Sie hat es aber noch nicht gekauft.

Sie bewahrt in ihrem Malkasten eine Rasierklinge auf; sie könnte damit Papier schneiden. Tatsächlich schneidet sie auch Papier damit, und wenn sie stumpf ist, wird sie ersetzt. Die eine Seite der Klinge ist mit einem Klebeband verklebt, denn sie hat keine Lust, sich zufällig in die Finger zu schneiden.

Yvonne denkt selten an diese Rasierklinge, und was sie eigentlich in ihrem Malkasten soll. Sie ist nicht besessen vom Gedanken an den Tod, weder ihrem eigenen noch dem von anderen. Sie billigt den Selbstmord nicht, sie findet ihn moralisch geschmacklos. Sie sieht sich vor, wenn sie über die Straße geht, passt auf, was sie sich in den Mund steckt, spart ihr Geld.

Aber die Rasierklinge ist die ganze Zeit über da, unter allem anderen. Yvonne braucht sie dort. Sie bedeutet, dass sie ihren Tod unter Kontrolle hat; und wenn sie dazu nicht fähig ist, wie soll sie dann je Kontrolle über ihr Leben gewinnen?

Vielleicht ist die Rasierklinge am Ende nur eine Art *memento mori*. Vielleicht ist sie nur eine malerische Koketterie, vielleicht nur ein pflichtgetreues Symbol, wie die Nelke auf dem Tisch von Holbeins jungem Mann. Er blickt die Nelke sowieso nicht an, er schaut aus dem Bild heraus, so unverwandt, so inbrünstig, so süß. Er schaut Yvonne an, und er kann im Dunkeln sehen.

Die Tage werden länger, und Yvonnes Wecker klingelt immer früher und früher. Im Sommer legt sie sich nachmittags gern ein bisschen hin, um den Schlaf aufzuholen, der ihr bei diesen morgendlichen Ritualen verloren geht. Seit Jahren hat sie keinen Sonnenaufgang versäumt; sie ist von ihm abhängig. Fast ist es, als glaubte sie, es gäbe gar keinen Sonnenaufgang, wenn sie nicht da wäre, um ihn zu sehen.

Und doch weiß sie, dass sie nicht von etwas abhängig ist, das sich fassen, in der Hand halten, aufheben lässt, sondern nur von einem Zufall der Sprache, denn *Sonnenaufgang* sollte kein Substantiv sein. Der Sonnenaufgang ist keine Sache, sondern nur ein Lichteffekt, der durch die Stellung zweier astronomischer Körper zueinander verursacht wird. In Wirklichkeit geht die Sonne gar nicht auf, sondern die Erde dreht sich. Der Sonnenaufgang ist ein Schwindel!

Heute ist es nicht bewölkt. Yvonne steht in ihrem viel zu dünnen japanischen Morgenmantel draußen auf ihrer Terrasse und hält sich am Holzgeländer fest, damit sie nicht die Arme ausstreckt, während die Sonne hinter dem Horizont hervorschwebt gleich einem schimmernden weißen Luftschiff, einem riesigen Drachen, dessen Schnur sie in der Hand hält. Licht, frostig und schwach, aber hell, erreicht sie von ihr. Sie atmet es ein.

Suite der Entdeckungen

Meine Eltern haben mir etwas zu sagen: etwas außerhalb der gewöhnlichen Gespräche. Das sehe ich an der Art und Weise, wie sie sich zuerst hinsetzen, beide auf denselben Sessel, meine Mutter auf die Armlehne, und den Kopf ein wenig auf die Seite legen, mich mit ihren leuchtend blauen Augen ansehen.

Mit zunehmendem Alter sind ihre Augen immer heller und heller und immer blasser geworden, als würde die Zeit alle Dunkelheit aus ihnen heraussaugen, als würde die Erfahrung sie klarer machen, so durchsichtig wie ein fließender Strom. Vielleicht ist es nur eine Illusion, die durch das weiß werdende Haar hervorgerufen wird. Auf jeden Fall sind ihre Augen jetzt rund und glänzend, wie die Glasperlenaugen ausgestopfter Tiere. Nicht zum ersten Mal kommt mir der Gedanke, dass ich nicht wie andere Leute geboren sein kann, sondern dass ich aus einem Ei gekrochen sein muss. Die gelegentliche Verzweiflung, von der meine Eltern meinetwegen erfasst wurden, war nicht wie die Verzweiflung anderer Eltern. Es war weniger Verzweiflung als Erstaunen, wie zwei verwirrte Vögel, die ein Menschenkind in ihrem Nest gefunden haben und nicht wissen, was sie damit anfangen sollen.

Mein Vater nimmt eine schwarze Ledermappe vom Schreibtisch. Sie geben sich Mühe, ihre Erregung zu unterdrücken, wie Kinder, die darauf warten, dass ein erwachsener Freund ein Geschenk auspackt, das sie ihm gemacht haben, das einen Scherz enthalten wird.

»Wir waren heute unten und haben unsere Urnen gekauft«, sagt mein Vater.

»Was habt ihr?«, sage ich erschrocken. Meinen Eltern fehlt nichts. Sie sind völlig gesund. Während ich dagegen eine Erkältung habe.

»Es ist besser, vorbereitet zu sein«, sagt meine Mutter. »Wir haben uns Parzellen angesehen, aber die sind so teuer.«

»Sie nehmen zu viel Platz weg«, sagt mein Vater, der immer ein starkes Bewusstsein dafür entwickelt hatte, dass die Erde, seiner Meinung nach, falsch genutzt wurde. Die Gespräche bei Tisch drehten sich, während ich aufwuchs, mehr als ein Mal darum, wie viele Wochen ein paar Fruchtfliegen, die sich ungehindert vermehren konnten, benötigten, um die Erde zehn Meter hoch zuzudecken. Wie ich mich erinnere, waren es nicht viele. So ähnlich verfährt er auch mit Leichen.

»Man bekommt eine kleine Nische«, sagt meine Mutter.

»Es ist hier drin«, sagt mein Vater und zeigt auf die Mappe, als würde von mir erwartet, dass ich mich an alles erinnere, um zum richtigen Zeitpunkt damit umgehen zu können. Ich bekomme einen Schreck: Sie wollen doch bestimmt nicht einige Dinge mir überlassen?

»Wir hätten uns gern verstreuen lassen«, sagt meine Mutter. »Aber sie sagten, das wäre jetzt illegal.«

»Das ist ja lächerlich«, sage ich. »Warum könnt ihr denn nicht verstreut werden, wenn ihr es wollt?«

»Die Leichenhallenlobby«, sagt mein Vater, der dafür bekannt ist, über Regierungsentscheidungen zu spotten. Meine Mutter räumt ein, dass es vielleicht ein bisschen staubig werden könnte, wenn sich alle verstreuen ließen.

»Ich werde euch verstreuen«, sage ich mutig. »Macht euch deswegen keine Sorgen.«

Das ist eine vorschnelle Entscheidung, und ich habe sie spontan getroffen, so wie ich alle meine vorschnellen Entscheidungen treffe. Aber ich bin fest entschlossen, sie durchzuführen; auch wenn ich dann etwas tun müsste, was ich sonst, wenn möglich, vermeide. Ich werde meine Eltern, unter dem Vorwand eines frommen Besuchs, aus der Nische stehlen, sie, falls nötig, durch Sand ersetzen, und sie hinausschmuggeln. Die Sache mit der Asche selbst macht mir keine Sorgen; ich bin sogar dafür. Viel besser als, wie die Christen, darauf zu warten, dass Gott sie noch einmal in einem Augenblick aus einer Rippe erstehen lässt, obgleich rosig geschminkt und eingewachst und verdrahtet inzwischen, mit Formaldehyd in den Venen, in Gewölben aus Beton und Bronze einzementiert, eine Beute für Schimmel und anaerobische Bakterien. Wenn Gott meine Eltern noch einmal erschaffen will, dann tun es für den Anfang auch die Moleküle, genauso wie früher. Es ist keine Frage der Materie, die ohnehin alle sieben Jahre völlig umgewälzt wird, sondern der Form.

Wir sitzen eine Weile da und denken über die Folgen nach. Von Begräbnissen und Trauer sind wir weit entfernt, oder vielleicht haben wir sie umgangen. Ich denke an die Verfolgungsjagd, und wie sie mich verhaften und ich die Behörden an der Nase herumführen muss: Ich bin schon dabei, eine Geschichte zu erfinden. Mein Vater denkt auf die gleiche Weise über Dünger nach wie andere Leute über die Vereinigung mit dem Unendlichen. Meine Mutter denkt über den Wind nach.

Fotos sind meiner Mutter nie gerecht geworden. Das kommt, weil sie die Zeit anhalten; um sie richtig wiederzugeben, müsste sie darauf als verschwommener Fleck zu sehen sein. Wenn ich an sie denke, ist sie oft auf Skiern. Ihr einziger Ehrgeiz, der bei ihr als Kind festzustellen war, war das Fliegen, und ein großer Teil ihres späteren Lebens wurde mit den verschiedensten Versuchen verbracht, abzuheben. Geschichten aus ihrer Kindheit handeln von Szenen auf Bäumen und Scheunendächern, halsbrecherischen Ritten auf durchgegangenen Pferden mit Schaum vor den Mäulern, Eislaufrennen und, als sie älter war, dem Klettern aus Fenstern auf verbotenen Feuerleitern, mehr wegen der Höhe und des Abenteuers als wegen des Endergebnisses, einer Collegeverabredung nach der Sperrstunde mit dem einen oder anderen jungen Mann, den sie, vielleicht wortwörtlich, »umgehauen« hatte. Denn meine Mutter war trotz ihrer unerschrockenen Sportlichkeit und ihres mangelnden Interesses an Rüschenröcken sehr begehrt. Vielleicht sahen sie die Männer als eine Herausforderung an: Es wäre eine Leistung, sie dazu zu bringen, lange genug stehen zu bleiben, um ihnen, wenn auch nur flüchtige, Aufmerksamkeit zu schenken.

Als mein Vater sie zum ersten Mal sah, war sie gerade dabei, ein Treppengeländer herunterzurutschen – ich schätze, dass sie es damals, in den zwanziger Jahren, im Damensitz getan hat –, und er hatte auf der Stelle beschlossen, sie zu heiraten; obwohl er eine Weile brauchte, bis er sie eingefangen hatte, sich an sie heranpirschend, von einem Baum zum anderen, mit dem Schmetterlingsnetz hinter Büschen auf sie lauernd. Dies ist eine Metapher, aber nicht unberechtigt.

Eine unserer Nachbarinnen hat mich vor kurzem ihretwegen ins Gebet genommen.

»Ihre arme Mutter«, sagte sie. »Mit Ihrem Vater verheiratet zu sein.«

»Wieso?«, sagte ich.

»Ich sehe sie immer ihre Einkäufe vom Supermarkt nach Hause schleppen«, sagte sie. (Stimmt genau, das tut meine

Mutter. Sie hat einen kleinen Wagen, mit dem sie über den Gehsteig flitzt, mit ihren unter dem Hut hervorwehenden Haaren und schlenkerndem Schal bringt sie jeden zur Erschöpfung, der närrisch genug ist, sie zu begleiten; damit meine ich mich.) »Ihr Vater fährt sie nicht mal.«

Als ich meiner Mutter diese Geschichte erzählte, lachte sie.

Mein Vater sagte, die arme Frau wüsste offenbar nicht, dass mehr in ihm stecke, als mit dem bloßen Auge zu erkennen war.

In den letzten Jahren hat meine Mutter mit einer neuen Winterübung begonnen. Sie geht zwei Mal die Woche zum Figurentanzen auf Schlittschuhen: Walzer, Tango, Foxtrott. Am Dienstag- und Donnerstagmorgen kann man sie sehen, wie sie zu den Klängen von »A Bicycle Built For Two«, die über die kratzige Tonanlage kommen, durch das Eisstadion wirbelt, mit unverminderter Geschwindigkeit, mit Fäustlingen, die nicht zu ihrem Rock passen, in völligem Einklang mit der Musik.

Mein Vater tat, was er tat, weil es ihm erlaubt, zu tun, was er tut. Da geht er, zwischen den Bäumen, mit zerbeultem grauem Filzhut auf dem Kopf – mit oder ohne ein paar künstliche Forellenfliegen hinter dem Hutband, je nachdem, von welchem Jahr wir reden –, damit ihm nicht all die Dinge in die Haare fallen, die für andere unsichtbar sind, die aber, wie er nur allzu gut weiß, dort oben zwischen den unschuldig aussehenden Blättern lauern, mit ein oder zwei oder einer ganzen Herde Kinder jeden Alters, die hinter ihm hertrotten – seine eigenen oder seine Enkelkinder oder Kinder, die sich zufällig von ihm angezogen gefühlt haben, wie eine Parade die Menschen anzieht, wie die Sonne Meteore anzieht, und die immer größere Augen machen, während sich ein Wunder nach dem anderen vor ihnen enthüllt: eine altehrwürdige weiße Larve, die sich verpuppt und erst nach sieben Jahren fliegen wird, ein wundersamer Käfer, der Holz frisst, oder ein zweigeschlechtlicher Wurm, ein Pilz, der kriecht. Keine Freakshow kann meinem die Natur erläuternden Vater das Wasser reichen.

Er lässt keinen Stein an seinem Platz; aber nachdem er ihn herumgedreht hat, um zu sehen, was darunter ist – und zu diesem Zeitpunkt sind keine Aufschreie oder der Ausdruck von Widerwillen erlaubt, wenn man nicht sein Missfallen erregen will –, legt er alles wieder sorgfältig an seinen Platz zurück: die Raupe in ihre Höhle, den Holzbohrwurm unter seine verrottete Rinde, den Wurm in sein Erdloch, natürlich nur, wenn er nicht zum Fischen gebraucht wird. Er ist nicht sentimental.

Jetzt breitet er eine Plane unter einem ihm geeignet erscheinenden Baum aus, sagen wir, einem gestreiften Ahorn, und klopft mit dem Griff seiner Axt gegen den Baumstamm. Der Himmel belohnt ihn mit einem Schauer grüner Raupen, die er vorsichtig einsammelt, um sie mit nach Hause zu nehmen und mit den entsprechenden beblätterten Zweigen, die in Wassergläsern stecken, zu füttern. Er wird vergessen, sie rechtzeitig zu ersetzen, und schon bald werden die Raupen auf der Suche nach Futter über unsere Wände und Decken kriechen, um wie auf einen Wink in die Suppe zu fallen. Meine Mutter ist daran gewöhnt, und es macht ihr nichts weiter aus.

Inzwischen folgen ihm die Kinder zum nächsten Baum: Er ist viel besser, als es für gewöhnlich Zauberer sind, denn er hat für alles eine Erklärung. Das ist tatsächlich einer seiner Gründe: alles, wenn möglich, zu erklären. Er möchte sehen, er möchte wissen, nur sehen und wissen. Mir ist klar, dass es diese Mentalität ist, diese Neugier, die für die Wasserstoffbombe verantwortlich ist, und für den drohenden Tod der Zivilisation, und dass wir alle besser dran wären, wenn wir uns noch in der

Phase der Steineverehrung befänden. Obwohl man nicht diesen freundlichen Forschungsdrang dafür verantwortlich machen sollte.

Sehen Sie nur, mein Vater hat ein Wunder aufgestöbert: eine Schnecke vielleicht, eine Schlange, eine Spinne mitsamt ihrem Sack mit Eiern? Auf jeden Fall etwas Erzieherisches. Man kann es von hier aus nicht sehen: nur die Köpfe der Kinder von hinten, die in seine schalenförmig geöffneten Hände starren.

Meine Eltern haben kein Haus wie andere Leute. Sie haben stattdessen einen Bau. Der sieht gewöhnlich wie ein Haus aus, wird aber nicht direkt als solches betrachtet. Vielmehr ist es eher wie eine Haltestelle, eine saisonbedingte Höhle, ein Wasserloch an einer Karawanenstraße, der meine nomadischen Eltern immer folgen oder gerade gefolgt sind. Meine Mutter verbringt die meiste Zeit mit Packen und Auspacken.

Wenn ich die Tür aufschließe, die zu einer ihrer Höhlen führt – und im Unterschied zu den Füchsen räumen sie die Knochen fort, nicht durch Vergraben in der Erde, sondern durch Verbrennung, was richtig ist, wenn man keine Stinktiere haben will –, werde ich zuerst von Dunkelheit begrüßt, dann von einem großen Haufen mit Sachen, die anscheinend rein zufällig übereinander liegen, aber in Wirklichkeit irgendeinem geheimen Ordnungssystem folgen: Holzstapel, Dosen mit Bürstenreiniger, in denen Malerbürsten stecken, manche sind trocken und steif, oder sie haften an den klebrigen Resten, die nach der Verdampfung übrig geblieben sind, an der Innenseite der Dosen, Schachteln mit Vier-Inch-Nägeln, Sechs-Quart-Körbe mit Schrauben, Scharnieren, Haken und Dachnägeln, Rollen mit Dachpappe, Äxte, Sägen, Zangen und Meißel, Wasserwaage, Krimskram, Hobel, Feilen, Bohrer, Schlagbohrer,

Schaufeln, Hacken und Brecheisen. (Nicht alle diese Dinge sind alle zur selben Zeit an derselben Stelle: Dies ist eine Kollektiverinnerung.) Ich weiß, wozu jedes dieser Werkzeuge da ist, und habe sie vielleicht sogar alle selbst schon benutzt, wodurch sich vielleicht zum Teil meine Trägheit als Erwachsene erklärt. Der Geruch ist der Geruch meiner Kindheit: Holz, Segeltuch, Teer, Kerosin, Erde.

Das ist meines Vaters Teil des Hauses. In dem meiner Mutter ist alles sortiert, auf Haken und Regalen, in unantastbarer Ordnung: Tassen, Töpfe, Teller, Pfannen. Das kommt nicht daher, weil meine Mutter den Haushalt zu ihrem Fetisch macht, sondern weil sie keine Zeit damit vergeuden will. Alle ihre Lieblingsrezepte fangen mit dem Wort *schnell* an. Für sie ist weniger mehr, und das bedeutet, dass alles an seinem Platz ist. Zum Glück war sie nie daran interessiert, es im Haus schön zu haben, aber sie besteht darauf, es im Haus bequem zu haben.

Ihr Raum ist voll ausgefüllt. Sie möchte nichts daran verändern. Früher haben wir ihr zu Weihnachten Kochtöpfe geschenkt, bis uns klar wurde, dass sie viel lieber etwas anderes bekommen hätte.

Mein Vater liebt Pläne. Meine Mutter mag es, wenn die Pläne verwirklicht werden. Und so sieht man sie mit dicken Arbeitshandschuhen Zementblöcke karren, einen nach dem anderen, oder Holzstapel, von einem Platz zum anderen, Unterholz wegzerren, das mein Vater abgehackt hat, Kieskübel schleppen und ausschütten, alles, um meinen Vater bei seinem Bauvorhaben zu unterstützen.

Im Augenblick sind sie gerade dabei, ein großes Loch in den Boden zu graben. Das soll eventuell ein weiterer Bau werden. Meine Mutter hat schon eine Ladung Zementblöcke herbeigeschafft, um es auszukleiden; morgens geht sie hinaus, um nachzusehen, welche Tierspuren sie in dem frischen Sand findet, um vielleicht noch irgendwelche Kröten und Mäuse zu retten, die hineingefallen sind.

Obwohl er nie am Ende ist, bringt mein Vater die Dinge zu Ende. Im vergangenen Sommer tauchte plötzlich an unserem Holzhaus oben im Norden eine Hintertreppe auf. Zwanzig Jahre lang hatten meine Mutter und ich, immer wenn wir an die Wäscheleine wollten, einen Luftsprung gemacht, hatten Bizeps und unser Glück gebraucht, um rauf- und wieder heil runterzukommen. Jetzt steigen wir auf normale Weise hinunter. Und in der Küche ist ein Ausguss, so dass das schmutzige Abwaschwasser nicht mehr in einem Emaillekübel, der einem ans Bein schwappt, den Hügel hinuntergetragen und im Garten vergraben werden muss. Jetzt läuft es auf bewährte Art durch einen Abfluss ab. Meine Mutter hat das ihre dazu beigetragen: ein kleines gedrucktes Schild, das mit Tesafilm am Tresen befestigt ist und auf dem steht:

KEIN FETT IN DEN AUSGUSS SCHÜTTEN

Dicht daneben steht ein Glas mit getrockneten Bakterien: In festen Abständen wird ein Teelöffel voll hineingeschüttet, damit die verstreuten Teeblätter verzehrt werden. Das verhindert eine Verstopfung.

Inzwischen hat sich mein Vater an die Arbeit gemacht, er errichtet Zedernstämme zu vertikalen Wänden für das neue Außenhaus, das, anders als das alte, eine chemische Toilette haben wird. Er baut auch eine Feuerstelle aus sorgfältig ausgesuchten rosafarbenen Granitfelsblöcken, über die meine Mutter tritt und um die sie herumgeht, während sie die Blätter vom Boden fegt.

Wie wird das alles enden? Ich kann es nicht sagen. Als Kind habe ich kleine Bücher geschrieben, die mit den Worten *das Ende* anfingen. Ich musste unbedingt sicher sein, dass es garantiert ein Ende gab.

Meine eigene Wohnung ist in zwei Hälften geteilt: ein Zimmer voller Papier, stets im Fluss, wo unablässige Veränderung, organisches Leben und heftige Fermentation herrschen und Staubbälle brüten; und ein anderes Zimmer in förmlichem Design, mit starrem Inhalt, das makellos sauber ist und dem nie etwas hinzugefügt wird.

Was mich angeht, so werde ich zweifellos an Trägheit sterben. Obwohl ich Zeuge der erschöpfenden Vitalität meiner Eltern war, habe ich in meiner Kindheit gelernt, Bravheit mit Reglosigkeit gleichzusetzen. Auf dem Boden von Kanus sitzen, die umkippen würden, wenn man ruckte, in Zelten herumkriechen, die zu tropfen begannen, wenn man sie im Regen berührte, als Ballast in Motorbooten, die hoch mit Baumstämmen bepackt waren, wurde mir immer untersagt, mich zu bewegen, und so tat ich es nicht. Man hielt mich für wohlerzogen.

In Abständen packte mein Vater die Familie und den notwendigen Proviant in das gerade vorhandene Auto – *Studebaker* ist ein Name, an den ich mich erinnere – und begab sich auf die eine oder andere Pilgerfahrt, tausend Meilen hierhin, tausend Meilen dorthin. Manchmal waren wir auf der Suche nach Blattwespen, ein anderes Mal nach Großeltern. Wir fuhren so weit es ging über die fast leeren Highways der Nachkriegszeit, durch die melancholischen kleinen Städte von Quebec oder dem nördlichen Ontario und manchmal hinunter in die Staaten, wo es mehr Reklametafeln an den Straßen gab. Lange nach den gedämpften Sonnenuntergängen, spät am Abend, wenn selbst die White-Rose-Tankstellen schon zugemacht hatten, suchten wir uns ein Motel, in jenen Tagen eine Reihe einfacher Hütten neben einem Schild mit der Aufschrift

FOLDED WINGS, oder etwas nüchterner VALHALLA, und ein kleines mit Christbaumlichtern geschmücktes Bretterbudenbüro. Seit damals ist *Zimmer frei* für mich ein Zauberwort: Es bedeutet einen Platz. Wenn wir keine freien Zimmer fanden, fuhr mein Vater einfach an den Straßenrand, an eine ihm geeignet erscheinende Stelle, und schlug ein Zelt auf. Es gab wenig Campingplätze, keine Motorradgangs; es herrschte dort eine größere Leere als jetzt. Zelte waren damals nicht gut zu tragen, sie waren schwer und aus Planen, und Schlafsäcke waren muffig und mit Kapok gefüllt. Alles war grau oder khakifarben.

Während dieser Reisen fuhr mein Vater so schnell er konnte, riss den Wagen, wie es schien, nur kraft seines Willens vorwärts, angetrieben von all dem ungejäteten Unkraut in seinen Gärten, all den nicht eingesammelten Raupen in seinen Wäldern, all den Nägeln, die eingeschlagen, all den Ladungen Erde, die von einem Platz zum anderen bewegt werden mussten. Indessen lag ich auf einem sorgfältig verstauten Gepäckhaufen im Fond des Wagens, eingekeilt auf engstem Raum. Ich konnte aus dem Fenster sehen, und ich konnte die Landschaft betrachten, die aus vielen dunklen Bäumen und den Telefonmasten und ihren durchhängenden Drähten bestand, die aussahen, als würden sie sich auf und ab bewegen. Vielleicht habe ich damals damit begonnen, die Welt in Wörter umzusetzen. Man konnte es tun, ohne sich zu bewegen.

Manchmal, wenn wir sesshaft waren, hielt ich die Enden von Baumstämmen, während mein Vater sie zersägte, oder zog bestimmte Unkräuter aus, aber die meiste Zeit führte ich ein Leben der Beschaulichkeit. Sooft es ging, schlich ich mich in die Wälder davon, um Bücher zu lesen und diversen Aufgaben aus dem Weg zu gehen, nahm Vorräte mit, die ich aus der Dose mauste, die meine Mutter für Kochrosinen und Keksvorräte benutzte. Theoretisch kann ich fast alles; man hat es mir zweifelsohne beigebracht. In der Praxis tue ich so wenig wie möglich. Ich mache mir selbst weis, ich könnte mich in einer Einsiedlerhöhle glücklich fühlen, nur von Haferschleim leben, wenn mir jemand den Haferschleim kochen würde. Haferschleim ist, wie so viele andere Dinge, nicht gerade meine Sache.

Was ist das Geheimnis meiner Mutter? Denn natürlich muss sie eins besitzen. Niemand kann ein so offensichtlich heiteres Leben führen, so ohne Lawinen und Sümpfe, ohne ein Geheimnis zu haben. Mit *Geheimnis* meine ich den Preis, den sie zahlen musste. Worin bestand der Handel, was überschrieb sie dem Teufel für diese heitere Gelassenheit?

Sie behauptet, früher von aufbrausendem Temperament gewesen zu sein, aber niemand weiß, wohin es verschwunden ist. Als man sie – als Teil der Leistungen, die eine junge Dame zu erbringen hatte – zwang, Klavierunterricht zu nehmen, prägte sie sich die Stücke ein und spielte sie auswendig, während sie Romane las, die sie auf ihrem Schoß versteckt hielt. »Mehr *Gefühl*«, pflegte ihre Lehrerin zu ihr zu sagen. Bilder von ihr mit vier Jahren zeigen ein schüchternes Kind mit lockigem Haar, angetan mit einem jener spitzenbesetzten Lampenschirmkleider, die die Mädchen vor dem Ersten Weltkrieg zu tragen gezwungen waren, aber in Wirklichkeit war sie wissbegierig, erfinderisch, stets in Schwierigkeiten steckend. Eine ihrer ersten Erinnerungen ist, wie sie in ihren feinen weißen postviktorianischen Pantalons ein rotes Lehmufer hinuntergerutscht war. Es stimmt, sie erinnert sich auch noch sehr gut an die Strafe, aber sie erinnert sich noch viel besser an das herrliche Gefühl der matschigen Erde.

Ihre Ehe war eine Flucht vor ihren Alternativen: Anstatt die Frau irgendeines Kleinstadtbürgers zu werden und sich in

Röcken und wohl geordneter Umgebung niederzulassen, wo sie ihrer Stellung gemäß Wohltätigkeitsarbeit für die Kirche verrichten würde, heiratete sie meinen Vater und machte sich in einem Kanu den St. John's Fluss hinunter auf und davon, ohne jemals zuvor in einem Zelt geschlafen zu haben, außer ein Mal, unmittelbar vor der Hochzeit, als sie mit ihren Schwestern ein Wochenende damit verbracht hatte, es auszuprobieren. Mein Vater wusste, wie man bei Regen ein Feuer macht und wie man mit Stromschnellen fertig wird, die den Freundinnen meiner Mutter große Angst einflößten. Manche von ihnen betrachteten sie als gekidnappt und in die Wildnis verschleppt, wo man sie gefangen hielt und dazu zwang, ohne Elektrizität auszukommen, ohne sanitäre Anlagen im Haus, und dazu mit Horden räuberischer Bären. Ihr jedoch muss es vorgekommen sein, als hätte man sie vor einem Schicksal bewahrt, das schlimmer war als der Tod: Sofaschoner auf den Sesseln.

Auch wenn wir in richtigen Häusern wohnten, war es immer ein bisschen wie im Freien kampieren. Beim Kochen improvisierte meine Mutter immer, als wären die Zutaten nicht gekauft, sondern gesammelt: Was wir aßen, hing davon ab, was gerade vorhanden war. Sie machte Dinge aus anderen Dingen und warf nie irgendetwas weg. Obwohl sie keinen Schmutz mochte, hat sie den Hausputz nie sehr ernst genommen. Die Holzdielen bohnerte sie, indem sie ihre Kinder auf einem alten Flanelltuch darüberzog. Das hört sich lustig an, bis mir einfällt: Sie waren zu arm für Bohnerwachs, Hausmädchen oder Babysitter.

Nach meiner Geburt bekam sie überall an den Händen Warzen. Sie erklärte es mit dem Gebrauch von Ammoniak: Damals gab es noch keine Wegwerfwindeln. Damals trugen die Babys gestrickte Wollpullis, Wollschühchen, Wollmützen und

Wollhöschen, in denen sie wie ein Pudding gedampft haben müssen. Meine Eltern besaßen keine Waschmaschine, meine Mutter wusch alles mit der Hand. Während dieser Zeit konnte sie nicht oft nach draußen, um zu spielen. Auf den Fotos posiert sie immer mit einem Schlitten oder mit einem Wagen und ein oder zwei argwöhnisch dreinblickenden Kindern. Sie ist niemals allein.

Vielleicht bekam sie die Warzen, weil sie jetzt festsaß, oder genauer gesagt, meinetwegen. Es ist eine große Belastung, die Verantwortung für die Warzen seiner Mutter zu tragen, aber da ich sonst keine der üblichen Schuldgefühle verspüre, müssen diese es eben tun. Die Warzen deuten das Geheimnis meiner Mutter an, geben es aber nicht preis. Auf jeden Fall verschwanden sie danach wieder.

Meine Mutter wohnte zwei Jahre lang im Rotlichtviertel von Montreal, ohne zu wissen, wo sie sich befand. Sie erfuhr es erst hinterher von einer älteren Frau, die ihr sagte, dass sie so etwas nicht hätte tun sollen. »Ich weiß gar nicht, warum«, sagte meine Mutter. Das ist ihr Geheimnis.

Mein Vater studiert Geschichte. Polen haben ihm gesagt, dass er mehr über die polnische Geschichte weiß als die meisten Polen, Griechen, dass er mehr über die griechische Geschichte weiß als die meisten Griechen, Spanier, dass er mehr über die spanische Geschichte weiß als die meisten Spanier. Wenn man die Summe des weltweiten *per-capita-Wissens* in Betracht zieht, stimmt das wahrscheinlich. Er hat als Einziger von meinen Bekannten den Krieg in Afghanistan anhand früherer Beispiele vorausgesagt. Wer sonst hat sich noch darum gekümmert?

Er vertritt die Theorie, dass sowohl Hiroshima als auch die Entdeckung Amerikas entomologische Ereignisse waren (der Schlüssel ist die Seidenraupe), und dass Flöhe für mehr Massaker und den Kräfteverfall der Bevölkerung verantwortlich waren als die Religionen (der Schlüssel ist die Beulenpest). Seine Sicht der Historie ist deprimierend, wenn auch, wie er eilig beteuern würde, durch Tatsachen belegt: Verschwendungssucht, Dummheit, Arroganz, Habgier und brutale Gewalt entfalten sich in Technicolor auf unserem Esstisch, während mein Vater fröhlich den Braten schneidet.

Sollte sich die Zivilisation, so wie wir sie kennen, selbst zerstören, informiert er uns, während er die Soße schöpft – was wahrscheinlich ist, fügt er hinzu –, wird sie sich nie wieder in ihrer gegenwärtigen Form neu aufbauen können, da alle verfügbaren Oberflächenmetalle längst erschöpft sein werden und die Gewinnung tieferer Lagen von Metalltechniken abhängt, die, wie ihr euch vielleicht erinnert, vernichtet sein werden. Es wird niemals wieder ein Eisenzeitalter geben können, niemals wieder ein Bronzezeitalter; wir werden uns mit Stein und Gebein begnügen müssen – falls es dann überhaupt noch ein *wir* gibt, was er bezweifelt –, die sich für Flugzeuge und Computer nicht eignen.

Er hat nur geringes Interesse daran, das 21. Jahrhundert zu erleben. Er weiß, dass es schrecklich sein wird. Jeder vernünftige Mensch wird ihm zustimmen (und falls Sie den Fehler begehen, ihn bloß für schrullig zu halten, möchte ich Sie daran erinnern, dass das viele tun).

Aber meine Mutter, die den Tee eingießt und wie üblich vergessen hat, wer Milch nimmt, sagt, dass sie so lange wie möglich leben will. Sie will sehen, was passiert.

Mein Vater findet das naiv von ihr, lässt es ihr aber durchgehen und redet weiter über die Situation in Polen. Er erinnert uns (macht seinen Zuhörern immer ein Kompliment, indem er so tut, als würde er sie nur an etwas erinnern, das sie natürlich längst wissen) an den Angriff der polnischen Kavallerie gegen die deutschen Panzer im Zweiten Weltkrieg: Dummheit und Tapferkeit. Aber dumm. Aber mutig. Er nimmt sich noch von dem Kartoffelbrei nach, schüttelt verwundert den Kopf. Dann wechselt er das Thema und liefert sich eines jener ausgeklügelten verwerflichen Wortspiele, die er so liebt.

Wie lässt sich seine grimmige Vision des Lebens auf der Erde mit seiner unbestrittenen Freude daran in Einklang bringen? Keines von beiden ist eine Pose. Beides ist echt. Ich kann mich nicht erinnern – obwohl mein Vater zweifellos imstande wäre, auf die entsprechende Stelle zu verweisen, wenn er in seinen Büchern blättern würde –, welcher Heilige es war, der auf die Frage, was er täte, wenn die Welt am nächsten Tag zu Ende ginge, sagte, dass er weiter seinen Garten bestellen würde. Das eigentliche Studienobjekt der Menschheit mag der Mensch sein, aber seine vornehmste Tätigkeit ist das Umgraben.

Meine Eltern haben drei Gärten: einen in der Stadt, der Erdbeeren, Auberginen, Schwertlilien und Bohnen hervorbringt; einen anderen, etwas höher gelegen, der auf Erbsen, Kartoffeln, Kürbisse, Zwiebeln, Rote Bete, Karotten, Brokkoli und Blumenkohl spezialisiert ist; und den oben im Norden, klein, aber liebevoll gepflegt, mit Hilfe von Sand, Kompost und Rationen von Schaf- und Pferdedünger, sorgfältig dosiert in kleinen Mengen, angelegt, der Kohl, Spinat, Salat, haltbaren Rhabarber, Artischocken und kältebeständige Getreidesorten hervorbringt.

Das ganze Frühjahr und den ganzen Sommer über rasen meine Eltern von einem Garten zum nächsten, decken ab, wässern, ziehen die polyphyllisch-prognetischen Unkräuter heraus, »bis ich«, wie meine Mutter sagt, »so krumm bin wie ein Kleiderbügel«. Im Herbst ernten sie, meist weit mehr, als sie essen können. Sie wecken ein, lagern, kühlen und frieren ein. Den Überschuss geben sie weg, an Freunde und die Familie und an den gelegentlichen Fremden, den mein Vater für würdig befunden hat. Manchmal sind es Frauen, die in Buchläden arbeiten und Scharfblick und Intelligenz bewiesen haben, indem sie die Titel von Büchern kannten, nach denen mein Vater sie gefragt hat. Ihnen gibt er gelegentlich einen Kohlkopf von besonderer Größe und Schönheit, Tomaten von ausgewählter Qualität, oder wenn es Herbst ist und er Holz gehackt und gesägt hat, ein elegantes Stück Holz.

Den Winter über kauen sich meine Eltern pflichtbewusst durch die Endprodukte ihrer Sommerarbeit, denn es wäre eine Schande, irgendetwas zu vergeuden. Im Frühjahr beginnen sie, ausgerüstet mit noch neueren und fruchtbareren und rostresistenteren mannigfaltigen Sorten aus Stokes Samenkatalog, von vorn.

Mein Rücken schmerzt bei dem bloßen Gedanken an sie, während ich zu irgendeinem sündigen Junk-Food-Markt schleiche oder bei Pizza Pizza anrufe. Aber in Wahrheit ist der Grund für diese ganze Gärtnerei nicht die Anreicherung mit Vitaminen oder wirtschaftliche Unabhängigkeit oder die Produktion von Nahrung, auch wenn all diese Dinge gewiss auch etwas zählen. Die Gartenarbeit ist kein rationaler Akt. Was zählt, ist das Eindringen der Hände in die Erde, diese uralte Zeremonie, von der der Papst, der die Rollbahn küsst, nur ein farbloser kläglicher Rest ist.

Im Frühling sollte man am Ende des Tages nach Erde riechen.

Hier ist ein geeigneter Gegenstand zur Meditation: der Landungssteg. Ich selbst benutze ihn natürlich, um darauf zu liegen. Von ihm aus kann ich die Konturen des Ufers sehen, die für mich wie eine Erinnerung funktionieren. In der Nacht sitze ich auf ihm, in einer Dunkelheit, die wie keine andere ist, und beobachte die Sterne, falls welche am Himmel sind. Am Nachmittag kommen Fledermäuse, am Morgen Enten. An seiner Unterseite haften Blutegel, Elritzen und gelegentlich Panzerkrebse. Dieser Landungssteg ist genau wie die Natur, in ständigem Zerfall begriffen und doch stets derselbe.

Er ist auf Holzgerüsten gebaut, welche von Granitblöcken, die sich unter Wasser viel leichter herumbewegen lassen als an Land, nach unten gedrückt werden. Für dieses Wagnis ist mein Vater in den See getaucht, aus dem er sich sonst lieber heraushält. Kein Wunder, selbst an guten Tagen, mitten im Sommer, ist er nicht gerade warm zu nennen. In ihm werden Narben purpurrot, Zehen weiß, Lippen blau. Der See ist eines jener zahllosen Gewässer, die von den sich zurückziehenden Gletschern zurückgelassen wurden, nachdem sie davor den gesamten Humus abgeschabt und nach Süden geschoben hatten. Geblieben ist nur das Muttergestein, und wer in diesen See taucht, weiß, dass man, wenn man lange genug drinbleibt, oder ziemlich lange, schon bald zu den wesentlichen Dingen vordringt.

Mein Vater betrachtet seinen Landungssteg (seine Augen ziehen sich taxierend zusammen, seine Finger zucken) und sieht vor allem, dass er repariert werden muss. Das Wintereis hatte ihm zugesetzt, die Sonne, der Regen; er ist geflickt und tückisch, Adern aus Fäulnis breiten sich in ihm aus. Irgendwann in nächster Zeit wird er sein Brecheisen mitbringen, um die gefährlichen verfaulten Bretter und die von nistenden Wespen ausgehöhlten Baumstämme herauszureißen und die ganze Sache neu zu bauen.

Meine Mutter sieht ihn als einen Platz an, von dem man mit den Kanus losfahren kann, und als praktische Ablage für Seife und Handtuch, wenn sie gegen drei Uhr nachmittags, in der Ruhepause zwischen dem Abwasch vom Mittagessen und dem erneuten Anfachen des Feuers für das Abendessen, schwimmen geht. Sie watet in das eisige, den Atem verschlagende kalte Wasser, über die geschwärzten Tannennadeln, die auf dem Sand und den Zweigen im Wasser liegen, über die Schalen von Muscheln und Panzerkrebse, plantscht mit den Armen, bis sie sich schließlich hineinfallen lässt und auf dem Rücken schnell hinausschwimmt, wobei ihr Hals wie der eines Otters hochgestreckt aus dem Wasser ragt, ihr Kopf unter einer weißen Badekappe, eingehüllt in eine Strahlenkrone schwarzer Fliegen, einen Strudel aufgewühlten Wassers hinter sich lassend und laute Schreie wie *Erfrischend! Erfrischend!* ausstoßend.

Heute reiße ich mich von meiner Entropie los und führe zwei Kinder im Gänsemarsch durch den Wald. Wir suchen nach allem, was wir finden können. Unterwegs lesen wir Stücke abgeblätterter Birkenrinde auf, stecken sie in einen Papierbeutel, schütteln sie vorher, um sie von den Spinnen zu befreien. Sie wird beim Feueranmachen nützlich sein. Wir reden vom Feuer und davon, wo man keins anmachen sollte. Im Wald zerbröckeln hier und da kohlegeschwärzte Stämme, *memento mori* eines früheren Brandes.

Der Pfad, dem wir folgen, ist alt, mein Bruder hat ihn vor dreißig Jahren während seiner spurenlegenden Phase markiert und ihn seither regelmäßig aufgefrischt. Die Markierungen sind jetzt verwittert und grau; an ihren Rändern wölbt sich das verhärtete Blut der Bäume. Ich bringe den Kindern bei, sich beide Seiten der Bäume anzusehen, sich ab und zu umzudrehen, um sich zu vergewissern, woher sie gekommen sind, damit sie lernen, immer wieder zurückzufinden. Sie stehen in ihren Regenmänteln unter den riesigen Bäumen, stummes

Hallen um sie herum; ein Folkloremotiv, diese Kinder in den Wäldern, möglicherweise verloren. Sie spüren es und sind verstummt.

Das haben die Indianer getan, sage ich zu ihnen und deute auf einen alten Baum, den man, als er jung war, zu Knien und Ellbogen umgebogen hatte. Was, wie das meiste in der Geschichte, wahr sein kann oder nicht.

Richtige Indianer?, wollen sie wissen.

Richtige, sage ich.

Wir gehen weiter, klettern einen Hügel hinauf, über Felsblöcke, an einem umgefallenen Holzklotz vorbei, der von einem Bären auf der Suche nach Raupen aufgerissen worden war. Sie bekommen noch mehr Anweisungen: Sie sollen die Augen nach Pilzen offen halten, ganz besonders nach Bofisten, die sogar sie gern essen. Hier in dieser Gegend geht man nicht einfach nur spazieren. Ich fühle, wie ich von der Entwicklungsgeschichte erfasst werde: Gleich werde ich anfangen, Steine für sie umzudrehen, und tatsächlich bin ich schon bald auf Händen und Knien, grabsche eine riesige Kröte und hole sie unter einem umgefallenen Zedernbaum hervor, so alt, dass er fast Erde ist, orangefarben verbrannt. Wir reden darüber, dass man von Kröten keine Warzen kriegt, sondern dass sie einen anpinkeln, wenn sie Angst bekommen. Die Kröte tut es prompt und beweist, wie verlässlich ich bin. Zu ihrem eigenen Wohl stecke ich sie in meine Tasche, und die Expedition kann weitergehen.

Im rechten Winkel biegt ein kleinerer Pfad ab, ein neuerer, nicht mit Einritzungen markiert, sondern mit abgeknickten Zweigen und pinkfarbenem Leuchtklebeband, das an den Büschen befestigt ist. Er führt zu einer gelben Birke, die vom Wind umgeweht wurde – das sieht man an den Wurzeln, an denen noch die Erdkrumen und der Blattschimmel kleben –, und die jetzt fein säuberlich zersägt und aufgestapelt ist, fertig zum Zerhacken. Noch eine Erdarbeit.

Auf dem Rückweg machen wir einen Bogen um den Haufen zum Verbrennen, um den Garten, gehen so leise, wie wir können. Der Trick besteht darin, flüstere ich, die Dinge zu sehen, bevor sie einen sehen. Es ist nicht das erste Mal, dass ich das Gefühl habe, dieser Ort wäre heimgesucht von den Geistern derer, die noch nicht tot sind, einschließlich meinem eigenen.

Nichts hält ewig. Früher oder später werde ich meiner Reglosigkeit entsagen müssen, diesen Gewohnheiten von Träumerei, Spekulation und Lethargie, die gegenwärtig mein Leben bestimmen. Ich werde mich mit der wirklichen Welt herumschlagen müssen, die, wie ich weiß, nicht aus Wörtern besteht, sondern aus Abflussrohren, Löchern im Boden, wild wucherndem Unkraut, Granitbrocken, Stapeln mehr oder weniger schwerer Gegenstände, die von einer Stelle zur anderen geschafft werden müssen, gewöhnlich bergauf.

Wie werde ich es schaffen? Erst die Zeit, die keineswegs alles an den Tag bringt, wird es mir sagen.

Ein anderer Abend, später im Jahr. Meine Eltern sind wieder einmal aus dem Norden zurück. Es ist Herbst, die Jahreszeit des Schließens. Gleich der Sonne haben auch meine Eltern ihre Jahresrhythmen, so dass, bedenkt man es genau, dieser Vergleich keineswegs unberechtigt ist. Es ist die Zeit, in der die letzten Bohnenpflanzen verwelken, die Kohlköpfe schrumpfen, die letzte Mohrrübe aus der Erde geholt werden muss, kräftig und mit Barthaaren und verzweigt wie eine Alraunenwurzel, in der meine Eltern große Altare aus Abfall, alten Kartons, Trieben von Zweigen, die von den Bäumen geschnitten wurden, Eierkartons, wer weiß? – aufschichten und anzünden, um die verblassende Sonne zu grüßen.

Aber sie haben all das getan und alles fürsorglichst erledigt. Jetzt haben sie eine weitere überraschende Entdeckung zu machen: etwas Ungeheuerliches, etwas Folgenschweres. Es ist etwas geschehen, das nicht alle Tage geschieht.

»Ich war oben auf dem Dach, habe die Blätter weggefegt –«, sagt meine Mutter.

»Wie sie es jeden Herbst tut –«, sagt mein Vater.

Ich erschrecke nicht, wenn ich mir meine dreiundsiebzigjährige Mutter vorstelle, wie sie hurtig über ein Dach klettert, ein Dach, das so steil ist, dass ich selbst mich nur mit äußerster Vorsicht darauf bewegen würde, Zehen und Finger wie ein Laubfrosch an der Dachpappe festgesaugt, einen mit Adrenalin verhangenen Himmel vor mir, durch den ich mich nach einem Augenblick der Unachtsamkeit auf den Boden zustürzen sehe, nach einem einzigen kleinen Fehltritt, nach einem dieser zahllosen Ausrutscher des Geistes und daher auch des Körpers, von denen ich hätte wissen müssen. Meine Mutter tut solche Dinge andauernd. Sie ist noch nie heruntergefallen. Sie wird nie fallen.

»Sonst würden noch Bäume darauf wachsen«, sagt meine Mutter.

»Und rate mal, was sie gefunden hat!«, sagt mein Vater.

Ich versuche zu raten, kann aber nicht. Was könnte meine Mutter auf dem Dach gefunden haben? Keinen Tannenzapfen, keinen Pilz, keinen toten Vogel. Es war bestimmt nichts, was andere dort finden würden.

Tatsächlich stellt sich heraus, dass es Tierdung war. Und jetzt muss ich raten, was für eine Art Tierdung.

»Von einem fliegenden Eichhörnchen«, riskiere ich lahm.

Nein, nein, nichts so Gewöhnliches.

»Ungefähr so groß«, sagt mein Vater und deutet die Länge und den Umfang an. Dann ist es also keine Eule.

»Braun?«, sage ich, um Zeit zu gewinnen.

»Schwarz«, sagt mein Vater. Sie sehen mich beide an, mit etwas schief gehaltenen Köpfen und vor Freude glänzenden Augen über dieses alte Spiel, das Spiel der Rätsel, kaum dazu imstande, die richtige Antwort zurückzuhalten.

»Und es waren Haare drin«, sagt mein Vater, als müsste mir jetzt ein Licht aufgehen, als müsste ich es unbedingt erraten können.

Aber ich habe keine Ahnung.

»Zu groß für einen Marder«, sagt mein Vater, andeutend, wartend. Dann senkt er die Stimme ein wenig. »Fischermarder«, sagt er.

»Wirklich?«, sage ich.

»Das muss es sein«, sagt mein Vater, und wir machen alle eine Pause, um dieses seltene Ereignis auszukosten. Es sind nicht mehr viele Fischermarder übrig, es gibt sie kaum noch, diese schönen, auf Bäumen lebenden gefräßigen Raubtiere, und wir haben in unserer Gegend noch nie eine Spur von ihnen gefunden. Für meinen Vater ist dieser Tierdung ein interessantes biologisches Phänomen. Er hat es aufgezeichnet und eingeordnet, zusammen mit all den anderen faszinierenden Daten, die er aufzeichnet und einordnet.

Aber für meine Mutter ist diese Sache etwas anderes. Für sie ist dieser Dung – dieser handlange, zwei Finger dicke, schwarze, haarige Mist – dieser Haufen Tierscheiße, um es mal deutlich zu sagen – ein wunderbares Zeichen, ein Zeichen göttlicher Gnade; als wäre ein unbekannter, aber keineswegs geringer Gott zu ihrem weltlichen, vertrauten, häufig geflickten, aber gelegentlich noch tropfenden Dach gekommen und hätte es für einen Augenblick zum Strahlen gebracht.

Zeruya Shalev
Liebesleben
Roman · Deutsch von Mirjam Pressler

Das faszinierende Porträt einer jungen Frau, die für eine Amour fou alles riskiert und zuletzt sich selbst auf die Spur kommt.

»*Ein grandioser Roman. Zeruya Shalev wird literarische Moden überdauern. Dafür sprechen ihre Klugheit, ihr erzählerisches Raffinement und ihr Mut, das menschliche Leben als das in den Blick zu nehmen, was es ist: ein Rätsel und ein Tanz auf dünnem Eis.*« Eckard Fuhr, Die Welt

»*Ein schöner und mutiger Roman.*« Batya Gur

»*Das ist ein großartiges Buch, es ist hinreißend, vor allem wegen der unglaublichen Sprache.*« Iris Radisch

»*Ein hocherotisches Buch.*« Hellmuth Karasek

»*Zeruya Shalev redet und überredet, blufft und verblüfft und läßt uns am Ende doch ungläubig darüber staunen, wie rein und sauber die Luft ist nach einem solchen Erzählgewitter.*«
Reinhard Baumgart, Die Zeit

Camilla Gibb
Worüber niemand spricht
Roman · Aus dem Englischen von Monika Schmalz

Die einfühlsame Geschichte über das Mädchen Thelma, das sich aus eigener Kraft von den bösen Geistern ihrer Kindheit und Jugend befreit. Für diesen Roman erhielt Camilla Gibb – nach Margaret Atwood und Michael Ondaatje – den renommierten Toronto Star Award.

»*Gibbs Roman beginnt als kleine Geschichte, wird dann zu einem wortgewaltigen Flechtwerk aus unsentimentalen und dornigen Satzattacken, um schließlich als furchtbares und zugleich komisches Porträt zu enden, das über das Einzelschicksal hinausweist.*«
The New York Times

»*Trotz dieser quälenden Ereignisse bleibt die Erzählerin kühl und gerissen und erhellt das herzzerreißende Elend durch ihren spröden, spitzfindigen Humor.*« Elle

»*Sie werden keine leidenschaftlichere Stimme finden als die in Camilla Gibbs zornigem Debüt. Sie eröffnet den Blick auf uns selbst – auf das Gute, das Böse, das Begehren, den Schmerz und den unbeugsamen Humor, der in allen von uns existiert.*« Vogue